一书通识

五千年最美古诗词

修订2版

程晓南◎编著

中国法制出版社
CHINA LEGAL PUBLISHING HOUSE

前　言

五千年中华传统文化，古诗词是其中最璀璨的那颗明珠，是了解中华传统文化的重要一环。

爱美是人的天性，因此，对于美的字眼，我们总是保持着崇高的敬意。而古诗词无疑是文字中美的佼佼者。此外，人类普遍具有抒情的能力，而且具有这种需要——基于生存的需要。因此抒情的文字就不仅仅是一个美学问题，而且是一个具有存在论性质的问题，抒情的态度也就成为人类的一种生存范畴。由此，我们可以说，古诗词是自然美、艺术美和人生美的代名词，是人类观照世界的一种方式，是人的灵魂超脱现实后的栖息方式。

有人说，一切美的东西都是诗，对自然而言，蓝天白云是诗，山水田园是诗，莺歌燕舞是诗，桃红柳绿是诗，海上明月是诗，大漠孤烟是诗，枯藤老树昏鸦是诗，小桥流水人家是诗，东南西北是诗，春夏秋冬是诗，天街小雨是诗，鬓云香腮也是诗；对艺术而言，旋律是诗，色彩是诗，线条是诗，结构是诗，雄浑激越是诗，轻灵优雅是诗，壮丽崇高是诗，恬静闲适也是诗；对人生而言，青春是诗，爱情是诗，事业是诗，理想是诗，天真是诗，智慧是诗，守望是诗，淡泊是诗，入世出世皆可入诗，悲欢离合皆有诗意；一切美好的东西都可以用诗来形容：诗一般的风景，诗一般的国度，诗一般的语言，诗一般的年华，诗一般的时代……

今人观照世界的方式主要有科学的方式和诗的方式两种，科学是反映现实世界各种现象的本质和规律的分科的知识体系。诗是人类对世界的一种超越科学实

证的美妙的幻想的直觉的把握。作为人类的精神家园，作为灵魂的一种寄托和栖息方式，诗使人生充满意蕴，让无根漂萍般的人生找到皈依，让茫然无助的人生不放弃追求。

词是一种抒情诗体，本是配合音乐歌唱的乐府诗。它是诗歌发展过程中的一个重要分支，并最终发展成为能够与诗分庭抗礼的重要文学体裁。词起于南北朝时期，兴于唐宋时期，这是一个音乐的时代，词的兴起，是一场发于草根阶层的自下而上完成华丽逆袭的文学盛事。

当然，词的最终兴盛还是在文人词出现之后。文人词出现于唐初，很多伟大诗人，如李白、白居易等都曾作词；于宋代达到顶峰后，其中的词作名家更是不可胜数，苏轼、欧阳修、秦观、李清照等都为词的发展做出了重要贡献；后历经元明时期的衰落，词在清代重又焕发出新的活力。

细说起来，词与诗并没有本质区别，不过是形式上相异而已。它们所表达的都是对于生活的思考和感悟，其中的闪光之处皆为真挚感情所散发出的美好。而且，其中的诸多意象也都可以通用。

意象是诗词中非常重要的一个内容，是用来寄托主观情思的客观物象，是融入诗人思想感情的主观物象，是含有某种特殊含义和文学意味的具体形象。因此，要读懂诗词，首先就要搞清楚不同意象所代表的含义，以及相同意象在不同语境中所承载的感情的区别。

看到柳，整首作品便蒙上了一层离别的感伤；举头望明月，思念之情便汩汩而出；鸿雁飞来，那是远方恋人的思念；触摸竹节，抒发的是心底不屈的情操。红豆是相思的种子，秋水是她多情的眼眸；楼兰是边疆的沙场，羌笛总是勾起离愁别绪；细雨是避不开的怨，流水是斩不断的愁……

为了更好地弘扬中华传统文化，使愿意了解古诗词的朋友有一个更好的学习机会，我们编写了本书。不同时代的古诗词作品具有不同时代的鲜明特征，因此，总体上我们仍然以时间顺序进行编排。但考虑到意象对于理解和学习古诗词的重要性，编者便“突发奇想”，在每个选定时间段的古诗词作品中，以主要意象来进行分类，以期能带给读者更好的阅读体验和学习效果。本书共选录历史上脍炙人口、流传悠久的古诗词近300篇，在既有的注释、翻译的基础上添加了以诗化的语言为主的优美赏析，更增添了拓展环节，关联一些意境相似的诗歌作品，以使读者进一步加深对选录诗词的理解。

诗词是对生活的歌唱，是思想火花的闪现，是美的表露。艺术大师罗丹说：“生活中并不缺少美，而是缺少发现美的眼睛。”让我们通过阅读古诗词，练就一双发现美的眼睛，来寻找生活中的更多美好吧！

目录 CONTENTS

上古先秦

两汉魏晋

隋唐五代

两宋金元

明清近代

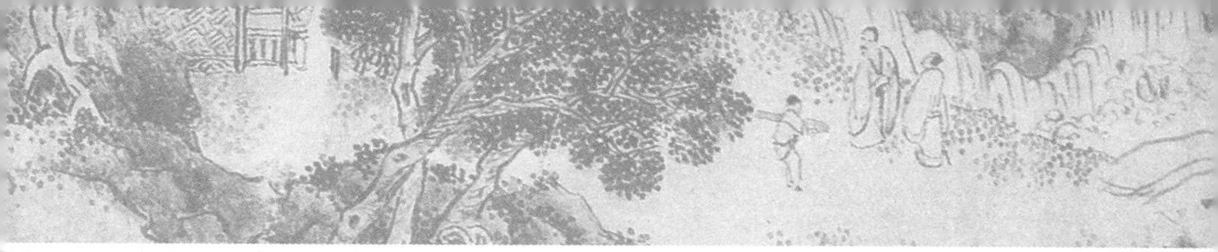

上古先秦

风霜雨雪

白云谣

白云在天，丘陵自出。
道里悠远，山川间之。
将①子无死，尚复能来。

【注释】

这是一首离别诗，一直被认为是最美的离别诗之一。该诗初见于《穆天子传》，相传周穆王与西王母分离时，西王母作此歌并吟唱。

① 将（qiāng）：愿，请也。

【大意】

远处的云，依然飘荡在天边。远处的山，还是那座山。远去的人，已不可见。

道路悠远，山水相间，何时能回？何时能见？

唯愿你不死去，愿你能再来，愿能再相见。

【赏析】

相聚总是短暂，离别似是恒远，有情人之间的离别更令人难过。绵绵的情意似乎只有通过悲苦与愁绪才能更好地演绎，那么，一次豁达的离别是否会使这情意变得苍白呢？

本是平常的送行，即使以不再相见为前提，又何必表现出一副死别的态度，想来使人落泪。明知这一次的别离，不可避免，明知这次离别后，不会再见，还是愿意坦然接受，还是送出不可能实现的祝愿，还是说出了那遥不可及的希冀。

西王母是山，是昆仑，是瑶池，一直在这里，亘古不变；穆王是云，或卷或舒，在天空中肆意地展现他的姿态，来去匆匆，总是留下绵绵的情意。山不会动，总是在这里等待，云会离开，也会回来，每一次的别离，总是平淡如昔，每一次的相聚，总有说不完的话语，像西王母和周穆王。

他们也总有说不完的话，他们这一次的别离，却只留下深深的思念和不再相见的幽怨。

西王母是理性的，对于无力改变的现实，她坦然面对，就像一次普通的分别一般，她送走了穆王。可是，再理性的人也会有情感的迸发，她最终还是说出了不可能实现的愿望。她清楚地知道这个愿望不可能实现，从她为穆王祝福的时候就知道。唯愿你不死去，愿你能再来，愿能再相见。但是，你又怎么可能不死去呢？

【拓展】

面对西王母的不舍，穆王也唱出了自己的无奈：

予归东土，和洽诸夏。
万民平均，吾顾见汝。
比及三年，将复而野。

唐代诗人李商隐为此也曾赋诗一首，名为《瑶池》：

瑶池阿母绮窗开，
黄竹歌声动地哀。
八骏日行三万里，
穆王何事不重来。

南风歌

南风之薰兮，可以解吾民之愠[①]兮。
南风之时[②]兮，可以阜[③]吾民之财兮。

【注释】

《南风歌》相传为舜帝所作。《礼记·乐记》曰："昔者舜作五弦之琴以歌《南风》。"

南风：东南风，又称薰风（薰是清凉温和的意思）。

① 愠：含怒，怨恨，忧愁。

② 时：适时，及时，合时宜的。

③ 阜：丰富。

【大意】

南风吹来阵阵的清凉，可以解除万民的愁苦。

南风吹来适时的节令，可以丰富万民的财物。

【赏析】

赤日炎炎，暑气如蒸，燥热的天气让烦躁的百姓怨声载道！忽而，南风起，一丝清凉随风而至，仿佛滴雨润心田，百姓也笑逐颜开。南风兼细雨，喜至怨忧除。

"庄稼不收年年种"，每一次的辛苦劳作带来的并非都是丰收。只有南风来的时候，作物才会生长得更好。南风一来，丰收也就不远了。

面对喜怒无常的自然，人从来都是那么渺小，虽然努力，虽然勤劳，收获更多的总是无奈和无能为力。热烈虔诚的赞颂，又何尝不是忧郁、无奈的另一种表现？

伟大如舜帝，终究仍然是人，在自然力面前也不过是个强壮的婴儿。百姓的无奈，也是他的无奈；百姓无能为力时，他的问题也不会总是迎刃而解。但是，他深爱着他的子民，他要乐观，给他们以希望，还要体恤他们，煦育他们。所以，他歌颂南风。

【拓展】

司马迁评价《南风歌》："《南风》之诗者，生长之音也。"

白居易有诗《首夏南池独酌》，其中"薰风自南至，吹我池上林"也表达了这种思想。全诗如下：

春尽杂英歇，夏初芳草深。
薰风自南至，吹我池上林。
绿蘋散还合，赪鲤跳复沉。
新叶有佳色，残莺犹好音。
依然谢家物，池酌对风琴。
惭无康乐作，秉笔思沉吟。
境胜才思劣，诗成不称心。

瑰丽自然

大雅·江汉

江汉浮浮，武夫滔滔，
匪安匪游，淮夷来求。
既出我车，既设我旟①，
匪安匪舒，淮夷来铺。
江汉汤汤②，武夫洸洸③，
经营四方，告成于王。
四方既平，王国庶定，
时靡有争，王心载宁。
江汉之浒，王命召虎，
式辟四方，彻我疆土。
匪疚匪棘，王国来极，
于疆于理，至于南海。

王命召虎，来旬来宣，
文武受命，召公维翰。
无曰予小子，召公是似，
肇敏戎公④，用锡尔祉⑤。
釐尔圭瓒⑥，秬鬯一卣⑦，
告于文人，锡山土田。
于周受命，自召祖命，
虎拜稽首⑧，天子万年。
虎拜稽首，对扬王休，
作召公考⑨，天子万寿。
明明天子，令闻不已，
矢其文德，洽此四国。

【注释】

《江汉》一诗，出自《诗经》。《毛诗序》认为是尹吉甫所作，今人以其无据多不相信。后人考证，认为乃召（shào）伯虎奉命讨伐淮夷，得胜后所作。

① 旟（yú）：画有鸟隼的旗。

② 汤（shāng）汤：水势大的样子。

③ 洸（guāng）洸：威武的样子。

④ 肇敏：图谋。戎：大。公：通“功”，事。

⑤ 用：以。锡：赐。祉（zhǐ）：福禄。

⑥ 釐（lài）：“赉”的假借，赏赐。圭瓒（zàn）：用玉作柄的酒勺。

⑦ 秬（jù）：黑黍。鬯（chàng）：一种香草，即郁金，姜科，多年生。卣（yǒu）：带柄的酒壶。

⑧ 稽（qǐ）首：古时礼节，跪下拱手磕头，手、头都触地。

⑨ 考：通“簋（guǐ）”，古代铜制的一种食器。

【大意】

长江汉水波涛滚滚，出征将士意气风发。不为安逸不为游乐，要对淮夷进行讨伐。前路已经出动兵车，竖起彩旗迎风如画。不为安逸不为舒适，镇抚淮夷到此驻扎。

长江汉水浩浩荡荡，出征将士威武雄壮。将士奔波平定四方，战事成功上告我王。四方叛国均已平定，但愿周朝安定盛昌。从此没有纷争战斗，我王之心宁静安详。

长江汉水二水之滨，王向召虎颁布命令："开辟新的四方国土，料理划定疆土地境。不是扰民不是过急，要以王朝政教为准。经营边疆料理天下，领土直至南海之滨。"

我王册命下臣召虎，巡视南方政令宣诵："文王武王受命天下，你祖召公实为栋梁。莫说为了我的缘故，你要继承召公传统。全力尽心建立大功，因此赐你福禄无穷。

"赐你圭瓒以玉为柄，黑黍香酒再赐一卣。秉告文德昭著先祖，还要赐你山川田畴。去到岐周进行册封，援例康公仪式如旧。"下臣召虎叩头伏地："大周天子万年长寿！"

下臣召虎叩头伏地，报答颂扬天子美意。作成纪念康公铜簋，"敬颂天子万寿无期！"勤勤勉勉大周天子，美名流播永无止息。施行文治广被德政，和洽当今四周之地。

【赏析】

周厉王治国无方，导致了东方淮夷的入侵。虢仲领兵征讨，铩羽而归。

宣王早年算得上是"中兴之主"，御驾亲征，平定淮夷之乱。行至江汉之滨，宣王便停下，命召伯虎率军讨伐。召伯虎取胜归来，宣王大加赏赐，召伯虎因而作铜簋以纪其功事，并作此诗，以颂其祖召康公之德与天子之英明。

宣王亲征，驻大军于江汉之滨，西周大军浩浩荡荡，就像长江、汉水宽阔的水势。宣王是一位贤主，既然来了，就一定要得胜而归，就如这浩浩荡荡的长江、汉水，不到大海，绝不回头。而召伯虎讨伐淮夷能够成功，与宣王的雄才大略也是分不开的。

【拓展】

唐代杜甫有同名诗，基调与本诗截然相反，杜诗主要表现了诗人历经磨难，北归无望，且生活潦倒的困窘和无奈。杜甫《江汉》全诗如下：

江汉思归客，乾坤一腐儒。
片云天共远，永夜月同孤。
落日心犹壮，秋风病欲苏。
古来存老马，不必取长途。

清末学者吴闿生对《大雅·江汉》一诗评价颇高，他在《诗义会通》中评价道："以美武功为主，而无一字铺张威烈。后半专叙王命及召公对扬之词。雍容揄扬，令人意远。"

秦风·终南

终南[1]何有？有条[2]有梅。
君子至止，锦衣狐裘[3]。
颜如渥丹[4]，其君也哉。
终南何有？有纪有堂[5]。
君子至止，黻衣绣裳[6]。
佩玉将将[7]，寿考不亡[8]。

【注释】

这首诗出自《诗经》，被认为是一首“美中寓戒，非专颂祷”（清代方玉润语）的诗。今人认为该诗为终南山的姑娘，对进山的青年表示爱慕之心而作。前人认为该诗为秦人所作，或为周遗民所作。此处取周遗民一说。

① 终南：终南山，在今陕西省西安市郊外。

② 条：树名，即山楸。

③ 锦衣狐裘：当时诸侯的礼服。《礼记·玉藻》：“君衣狐白裘，锦衣以裼之。”

④ 渥（wò）：涂。丹：赤石制的红色颜料，今名朱砂。

⑤ 纪：山角。堂：山上宽平处。

⑥ 黻（fú）衣：黑色青色花纹相间的上衣。绣裳：五彩绣成的下裳。当时都是贵族服装。

⑦ 将将：通“锵锵”，象声词。

⑧ 考：高寿。亡：通“忘”。

【大意】

终南山上有什么？有山楸也有梅树。有位君子到此地，锦绣衣衫狐裘服。脸儿红红像涂丹，莫非他是我君主？

终南山上有什么？有棱有角地宽敞。有位君子到此地，青黑上衣五彩裳。身上佩玉响叮当，富贵寿考莫相忘。

【赏析】

这里曾经是周的王都，这里有巍峨的终南山，山上郁郁葱葱，有山楸也有梅树。只可惜好景难长，繁华不再，如今的诗人也只能以遗民的身份来面对这未曾改变的景色和将要到来的那个人。世人皆道终南山险峻，为万众敬仰，可是，以如此巍峨的高山来撑门面，只能满足一下自己的虚荣，终究抵消不了那隐藏起来的心虚。

来者何人？应该是新来的君主吧！他身份尊贵，应该像这终南山一样，受到万民的仰慕。不过，他真的做到了吗？终南山物产丰富、宽广博大而又棱角分明，我的新来的君主是否也有这样丰富的知识、宽广的胸怀和严明的纪律呢？如果是这样的话，那就真的与终南山相差无几了。

惊疑不定的揣测，显示出的是忐忑

不安、忧喜参半的复杂心情。新君降临一方，旧地遗民对于未卜的前途总是自然地流露出紧张的情绪。新来的秦君祝愿你富贵寿考，但也不要忘记这里曾是周王的土地和百姓！

【拓展】

唐代王维曾作《终南山》赞颂终南山的巍峨、雄浑与秀美。全诗如下：

太乙近天都，连山接海隅。
白云回望合，青霭入看无。
分野中峰变，阴晴众壑殊。
欲投人处宿，隔水问樵夫。

豳风·东山

我徂东山，慆慆①不归。
我来自东，零雨其蒙。
我东曰归，我心西悲。
制彼裳衣，勿士行枚。
蜎蜎者蠋②，烝在桑野。
敦彼独宿，亦在车下。
我徂东山，慆慆不归。
我来自东，零雨其蒙。
果赢③之实，亦施④于宇。
伊威⑤在室，蟏蛸⑥在户。
町畽⑦鹿场，熠耀宵行⑧。
不可畏也，伊可怀也。
我徂东山，慆慆不归。
我来自东，零雨其蒙。
鹳鸣于垤⑨，妇叹于室。
洒扫穹窒，我征聿至。
有敦瓜苦，烝在栗薪。
自我不见，于今三年。
我徂东山，慆慆不归。
我来自东，零雨其蒙。
仓庚于飞，熠耀其羽。
之子于归，皇驳其马。
亲结其缡，九十其仪。
其新孔嘉，其旧如之何？

【注释】

本诗出自《诗经》，相传是反映周公东征归来的作品，诗中表现了战士在归途思念家乡和胜利返归的喜悦心情。古人认为本诗是周公所作，今人多认为是戍边战士的作品。此处择取后一种观点。豳（bīn）：通“邠”，古都邑名。

① 慆（tāo）慆：久。

② 蜎（yuān）蜎：幼虫蜷曲的样子。蠋（zhú）：一种野蚕。

③ 果赢（luǒ）：葫芦科植物。

④ 施（yì）：蔓延。

⑤ 伊威：一种小虫，俗称土虱。

⑥ 蟏蛸（xiāo shāo）：一种蜘蛛。

⑦ 町畽（tuǎn）：兽迹。

⑧ 熠耀：光明的样子。宵行：磷火。

⑨ 垤（dié）：小土丘。

【大意】

自我远征东山东，回家愿望久成空。如今我从东山回，满天小雨雾蒙蒙。才说要从东山归，我心忧伤早西飞。家常衣服做一件，不再行军事衔枚。野蚕蜷蜷树上爬，田野桑林是它家。露宿将身缩一团，睡在哪儿车底下。

自我远征东山东，回家愿望久成空。如今我从东山回，满天小雨雾蒙蒙。栝楼藤上结了瓜，藤蔓爬到屋檐下。屋内潮湿生地虱，蜘蛛结网当门挂。鹿迹斑斑场上留，磷火闪闪夜间流。家园荒凉不可怕，越是如此越想家。

自我远征东山东，回家愿望久成空。如今我从东山回，满天小雨雾蒙蒙。白鹳丘上轻叫唤，我妻屋里把气叹。洒扫房舍塞鼠洞，盼我早早回家转。团团葫芦剖两半，撂上柴堆没人管。旧物置闲我不见，算来到今已三年。

自我远征东山东，回家愿望久成空。如今我从东山回，满天小雨雾蒙蒙。当年黄莺正飞翔，黄莺毛羽有辉光。伊人过门做新娘，迎亲骏马白透黄。娘为女儿结佩巾，婚仪繁缛多过场。新婚甭提有多美，重逢又该美成什么样！

【赏析】

他是一个征人，他随军东征已经很久了，在这个阴雨蒙蒙的日子，他终于踏上了回乡的路。他现在的情绪是从新婚不久后开始的，在新婚的喜悦还没有散去时，戍边的命令已经到了，他的征途就开始了。如今就要回到家乡，能够生还的喜悦，对家人的思念，对战事的厌倦，对和平生活的渴望，一直在他的胸膛里酝酿。

就要离开东方，心儿早就飞到了西方的家乡，他兴奋地想着自己不再从事征战，更庆幸的是自己仍然活着。同去的战友，多半已经埋骨沙场。阴郁的情绪一闪而逝，将要回到家乡的兴奋冲淡了它。

三年以后的今天，家乡还是曾经记忆中的那个家乡吗？家园应该已经荒芜了，无人修剪的栝楼爬到房檐上结子，土鳖在屋里跑来跑去，蜘蛛在墙角结网，场院上印着鹿迹，磷火飞来飞去。但这都无所谓，无论如何那是他的家，而他现在需要的只是一个家而已。

他又想起了他的妻子，曾经美丽而年轻的妻子。他能够想象得出来，他的妻子操劳的样子，也能够想象她为思念他而叹息。往事不堪回首，一回首便如泉水般涌上来。妻子现在的模样他只能想象，三年前她的容貌他始终铭记在心。那天有黄莺在枝头报喜，他用白马把她接过门。他记得婚礼的仪式特别复杂，却没有感觉到丝毫的疲累。雨水落在他的脸上，他看了看前方，眼看这就快到家了，真是“近乡情更怯”啊！只希望不再有战争，一家人不会再分离……

【拓展】

唐代王昌龄作有《闺怨》，从女子的角度描写了这种新婚不久，丈夫就远去戍边所带来的离别之苦，以及后悔之情。全诗如下：

闺中少妇不知愁，
春日凝妆上翠楼。
忽见陌头杨柳色，

悔教夫婿觅封侯。

唐风·扬之水

扬之水，白石凿凿①。
素衣朱襮②，从子于沃③。
既见君子④，云⑤何不乐？
扬之水，白石皓皓⑥。
素衣朱绣，从子于鹄。
既见君子，云何其忧？
扬之水，白石粼粼。
我闻有命⑦，不敢以告人。

【注释】

这是《诗经》中的一首政治诗，作者是一场政变的参与者。作者认为桓叔能够取得成功，因生感慨，写就这首诗。扬：激扬。

①凿凿：鲜明貌。

②襮（bó）：绣有花纹的衣领。

③沃：曲沃，地名，在今山西省闻喜县东北。

④既：已。君子：指桓叔。

⑤云：语助词。

⑥皓皓：洁白状。

⑦命：政令。

【大意】

激扬的河水不断流淌，水底的白石更显鲜明。想起了白衣衫红衣领，跟从你到沃城一行。既然见了桓叔这贤者，怎不从心底感到高兴。

激扬的河水不断流淌，冲得石块更洁白清幽。想起白内衣和红绣领，跟从你到鹄城一游。既然见了桓叔这贵人，还有什么值得去忧愁。

激扬的河水不断流淌，水底的白石更显晶莹。当我听说将有机密令，总也不敢告诉别人。

【赏析】

公元前745年，晋昭侯封他的叔父成师于曲沃，号为桓叔。桓叔好施德，颇得民心，势力逐渐强大，“晋国之众归焉”。七年后，晋大臣潘父杀死了晋昭侯，欲迎立桓叔。我们的故事就是从这里开始的。

作者是一位参与者，他身处桓叔的队伍当中，桓叔能否成功，对他也有不小的影响。他还是一位旁观者，处于事件之外的人总是看不了那么真切，处于事件中心的人却又看不清自己，处于事件边缘的作者便有了这次旁观的机会。

晋国的政局和形势，就像激扬的河水一样，曲折而动荡，每个人想到这里的时候，都会下意识地去寻求解决的方法。有些人没找到，有些人找到了。我们的旁观者认为自己找到了解决的办法，就是那位白衣衫红衣领的贤者，就是桓叔，就跟随他来激浊扬清、稳定局势吧！

全诗到这里就结束了，但我们的故事还没有结束。

当桓叔想入晋都时，晋人发兵进攻桓叔。桓叔抵挡不住，最终不得不退回曲沃，潘父被杀。

值得一提的是，若干年后，桓叔的孙子完成了其祖父未竟的事业，是为晋武公。

【拓展】

《诗经》中的《扬之水》不止一篇，择另一篇如下：

扬之水，不流束薪。
彼其之子，不与我戍申。
怀哉怀哉，曷月予还归哉！
扬之水，不流束楚。
彼其之子，不与我戍甫。
怀哉怀哉，曷月予还归哉！
扬之水，不流束蒲。
彼其之子，不与我戍许。
怀哉怀哉，曷月予还归哉！

草木鸟兽

周南・桃夭

桃之夭夭[①]，灼灼其华[②]。
之子于归[③]，宜[④]其室家。
桃之夭夭，有蕡[⑤]其实。
之子于归，宜其家室。
桃之夭夭，其叶蓁蓁[⑥]。
之子于归，宜其家人。

【注释】

《桃夭》是女子出嫁时所演唱的诗歌，出自《诗经》。唱出了女子出嫁时对婚姻生活的希望和憧憬，用桃树的枝叶茂盛、果实累累来比喻婚姻生活的幸福美满。

① 夭夭：桃花怒放的样子。

② 灼灼：花朵色彩鲜艳如火。华：古花字。

③ 之子：这位姑娘。于归：出嫁。古代把丈夫家看作女子的归宿，故称“归”。

④ 宜：和顺、亲善。

⑤ 蕡（fén）：肥大，果实将熟的样子。

⑥ 蓁蓁（zhēn）：繁茂的样子。

【大意】

桃树繁茂枝芽嫩，鲜艳粉花开满树。

姑娘呀，就要出嫁，定能使家庭和顺。

桃树繁茂枝芽嫩，肥硕桃子结满树。

姑娘呀，就要出嫁，定能使家庭美满。

桃树繁茂枝芽嫩，翠绿桃叶有光华。

姑娘呀，就要出嫁，定能使家人幸福。

【赏析】

还是那片桃林，又是一个桃花盛开的季节。

流光的霞帔，那是新娘的红盖头，

春风调皮地撩起它的一角。看着那满树的桃花，硕果累累的桃子也出现在眼前。桃子果实饱满的模样是那么惹人怜爱，就像一群孩子，密密匝匝地挤在枝叶间，笑闹着，赶走料峭的春寒。不变的桃花流水，带走了青涩的岁月，吹开了少女的心扉。春天藏着太多太多的花朵，每一朵花，都是少女的一缕心思。

桃花灼灼似火，带来了春天的温暖，映出了内心的热情，燃起莫名的相思。春风吹过，夏蝉唱罢，秋雁归南，终于在那个冬日的黄昏，大雪带来了她想要的消息……让人悸动的承诺在那个雪夜瓜熟蒂落。

又见桃花盛开，明艳的少女就要出嫁了，带着亲友的祝福和美好的希冀，就要开始新的生活。

【拓展】

唐代温庭筠曾填《南歌子》一首，也对即将出嫁姑娘的美丽容貌和对未来的期盼做了细致的描写。全词如下：

手里金鹦鹉，胸前绣凤凰。

偷眼暗形相。不如从嫁与，作鸳鸯。

卫风·木瓜

投我以木瓜，报之以琼琚[①]。

匪[②]报也，永以为好也！

投我以木桃，报之以琼瑶。

匪报也，永以为好也！

投我以木李，报之以琼玖。

匪报也，永以为好也！

【注释】

《木瓜》出自《诗经》，关于其主旨的解读众说纷纭，此处将其作为一首赞美情感（爱情或友情）的抒情诗解析。

① 琼琚（jū）：美玉，下“琼瑶”“琼玖”同。

② 匪：非。

【大意】

你送给我木瓜，我回报你琼琚。不为答谢，唯愿珍重情意永相好。

你送给我木桃，我回报你琼瑶。不为答谢，唯愿珍重情意永相好。

你送给我木李，我回报你琼玖。不为答谢，唯愿珍重情意永相好。

【赏析】

《诗经·大雅·荡之什·抑》中讲“投我以桃，报之以李”，是后世“投桃报李”的由来。人们也将“投我以木桃，报之以琼瑶”与之对比，以为二者同义，均喻“相互赠答，礼尚往来”，其实不然。

桃与李可看作等价品，投桃报李也就成了等价交换，相比就算其中夹杂了些许情意，也并没有多么的深刻、纯粹。木瓜（木桃、木李）与琼琚（琼瑶、琼玖）则不然，后者显然比前者价值更高，即并非等价交换，为何不是等价交换，“匪报也，永以为好也”。人们常说，高尚的感情是无私的，也只有处于这种境界中的人才会如此不计回报地付出吧！

【拓展】

成语“投桃报李”出自《诗经·大雅·荡之什·抑》，节选其中一段如下：

辟尔为德，俾臧俾嘉。

淑慎尔止，不愆于仪。

不僭不贼，鲜不为则。

投我以桃，报之以李。

彼童而角，实虹小子。

商颂·玄鸟

天命玄鸟，降而生商，宅殷土芒芒①。

古帝命武汤，正域彼四方②。

方命厥后，奄有九有③。

商之先后，受命不殆，在武丁孙子。

武丁孙子，武王靡不胜。

龙旂十乘，大糦是承④。

邦畿千里，维民所止，肇域彼四海⑤。

四海来假，来假⑥祁祁。景员维河。

殷受命咸宜，百禄是何⑦。

【注释】

这是宋君祭祀殷代祖先武丁的一首乐歌，见于《诗经》。玄鸟：黑色燕子。

① 宅：居住。芒芒：同“茫茫”。

② 正（zhēng）：同“征”。方：遍，普。

③ 奄：包括。九有：九州。传说禹划天下为九州岛。《尔雅·释地》：“两河间曰冀州，河南曰豫州，河西曰雍州，汉南曰荆州，江南曰扬州，济南曰兖州，济东曰徐州，燕曰幽州，齐曰营州。”

④ 旂（qí）：古时一种旗帜，上画龙形，竿头系铜铃。糦：同“饎”，酒食。乘（shèng）：四马一车为乘。

⑤ 邦畿（jī）：封畿，疆界。肇域四海：始拥有四海之疆域。四海，《尔雅》以“九夷、八狄、七戎、六蛮”为“四海”。或释“肇”为“兆”，兆域，即疆域。

⑥ 来假（gé）：来朝。

⑦ 何（hè）：通“荷”，承担。

【大意】

天帝发令给玄鸟，生契建商降人间，住在宽广的殷地。

从前天帝命成汤，征伐天下安四方。

昭告部落各首领，九州土地商占领。

商朝子孙承遗志，承受天命不懈怠，武丁中兴最称贤。

武丁确是好君主，成汤遗业能承担。

龙旗大车有十乘，贡献粮食常载满。

千里江山真辽阔，百姓居处得平安，四海疆域至极远。

四夷八荒来朝谒，车水马龙各争先。

景山外围大河流，殷受天命人称善，祥瑞福禄占齐全。

【赏析】

人们常说：“得江山易，守江山难。”由此看来，能在守住江山的基础上中兴祖宗的基业，更是难上加难。那么，对于能够守江山的中兴之主，后世也会丝毫不吝惜溢美之词进行称颂。那就让我们来看看武丁中兴几百年后的宋国国君是如何歌颂这位中兴的祖先的吧！

神圣的祖先诞生和伟大的商汤立国，对于作为殷商遗民的宋君来说当然是值得称颂的一段历史，但其目的却并不在此，其目的是衬托武丁中兴的大业。以先王的不朽功业与武丁之中兴事业相比，武丁中兴之功绩则更显盛美。

“宅殷土芒芒”“邦畿千里”既有虚指，又有实写，状出了殷商地域之广袤。在如此丰厚的基业上，武丁是如何“百尺竿头，更进一步”的呢？

以征伐四方开始实在是建功立业的不二选择。当时的场面一定颇为浩大，但宋君却并不说这些，他更加关注的是结果——四夷来归，疆域至广。至此，读者一定会想，武丁对于为开拓疆域而发动的这些战争，一定是指挥若定、手到擒来，当真是一代雄主！

武丁的伟大似乎并不只在军事上，在经济和政治方面也颇有建树。粮食满载而来，四方百姓平安，这写的都是经济稳固、政治清明的景象。有如此优秀的君主，整个国家被祥瑞福禄笼罩也就不足为奇了！

【拓展】

关于“玄鸟生商”，有这么一段传说。

据说，帝喾的次妃简狄和另外两名女子曾到河中洗浴。见有人来，鸟儿纷纷飞走，却唯独有一只燕子迎着三人来到了河面上。燕子盘旋数次，下了一枚卵，便飞走了。正在戏水的简狄没有留意，误吞这枚燕卵。回去后，简狄就有了身孕。十月后，生下一子，取名为契。

契长大后，非常聪敏，帝舜便命令他去帮助大禹治水。治水成功后，帝舜封其为司徒，并把商地分封给他。契带领族人在此繁衍、发展，最终形成了后来的商部族。

周南·关雎

关关雎鸠[①]，在河之洲。
窈窕淑女，君子好逑。
参差荇菜[②]，左右流之。
窈窕淑女，寤寐求之。
求之不得，寤寐思服[③]。
悠哉悠哉[④]，辗转反侧。
参差荇菜，左右采之。
窈窕淑女，琴瑟友之。
参差荇菜，左右芼[⑤]之。
窈窕淑女，钟鼓乐之。

【注释】

《关雎》描写的是男子见到心爱的女子之后的思念之情。作为《诗经》中的首篇，《关雎》在古代诗歌中具有举足轻重的地位。

① 关关：雌雄二鸟相互应和的叫声。雎鸠：一种水鸟，即王雎。

② 参差（cēn cī）：长短不齐貌。荇菜，水生植物，叶浮在水面，可供食用。

③ 寤寐（wù mèi）：醒和睡，指日夜。寤，睡醒。寐，入睡。思服：思念。服，想。

④ 悠哉悠哉：想念呀想念。

⑤ 芼（mào）：择取，挑选。

【大意】

雎鸠关关鸣叫，在河中小洲上。姑娘美丽文静，君子求她结情侣。

荇菜长短不一，姑娘左右采摘。姑娘美丽文静，朝朝暮暮把她想。

追求难以遂心，日夜渴慕思念。思绵绵恨重重，翻来覆去难成眠。

荇菜长短不一，姑娘左右采摘。姑娘美丽文静，琴瑟传情求交往。

荇菜长短不一，姑娘左右拾取。姑娘美丽文静，钟鼓齐鸣换笑颜。

【赏析】

学者们在分析这首诗的时候总是能看到爱情和美之外的东西，如道德、纲常，更有人认为其深层意思中表达出来的道德纲常是立国之本。

这实在是太缺少诗意了。一首诗，没有了诗意，还能剩下什么呢？我宁愿相信孔子是被这美丽的画面和这让人抓狂的暗恋打动了。

一见钟情，实在是一个让人们感到甜蜜的词。不为众所知的是，一见钟情有两个意思：男女之间一见面，双方就产生了爱情，这是众所周知的意思，也是充满甜蜜的大结局的开端。但有时，这种喜欢却并非来自双方，也就成了单相思，也就有了让无数人失眠、激动、抓狂、无奈、颓废，不得不放弃，然后又忍不住追忆的暗恋。

大概当爱情来临的时候，人们看到的事物都会更加美好，今人、古人概莫能外。

在这个美丽的季节邂逅美丽而文静的女子，雎鸠的鸣叫因她而动听，青荇菜的参差因她而充满诗意，一直平静的心因她而怦怦跳动，然后是无尽的思念，难眠的长夜，以及种种看起来合情合理，事到临头却毫无用途的设想和计划……

美丽而文静的女子所在的整个回忆，包括其中的关雎、荇菜、小洲、流水都美得那么不可方物，美得让人不忍触碰。因美而想得到，因怕失去美而不敢触碰，结果也只能是一次次地辗转反侧，一次次地思念。

每一次的思念，都以甜蜜开始，最终以心中空荡荡的感觉结束。这滋味不好受，却有瘾，沉溺其中的人都难以保证思绪不会有下一次的轮回。

暗恋的感觉，《关雎》描写得实在是入木三分！

这首诗通过描绘一个男子在河边遇到一个采摘荇菜的姑娘，并为姑娘的勤劳、美貌和娴静而动心，随之引起了强烈的爱慕之情，在梦里也会梦见那位姑娘，充分表现了古代劳动人民内心对美好爱情的向往和追求，突出表达了青年男女健康、真挚的思想感情。

【拓展】

《诗经》共305篇，孔子在整理的时候把《关雎》放在了第一位。有人据此认为："孔子论《诗》，一般都是以《关雎》为始。……此纲纪之首，王教之端也。"

在很多人的认识中，《关雎》既承认男女之爱是自然而正常的感情，又要求对这种感情加以克制，使其能够放入社会美德的框架。有人说这是封建礼教对人们恋爱自由的干涉和对思想的毒害，也有人说这是治世之本，后者可能更符合孔子将其置于首篇的初衷。

小雅·鹤鸣

鹤鸣于九皋①，声闻于野。
鱼潜在渊，或在于渚②。
乐彼之园，爰有树檀，其下维萚③。
它山之石，可以为错④。
鹤鸣于九皋，声闻于天。
鱼在于渚，或潜在渊。
乐彼之园，爰有树檀，其下维榖⑤。
它山之石，可以攻玉。

【注释】

《鹤鸣》是《诗经》中的一篇。今人认为这是一首通篇用借喻的手法，表达招致人才为国所用的主张的诗，亦可称为"招隐诗"，我们不妨简单地认为这是一首即景抒情的小诗。

①九：虚数，言沼泽之多。皋：沼泽地。

②渚：水中小洲，此处当指水滩。

③爰（yuán）：于是。萚（tuò）：酸枣一类的灌木。

④错：砺石，可以打磨玉器。

⑤榖（gǔ）：树木名，即楮树。

【大意】

幽幽沼泽仙鹤鸣，声传四野真亮清。深深渊潭游鱼潜，有时浮到渚边停。园中充满快乐，檀树枝高叶茂，下面杂草凋零。他方山上有佳石，可以用来磨玉英。

幽幽沼泽仙鹤唳，声传天边很整齐。浅浅渚滩游鱼浮，有时潜入渊潭嬉。园中充满快乐，檀树枝高叶茂，下面楮树枯瘦。他方山上有佳石，可以用来琢玉器。

【赏析】

身处广袤的旷野中，有鹤鸣之声传来，四野为之震动，浮云为之摇曳。鹤鸣未罢，又见游鱼时而潜入深渊，时而跃上滩头。顺着河滩望去，一座园林赫然在目，院中的檀树枝繁叶茂，檀树之下，是一层枯枝败叶。园林近旁，一座怪石嶙峋的山峰高耸入云，看到这山上的石头，忍不住取之作为工具来磨砺玉器。

从听觉到视觉，再到心中所感、所思，循序渐进，娓娓道来，一条意脉贯穿全篇，呈现出来的是一幅漫游荒野的美丽图画。有色有声，有情有景，有诗意，让人忍不住以为世间至美也就如此。

一首美丽的小诗，一幅美丽的画卷，对于读诗的人来说，也就足够了。

【拓展】

唐代白居易有《池鹤》，同样借鹤咏怀，表达的感情却与《鹤鸣》迥然相异。全诗如下：

高竹笼前无伴侣，乱鸡群里有风标。
低头乍恐丹砂落，晒翅常疑白雪消。
转觉鸬鹚毛色下，若嫌鹦鹉语声娇。
临风一唳思何事，怅望青田云水遥。

小雅·鸳鸯

鸳鸯于飞，毕之罗之[1]。
君子万年，福禄宜[2]之。
鸳鸯在梁，戢其左翼[3]。

君子万年，宜其遐福。
乘马在厩，摧之秣之[4]。
君子万年，福禄艾[5]之。
乘马在厩，秣之摧之。
君子万年，福禄绥[6]之。

【注释】

关于《鸳鸯》的解读，历来有两种说法，有人说是用来讽刺周幽王的，还有人说是用来表达人们对美好、幸福婚姻的希望的，此处取第二种说法。

①毕：长柄的小网。罗：无柄的捕鸟网。

②宜：引申为享。

③梁：筑在河湖池中拦鱼的水坝。戢（jí）：插。

④乘（shèng）：四匹马拉的车子。摧（cuò）：通“莝”，铡草喂马。秣（mò）：用粮食喂马。

⑤艾：养。

⑥绥：安。

【大意】

鸳鸯双双轻飞，遭遇大小罗网。好人万年康寿，福禄同来安享。

鸳鸯相偎鱼梁，喙儿插进左翅。好人万年康寿，一生幸福绵长。

拉车辕马在厩，每天喂草饲粮。好人万年康寿，福禄把他滋养。

拉车辕马在厩，每天饲粮喂草。好人万年康寿，福禄齐享永葆。

【赏析】

鸳鸯从来都是爱情的象征，在这首诗中也不例外。诗人在开篇就以鸳鸯喻男女之爱——好一对色彩艳丽的鸳鸯，好一段美好圆满的爱情。拍动着羽毛绚丽的翅膀，在空中比翼双飞，在水中交喙缠颈……鸳鸯的每一个动作都是情人间爱意的表达。

当然了，爱情之所以伟大，就在于它并不是只有美好、甜蜜、你侬我侬，更在于它的心心相印、相濡以沫、忠贞不渝，而这些，诗人都艺术性地通过鸳鸯完美地诠释了出来。

正如“夫妻本是同林鸟，大难临头各自飞”讽刺了伪情人之间的薄情寡义一样，“鸳鸯于飞，毕之罗之”说的就是情人间陷入困境时的相濡以沫，遇到危险时的忠贞不渝。快乐的时候，可以一同嬉戏；难过的时候，也可以分享悲伤。这样的爱情，若不能修成正果，当真是天理不容！

于是，高头大马来了，马后面是车，车上载着的是聘礼。然后，高头大马走了，马后面是车，车上坐着美丽的新娘。一段美丽的爱情就此延续，一段幸福的婚姻就此开始。

【拓展】

唐代卢照邻《长安古意》中有名句“愿作鸳鸯不羡仙”，节选一段如下：

楼前相望不相知，陌上相逢讵相识？
借问吹箫向紫烟，曾经学舞度芳年。
得成比目何辞死，愿作鸳鸯不羡仙。
比目鸳鸯真可羡，双去双来君不见？

郑风·山有扶苏

山有扶苏，隰有荷华①。
不见子都，乃见狂且②。
山有乔松，隰有游龙③，
不见子充，乃见狡童④。

【注释】

这是一首简单直白的情诗，出自《诗经》。该诗写的是一位女子在与情人欢会时，怀着无限惊喜的心情对情人的嗔骂。扶苏：树木名。

① 隰（xí）：洼地。华：同“花”。

② 子都：古代美男子；与后文“子充”同义。狂：狂妄的人。且（jū）：助词。

③ 游龙：水草名，即荭草、水荭、红蓼。

④ 狡童：姣美的少年。

【大意】

山上有茂盛的扶苏，池里有美艳的荷花。见不到如子都般的美男，却遇见个狂妄小子。

山上有挺拔的青松，池里有丛生的荭草。见不到如子充般的美男，却遇见个姣美少年。

【赏析】

许多人对这首诗做过注解，皆有曲意挖深、拔高主题之嫌。在此，我们不妨抛开那些成见，仅从诗歌的字面意思、表现情感方面来细细体味。

一幅山清水秀的风景画，青山上有挺拔的扶苏、青松，水中有艳丽的荷花、荭草。一对眉清目秀的恋人，男子像扶苏、青松一般挺拔，女子像荷花、荭草一样艳丽，此刻，他们约定在此幽会。

通过诗句，可以设想，姑娘早早就来了，左等右等心上人却不见来。当最终见到姗姗来迟的情人时，心中的惊喜和兴奋完全转化成了口中的嗔骂，热恋中的口是心非就是如此了！直白的话语充满了生活气息，小女子的情态被诗人刻画得入木三分。

【拓展】

南唐李煜有词《菩萨蛮》也对男女幽会做了描写，同是幽会，同是女子的娇嗔，李煜在词中表现的又是另一番景象了。全词如下：

花明月暗笼轻雾，今宵好向郎边去。
刬袜步香阶，手提金缕鞋。
画堂南畔见，一向偎人颤。
奴为出来难，教郎恣意怜。

睹物感怀

召南·鹊巢

维鹊有巢，维鸠居之①。
之子于归，百两御之②。
维鹊有巢，维鸠方③之。
之子于归，百两将④之。
维鹊有巢，维鸠盈⑤之。
之子于归，百两成⑥之。

【注释】

这是《诗经》中的一首描写当时贵族（一说诸侯或国君）婚礼中女子出嫁盛况的诗。鹊巢：喜鹊的巢。

① 维：发语词。有巢：比兴男子已造家室。鸠：指斑鸠（一说布谷鸟），斑鸠自己不筑巢，居鹊的巢。

② 归：嫁。两：通“辆”。御：同“迓（yà）”，迎接。

③ 方：并，比，此指占居。

④ 将（jiāng）：送。

⑤ 盈：满，此指陪嫁的人很多。

⑥ 成：迎送成礼，此指结婚礼成。

【大意】

喜鹊筑巢，斑鸠来住。女子出嫁，车队来迎。

喜鹊筑巢，斑鸠占有。女子出嫁，车队送走。

喜鹊筑巢，斑鸠住满。女子出嫁，车队成全。

【赏析】

人作为天地的产物，自然与造化有着许多联系，人本身的许多行为和天性在大自然的许多事物身上都有体现。古人很早就知道了这一点，他们看到自然中的这些景象时当然就会想到自身，有感而发便引吭高歌，因而，《诗经》中多用比兴。

《鹊巢》也不例外，诗歌虽短，但都以鸠居鹊巢起兴。正如喜鹊筑好巢，斑鸠来住是这两种动物的天性一般，男子建好房子，女子嫁来住，这男婚女嫁在时人看来也是人的天性。

这首诗被认为是一首描写王公贵族盛大婚礼的诗歌。无论是贵族还是平民都要遵循男婚女嫁的天性，只是，在形式上，贵族的婚礼与平民的还是有许多不同，因其与众不同，这场婚礼便得到了诗人的歌颂。

诗人作为一个旁观者站在路边，目睹浩浩荡荡的车队过来，那是迎亲的队伍，可以想见，新郎是多么的富有，新娘的高贵也就不必多说了。不多时，还是那支车队浩浩荡荡地回来了，看来新娘已经被接回来了。人声鼎沸，场面热闹，隆重的婚礼和浩荡的车队成全了一对新人的婚姻，也成全了一位诗人的杰作。

【拓展】

《诗经》中有《陈风·防有鹊巢》，亦以“鹊巢”起兴，表达的是一个人在对他人产生爱慕之情时心中滋生的猜测、推想、幻觉等不平常的心理活动。全诗如下：

防有鹊巢，邛（qióng）有旨苕。

谁侜（zhōu）予美？心焉忉（dāo）忉。

中唐有甓（pì），邛有旨鹝（yì）。

谁侜予美？心焉惕惕。

郑风·缁衣

缁衣之宜兮，敝[①]，予又改为兮。

适子之馆兮，还，予授子之粲兮[②]。

缁衣之好兮，敝，予又改造兮。

适子之馆兮，还，予授子之粲兮。

缁衣之蓆兮，敝，予又改作兮[③]。

适子之馆兮，还，予授子之粲兮。

【注释】

本诗出自《诗经》，古代有人认为这是一首描写国君与臣下关系的诗歌，也有人认为其描写的是家庭亲情。此处取后一种说法。缁（zī）衣：黑色的衣服，当时卿大夫到官署所穿的衣服。

① 敝：破旧。

② 适：往。馆：馆舍。粲（càn）：形容新衣鲜明的样子，此处代指新衣。

③ 蓆：宽大。改作：同改为、改造，是随着衣服的破烂程度而说的，以见其关心。

【大意】

黑色朝服多么合适，如今却破了，我再为你做一袭。你到官署去工作，回来的时候，我就给你穿新衣。

黑色朝服那么美好，如今却破了，我再为你做一套。你到官署去工作，回来的时候，我就给你穿新衣。

黑色朝服宽松合身，如今却破了，我再为你做一身。你到官署去工作，回来的时候，我就给你穿新衣。

【赏析】

“话说三遍淡如水”，然而同样的话若是稍作改动也能说出另一番景象来。相同的三段，每段仅有两字不同，却正是这两个字，将一位妻子对丈夫的关心、支持和她的贤惠表现得淋漓尽致。

未曾分离过的人总是会觉得一遍遍的叮嘱实在无益，除了浪费口水与时间之外别无他用；远离亲人的人又总是对此产生怀念，脑海中一遍又一遍的唠叨总能滋养那颗因缺少关心而开始干涸的心。三段几乎同样的话语，表达的是一位妻子对丈夫厚重的爱，因其厚重，一次才难以说完。

“宜”“好”“蓆”，出自妻子之口的三段话用了三个不同的词来修饰同一件衣服。这只是对衣服的赞美吗？显然不是，衣服再好，若没有穿在人的身上也没有价值，何况还是破旧了的衣服，她想表达的是对丈夫的赞美。此外，这还是一件官服，对它的赞美也表达了她对丈夫工作的支持。

衣服破了，作为一位深爱着丈夫的妻子，修补衣服是肯定的。于是，她就根据衣服破损程度的不同，选择了“改为”“改造”“改作”三种办法。看似无意的一个字的改动，使一位贤惠妻子的形象跃然纸上。

【拓展】

缁衣在后世还用以代指僧侣的服饰。清代曹雪芹《红楼梦》中曾有判词，点明了惜春最终看破红尘、毅然出家的结局，其中“缁衣”即指僧侣服饰。全诗如下：

勘破三春景不长，缁衣顿改昔年妆。
可怜绣户侯门女，独卧青灯古佛旁。

豳风·七月（节选）

七月流火①，九月授衣②。
春日载阳，有鸣仓庚③。
女执懿筐，遵彼微行，爰求柔桑④。
春日迟迟，采蘩⑤祁祁。
女心伤悲，殆及公子同归。
七月流火，八月萑苇⑥。
蚕月条桑，取彼斧斨⑦。
以伐远扬，猗彼女桑⑧。
七月鸣鵙⑨，八月载绩。
载玄载黄，我朱孔阳，为公子裳。

【注释】

《七月》是《诗经·国风》中最长的一首诗，叙述了农人一年到头无休止的劳动，却最终被贵族剥夺得一干二净的不公平待遇。此处节选第二、三段。

① 七月流火：每年夏历五月，黄昏时候，火星当正南方，也就是正中和最高的位置。过了六月就偏西向下了，这就叫做“流”。火（古读 huǐ）：或称大火，星名，即心宿。

② 授衣：将裁制冬衣的工作交给女工。九月丝麻等事结束，所以在这时开始做冬衣。

③ 春日：指二月。载：始。阳：温暖。仓庚：鸟名，就是黄莺。

④ 懿：深。微行：小径。柔桑：初生的桑叶。

⑤蘩（fán）：菊科植物，白蒿。

⑥萑苇：芦苇。八月萑苇长成，收割下来，可以做箔。

⑦蚕月：指三月。条桑：修剪桑树。斨（qiāng）：方孔的斧头。

⑧猗：通“掎”，牵引。女桑：嫩桑叶。

⑨鵙（jú）：鸟名，即伯劳。

【大意】

七月大火向西落，九月妇女缝寒衣。春天阳光暖融融，黄莺婉转唱着歌。姑娘提着深竹筐，一路沿着小道走。伸手采摘嫩桑叶，春来日子渐渐长。人来人往采白蒿，姑娘心中好悲伤，害怕要随贵人嫁他乡。

七月大火向西落，八月要把芦苇割。三月修剪桑树枝，取来锋利的斧头。砍掉高高长枝条，攀着细枝摘嫩桑。七月伯劳声声叫，八月开始把麻织。染丝有黑又有黄，我的红色更鲜亮，献给贵人做衣裳。

【赏析】

这是一首奴隶的歌，不为自由，不为希望，只为无休止的现在和那可以预见却无法改变的未来。他们是奴隶，他们也有男女之分，却不可避免地都要承担繁重的劳作。相比于男性来说，其中的女性更加悲惨，更值得人们去同情，虽然已是往事，虽然没什么用。

春天来了，气温转暖，黄莺在欢快地歌唱，树上的叶子已是绿油油的。这美好的景色并不能取悦所有的人，一对妇女正挎着深筐子，沿着田间的小路，去采摘饲蚕用的嫩桑叶，她们无暇对这美景动心。春昼苦长，她们辛勤工作了很久，硕果累累，桑叶装满一筐又一筐。突然间悲伤袭击了她们，贵族的公子正朝这边走来，她们中的某人就要被掳走了，害怕并不能帮助她们逃脱被凌辱的厄运。

公子身上穿着丝绸做的衣裳，那是贵族的专属，却并非贵族造就。每一件衣裳都要经过繁杂的工序，他不知道，她们却清楚得很。三月开始修剪桑枝，拿起斧子，砍去那些长长的枝条，然后攀枝再采摘些柔嫩的桑叶。七月伯劳鸟咕咕地叫着，提醒人们下半年的开始，提醒妇女们动手纺织。纺织品染着不同的颜色，有黑红色的，有黄色的，而最鲜亮的是朱红色的。可惜这些都不是为自己而做，而是为前面那姗姗而来的贵族公子所做。

【拓展】

宋代张俞曾作《蚕妇》，是反映人民生活苦难的传世名篇，与《七月》中采桑、织布部分殊途而同归。全诗如下：

昨日入城市，
归来泪满巾。
遍身罗绮者，
不是养蚕人。

周颂·丰年

丰年多黍多稌[1]，

亦有高廪，万亿及秭[②]。
为酒为醴，烝畀祖妣[③]。
以洽百礼，降福孔皆[④]。

【注释】

这是一首歌颂丰收的诗，出自《诗经》。丰年：丰收之年。

① 黍：小米。稌（tú）：稻。

② 廪：粮仓。

③ 烝：献。畀（bì）：给予。祖妣：男女祖先。

④ 洽：配合。百礼：各种礼仪。孔：很。皆：普遍。

【大意】

丰收年的粮食非常多，
谷场边粮仓高耸，
入库粮食亿万斛。
酿成美酒千万觞，
献在祖先灵位前。
举行祭典很隆重，
齐天洪福降万户。

【赏析】

在一切生活资源都来源于土地的古代，丰收更显得弥足珍贵，因而，每逢丰收时节，古人们总要大肆庆祝。

以社稷来代指国家是古人的做法，社本意为土神，稷本意是谷神。古时，人民的生存依赖农业生产，政权的稳固也要以农业生产为保障，因而，农业的收成在当时必然是朝野上下最为关注的头等大事。国家以土神和谷神合起来称呼也就再合理不过了。

“庄稼不收年年种，总有一年好收成”，这是古人在土地里刨食时心态的真实写照。他们辛勤劳动，却并不奢求与其劳动价值对等的回报，只期望偶尔来个丰收年，不至于被饿死也就满足了。然而即便是如此虔诚，上苍仍然经常拿他们的性命开玩笑，风调雨顺的日子总是少数，涝灾或旱灾时有发生。因而，每一个丰收年到来时，人们便满足地载歌载舞以示庆祝。他们是如此容易地被满足，他们每一次的满足却都那么来之不易。

本是自己劳动所应得的回报，却在得到后诚惶诚恐，感恩戴德，在他们看来，那是上天的赏赐。归根到底，他们身处无法驾驭的造化中，无法主宰自己命运的人们也只有祈求神灵保佑了。然而，他们又不满足于现状，他们在感谢的颂歌中还加入了对未来的希冀，当然，仍然是以祈祷的形式对上天进行诉说。这一切的一切，只因他们深感缺乏主宰自己命运能力的无奈。

【拓展】

《诗经》中有《载芟》，描述了从开垦、播种、收获到祭祖的全过程，其中对耕作的辛劳所作的深入而细致的描写，更反映出丰收之不易。全诗如下：

载芟载柞，其耕泽泽。
千耦其耘，徂隰徂畛。
侯主侯伯，侯亚侯旅，侯强侯以。
有嗿其馌，思媚其妇，有依其士。
有略其耜，俶载南亩，播厥百谷。
实函斯活，驿驿其达。

有厌其杰，厌厌其苗，绵绵其麃。
载获济济，有实其积，万亿及秭。
为酒为醴，烝畀祖妣，以洽百礼。
有飶其香，邦家之光。
有椒其馨，胡考之宁。
匪且有且，匪今斯今，振古如兹。

前人旧事

邶风·式微

式微，式微，胡不归？
微君[①]之故，胡为乎中露！
式微，式微，胡不归？
微君之躬[②]，胡为乎泥中！

【注释】

今人普遍认为这是一首人们因不堪忍受繁重的劳役而表达怨愤的诗歌，出自《诗经》。邶（bèi）：周代诸侯国名，在今河南省汤阴县东南。式微：黄昏或曰天黑。式：作语助词。微：（日光）衰微。

① 微：非。微君：要不是君主。

② 躬：身体。

【大意】

天黑了，天黑了，为何还不回家？若非为了君主，怎会还在露水中！

天黑了，天黑了，为何还不回家？若非为了君主，怎会还在泥浆中！

【赏析】

全诗共两章，皆以“式微，式微，胡不归”起调，天黑了就要回家，这在缺少灯火的古代，是尽人皆知的常识。

而诗人却反其道而行之，天黑了仍然不回家，这到底是为何呢？

归根到底，都是为了所谓的“君”，君主的事情大如天，为了给他们以方便，诗人不得不经年累月、昼夜不辍地在露水和泥浆中奔波劳作。非人处境、不公正的待遇使他们对统治者愤懑盈腔，然而终究无可奈何，只能继续做事，与后来者分享其愤恨、无奈和对明知不会实现的自由和公平的奢望。

【拓展】

关于《式微》的解读，历来说法不一，还有一种说法将其解释为表示归隐之意，亦有人应和。唐代王维曾作《渭川田家》，诗中的“式微”即为归隐之意。全诗如下：

斜阳照墟落，穷巷牛羊归。
野老念牧童，倚杖候荆扉。
雉雊麦苗秀，蚕眠桑叶稀。
田夫荷锄至，相见语依依。
即此羡闲逸，怅然吟式微。

周颂·有客

有客有客，亦白其马。
有萋有且，敦琢其旅①。
有客宿宿，有客信信。
言授之絷②，以絷其马。
薄言追③之，左右绥之。
既有淫威，降福孔夷。

【注释】

《有客》是宋微子来朝周，周成王设宴为其饯行时所唱的乐歌，出自《诗经》。客：指宋微子。周既灭商，封微子于宋，以祀其先王，微子来朝祖庙，周以客礼待之，故称客。

① 有萋有且（jū）：即“萋萋且且”，此指随从众多。敦琢：意为雕琢，引申为选择。旅：通“侣”，指伴随微子的宋大夫。

② 言：语助词。絷（zhí）：绳索。

③ 追：饯行送别。

【大意】

有客远来此，白色骏马身下跨。
随从众且多，个个盛服来随驾。
头夜宿宾舍，两夜三夜再住下。
取出绳索来，留客拴住他的马。
客离我送行，群臣一同慰劳他。
客已受厚待，老天赐福将更大。

【赏析】

有客自东方来，一骑白马、一众随从、一片盛装。如此崇尚白色，除却先代遗民宋微子，再无他人。殷人尚白，微子来朝乘白色之马，虽为“周宾”却还能不忘本，实在难得！

既然来了，作为主人就应该以礼相待，下榻在最好的宾舍，即使客人要走也要极力挽留。甚至有人试图用绳子拴住他的马，以此来挽留客人。在热情之余更显淳朴、可爱。

客人的离去终究不可避免，既然不能挽留，那就只能隆重地为之饯行了。在饯行宴上，周的群臣，也来参加慰送，

“礼不可废”就应该这样。微子朝周，既已受到大德的厚待，上天所降给他的福祉，也必然更大。以此作颂歌的结语，既表示周代对殷商后裔的宽宏，亦以勉慰微子，若其安于“虞宾”之位，将来必能得到更多的礼遇。

【拓展】

唐代杜甫亦有《有客》诗一首，全诗如下：

患气经时久，临江卜宅新。
喧卑方避俗，疏快颇宜人。
有客过茅宇，呼儿正葛巾。
自锄稀菜甲，小摘为情亲。

小雅·我行其野

我行其野，蔽芾其樗①。
婚姻之故，言就尔居。
尔不我畜，复我邦家。
我行其野，言采其蓫②。
婚姻之故，言就尔宿③。
尔不我畜，言归斯复。
我行其野，言采其葍④。
不思旧姻，求尔新特⑤。
成不以富，亦祇以异⑥。

【注释】

该诗描写的是一个远嫁他乡的女子诉说其被丈夫遗弃之后的悲愤和痛苦，出自《诗经》。

① 蔽芾（fèi）：树木枝叶茂盛的样子。樗（chū）：臭椿树。

② 蓫（zhú）：一种野菜，又名羊蹄菜。

③ 宿：居住。

④ 葍（fú）：野草，可蒸食。

⑤ 新特：新配偶。

⑥ 成：通“诚”，的确。祇（zhī）：恰恰。

【大意】

独自走在旷野中，樗树枝叶婆娑。因为婚姻的关系，才来同你生活。你不好好对待我，我只好回故乡。

独自走在旷野中，采摘羊蹄野菜。因为婚姻的关系，日夜与你同在。你不好好对待我，回乡我不再来。

独自走在旷野中，采摘葍草细茎。罔顾结发的情意，却把新欢找寻。诚非因为她富有，而是你已变心。

【赏析】

自父系社会发展而来的古代男尊女

卑的伦理传统，导致了在家庭和婚姻中女子的被动地位，也造就了中国古代文学史上弃妇文学这样一个突出的母题。女人在被丈夫抛弃之后的悲伤和无助成为这类文学作品所表达的主要内容。

一个人，一片荒凉、岑寂的旷野，远处生长着些许樗树和蓫草、葍草，使人闭上眼睛就能切身体会到主人公那孤独、凄凉的境况。漫无边际地行走，只是试图驱散因被丈夫遗弃而产生的无法排遣的伤悲，走在回家的路上，却找不到家的方向。

不停地行走，却似乎并未移动，不变的旷野上仍旧是那几棵不变的樗树。只有在走累了的时候，才能意识到时间曾经从脚下流过，采摘一点羊蹄菜充饥，采摘过的地方，与别地并没有什么不同。偌大的自然，寂静的旷野，零星的樗树，杂乱的野草，和一个渺小的、孤独的女人，宁静安谧却又躁动不安。

伤心的时候不应该独处，寂静总是使往事如电影般无休止地回放，心中的思绪被仇恨一遍又一遍地扯断。因婚姻而聚首，因移情而分离，负心人总是吝啬。不要被施舍，她选择离去。没有歇斯底里，没有呼天抢地，平静地离开，坚强地在旷野中行走，把痛苦深埋在心底，强自宽解，悲伤让这没有方向的旅程苦涩得难以继续。

既然感情已经变质，这次离开也就没有了退路，就算孤独，就算苦涩，就算坎坷，仍然要在这岑寂的旷野中走下去。

【拓展】

《诗经》中有《卫风·氓》，同样对负心汉进行了控诉，与本篇注重“此时”心理描写的写法不同，《氓》对一段感情的开始、高潮和结尾都进行了细致的描写。全诗如下：

氓之蚩蚩，抱布贸丝。
匪来贸丝，来即我谋。
送子涉淇，至于顿丘。
匪我愆期，子无良媒。
将子无怒，秋以为期。
乘彼垝垣，以望复关。
不见复关，泣涕涟涟。
既见复关，载笑载言。
尔卜尔筮，体无咎言。
以尔车来，以我贿迁。
桑之未落，其叶沃若。
于嗟鸠兮！无食桑葚。
于嗟女兮！无与士耽。
士之耽兮，犹可说也。
女之耽兮，不可说也。
桑之落矣，其黄而陨。
自我徂尔，三岁食贫。
淇水汤汤，渐车帷裳。
女也不爽，士贰其行。
士也罔极，二三其德。
三岁为妇，靡室劳矣。
夙兴夜寐，靡有朝矣。
言既遂矣，至于暴矣。
兄弟不知，咥其笑矣。
静言思之，躬自悼矣。
及尔偕老，老使我怨。

淇则有岸，隰则有泮。
总角之宴，言笑晏晏。
信誓旦旦，不思其反。
反是不思，亦已焉哉！

小雅·采薇（节选）

昔我往矣，杨柳依依①。
今我来思，雨雪霏霏②。
行道迟迟，载渴载饥。
我心伤悲，莫知我哀！

【注释】

本诗出自《诗经》。从内容上分析，这首诗是将士戍役劳还时所作，描写了从军将士的艰辛生活，表达了他们思归的情怀。原诗共六章，节选部分为最后一章。薇：指豆苗。

① 昔：从前。依依：形容树枝柔弱，随风摇摆的样子。

② 雨（yù）雪：下雪。霏霏：雪花飞舞的样子。

【大意】

回想当初出征时，杨柳依依随风吹。
如今回来路途中，大雪纷纷满天飞。
道路泥泞难行走，又渴又饥真劳累。
满心伤感满腔悲，我的哀痛谁体会。

【赏析】

在外漂荡的人，都有一个坚硬的外壳，外面是坚强、不屈，里面是委屈、不甘。风霜雨雪把它锤炼得更加坚固，挫折磨难会让它更加厚实，游子把自己藏在里面，麻木却安全。本以为这坚硬的外壳会伴随一生，本以为麻木的心再也不会悸动，却因记忆中模糊的故乡的接近而泪流满面……

泪水在沧桑的脸上冲出一条条灰筑的沟壑，带走覆盖在往事上的尘埃，曾经以为的坚固的外壳轰然崩裂，往事和悲伤一并涌了出来。

出征之时，那依依杨柳，枝茂叶盛，随风而舞；而此时，踏在归程上，鹅毛大的雪花簌簌而下，同样是随风而舞，落在身上，看在眼中，却是另一番的感觉。路远，天寒，饥寒交迫，使得沉重的脚步更显狼狈。如此境遇，怎能不使人心生凄凉！放眼望去，四下无人，这份悲伤又该向谁诉说？

【拓展】

三国魏曹丕曾作《善哉行·上山采薇》，以相同的意象对军旅生涯的艰辛进行了描述。全诗如下：

上山采薇，薄暮苦饥。
溪谷多风，霜露沾衣。
野雉群雊，猿猴相追。
还望故乡，郁何垒垒！
高山有崖，林木有枝。
忧来无方，人莫之知。
人生如寄，多忧何为？
今我不乐，岁月如驰。
汤汤川流，中有行舟。
随波转薄，有似客游。
策我良马，被我轻裘。
载驰载驱，聊以忘忧。

采薇歌

登彼西山兮，采其薇矣。
以暴易暴兮，不知其非矣。
神农虞夏忽焉没兮，我适安归矣①？
吁嗟徂兮②，命之衰矣！

【注释】

《采薇歌》为伯夷、叔齐所作。这是一首袒露心迹、毫不矫饰的抒情诗，也是一首爱憎分明、议论风发的政治诗。伯夷、叔齐本是商末孤竹君之子。周武王灭商后，二人耻食周粟，采薇而食，最终饿死于首阳山。

① 适：往，去。

② 吁（xū）嗟：叹息声。徂（cú）：往，一说通“殂”，死。

【大意】

登上首阳山，采摘野豌豆以充饥。

用凶暴取代凶暴，即便是武王也未分清是与非。

神农虞夏等古代圣君转瞬即逝，我要去的乐土应该在哪里？

可悲啊可悲，就要身赴黄泉，这是命中注定该我们倒霉啊！

【赏析】

这里是首阳山，是伯夷、叔齐隐居的地方，也是他们以身殉国的地方。登上首阳山的高处，兄弟二人采薇充饥。彼时未值荒年，二人潦倒却并不因为穷困，只因那些可以充饥的粟米出于周而非商，而他们“耻食周粟”。

一个人，在走投无路的时候若能从容赴死，一定会被人们赞一声“真汉子”。若是他放着身后的阳关大道不走，而偏偏选择峭壁悬崖；放着优渥的生活不享受，却偏偏要风餐露宿、食不果腹，想必会被认为是“傻子”。伯夷、叔齐就是两个“傻子”，放着好好的王爷不做，却一心求死，当真有病？

每个特立独行的人心中都有一个不为人知的信念，因之重生，为之赴死。他们热爱自己的祖国，爱到甘愿为之赴死。虽然这个国家曾经是那么的腐朽、黑暗，它的统治者是那么的昏庸、残暴，但这是他们的母国，是他们生来就带着的烙印。后来者可能更加清明、开化，但流淌在血液中的那一丝眷恋却终究难以割舍，况且，新生的王朝真的更加优越吗？在这对兄弟看来，不过是以暴易暴罢了！不以仁义王天下者，岂能持久？面对无力改变的现实，也唯有通过想象才能获得些许的慰藉，只恨未能生在神农、虞、夏那样的清明之世，找不到一个安身立命的立足点。“梦”醒后，无奈重归于无奈，失落仍旧是失落。他们的未来应该去哪里寻找呢？也许是在黄泉吧！或者就在这首阳山上……

【拓展】

东晋陶渊明曾作《读史述九章·夷齐》，高度赞扬了伯夷、叔齐的节操。全诗如下：

二子让国，相将海隅。
天人革命，绝景穷居。
采薇高歌，慨想黄虞。

贞风凌俗，爰感懦夫。

击壤歌

日出而作，日入而息。
凿井而饮，耕田而食。
帝力于我何有哉[①]？

【注释】

这是一首民谣，反映了农耕文化的显著特点，是劳动人民自食其力的生活的真实写照，载于《古诗源》。

① 诗歌的最后一句有多个版本，《文艺类聚》作“帝何力于我哉”，《初学记》作“帝力何有于我哉”，《太平御览》作“帝何德于我哉”。

【大意】

太阳则升起就出来劳动，太阳下山了就回家休息。

凿井取水便可以解渴，在田里劳作就能自给自足。

这样的生活多么惬意，皇帝的力量与我有何关系呢？

【赏析】

《击壤歌》被认为是中国歌曲之祖，因其久远，亦因其淳朴。这首歌谣是如此的直白，几千年前的话，宛如白话一般娓娓道出，丝毫不觉得生疏，也没有哪怕一点点的距离感。因而，它能为大众所接受，传承至今。

既是白话，其实也就没有必要多此一举进行解析，无奈历来的文人、学者却在解释最后一句的时候产生了小小分歧，也就只能备述于此，以供参考。

有人认为“帝力”乃“帝王的力量”，因而“帝力于我何有哉”也就是说，人们的自给自足、衣食无忧的生活是靠自己的劳动得来的，君王对此并没有什么作用。通过歌者的反问——帝王的力量与我有何关系呢——使这种观念更加自然地流露出来。

当然，以现在的常识来看，闲适安康的生活，不可能真的与帝王一点儿关系都没有。因此，也有人认为：能使人民平安、富足、生活美满就是帝王之力的最好证明。那么，最后的反问如何解释呢？既然已经通过事实说明了，那最后的话说的就不是人间的帝王了，而是“天帝”，因而，此歌谣实际是反对“天命论”的作品。

其实，无论以上说法中的哪一种，所追逐的结果对于本诗来说都无关紧要，因为无论如何，《击壤歌》主要赞颂的还是辛勤劳动的人民。至于“帝力”到底为何物，不如让他们再争论一会儿吧！

【拓展】

唐代白居易曾作《观刈麦》，同是对劳动者的歌颂，立场不同，基调也有些差别。全诗如下：

田家少闲月，五月人倍忙。
夜来南风起，小麦覆陇黄。
妇姑荷箪食，童稚携壶浆，

相随饷田去，丁壮在南冈。
足蒸暑土气，背灼炎天光，
力尽不知热，但惜夏日长。
复有贫妇人，抱子在其旁，
右手秉遗穗，左臂悬敝筐。
听其相顾言，闻者为悲伤。
家田输税尽，拾此充饥肠。
今我何功德？曾不事农桑。
吏禄三百石，岁晏有余粮，
念此私自愧，尽日不能忘。

离骚（节选）

帝高阳之苗裔兮，朕皇考曰伯庸①。
摄提贞于孟陬②兮，惟庚寅吾以降。
皇览揆余初度兮，肇锡余以嘉名③：
名余曰正则兮，字余曰灵均。
纷④吾既有此内美兮，又重之以修能。
扈江离与辟芷兮⑤，纫秋兰以为佩。
汩余若将不及兮，恐年岁之不吾与⑥。
朝搴阰之木兰兮，夕揽洲之宿莽⑦。
日月忽其不淹⑧兮，春与秋其代序。
惟草木之零落兮，恐美人之迟暮。
不抚壮而弃秽兮，何不改乎此度？
乘骐骥以驰骋兮，来吾道夫先路！

【注释】

《离骚》是战国时期楚国屈原所作，是中国古代最长的一首政治抒情诗。节选部分为全诗开篇24行，主要介绍了屈原的身世以及他对生活和祖国的热爱。

① 高阳：楚之远祖。苗裔：远末子孙。皇考：太祖。

② 孟陬（zōu）：夏历正月。

③ 览：观察。揆：揣测。肇：通“兆”，卦兆。锡：通“赐”。

④ 纷：盛多状。

⑤ 扈（hù）：披。江离：即江蓠，一种香草。芷：白芷。

⑥ 汩（yù）：水流急的样子，形容流逝的时光。与：等待。

⑦ 搴（qiān）：摘。阰（pí）：山坡。宿莽：水莽草。

⑧ 淹：停留。

【大意】

我是古帝高阳氏的子孙，已故的伯庸的儿子。摄提那年正当正月之时，我正是庚寅日那天降生。

父亲仔细揣测我的生辰，赐给我相应的美名。父亲把我的名取为正则，同时把我的字叫作灵均。

天赋给我很多良好素质，我加强自己的修养。我把江蓠、芷草披上肩，把秋兰结成索佩挂身旁。

光阴似箭我好像跟不上，时不我待令人心慌。早晨我在山坡采集木兰，傍晚在小洲中摘取宿莽。

时光迅速逝去不能久留，四季更替变化有常。我想到草木已由盛而衰，心中害怕君王逐渐衰老。

何不趁着盛时扬弃秽政，何不改变这些法度？乘上千里马纵横驰骋吧！来，让我在前为你引路！

【赏析】

那是楚怀王二十四年，屈原来到汉北的第二年。云梦泽的水还像往常一样浩荡、汹涌，湖边还是一如既往地生长着许多美丽的花草，漂亮的草木总是使人想起一些令人怀念的往事和故人。

诗人总是多愁善感、伤春悲秋，而所愁所感却各有不同，令屈原忧愁的是他的祖国。有心、有志、有力报国而无门，使屈原心中产生了无比的忧愤和难以压抑的激情，当他意识到自己返回无望时，胸中的情绪便如大河之奔流，浩浩荡荡，喷涌而出。

他进入了自己的世界，在这个世界中，人间不见君王，天界不见天帝；人间是"众皆竞进以贪婪"，找不到哪怕一个同道，到天上求女也同样一无所获。他的天界在传说中的神山昆仑之上，那里是那么的广阔、雄伟、瑰丽，那里有"龙马衔甲"，有地上的人能够想象到的一切，却终究找不到自己想要的人和期盼的事。

若只是自怨自艾、唉声叹气，后世必不会如此推崇屈原，在《离骚》中，他留给我们的还有更多。

通过《离骚》，我们可以看到一个高大的抒情主人公的形象。他"高余冠之岌岌兮，长余佩之陆离"，"长顑颔亦何伤"。即使在绝望中，他仍怀揣希望等待黎明的到来。无论是身居庙堂还是跌落草莽，他都是一位进步的政治改革家，主张法治，主张举贤授能，主张美政，重视人民的利益和人民的作用，反对统治者的荒淫暴虐和臣子的追逐私利。而他对真理的追求，坚强的意志，更是中华民族精神的集中体现，两千多年来给了无数仁人志士品格与行为的示范，也给了他们力量。

节选部分所描述的正是屈原对生活的感悟、对未来的向往和对祖国的拳拳之心。

【拓展】

唐代杜甫曾作《祠南夕望》悼念屈原，全诗如下：

百丈牵江色，孤舟泛日斜。
兴来犹杖屦，目断更云沙。
山鬼迷春竹，湘娥倚暮花。
湖南清绝地，万古一长嗟。

近人也多有感屈原情操之高尚，作诗纪念的，如毛泽东就曾作《屈原》诗一首，全诗如下：

屈子当年赋楚骚，手中握有杀人刀。
艾萧太盛椒兰少，一跃冲向万里涛。

九歌·国殇

操吴戈兮被犀甲，车错毂兮短兵接[①]。
旌蔽日兮敌若云，矢交坠[②]兮士争先。
凌余阵兮躐余行，左骖殪兮右刃伤[③]。
霾两轮兮絷四马，援玉枹兮击鸣鼓[④]。
天时怼兮威灵怒[⑤]，严杀尽兮弃原野。
出不入兮往不反，平原忽兮路超远。

带长剑兮挟秦弓，首身离兮心不惩⑥。
诚既勇兮又以武，终刚强兮不可凌。
身既死兮神以灵，魂魄毅兮为鬼雄⑦。

【注释】

《国殇》是追悼阵亡将士的祭歌，出自诗歌集《楚辞·九歌》。《九歌》中的诗歌原为楚国民间祭神的唱词，经屈原改编加工，写成诗歌。殇：原指未成年而死，后泛指死难之人。

① 被：通“披”，穿着。毂（gǔ）：车轮的中心部分。

② 矢交坠：两军相射的箭纷纷坠落在阵地上。

③ 躐（liè）：践踏。行：行列。殪（yì）：死。

④ 霾：通“埋”。枹（fú）：鼓槌。鸣鼓：很响亮的鼓。

⑤ 天时怼（duì）：指上天都怨恨。怼：怨恨。

⑥ 首身离：身首异处。心不惩：壮心不改，勇气不减。惩：悔恨。

⑦ 鬼雄：战死了，魂魄不死，即使做了死鬼，也要成为鬼中的豪杰。

【大意】

手执吴戈啊身披犀甲坚，在车毂交错中与敌开战。旌旗蔽日啊敌寇如云，箭雨纷坠啊将士向前。

犯我阵地啊践踏我队伍，左骖死去啊右骖被刀伤。埋定车轮啊拉住战马，拿过玉槌啊擂动鼓点。

天昏地暗啊威严神灵怒，残酷杀尽啊尸首弃原野。

出征不回啊往前不复返，家山邈远啊去路长漫漫。带上长剑啊操起秦弓，即使尸首分离也不悔恨。

英勇无畏啊武艺真不凡，你永远刚强啊不可凌犯。身已死亡啊精神不朽，你的魂魄啊为鬼中英雄！

【赏析】

战争伴随着死亡，唯其如此，才更容易使人心生感触。忧心忡忡的三闾大夫生逢乱世，自然不会对此不闻不问。毋庸置疑，屈原描写场面、渲染气氛的本领自是十分高强。一场殊死恶战，即使通过白纸黑字呈现在读者面前，仍然能让人感受到宏大而残酷的场面带来的张力。

死难的将士，在此刻的屈原眼中，无疑是“最可爱的人”，他们从披上战甲的那一日起，就没有想过全身而退，他们紧握兵器，安详地、无悔地躺在那里。这一幕，感动了屈原，还将感动更多的人。

【拓展】

有这样一个真实的故事，故事中的人的一番话，如诗歌一般感人。

抗战时期，一位军人在上前线之前，对记者表示，确信中国会取得战争的最终胜利。记者问：“那抗战胜利后，你打算做什么？”他说：

那时候，
我已经死了。
在这场战争中，
军人大概都是要死的。

九歌·湘夫人

帝子降兮北渚，目眇眇兮愁予①。
袅袅兮秋风，洞庭波兮木叶下②。
登白薠③兮骋望，与佳期兮夕张。
鸟何萃兮蘋中，罾何为兮木上④。
沅有茝兮澧有兰⑤，思公子兮未敢言。
荒忽兮远望，观流水兮潺湲。
麋何食兮庭中？蛟何为兮水裔？
朝驰余马兮江皋，夕济兮西澨⑥。
闻佳人兮召予，将腾驾兮偕逝。
筑室兮水中，葺之兮荷盖；
荪⑦壁兮紫坛，播芳椒兮成堂；
桂栋兮兰橑，辛夷楣兮药房⑧；
罔薜荔兮为帷，擗蕙櫋兮既张⑨；
白玉兮为镇，疏石兰兮为芳；
芷葺兮荷屋，缭之兮杜衡。
合百草兮实庭，建芳馨兮庑⑩门。
九嶷缤兮并迎，灵之来兮如云。
捐余袂兮江中，遗余褋⑪兮醴浦。
搴汀洲兮杜若，将以遗兮远者；
时不可兮骤得，聊逍遥兮容与！

【注释】

《湘夫人》描写的是湘水之神湘君企盼湘水的另一位神祇湘夫人（一说湘夫人为帝尧之女，舜帝之妃）的到来，产生的思慕、哀怨之情，出自《楚辞·九歌》。

①眇眇（miǎo）：望而不见的样子。愁予：使我忧愁。

②袅袅（niǎo）：微风吹拂的样子。波：生波。

③薠（fán）：水草。

④萃：集。罾（zēng）：渔网。鸟本当集在木上，反说在水草中；罾原当在水中，反说在木上。此句喻所愿不得，失其应处之所。

⑤沅（yuán）：沅水。醴：通“澧”（lǐ），澧水。沅澧二水均在今湖南省。

⑥澨（shì）：水边。

⑦荪（sūn）：香草。

⑧辛夷：木名。药：白芷。

⑨罔：通“网”，作结解。薜荔：香草。擗（pì）：剖开。蕙：香草。櫋（mián）：帐顶。

⑩庑（wǔ）：廊。

⑪褋（dié）：外衣。

【大意】

湘夫人降落在北洲之上，极目远眺，心中惆怅。树木轻摇啊秋风初凉，洞庭起波，树叶落下。

踩着白薠纵目四望，今晚是与家人相约的日子。鸟儿为何聚集在水草之处？渔网为何挂结在树梢之上？

沅水芷草绿，澧水兰花香，思念湘

夫人，却不敢明讲。神思恍惚，望着远方，只见江水缓缓流淌。

为何山林中的麋鹿觅食庭院，为何深渊里的蛟龙搁浅水边？早晨我骑马在江边奔驰，傍晚就渡水到了西岸。

好像听到美人把我召唤，多想立刻驾车与她一起向前。在水中建座别致的宫室，上面用荷叶覆盖遮掩。

用香荪抹墙紫贝装饰中庭，厅堂上把香椒粉撒满。用玉桂作梁木兰为椽，辛夷制成门楣白芷点缀房间。

编织好薜荔做个帐子，剖开蕙草铺开做成帐顶。拿来白玉镇压座席，摆开石兰芳香四散。

白芷修葺的荷叶屋顶，有杜衡草缠绕四边。汇集百草摆满整个庭院，让门廊之间香气弥漫。

九嶷山的众神齐相迎，簇拥着，像云一样。我把那衣袖抛到江中去，我把单衣扔到澧水旁。

我在小洲上采摘着杜若，将用来馈赠给远方的姑娘。美好的时光不可多得，姑且让我先悠闲自得地徘徊游逛。

【赏析】

祭祀湘水之神的传统由来已久，祭湘君时，以女性祭者扮演角色迎接湘君；祭湘夫人时，以男性祭者扮演角色迎接湘夫人，各致爱慕之情。究其缘由，是人们借神为对象，把对爱情的渴望通过祭祀的方式表现出来。这祭祀与崇拜无关，若非要说是迷信，那也是人们对人世间纯朴真挚的爱情的迷信，对和谐的自然界的迷信。

凉爽的秋风不断吹来，洞庭湖中水波泛起，岸上树叶飘落。洞庭湖的山岸上，有人久久徘徊，那是湘君的渴望，那是虔诚的期盼，期望湘夫人的到来。可是事与愿违，任你望断秋水，依旧不见伊人的到来，西下的夕阳，实在是让人忧愁。

长久的等待让人心生恍惚，若再有一点想象力，与意中人相会也并非不可能。在如梦如幻中，湘君见到了日思夜想的人儿。在这令人眼花缭乱的世界中，色彩缤纷、香味浓烈，无与伦比。幸福来得如此突然，让我们的湘君措手不及便坠入其中；幸福又是如此的短暂，突然的离去让他猝不及防。九嶷山的众神来了，他恍然大悟，这终究只是一个梦而已，梦中短暂的幸福带来的是更漫长的痛苦。

虽然痛苦，终究还是要等待；虽然煎熬，最终还是要恢复平静。耐心地等待和期盼，依旧是他不二的选择。汀洲上芳香的杜若，不妨采一些来，心尖上的姑娘总是会来，那这些花儿最好的归宿就是赠予姑娘。

【拓展】

《九歌》中有《湘夫人》姊妹篇《湘君》，全诗如下：

君不行兮夷犹，蹇谁留兮中洲？
美要眇兮宜修，沛吾乘兮桂舟。
令沅湘兮无波，使江水兮安流。
望夫君兮未来，吹参差兮谁思？

驾飞龙兮北征，邅吾道兮洞庭。

薜荔柏兮蕙绸，荪桡兮兰旌。

望涔阳兮极浦，横大江兮扬灵。

扬灵兮未极，女婵媛兮为余太息。

横流涕兮潺湲，隐思君兮陫侧。

桂棹兮兰枻，斫冰兮积雪。

采薜荔兮水中，搴芙蓉兮木末。

心不同兮媒劳，恩不甚兮轻绝。

石濑兮浅浅，飞龙兮翩翩。

交不忠兮怨长，期不信兮告余以不闲。

鼂骋骛兮江皋，夕弭节兮北渚。

鸟次兮屋上，水周兮堂下。

捐余玦兮江中，遗余佩兮醴浦。

采芳洲兮杜若，将以遗兮下女。

时不可兮再得，聊逍遥兮容与。

两汉魏晋

瑰丽自然

上邪

上邪！

我欲与君相知，

长命无绝衰①。

山无陵，江水为竭。

冬雷震震，夏雨②雪。

天地合，乃敢与君绝。

【注释】

这是一首情歌，是女主人公忠贞爱情的自誓之词，出自汉乐府民歌。上邪（yé）：天啊。上，指天。邪，表示感叹。

①衰（cuī）：衰减、断绝。

②雨（yù）：作动词，下（雪）。

【大意】

上天呀！

我渴望与你相知相惜，长存此心永不退减。

除非巍巍群山消逝不见，除非滔滔江水干涸枯竭。

除非凛凛寒冬雷声翻滚，除非炎炎酷暑白雪纷飞。

除非天地相交聚合连接，直到这样的事情全都发生时，我才敢将对你的情意抛弃决绝！

【赏析】

这是一段掷地有声的爱情宣言，是极富浪漫色彩的抒情。接连列举五种自然界不可能出现的异变，只是为了证实她的矢志不渝。爱情之火犹如岩浆喷发不可遏制，气势雄放，激情逼人。山平了，江水干了，冬日雷声阵阵，夏天大雪纷飞，天与地合而为一，这誓言才有可能被打破。这些事情，一件比一件离奇，一桩比一桩不可思议；这誓言，也就无与伦比地坚固，直到地老天荒。

这是超越理智的、夸张怪诞的想象，这是对美好爱情的憧憬，这是对让有情人愁闷的移情、离别的宣战。漫无边际地想象，直到天地都不复存在，彼时，人类赖以生存的一切环境都不复存在了，人类也都没有了，她的爱情失去控制也就无所谓了。根本不可能实现的自然现象，是她“与君绝”的条件，既然这些条件都不可能发生，那剩下的唯有永远相爱下去。

【拓展】

《上邪》对后世的影响颇大，《敦煌曲子词》中有《菩萨蛮》，无论是内容还是手法都受到了《上邪》的影响。全词如下：

枕前发尽千般愿，要休且待青山烂。

水面上秤锤浮，直待黄河彻底枯。

白日参辰现，北斗回南面。

休即未能休，且待三更见日头。

观沧海

东临碣石①，以观沧海。
水何澹澹②，山岛竦峙③。
树木丛生，百草丰茂。
秋风萧瑟④，洪波涌起。
日月之行，若出其中。
星汉灿烂，若出其里。
幸甚至哉，歌以咏志⑤。

【注释】

这是一首通过描写大海吞吐日月、包蕴万千的壮丽景象，以及祖国河山的雄伟壮丽，以抒发胸怀天下的进取精神的作品，曹操作。曹操，字孟德，一名吉利，小名阿瞒，东汉末年杰出的政治家、军事家、文学家，三国中曹魏政权的缔造者，其子曹丕追尊其为魏武帝。观：欣赏。海：指渤海。

① 碣（jié）石：山名。碣石山，在现在河北省昌黎。

② 澹（dàn）澹：水波摇动的样子。

③ 竦峙（sǒng zhì）：高高地耸立。竦：通“耸”，高。峙，挺立。

④ 萧瑟（xiāo sè）：草木被秋风吹的声音。

⑤ 咏志：表达心志。

【大意】

东行登上碣石山，来观赏沧海。

海水宽阔浩荡，山岛高高挺立。

草木一丛一丛，十分繁茂。

秋风吹动树木发出悲凉的声音，巨大的波浪在海中涌起。

太阳和月亮的运行，好像是从这浩瀚的海洋中出发的。

银河星光灿烂，也像是从这浩瀚的海洋中产生出来的。

太高兴了，就用这首诗歌来表达自己内心的志向。

【赏析】

登上碣石山俯视大海的那个人，是当时勃勃英姿、意气风发的曹操。在山上面对着渤海，看到的是摇摇晃晃的渤海。大海正涌起阵阵波涛，这宏伟的景象是力量的象征。大海茫茫，碧波万顷，一望无垠，只有脚下的山岛高高地耸立在海心。这时站在山上，第一眼看到的是大海的全景。目光跟随着大海的波浪来到脚下，山岛巍然。在这茫茫大海中，孤立的山岛有着和曹操一样的寂寞，但更多的是坚持和倔强。此情此景，他下意识地转身，那里是一片欣欣向荣的景象，其中有无限的生趣。忽然，草木摇动起来，那是一阵秋风所引起的，随之而来的，是悲凉、萧瑟的声音。但没有时间留给人心生凄然，滔天的波澜来得如此突然，让人连惊叹都有点来不及。

大海波涌连天，惊涛拍岸的声音让人心悸。在曹操眼中，这却有了另一番风味。那狂暴的海风吹得衣襟猎猎，巨浪拍岸震耳欲聋，立在高山上的那个人，却仿佛没有感受到，没有听到。在这狂风巨浪中，他看到了太阳，看到了月亮。不只是运行不息的太阳和月亮，还有星光灿烂的银河，都包蕴在这沧海之中。太阳和月亮每天从东方升起来，绕天一周，又向西方落下去，好像从海里升起又落到海里去一样。星光灿烂的银河，斜贯在天空，它那远远的一端垂向大海，就好像发源于沧海一样。沧海是如此的辽阔，它吞吐日月，含孕群星。天连水，水连天，浩浩荡荡无边无际，壮观得无以复加，让看到的人心潮澎湃，让想到的人忍不住引吭高歌。

【拓展】

毛泽东曾作《浪淘沙·北戴河》，同样表达了自己的雄心壮志，其中也向曹操表示了敬意。全词如下：

大雨落幽燕，白浪滔天，秦皇岛外打鱼船。一片汪洋都不见，知向谁边？

往事越千年，魏武挥鞭，东临碣石有遗篇。萧瑟秋风今又是，换了人间。

燕歌行

秋风萧瑟天气凉，草木摇落露为霜，

群燕辞归鹄①南翔。

念君客游思断肠，慊慊②思归恋故乡，

君何淹留③寄他方？

贱妾茕茕④守空房，忧来思君不敢忘，

不觉泪下沾衣裳。

援琴鸣弦发清商⑤，短歌微吟不能长。

明月皎皎照我床，星汉西流夜未央。

牵牛织女遥相望，尔独何辜限河梁⑥。

【注释】

这是一首描写妇女秋思的闺怨诗，曹丕作。《燕歌行》，相传为曹丕开创，后人多以此曲调作闺怨诗。曹丕，字子桓，三国时期政治家、文学家，曹魏开国皇帝，有《魏文帝集》两卷传世。燕（yān），北方边地，征戍不绝，所以《燕歌行》多半写离别。

①鹄（hú）：天鹅。一作“群燕辞归雁南翔”。

②慊（qiàn）慊：空虚之感。

③淹留：久留。

④茕（qióng）茕：孤独无依的样子。

⑤清商：乐名，音节短促细微。

⑥河梁：河上的桥，此处指牛郎织女相会所用的鹊桥。

【大意】

秋风萧瑟，天气清冷，草木凋落，白露凝霜。

燕群辞归，天鹅南飞。

思念出外远游的良人啊，我肝肠寸断。思虑重重，怀念故乡。

君为何故，淹留他方。

贱妾孤零零地空守闺房，忧愁的时

候思念君子啊，我不能忘怀。

不知不觉中珠泪下落，打湿了我的衣裳。

拿过古琴，拨弄琴弦却发出丝丝哀怨。短歌轻吟，似续还断。

那皎洁的月光啊照着我的空床，星河沉沉向西流，忧心不寐夜漫长。

牵牛织女啊远远地互相观望，你们究竟有什么罪过，被天河阻挡。

【赏析】

秋天的一切似乎都浸透着伤感，秋天的景色、秋天的声音、秋天的气氛，让人看到、听到、感觉到真真悲凉。古往今来，无数人因此而落寞，多愁善感的宋玉自然不会错过，他说："悲哉，秋之为气也！萧瑟兮，草木摇落而变衰。憭栗兮，若在远行，登高临水兮送将归。"雄才大略的汉武帝也不例外，他在《秋风辞》中说："秋风起兮白云飞，草木黄落兮雁南归。兰有秀兮菊有芳，怀佳人兮不能忘。"曹丕慨叹"秋风萧瑟天气凉，草木摇落露为霜，群燕辞归鹄南翔"，也就成为自然而然的事情了。这是一片深秋的肃杀，给人一种空旷、一种寂寞、一种衰落的感受，外部的感受与内心的心境并没有什么区别。

因此，她愁云满面，孤寂而又深情地望着远方，诉说着自己无法实现的诉求，发泄着自己无可奈何的抱怨——她的丈夫已经离家太久，这思念如刀，让她柔肠寸断。她不可阻止地再次想起了他。一个人思念另一个人，其思想活动总有具体内容，或者回忆过去在一起的时光，或者憧憬日后见面的欢乐，或者关心牵挂对方目下在外边的生活，想象着他现在正在做什么，想象着他每天那种伤心失意地思念故乡的情景，就像她挂着两行清泪眺望远方模糊的风景一般无二。

那么，究竟是什么原因使他这样长久地留在外面而不回来？

这里有一个孤单、寂寞的人在独守空房，她每天必须做的事情是思念她的丈夫，直到泪落沾衣。生活中的苦难，她并不惧怕，寂寞、无聊她也可以忍受，她唯一要的，就是他的早日回归，除此之外，别无他求。大概是长歌多表现慷慨激昂的情怀，短歌多表现低回哀伤的思绪，在这秋月秋风的夜晚，她愁怀难释，取过瑶琴弹一支清商曲，以遥寄自己难以言表的衷情，口中吟出的却是急促哀怨的短调，无论如何都唱不成一曲柔曼动听的长歌。

月光透过帘栊照在她空荡荡的床上，她抬头仰望碧空，见银河已经西转，夜已经很深了，在她思念的时候，时间悄然溜走。这漫漫长夜，总有尽头，却走得太慢，然而，即使夜过了，天亮了，又如何？漆黑的长夜总有尽头，长夜过后那看不到希望的白日与黑夜有什么区别？他不回来，这夜只怕永远都结束不了。唉！星汉西流，银河两边是牛郎和织女，那是她可怜、苦命的伙伴，如她一样，并没有什么过错，却总是在银河两岸，难得相见。

终于，她再也按捺不住心中的愤怒，发出了对不公命运的控诉：为什么一对没有过错的情侣，要被无情地分隔两地，不能相见？

【拓展】

曹丕《燕歌行》有两篇传世，另一篇全诗如下：

别日何易会日难，山川悠远路漫漫。
郁陶思君未敢言，寄声浮云往不还。
涕零雨面毁容颜，谁能怀忧独不叹？
展诗清歌聊自宽，乐往哀来摧肺肝。
耿耿伏枕不能眠，披衣出户步东西，
仰看星月观云间。
飞鸧晨鸣声可怜，留连顾怀不能存。

迢迢牵牛星

迢迢①牵牛星，皎皎河汉女。
纤纤擢②素手，札札弄机杼③。
终日不成章，泣涕零如雨。
河汉清且浅，相去复几许？
盈盈一水间④，脉脉⑤不得语。

【注释】

这首诗描绘了一幅凄惨的爱情画面，选自南朝梁萧统编《昭明文选》收录的《古诗十九首》，作者不详。《古诗十九首》是乐府古诗文人化的显著标志，为南朝萧统从传世无名氏《古诗》中选录十九首编入《昭明文选》而成。《古诗十九首》所抒发的，是人生最基本、最普遍的几种情感和思绪，令古往今来的读者常读常新。

① 迢（tiáo）迢：遥远。

② 擢（zhuó）：引、抽，伸出的意思。

③ 札（zhá）札：拟声词。杼（zhù）：织机的梭子。

④ 间（jiàn）：相隔。

⑤ 脉（mò）脉：默默地用眼神或行动表达情意。

【大意】

看那遥远的牵牛星，明亮的织女星。

织女伸出细长而白皙的手，摆弄着织机，发出札札的织布声。

一整天也没织成一段布，哭泣的眼泪如同下雨般零落。

这银河看起来又清又浅，两岸相隔又有多远呢？

虽然只隔一条清澈的河流，但他们只能含情凝视，却无法用语言交谈。

【赏析】

牵牛织女是那样的遥远，又是那样的明亮。牵牛就像那客居他乡的游子，有家却不能回；织女则是独守空闺的妻

子，美丽却无人欣赏。因此，她只能每天不停地织布，从不停歇。她的手是那么纤美，想必织出来的布匹也定然很美，然而，她却从来没有织出一匹完整的布。只因心中的烦乱使手中的布匹也难以成章，抚弄着机杼，任凭伤心的泪水凌乱地落下，仿佛毫无规则的雨滴。

那阻隔了牵牛和织女的银河既清且浅，牵牛与织女相去也并不远，只一水之隔却相视而不得语。牵牛织女还要好一点，他们虽然只能相望不能对话，仍然能够通过眼神中的含情脉脉传递心中的思念，那些山水相隔的夫妇就要悲惨得多了。同处在这世间，知道彼此的存在，却只能通过思念来表达自己的感情，见不到对方的面庞，听不到对方的声音，宛如分居世界的两端，而这整个世界，就是那道阻隔他们的银河。

【拓展】

唐代崔颢曾作《七夕词》，亦借牛郎织女表达了对有情人难成眷属的不平。全诗如下：

长安城中月如练，家家此夜持针线。
仙裙玉佩空自知，天上人间不相见。
长信深阴夜转幽，瑶阶金阁数萤流。
班姬此夕愁无限，河汉三更看斗牛。

明月何皎皎

明月何皎皎，照我罗床帏[①]。
忧愁不能寐，揽衣起徘徊。
客行虽云乐，不如早旋归[②]。
出户独彷徨，愁思当告谁？
引领[③]还入房，泪下沾裳衣[④]。

【注释】

该诗出自《古诗十九首》，关于这首诗有两种解读，一说这是一首描写独守空闺的思妇的作品，还有一说是这是一首描写游子思乡的作品，此处取后一种说法，作者不详。

① 罗床帏（wéi）：罗帐。

② 旋归：回归，归家。旋：转。

③ 引领：伸颈，“抬头远望”的意思。

④ 裳衣：一作“衣裳”。

【大意】

明月如此皎洁，照亮了我的床帏。

我忧愁得无法入睡，披衣而起在屋内徘徊。

客居在外虽然有趣，但还是不如早日回家。

一个人出门忧愁彷徨，满心愁苦应该告诉谁呢？

伸颈远望还是只能回到房间，眼泪沾湿了衣裳。

【赏析】

古往今来的离愁，总是写也写不完。虽都是离愁，每个人的离愁却又各有所异，相同的是都让人心碎。一个久客异乡、愁思辗转、夜不能寐的游子，他的乡愁来自天上的明月。夜深人静，那千里与共的明月，最易勾引起羁旅人的思绪。看到明月如此皎洁，兴奋地赞赏是第一反应，对于美好的事物，谁第一眼见到能够不赞赏呢？银色的清辉透过轻薄的罗帐，罗帐中的人久久难以睡去。美好的月夜让他感慨，感慨过后，他失眠了，夜已深沉，辗转反侧。那让他难以入眠的，是忧愁，是思念。既然睡不着，便索性“揽衣”而“起”，在室内“徘徊”一会儿吧！好让内心的痛苦，在来回的踱步中减轻一些。

在外的生活自由自在，充满乐趣，这一定不是客居他乡的人的话。整日地思念家乡，哪里还有乐趣可言？漂泊异乡的游子，想回乡却不能回，当初为营求功名而旅食京师，如今仕途阻滞，哪里还有颜面这般灰溜溜地回去？这进退两难的境地实在让人心生凄凉，无可奈何。

在室内踱步，还是无法排遣心中的烦闷，那就只能走到户外了。然而半夜三更，独自在月下彷徨，更有一阵孤独感袭上心头。每当孤独袭来，他就会情不自禁地向千里之外的故乡云树翘首而望，他希望那云树发来回乡的许可，但每一次的失望并不会比前一次更少。唉，看它作甚？徒增伤心而已，还是回屋去吧！

【拓展】

唐代白居易曾作《八月十五日夜湓亭望月》，也是一首在月圆之夜抒发思乡之情的诗。全诗如下：

昔年八月十五夜，曲江池畔杏园边。
今年八月十五夜，湓浦沙头水馆前。
西北望乡何处是，东南见月几回圆。
临风一叹无人会，今夜清光似往年。

孟冬寒气至

孟冬寒气至，北风何惨栗①。
愁多知夜长，仰观众星列。
三五②明月满，四五蟾兔③缺。
客从远方来，遗我一书札④。
上言长相思，下言久离别。
置书怀袖中，三岁字不灭。
一心抱区区⑤，惧君不识察。

【注释】

这首诗是一位女子思念远方爱人时的自述，出自《古诗十九首》，作者不详。孟冬：旧历冬季的第一月，即十月。

① 惨栗：悲痛至极。

② 三五：农历十五日。

③ 四五：农历二十日。蟾兔：指月亮。

④ 书札（zhá）：信件。

⑤ 区区：指相爱之情。

【大意】

农历十月，寒气逼人，呼啸的北风多么凛冽。

满怀愁思，夜晚更觉漫长，抬头仰望天上罗列的星星。

十五的夜晚，月亮饱满而明亮；二十的夜晚，残缺的月亮勾动我的相思。

有客人从远地来，带给我你寄来的一封信。

信中先说你常常想念我，后面又说已经分离很久了。

我把信收藏在怀袖里，三年过去了，字迹仍不曾磨灭。

我的情意一直在心中不变，只怕你不懂得这一切。

【赏析】

丈夫离家日久，妻子凄然独处。处于孤独中的人对于季节的变迁和天气的变化异常敏感。

孟冬又至，她已在思念丈夫的愁苦中熬过了春、夏、秋三季。寒气是冬天的先行军，孟冬的寒气已然让她感觉到了寒冷。显然，在她这里，寒气是一个不速之客，然而，这并不影响它来到她的院中、屋里，乃至内心深处。日思夜盼的该来的丈夫不来，让人难以忍受的寒气却不期而至。

时入孟冬，她与“寒气”同时感到的是“夜长”。无忧无虑的人，总能一觉睡到大天亮，根本没有心思去感受夜的长度的变化。“愁多知夜长”，实非亲身体悟者不可说。她经年累月地思念丈夫，彻夜难眠；一到冬季，“寒”与“愁”就接踵而至，使这难挨的夜更加漫长了。

夜夜看星星、看月亮，月圆月缺多少次，月明月暗也并不少见，其实月亮、星星有什么好看，不过是在无聊地等待丈夫回来的夜晚的消遣罢了。可悲的是，月复一月，年复一年，月亮圆缺无数，思念的人却不见回来。

再次从衣袖中拿出那封读了无数遍的家书，那是友人三年前捎回来的丈夫的信，从此之后，丈夫再无音讯。她又一次仔细地读了一遍，然后再次失望，再次把它小心翼翼地收好，宛如三年前第一次收起它一样。这一次，她还是没有从信中找到自己期望的消息——他的所处、他的具体状况、他回家的时间。不过，她并没有灰心，难保下次就不会有新的发现呢？

她全心全意地忠于他、爱着他、等待他；她所担心的是，二人分别已久，他是否还知道她一如既往地忠于他、爱着他呢？这一切都无从知晓，可能只有上天能够回答吧！

【拓展】

《诗经》中有《国风·王风·君子于役》，同样描写了一位妻子思念远方丈夫的内心独白，表达了其对爱情、婚姻的执着。全诗如下：

君子于役，不知其期，曷其至哉？
鸡栖于埘，日之夕矣，羊牛下来。
君子于役，如之何勿思！
君子于役，不日不月，曷其有佸？
鸡栖于桀，日之夕矣，羊牛下括。
君子于役，苟无饥渴！

移居（其一）

昔欲居南村[①]，非为卜其宅。
闻多素心人[②]，乐与数晨夕。

怀此颇有年，今日从兹役。
敝庐何必广，取足蔽床席。
邻曲[3]时时来，抗[4]言谈在昔。
奇文共欣赏，疑义相与析。

【注释】

这是一首洋溢着温暖与欢欣的作品，东晋陶渊明作。

① 南村：陶渊明隐居之处，多认为在江西省浔阳城。

② 素心人：心地朴素的人。

③ 邻曲：邻居。

④ 抗：通“亢”，高。

【大意】

从前想移居到南村来，不是为了要挑什么好宅院；只是听说这里住着许多纯朴的人，愿意同他们度过每一个早晚。

这个念头已经有了好多年，今天才算把这件大事办完。简朴的屋子何必求大，只要够摆床铺就能心安。

邻居朋友经常来我这里，谈谈过去的事情，人人畅所欲言；见有好文章大家一同欣赏，遇到疑难处大家一同钻研。

【赏析】

所谓“非宅是卜，惟邻是卜”，说的就是迁新居之前，移居者在乎的并不是宅地之吉凶，而是邻里之善恶。陶渊明卜宅不为风水吉利，只为求友共乐。因为南村多有本心质素的人，他才搬来此地，与他们一同度日，共处晨夕。他对充满虚伪、机诈、钻营、倾轧的社会痛心疾首，却又无力拨乱反正。既然无力改变大环境，自己寻一方小小净土总是可以的。因而洁身自好的陶渊明选择了归隐田园，躬耕自给。卜居求友，不趋炎附势，不祈福求显，唯择善者为邻，这里正是他在这个浑浊世界中梦寐以求的那一方净土。

说起移居，其实他移居南村的愿望早已有之，如今终于实现，高兴之情自然是溢于言表。普通人搬家之后总是需要收拾一下，添置一些东西，这放在陶渊明处立刻就不适用了。只要有好邻居、好朋友，房子小一点又如何？只要能搁置一张床、一条席子就足够了，再宽敞又有何用？不求华堂广厦，唯求邻里共度晨夕，敝庐虽小，乐在其中，只要胸襟旷达，哪里不是碧海蓝天？

与朋友在一起的日子是如此惬意，他们一起回忆往事，无拘无束，毫无保留地交心；一起欣赏奇文，共同分析疑难的文义；一起畅游学海，寻求精神上的提升。他对农村田园、亲人朋友是如此的热爱，这是生活的快乐，这是生命的归宿，这是心灵的慰籍和休息。

【拓展】

《移居》共两首，均作于陶渊明隐居南村后不久，其中第二首全诗如下：

春秋多佳日，登高赋新诗。
过门更相呼，有酒斟酌之。
农务各自归，闲暇辄相思。
相思则披衣，言笑无厌时。
此理将不胜？无为忽去兹。
衣食当须纪，力耕不吾欺。

敕勒歌

敕勒川，阴山[①]下。
天似穹庐[②]，笼盖四野[③]。
天苍苍，野茫茫，
风吹草低见[④]牛羊。

【注释】

这是一首歌咏北国草原壮丽富饶的风光，抒写敕勒人热爱家乡热爱生活之豪情的作品，选自《乐府诗集》，是一首南北朝时期的北朝民歌。关于其作者，目前并没有统一的说法。敕勒（chì lè）：族名，北齐时居住在朔州（今山西省北部）一带。

① 阴山：在今内蒙古自治区北部。

② 穹庐（qióng lú）：用毡布搭成的帐篷，即蒙古包。

③ 四野（yǎ）：草原的四面八方。

④ 见（xiàn）：通“现”，显露。

【大意】

辽阔的敕勒平原，就在千里阴山下。

天空仿佛圆顶帐篷，广阔无边，笼罩着四面的原野。

天空蓝蓝的，原野辽阔无边。

风吹过，牧草低伏，隐没于草丛中的牛羊显露出来。

【赏析】

北国的草原风光，毫无遮拦，高远辽阔，这不只是雄阔宏放的风光的体现，还透显出敕勒民族雄强有力的性格。天空就是帐篷的圆顶，田野是如此恢宏，这是一幅壮阔的画面。

苍阔、辽远的天空下是碧绿、无垠的原野；碧绿、无垠的原野上是丰盛的水草，除去一片翠绿，并无其他。然而，一阵清风拂过，牛群、羊群便显现出来。在豪放、旷达的背景下，一幅殷实富足、其乐融融的画面映入眼帘。

【拓展】

《乐府诗集》中比较著名的北朝民歌还有《陇头歌辞》，录三首如下：

其一

陇头流水，流离山下。
念吾一身，飘然旷野。

其二

朝发欣城，暮宿陇头。
寒不能语，舌卷入喉。

其三

陇头流水，鸣声幽咽。
遥望秦川，心肝断绝。

美景胜地

归园田居（其三）

种豆南山①下，草盛豆苗稀。
晨兴理荒秽②，带月荷③锄归。
道狭草木长④，夕露沾我衣。
衣沾不足⑤惜，但使愿无违。

【注释】

这是一首描写辞官隐居后的田园生活的诗作，陶渊明作。陶渊明，字元亮，又名潜，世称靖节先生、五柳先生，东晋末期南朝宋初期诗人、辞赋家，开田园诗一体，为古典诗歌开辟了新的境界。

① 南山：指庐山。

② 兴：起床。荒秽（huì）：指田中杂草。

③ 荷（hè）：扛着。

④ 长（zhǎng）：生长。

⑤ 足：值得。

【大意】

在南山下种豆，杂草丛生而豆苗却稀少。

早晨起来到地里清除杂草，傍晚顶着月色扛着锄头回家。

道路狭窄草木丛生，夕阳下的露水打湿了衣服。

衣服湿了并不可惜，只要不违背自己的意愿就足够了。

【赏析】

劳作中包含着丰富的人生乐趣。忙时种植收获，闲来杯酒自娱，纵身大化，忘情世外，这是真正的“人生行乐”。

种豆南山，草盛苗稀，草盛就得锄，所以一早就下地了。社会中的“荒秽”理不了，田地里的杂草还是可以除一除的。冷眼旁观看那社会，许多人脱离了自然的生活方式，玩弄智巧，争夺利益，不能自拔。于是天下战乱纷起，流血无尽。

且不管战乱纷起，要除掉这田地中的“荒秽”也并不容易，整整一天的忙碌，也只是出了一点点成绩。毕竟不是真正的农民，虽有童仆一起耕作，这一天也并不轻松。身体虽然疲惫，心情却很愉快。只有在愉快的心情下，才能发现这世间的美。看吧！那月光洒遍田野，扛着锄头，沿着田间小路往家走，大师的画作也并不会比这更美。

天时已晚，狭窄的路边草叶上凝结了点点露珠，沾湿了衣裳。对于一个豁达的人来说，衣服湿了，没有什么可惜的。别说是沾湿衣服，就算是更大的代价，也算不得什么，毕竟这代价换来的是自己的随心所欲，是那份自由的心境、恬静的生活。

【拓展】

陶渊明《归园田居》组诗共五首，

其中以第一首和第三首最广为人知。第一首全诗如下：

少无适俗韵，性本爱丘山。
误落尘网中，一去三十年。
羁鸟恋旧林，池鱼思故渊。
开荒南野际，守拙归园田。
方宅十余亩，草屋八九间。
榆柳荫后檐，桃李罗堂前。
暧暧远人村，依依墟里烟。
狗吠深巷中，鸡鸣桑树颠。
户庭无尘杂，虚室有余闲。
久在樊笼里，复得返自然。

渡青草湖

洞庭春溜满，平湖锦帆张。
沅水[①]桃花色，湘流杜若香。
穴去茅山近，江连巫峡长。
带天澄迥碧，映日动浮光。
行舟逗[②]远树，度鸟息危樯。
滔滔不可测，一苇讵[③]能航？

【注释】

这是一首描写渡湖时所见到的青草湖春天的浩渺风光的作品，阴铿作。阴铿，字子坚，南朝梁、陈间诗人、文学家，与何逊并称“阴何”。青草湖：古五湖之一，亦名巴丘湖，在今湖南省岳阳市西南，和洞庭湖相连。

① 沅水：即沅江，发源于贵州省，经湖南省入洞庭湖。

② 逗：停留。

③ 讵（jù）：岂，怎。

【大意】

春天，洞庭湖中的水满溢起来，平静的湖面，就像张开的锦帆一般。

到处都是鲜花盛开，沅水是桃花的颜色，湘江有杜若的香味。

句曲山的华阳洞有神仙的传说，长江的巫峡有神女的故事。

天空高远澄澈，不见边际，太阳的浮光摇曳，映出美丽的景色。

有船在远处的树木旁边停留，飞鸟在高高的桅杆上休息。

湖面辽阔，望不到边际，人力如何能够横渡？

【赏析】

春天的洞庭湖浩渺无垠，宛如一张张开的巨帆，使人观之，心生感慨。这浩浩荡荡的湖水有一部分来自沅水，有一部分来自湘江。沅水从贵州来到湖南，途经桃源县，因而，其中的水也染上了桃花的颜色。春光旖旎，百花盛开，远道而来的湘江水也带着杜若的香气，使人不禁想起湘水娥皇、女英的传说。说到神仙，就不得不提句曲山上的华阳洞，就在不远的汉代，茅盈、茅固、茅衷兄弟三人在此得道成仙；而巫峡则留有巫山神女的传说。想起来，都让人感到如梦似幻。

说罢神话传说，再来看眼前的美景：一叶扁舟，数只飞鸟，飞鸟越湖力怯，栖息在高高的桅杆之上，烟波浩渺的湖面，宽不可测，遥不可及，相形之下，大者愈见其大，小者愈见其小。飞鸟都难以逾越的江面，一条芦苇一般的小舟如何能够横渡？都说世途艰险，这看似平静的湖面，不也是一样吗？

【拓展】

唐代白居易曾作《南湖早春》，也对春天的湖景进行了描写。全诗如下：

风回云断雨初晴，返照湖边暖复明。
乱点碎红山杏发，平铺新绿水蘋生。
翅低白雁飞仍重，舌涩黄鹂语未成。
不道江南春不好，年年衰病减心情。

登池上楼

潜虬媚幽姿①，飞鸿响远音。
薄②霄愧云浮，栖川怍③渊沉。
进德智所拙，退耕力不任。
徇禄反穷海，卧痾④对空林。
衾枕昧节候，褰⑤开暂窥临。
倾耳聆波澜，举目眺岖嵚⑥。
初景革绪风，新阳改故阴。
池塘生春草，园柳变鸣禽。
祁祁⑦伤豳歌，萋萋感楚吟。
索居易永久，离群难处心。
持操岂独古，无闷征⑧在今。

【注释】

这是一首春日登高，抒发郁闷之情的作品，谢灵运作。谢灵运，人称谢客，因袭封康乐公，亦称谢康公、谢康乐，东晋、南北朝时期诗人，山水诗派的开创者，有《谢灵运集》传世。

① 幽姿：美好的姿态。

② 薄：迫近，靠近。

③ 怍（zuò）：内心不安，惭愧。

④ 痾（kē）：病。

⑤ 褰（qiān）：揭开，打开。

⑥ 岖嵚（qīn）：形容山势险峻。

⑦ 祁祁：众多的样子。

⑧ 征（zhēng）：验证，证明。

【大意】

沉潜的龙，姿态非常美妙！高飞的鸿鸟，声音响亮而悠远！我想要停留在天空，却愧对天上的飞鸿；我想要栖息川谷，却惭对深渊的潜龙。

我仕进修德，却智慧拙劣；我退隐耕田，却又力量不足无法胜任。为了追求俸禄，我来到这偏远的海边做官，兼又卧病在床，面对着光秃秃的树林。

每天蒙着被子，枕着枕头，浑不知季节气候的变化。偶然间揭开窗帷，暂

且登楼眺望。倾耳细听那流水波动的声音，举目眺望那巍峨高峻的山岭。

初春的阳光已经代替了残余的冬风，新来的阳气也更替了去冬的阴冷。（不知不觉）池塘已经长满了春草，园中柳条上的鸣禽也变了种类，换了声音。

想起“采蘩祁祁”，使我伤悲；想到《春草生兮萋萋》，更心生感慨。独居的生活容易让人觉得时间难挨，而离群索居也让人难以安心。

坚持节操难道仅仅是古人才做得到吗？遁世无闷今天在我的身上就得到了验证和实践。

【赏析】

庙堂之上的权力斗争总是那么激烈，有人得意就有人失意，谢灵运是失意者中的一个。对于官场中的失意，他有诸多不满，也充满矛盾。南北朝是一个风云激荡的年代，仕途险恶，门阀控制政治，士人或存进取之志，或怀隐逸之心。谢灵运并非二者之一，两者俱无所得，实在是困顿不堪言。

他羡慕深藏不露、孤高自赏的“潜虬”，那种恬逸的生活令他向往；他又热切地盼望能够像“飞鸿”一样在仕途上奋进高飞、声名动世，他享受那种成就感。身为才冠当世的大才子，本来此二者是手到擒来之物，却无奈都难以获得。无论是前者还是后者，他都不能做到，最多也只能做到永嘉太守这种高不成低不就的位置，惭愧是有的，更多的怕是遗憾吧！遗憾并非因为没有努力，而是想要继续晋升，虽然努力，却力不从心。然而，这是真相吗？当然不是。若谢灵运都感到力不从心了，那整个东晋岂非一个人才都没有了！小人当道，奸佞横行，虽有志，徒奈何！既然晋升无望，那就归隐吧！退隐之心已有，却为形势所格，归隐的梦想终究也无法实现。命令已经下达，抗命可是大罪。于无奈之中，谢灵运来到了这偏僻的海隅，久卧病床，只能日日欣赏那仅有的萧索枯瑟的空林。

冬去春来，病愈登楼，见满目春色。池塘水波轻拍，在倾耳细听之际，令人虑澄意解；远山参差耸立，于放眼遥望之中，使人心旷神怡。池塘周围，尤其是向阳处的草，因为得池水滋润，又有坡地挡住寒风，故复苏得早，生长得快，其青青之色也特别鲜嫩，有欣欣向荣的生气。对常人来说，它委实太平常，平常到难以引起注意。大病初愈的谢灵运却敏感地从那一抹淡绿中发现了春的踪迹，这平常的景色突然使他感动非常。春天万物勃发的生机，是大病初愈焕发的容光。刚刚迁徙来的鸟儿在鸣叫，快速拨动他忧郁的心情，使之奋起。整个园中，一片开朗欣喜的暖色，惹人怜爱。

春是敏感的季节，有时让人喜，有时使人忧，无论是喜还是忧，都会勾起同样敏感的文人的文思。谢灵运想到了《诗经》中的《豳风·七月》，当初周公在遭受流言时出居东都以避谗害，周公当时的处境，与现在的自己何其相似。

坚持节操岂只古人能够做到，所谓“遁世无闷”在今人身上同样可以得到验证！念及此，他的情绪逐渐从进退维谷的困境中解脱出来。

【拓展】

金代元好问曾作《论诗绝句》三十首，其中第二十九首对《登池上楼》做了评价。全诗如下：

池塘春草谢家春，万古千秋五字新。
传语闭门陈正字，可怜无补费精神！

思吴江歌

秋风起兮木叶飞，吴江水兮鲈①正肥。
三千里兮家未归，恨②难禁兮仰天悲。

【注释】

这首诗的作者张翰借描写思归之情，婉拒了叛军（西晋八王之一的齐王司马冏）招募，并弃官南归。张翰，字季鹰，西晋文学家。

①鲈（lú）：鲈鱼。

②恨：指思归不得之恨。

【大意】

秋风吹来，树上的叶子摇曳纷飞。吴江之水清澈见底，水中有肥嫩的鲈鱼。

三千里之外是我的故乡，已经很久没回去了。思乡之情难以抑制，却只能仰天悲叹。

【赏析】

悲凉的秋风最易触动人们的节序之感和念远之情。秋意味着岁暮的到来，使人感叹时光的流逝、流年的虚度。

秋高气清，万木萧萧，视野一下空阔起来，不自觉中产生人在何方、家在何方之叹。秋风一起，远在他乡的游子感受到了来自故乡的呼唤；秋风一起，他想起往昔的乡居生活、家乡风物。家乡的鲈鱼味道鲜美，又是一个鱼肥的季节。

故乡远在三千里之外，距离遥远，想要回去并不容易。要么走，要么留，这是一个问题。走了就无法再来，留下却难以抑制心中的思念和遗憾。秋风再起，这思归不得的遗憾变作了难以化解的恨，压抑不住，只能仰天悲叹。

【拓展】

对于张翰，后人评价颇高，唐代李白曾作《金陵送张十一再游东吴》，对张翰的诗作寄予了极高的评价。全诗如下：

张翰黄花句，风流五百年。
谁人今继作，夫子世称贤。
再动游吴棹，还浮入海船。
春光白门柳，霞色赤城天。
去国难为别，思归各未旋。
空余贾生泪，相顾共凄然。

七哀

明月照高楼，流光正徘徊。
上有愁思妇，悲叹有余哀。

借问叹者谁，言是宕子妻。

君行逾十年，孤妾常独栖。

君若清[①]路尘，妾若浊[②]水泥。

浮沉各异势，会合何时谐。

愿为西南风，长逝[③]入君怀。

君怀良不开，贱妾当何依？

【注释】

这是一首明写怨妇的遭遇，实以怨妇自况诗人在政治上的失意的作品，曹植作。曹植，字子建，三国魏诗人、文学家，建安文学的代表人物，与其父曹操、其兄曹丕合称“三曹”。

①清：形容路上尘。

②浊：形容水中泥。

③逝：往。

【大意】

明亮的月光照在高楼上，流光来回浮动。楼上有一位眉头紧锁的女子，发出凄凉的叹气声，充满哀伤。

问她为何如此悲伤地叹气，她说：“我是一位游子的妻子。我的丈夫已经出去十多年了，他出去了多久，我就独自一人等了多久。”

他就像道路上的尘土，我就像水洼里的泥；尘土上扬，泥水下沉，本来是相同的东西，现在却处境各异，不知何时才能再次相会。

我愿意化作西南风，一直吹送，进入他的怀中。他的胸怀若是不肯为我敞开，我还能依靠什么呢？

【赏析】

明月高照，勾人心思。有思妇独倚高楼，对影自怜，思念远方的夫君。思妇的情怀是哀伤的，这哀伤是因为思念良人而不得见，想念夫君却无回音。

这是一位异地旅者的妻子，旅者的妻子总是会牺牲很多，而她的丈夫已经十年没有回来过了。她的孤独和寂寞无处倾诉，只能在夜深人静的晚上，说给明月听：夫君已远行在外超过十年了，我只好孤清地独自栖居。朴实的话语，淡淡的哀伤，她的歇斯底里已经被岁月磨平，只剩下无可奈何。

她说，她的夫君是路中的清尘，自己是污浊的泥，两人相差太远，夫君高高在上，对自己不屑一顾；自己卑微在下，不能攀附，二者难以融合在一起。对此她非常悲哀。她的悲哀并非自怨自艾，尘与泥，一个在上，一个在下，看似差别巨大，本质上有什么区别呢？说到底不过都是土罢了，为何要因一时境遇的不同背道而驰呢？尘是浮的，泥是沉的，浮沉所处的位置是不同的，因而合在一起的机会就是渺茫的。

她是如此爱他，即使明知夫君早已不爱自己，她仍不愿意以怨报之，反而愿意牺牲自己：她竟然愿意化作西南风，在人间消失而进入夫君的怀抱！只求他一个温暖的拥抱，这是对爱的忠诚！然而，就算如此的牺牲，在早已没有了爱的他的眼中，也不过徒增笑耳。他的胸怀早已不向她敞开，她还有什么可依靠的呢？

【拓展】

借思妇自况的诗不少，唐刘方平曾作《春怨》，别出心裁，并没有描写人物，却将怨愁表露无遗。全诗如下：

纱窗日落渐黄昏，金屋无人见泪痕。

寂寞空庭春欲晚，梨花满地不开门。

饮马长城窟行

饮马长城窟，水寒伤马骨。

往谓长城吏，慎莫稽留①太原卒！

官作自有程②，举筑谐汝声！

男儿宁当格斗死，何能怫郁③筑长城。

长城何连连，连连三千里。

边城多健少④，内舍多寡妇。

作书与内舍，便嫁莫留住。

善侍新姑嫜，时时念我故夫子！

报书往边地，君今出语一何鄙⑤？

身在祸难中，何为稽留他家子？

生男慎莫举，生女哺用脯⑥。

君独不见长城下，死人骸骨相撑拄。

结发行事君，慊慊⑦心意关。

明知边地苦，贱妾何能久自全？

【注释】

这首诗以秦代统治者驱使百姓修筑长城的史实为背景，通过筑城役卒夫妻的对话，揭露了无休止的徭役给人民带来的深重灾难，陈琳作。陈琳，字孔璋，东汉末年文学家，“建安七子”之一。

① 稽留：滞留，指延长服役期限。

② 官作：官府工程。程：期限。

③ 怫（fú）郁：烦闷。

④ 健少：健壮的年轻人。

⑤ 鄙：粗野，浅薄。

⑥ 哺（bǔ）：喂养。脯（fǔ）：干肉。

⑦ 慊（qiàn）慊：怨恨的样子。

【大意】

让马饮水，只得到那长城下山石间的泉眼处，那里的水是那么的冷，以致都伤及了马的骨头。一位筑城役卒跑去对监修长城的官吏恳求说：你们千万不要延长我们这些来自太原的役卒的役期啊！

监修长城的官吏说：官府的工程自有一定的期限，哪能由你们说了算！赶紧拿起工具，大家一齐唱打夯的号子，尽力干活去吧！筑城役卒心里想：男子汉大丈夫，宁愿上战场在与敌人的厮杀中为国捐躯，怎么能够满怀郁闷地一天天修筑长城呢？

长城啊长城，是那么的蜿蜒曲折，它一直连绵了三千里远。边城多的是健壮的年轻男人，家中大多只剩下独居的女人了。

这位筑城役卒写信给在家的妻子说：你赶紧趁年轻改嫁吧，不必留在家里等了。你要好好服侍新的公公婆婆，也要时时想念着原来的丈夫啊！妻子在送往边地的信中说：你把我当成什么人了，你这时候还说出这么浅薄的话来？

筑城役卒回信说：我自己处在祸难当中，也许今生我们再也没有团圆的可能了，为什么要去拖累别人家的女儿呢？将来如果你生了男孩，千万不要去养育他；如果生下女孩，就用肉干精心地抚养她吧！你难道没看见长城的下面，死人尸骨累累，重重叠叠地相互支撑着，堆积在一块吗？

妻子回信说：我自从结婚嫁给你，就一直伺候着你，对你身在边地，心里虽然充满了哀怨，可时时牵挂着你啊。现在我明明知道在边地筑城是那么艰苦，我又怎么能够自私地图谋长久地保全自己呢？

【赏析】

秦王朝驱使千万役卒修筑万里长城，残酷而无节制，使无数民众被折磨至死。这段历史，曾激起后代许多诗人的感伤和愤怒。

边地苦寒，难以久留，征夫思归之心迫切不需多言。一位役卒终于忍无可忍地对监管修筑长城的官吏说："到了服役期满，请千万不要延误我们太原役卒的归期。"官吏的回答让人生厌，他说：官府的事自有期限，举起手中的夯和着号子快干吧！一派官腔，话中有话。男子汉宁可刀来剑去战死疆场，怎能这样窝窝囊囊、遥遥无期地做苦役呢！

如此"官作"，何时竣工？再加上如此官吏，更是归期无望。这是一个人悲惨命运的写照，但这苦难绝不只属于他一人，而是广大人民的苦难境遇的缩影，是一个时代的悲歌。

归期无望，他写信交代他的妻子改嫁，好好侍奉新的公婆，他希望她能得到新的融洽的家庭生活，他唯一希望的，就是她在幸福生活之余能够偶尔想起他。这是一颗善良的心，这是一段难忘的情。这矛盾的语言藏着归期无日、必死边地的绝望。藏而不露，亦是为了体贴对方。身在祸难之中，为什么还要留住妻子受苦呢？

群体的命运是如此的不堪，自己的"祸难"也就不可避免。对于一个前路无多的人，其情之苦，其心之善，几人察之！他的妻子理解了，感动了，她失望怨恨，但是，情愿相连，两地一心，始终不变。她知道他在边地受苦，因而也不愿意久留人间。

【拓展】

《诗经》中有《邶风·击鼓》，揭露了徭役给社会生产和家庭生活带来的深重灾难。全诗如下：

击鼓其镗，踊跃用兵。
土国城漕，我独南行。
从孙子仲，平陈与宋。
不我以归，忧心有忡。
爰居爰处？爰丧其马？

于以求之？于林之下。

死生契阔，与子成说。

执子之手，与子偕老。

于嗟阔兮，不我活兮。

于嗟洵兮，不我信兮。

草木鸟兽

蒿里行

关东有义士①，兴兵讨群凶。

初期会盟津②，乃心在咸阳。

军合力不齐，踌躇而雁行③。

势利使人争，嗣还自相戕④。

淮南弟称号，刻玺⑤于北方。

铠甲生虮虱⑥，万姓以死亡。

白骨露于野，千里无鸡鸣。

生民百遗一，念之断人肠。

【注释】

此诗借乐府旧题，记述了汉末军阀混战的现实，真实、深刻地揭示了人民的苦难，汉末曹操作。

①义士：指起兵讨伐董卓的诸州郡将领。

②盟津：即孟津（今河南省孟津县）。相传周武王伐纣时曾在此大会八百诸侯，此处借指本来期望关东诸将也能像武王伐纣会合的八百诸侯那样同心协力。

③雁行（háng）：飞雁的行列，形容诸军列阵后观望不前的样子。

④还：通“旋”，不久。自相戕（qiāng）：自相残杀。

⑤ 玺（xǐ）：印，秦以后专指皇帝用的印章。

⑥ 虮（jǐ）：虱卵。虱（shī）：寄生在人、畜身上的一种小虫，吸食血液，能传染疾病。

【大意】

关东的仗义之士都起兵讨伐那些凶残的人。最初约会各路将领订盟，同心讨伐长安董卓。

讨伐董卓的各路军队会合以后，因为各有自己的打算，力不齐一，互相观望，谁也不肯率先前进。势利二字引起了诸路军的争夺，随后各路军队之间就自相残杀起来。

袁绍的堂弟袁术在淮南称帝号，袁绍谋立傀儡皇帝在北方刻了皇帝印玺。由于战争连续不断，士兵长期脱不下战衣，铠甲上生满了虮虱，众多的百姓也因连年战乱而大批死亡。

尸骨暴露于野地里无人收埋，千里之内没有人烟，听不到鸡鸣。一百个老百姓当中只不过剩下一个还活着，想到这里令人极度哀伤。

【赏析】

东汉末年，权臣董卓焚宫毁庙，挟持献帝，迁都长安，荒淫无耻，祸国殃民，且图谋篡国。关东各郡的将领，公推势大兵强的渤海太守袁绍为盟主，准备兴兵讨伐董卓。

各郡大军云集，却互相观望，裹足不前。更有甚者心怀鬼胎，为了争夺霸权，图谋私利，竟至互相残杀。袁绍兄弟阴谋称帝、铸印刻玺，借讨董卓匡扶汉室之名，行争霸天下称孤道寡之实。本来是来平息战乱的，却将战火越发推高，这实在让人不胜悲愤。

军阀纷争给人民带来深重的灾难，实在是祸国殃民的罪魁祸首。战乱中流离失所的百姓有什么过错？那些本与他们无关的事情为何总是让他们受伤？这是战争的罪孽，年轻的曹操忧虑了起来。忧虑国家的支离破碎，忧虑百姓的无辜罹难，忧虑军阀的鼠目寸光、不顾大局。

连年的征战，使得将士长期不得解甲，身上长满了虮子、虱子，而无辜的百姓却受兵燹之害大批死亡，满山遍野堆满了白骨，千里之地寂无人烟，连鸡鸣之声也听不到了。满目皆是疮痍，一片荒凉凄惨，令人不忍卒视。

在战乱中幸存的人百不余一，自己想到这些惨痛的事实，简直肝肠寸断、悲痛万分。

【拓展】

曹操曾作《薤露行》，为《蒿里行》之姐妹篇，全诗如下：

惟汉廿二世，所任诚不良。
沐猴而冠带，知小而谋强。
犹豫不敢断，因狩执君王。
白虹为贯日，己亦先受殃。
贼臣持国柄，杀主灭宇京。
荡覆帝基业，宗庙以燔丧。
播越西迁移，号泣而且行。
瞻彼洛城郭，微子为哀伤。

长歌行

青青园中葵①，朝露待日晞②。
阳春布德泽③，万物生光辉。
常恐秋节至，焜黄华叶衰④。
百川东到海，何时复西归？
少壮不努力，老大徒伤悲。

【注释】

《长歌行》是劝诫世人惜时奋进的名篇，是一首汉代乐府诗，出自《乐府诗集》，作者不详。

① 葵：中国古代一种重要的蔬菜，并非指葵花。

② 晞（xī）：干。

③ 布：布施，给予。德泽：恩惠。

④ 焜（kūn）黄：形容草木凋落枯黄的样子。华（huā）：通“花”。衰（cuī）：衰败。

【大意】

园中的葵菜郁郁葱葱，晶莹的朝露阳光下飞升。

春天把希望洒满了大地，万物都呈现出一派繁荣。

常恐那肃杀的秋天来到，树叶儿黄落百草也凋零。

百川奔腾着东流到大海，何时才能重新返回西境？

少年郎如果不及时努力，到老来只能是悔恨一生。

【赏析】

园中葵在春天的早晨亭亭玉立，青青的叶片上滚动着露珠，在朝阳下闪着亮光，像一位充满青春活力的少年。园中葵蓬勃地生长，整个自然界，由于有春天的阳光、雨露，万物都在闪耀着生命的光辉，到处生机盎然，欣欣向荣。这是对春天的礼赞，也是对人生最宝贵的东西——青春的赞歌。人生充满青春活力的时代，正如一年四季中的春天一样美好。

自然界的时序不停交换，转眼春去秋来，万物经历了春生、夏长，到了秋天，它们成熟了，昔日熠熠生辉的叶子变得焦黄枯萎，丧失了活力。人生也是如此，由青春勃发而长大，到老死，也要经历一个新陈代谢的过程。时序的更替使人联想到宇宙的无尽时间和无垠空间，时光像东逝的江河，一去不复返。用时间尺度来衡量人的生命也是老死以后不能复生。在这永恒的自然面前，人生就像叶上的朝露一见太阳就被晒干了，青青葵叶一遇秋风就枯黄凋谢了一样终会逝去。

人生的价值，是所有人亘古不变都会思考的问题。自然界的万物有一个春华秋实的过程，人生也有一个少年努力、老有所成的过程。自然界的万物只要有阳光雨露，秋天自能结实；人却不同，没有自身努力是不能成功的。万物经秋变衰，但却实现了生命的价值，因而不足伤悲；人则不然，因“少壮不努力”而老无所成，就等于空走世间一趟。老大无成，人生等于虚度，谈不上价值；老年时醒悟，那时早已于事无补，徒叹奈何，这样的人生也没有价值可言。因而，及时努力才是人生之真谛所在。

【拓展】

南宋陆游曾作《冬夜读书示子聿》，也是一首劝学、惜时的名篇。全诗如下：

古人学问无遗力，少壮工夫老始成。
纸上得来终觉浅，绝知此事要躬行。

猛虎行

渴不饮盗泉[①]水，热不息恶木阴。
恶木岂无枝？志士多苦心。
整驾肃时命，杖策[②]将远寻。
饥食猛虎窟，寒栖野雀林。
日归功未建，时往岁载阴[③]。
崇云临岸骇[④]，鸣条随风吟。
静言幽谷底，长啸高山岑[⑤]。
急弦无懦响，亮节难为音。
人生诚未易，曷云开此衿？
眷我耿介怀，俯仰愧古今[⑥]。

【注释】

这是一首赞美游子洁身自好、不做非礼之事的诗，陆机作。陆机，字士衡，世称“陆平原”，西晋文学家、书法家，以《文赋》著称于世。

① 盗泉：水名，在今山东省境内。传说孔子经过盗泉，虽然口渴，但因为厌恶它的名字，没有喝这里的水。

② 杖策：拿着鞭子，指驱马而行。

③ 岁载阴：岁暮，此处指时光已经逝去。

④ 骇：起。

⑤ 岑：山顶。

⑥ 古今：此处是偏义词，指古人。

【大意】

口渴也不饮盗泉水，热也不在丑陋的树木下歇息。丑陋的树木也有枝，志士却多苦心。

志士整理马车恭敬地遵奉君主之命，驱马将要远行。时势所迫，饥不择食，寒不择栖。

时光已经逝去，而功业却还未建立。高耸的云朵接岸而起，树木的枝条随风鸣叫。

在幽谷底沉思，在高山顶感慨悲伤。乐器绷紧了的弦发不出缓弱的声音，而节操高尚的人就犹如这急弦，谈论问题常常直言不讳，常常不为君王所喜，不为世俗所容，得不到认可。

人生处世不容易，如何拓宽我的胸襟呢？眷顾我耿直的情怀，与古人相比真是惭愧。

【赏析】

志士处世，往往用心慎重，爱惜声名，因而渴了也不喝盗泉的水，热得难受也不歇于恶木阴下。盗泉水可以止渴，恶木也有可供歇凉的树荫，但为了名节，宁愿忍受口渴和炎热，操守清峻的人也不愿随便沾染牵涉。

然而，恶木岂止限于树木，盗泉又如何仅仅是水？在看不到光明的政治环境中，到处都是恶木，所有的水都是盗泉。因不喝盗泉之水渴死或不纳恶木之荫而热死，固然是舍生取义，值得称颂，但是，那些忍辱负重活下来的难道就不值得敬佩吗？

世势催迫，志士有时候不得不应从时君的命令，恭敬地整驾出山任事。扶杖远行，道途辛苦，难免出现“饥食猛虎窟，寒栖野雀林”的情况，忠义之间的抉择本就没有定论，使人为难，更何况有时候根本就容不得自己去选择。

然而，就算付出了这么多，随着时间的流逝，功业并无成就，此刻更有天寒岁暮之感，惹起了新的忧思。崇云临岸而兴起，枝条随风而悲鸣，使人触景伤情。虽是徘徊于山谷之间，有时低吟，有时长啸，但还是幽怀难抒，自感进退维谷。志士遭逢变乱，内心苦闷而又充满矛盾，再加上政治处境的困顿，读之使人心酸。

虽然悲辛，但并不能轻易放弃，他要表明自己的心志，就像乐器上绷紧了的弦发不出怯弱的音响一样，具有贞亮高节的人，所抒发的也一定是慷慨刚正之词。人生已多苦难，遭逢乱世的志士，更是难以敞开胸襟，倾吐积郁。自己虽然操守正直，然而隐处山野既不可能，出山也难行其志，难成功业，行动上受到外力的牵制，回顾历史，眷顾身世，愧疚之情溢于言表。

【拓展】

汉乐府中有古曲《猛虎行》，全文如下：

饥不从猛虎食，
暮不从野雀栖。
野雀安无巢，
游子为谁骄？

白马篇

白马饰金羁，连翩[①]西北驰。
借问谁家子，幽并[②]游侠儿。
少小去乡邑，扬声沙漠垂。
宿昔秉良弓，楛矢[③]何参差。
控弦破左的，右发摧月支。
仰手接飞猱[④]，俯身散马蹄。
狡捷过猴猿，勇剽若豹螭[⑤]。
边城多警急，虏骑数迁移。
羽檄从北来，厉马[⑥]登高堤。
长驱蹈匈奴，左顾凌鲜卑。
弃身锋刃端，性命安可怀？
父母且不顾，何言子与妻！
名编壮士籍，不得中顾私。
捐躯赴国难，视死忽如归！

【注释】

这首诗描写和歌颂了边疆地区一位武艺高强又富有爱国精神的青年英雄，借以抒发作者的报国之志，三国魏曹植作。

①连翩：接连不断，此处表示轻捷迅急。

②幽并：幽州和并州。

③楛（hù）矢：用楛木做成的箭。

④猱（náo）：猿类，善攀缘，上下如飞。

⑤剽（piāo）：行动轻捷。螭（chī）：传说中如龙的猛兽。

⑥ 厉马：奋马，策马。

【大意】

骑白马向西北驰去，马佩戴着金色的马具。这是谁家的孩子，边塞的游侠好儿男。

年纪轻轻离家乡，到边塞显身手建立功勋。楛木弓箭不离身，苦练一身武艺。

拉开弓如满月左右射击，一箭箭正中靶心。飞骑射中“长臂猿”，转身又去射“马蹄”。

灵巧敏捷赛猿猴，勇猛剽悍如豹螭。听说边境军情急，敌军一次次进犯内地。

北方战报传来，游侠儿催战马跃上高堤。随大军先捣匈奴巢穴，再扫鲜卑敌骑。

上战场面对刀山剑阵，生死置之度外。不能孝顺服侍父母，也不能顾念妻儿。

姓名一上战士名册，个人私利早已抛诸身外。为国家奋勇献身，就要有视死如归的魄力。

【赏析】

这是一曲少年英雄的赞歌，他武艺高强又充满爱国情感；也是一段作者理想和心迹的自陈，为祖国解难献身，这是男人最高的理想和荣誉。

白色的战马，饰着金黄的笼头，直向西北飞驰而去。首句不写人而人却在其中。马都如此雄骏，骑马之人的英武自是不必多说。白马能征善战，堪负重任，而且有坚定、忠诚、奉献、牺牲的品质。白马是彼时所有人理想中的少年英雄。如此少年英雄，他英姿飒爽，武艺高强，生来就是为了获得荣誉。

他为何如此笃定？是自信还是自负？

他左右开弓，仰射俯射，或动或静，箭无虚发。敏捷胜过猿猴，勇猛好像虎豹和蛟龙。如果看到过这些，那提这问题的人肯定会觉得任何言语的回答都是多余的。

边塞城邑多次报警告急，敌军骑兵频繁犯边。插着羽毛的紧急文告从北方传来，白马英雄立即催马登上防御工事。在边塞告急的关头，国家一声令下，他毫不犹豫，立即奔赴前线。管他是匈奴还是鲜卑，统统不是势均之敌。

然而，人毕竟不是神，投身于刀锋剑刃的战场，岂能不置生死于度外？哪里还顾得上父母妻儿之情？既然编入壮士的名册，加入军队的行列，心中就不能有什么私念，就要准备随时为国捐躯，视死如归！忧国去家、捐躯济难是一个男人无法改变的宿命。

【拓展】

唐代李白也曾作《白马篇》，在表达满腔爱国热血的同时，也抒发了壮志难酬的苦闷。全诗如下：

龙马花雪毛，金鞍五陵豪。

秋霜切玉剑，落日明珠袍。

斗鸡事万乘，轩盖一何高。

弓摧南山虎，手接太行猱。

酒后竞风采，三杯弄宝刀。
杀人如剪草，剧孟同游遨。
发愤去函谷，从军向临洮。
叱咤经百战，匈奴尽奔逃。
归来使酒气，未肯拜萧曹。
羞入原宪室，荒淫隐蓬蒿。

青青陵上柏

青青陵上柏，磊磊涧中石。
人生天地间，忽如远行客。
斗酒相娱乐，聊厚不为薄。
驱车策驽马[①]，游戏宛与洛。
洛中何郁郁，冠带自相索。
长衢[②]罗夹巷，王侯多第宅。
两宫遥相望，双阙百余尺。
极宴娱心意，戚戚何所迫？

【注释】

这是一首望北邙而心生哀戚，感慨生命短促的诗作，出自《古诗十九首》，作者不详。

① 驽（nú）马：劣马。

② 长衢（qú）：长街。

【大意】

陵墓上长着青翠的柏树，溪流里聚着成堆的石头。

人生活在天地之间，就好比远行匆匆的过客。

区区斗酒足以娱乐心意，虽少却胜过豪华的宴席。

驾起破马车驱赶着劣马，照样在宛洛之间游戏着。

洛阳城里是多么的热闹，达官贵人彼此相互探访。

大路边列夹杂着小巷子，随处可见王侯贵族宅第。

南北两个宫殿遥遥相望，两宫的望楼高达百余尺。

达官贵人们虽尽情享乐，却忧愁满面不知为何所迫。

【赏析】

身处郊外，向上看，山上有古柏青青，四季从不凋零；向下看，涧中有怪石磊磊，千秋万代不灭。头上的天，脚下的地，对于人来说就是永恒。人生于天地之间，其实不过是出门远行的游子，匆匆忙忙，从来到这个世界开始就一直走在回去的路上。

既然生命短促，那就应该及时行乐。寡淡无味的酒，也不必嫌弃，只要可供娱乐，也就无所谓了。驽马就算跑不快，也聊胜于无，只要能够驾车出游，何必嫌它不如骏马？喝着淡酒，驾着驽马，来到大汉的京城，体验一下都市的繁华。看京城里的达官显贵，他们都顶冠束带，从不浪费时间，总是抓紧一切时间在互相探访，趋势利，逐酒食。他们的宅邸是如此宏伟，宫殿之间相去甚远，宫殿中的望楼摩天接云，蔚为壮观。

见此情景，虽然心生羡慕，却也不必过于妄自菲薄。看那些达官贵人，虽然终日游宴，眉宇间的忧愁却并不比别人少。富贵亦有所忧，贫贱亦有所乐，如此而已！

【拓展】

清代屈复曾作《偶然作》，表达了面对时间流逝的无奈。全诗如下：

百金买骏马，千金买美人，
万金买高爵，何处买青春？

涉江采芙蓉

涉江采芙蓉，兰泽多芳草。
采之欲遗①谁，所思在远道②。
还顾③望旧乡，长路漫浩浩。
同心而离居，忧伤以终老。

【注释】

这是一首抒写妇思游子的相思之情的作品，也有说是游子思乡之作，此处取第二种说法。本诗出自《古诗十九首》，作者不详。

① 遗（wèi）：赠。

② 远道：一作“远方”。

③ 还顾：回顾，回头看。

【大意】

想要踏过江水去采荷花，生有兰草的水泽中长满香草。

采了荷花要送给谁呢？想要送给那远方的爱人。

回望那一起生活过的故乡，路途无边无际。

两心相爱却又各在一方，愁苦忧伤以致终老异乡。

【赏析】

动人的抒情诗，有时单纯得让人惊讶，无须多加解说，即可明白它的意旨。便如这首诗，表现的乃是远方游子的思乡之情，渴望而难归，凄婉而悲凉。这是一位求宦京师的游子，彼时的京师乃

洛阳一带，如何有江？既无江，又如何“涉江”？既无法“涉江”，又如何“采芙蓉”？“涉江采芙蓉”，不过是游子心中所想罢了。

夏秋之交，正是荷花盛开的美好季节。在风和日丽中，荡一叶小舟，穿行于“莲叶何田田”的湖泽之上，一年一度的采莲活动开始了，这是江南女子的乐事。摘几枝红丽可爱的莲花，回去送给各自的心上人，正是妻子、姑娘们真挚情意的表露。湖岸泽畔，有数不清的芳草，摘置袖中、插上发际，幽香袭人，教人心醉。仿佛侧耳倾听，就能听到湖面上、“兰泽”间传来的阵阵戏谑和欢笑。

好景不长，更何况是存在于人的脑海中的美好画面，任何一点风吹草动，都足以使其支离破碎。一声叹息，吸引了沉浸在思绪中的人儿的目光，这叹息来自一位怅立船头的女子，那是他日思夜想的人。与众多姑娘的嬉笑打诨不同，她只是注视着手中的芙蓉默然无语。他想看得再清楚一点、再真切一点，他想知道为何她眉头紧蹙。然而，定睛一看，一切都变了，没有了“兰泽”，也没有了湖面，有的只是一缕萧瑟的风和一个孤单的自己。原来，他竟被思念中的人唤醒。此刻，他明白了她的一声长叹，明白了她的眉头紧蹙，明白了她手中无所适从的芙蓉。

他努力眺望，想望穿这千山万水，望见故乡的山、故乡的水、故乡的湖泽中采莲的妻子，映入眼帘的却是漫漫无尽的“长路”，和阻山隔水的浩浩烟云。这浩浩烟云的另一端是痛苦的妻子，正手拈芙蓉、仰望远天，身后的密密荷叶、红丽荷花，衬着她飘拂的衣裙，孤独而凄清。想必此时双方定然在茫然相望，看不见对方。相爱的人总是难以相聚，使人忧伤白了头。

【拓展】

北宋晏几道曾作《蝶恋花·梦入江南烟水路》，从女子的角度抒发了相思之苦。全词如下：

梦入江南烟水路。
行尽江南，不与离人遇。
睡里消魂无说处。
觉来惆怅消魂误。
欲尽此情书尺素。
浮雁沉鱼，终了无凭据。
却倚缓弦歌别绪。
断肠移破秦筝柱。

青青河畔草

青青河畔草，郁郁[①]园中柳。
盈盈楼上女，皎皎当窗牖[②]。
娥娥红粉妆，纤纤出素手。
昔为倡家女，今为荡子妇，
荡子行不归，空床难独守。

【注释】

这是一首描写女子相思的作品，出自

《古诗十九首》，作者不详。

① 郁郁：茂盛的样子。

② 窗牖（yǒu）：窗户。

【大意】

河边青青的草地，园里茂盛的柳树。

在楼上那位仪态优美的女子站在窗前，洁白的肌肤可比明月。

打扮得漂漂亮亮，伸出纤细的手指。

从前她曾是青楼歌舞女子，而今成了游侠的妻子。

在外游荡的丈夫不回来，在这空荡荡的屋子里，实在是难以忍受孤独寂寞！

【赏析】

一幅生活剪影，一次心理活动，一段悲戚闺怨。

女子独立楼头，体态盈盈，如临风凭虚；她倚窗当轩，容光照人，皎皎有如轻云中的明月；她红妆艳服，打扮得十分用心；她用牙雕般的纤纤双手，扶着窗棂，久久地引颈远望：她望见了河畔，草色青青，绵绵延延，伸向远方。她的目光，正随着草色，追踪着远行人往日的足迹；她望见了园中那株郁郁葱葱的垂柳，她曾经从这株树上折枝相赠，希望柳丝儿能“留”住远行人的心。

一年一度的春色，又一次燃起了她重逢的希望，也撩拨着她那青春的情思。希望，在盼望中又一次归于失望；情思，在等待中化成了悲怨。她不禁回想起生活的捉弄：她，一个倡家女，好不容易挣脱了欢场泪歌的羁绊，找到了称心的郎君，希望过上正常人的生活；然而何以造化如此弄人，夫君远行，迟迟不归。她不禁在心中呐喊：“远行的荡子，为何还不归来，这冰凉的空床，叫我如何独守！”

【拓展】

南宋女词人朱淑真曾作《菩萨蛮·山亭水榭秋方半》，本身作为女子来写闺怨、相思，又有些不同。全词如下：

山亭水榭秋方半。凤帏寂寞无人伴。
愁闷一番新。双蛾只旧颦。
起来临绣户。时有疏萤度。
我谢月相怜。今宵不忍圆。

睹物感怀

有所思

有所思，乃在大海南。
何用问遗君，双珠玳瑁簪①，
用玉绍缭之。
闻君有他心，拉杂②摧烧之。
摧烧之，当风扬其灰！
从今以往，勿复相思，相思与君绝！
鸡鸣狗吠，兄嫂当知之。
妃呼狶③！
秋风肃肃晨风飔④，
东方须臾高⑤知之！

【注释】

本诗以第一人称，表现了一位女子在遭到爱情波折前后的复杂情绪，出自汉《铙歌十八曲》，作者不详。《铙歌十八曲》是汉乐府的郊祀歌，为北狄西域之新声，后作为一个整体收集在宋郭茂倩的《乐府诗集》的《鼓吹曲辞》里。有所思：指主人公所思念的那个人。

① 玳瑁（dài mào）：一种龟类动物，其甲壳光滑多纹彩，可制装饰品。簪（zān）：古人用以连接发髻和冠的首饰，簪身横穿髻上，两端露出冠外，下缀白珠。

② 拉杂：堆集。

③ 妃（bēi）：通“悲”。呼狶（xū xī）：通“歔欷”，悲泣，抽噎，叹息。

④ 晨风飔（sī）：晨风凉。一说“飔”当为“思”，是“恋慕”的意思。

⑤ 高（hào）：为“皓”的假借字，白，亮。

【大意】

我所思念的人，就在大海的南边。

我拿什么赠给你呢？一支玳瑁簪。

上面装饰有珍珠和玉环。

听说他有二心，心里伤悲，拆碎它，捣毁它，烧掉它！烧掉它，风把灰尘扬起！

从今往后，不再思念你，我同你断绝相思！

当初与你约会时，不免引起鸡鸣狗吠。

兄嫂也可能知道了此事，

唉！

听到屋外秋风声里鸟儿飞鸣，情绪更乱了。

或许一会儿天亮了，我就会知道该怎么做了。

【赏析】

她所思念的情郎，远在大海的南边。相去万里，用什么信物赠予情郎，方能坚其心而表己意呢？经过一番精心准备，终于选择了“双珠玳瑁簪”。这是一件精美绝伦的佩饰品。然而她意犹未尽，再用美玉把簪子装饰起来，使其更加美观。这丰厚的礼物是她内心积淀的爱慕，这包装有多细琐，她的相思就有多浓、有多重。

可惜天有不测风云，晴光潋滟的爱河上顿生惊涛骇浪，爱情的指针突然发生偏转，她的情郎已倾心他人，这是晴天霹雳一般的噩耗！骤然间，爱的柔情化作了恨的冷酷，悲痛的心窝燃起了愤怒的烈火。她将那凝聚着一腔痴情的精美信物，愤然地折断，然后砸碎，接着烧毁，摧毁烧掉仍不能泄其愤、消其怒，复又迎风扬掉其灰烬。当初有多少爱，此时就有多少恨。

激怒渐趋冷静，心中充满矛盾、彷徨，复合不可能，想要彻底断绝似乎也颇显艰难。犹豫之下，总是想起从前，已有颇多顾虑。当初与情郎幽会往来，不免风吹草动，使兄嫂备悉隐情，而今若断绝，居家将何以见人？对兄嫂又如何解释？当初那幽会时的柔情蜜意，仍然顽固地牵动着她那旧日的缕缕情思，使她依依难舍。

唉！

一声长叹过后，仍然心乱如麻，瞻前顾后。这瑟瑟秋风和鸟儿的叫声使本来乱成一团的心绪更加纷杂，还是等天亮之后再说吧！

【拓展】

《诗经》中有《郑风·遵大路》，也描写了一个被始乱终弃的女子的形象。全诗如下：

遵大路兮，掺执子之祛兮，
无我恶兮，不寁故也！
遵大路兮，掺执子之手兮，
无我魗兮，不寁好也！

咏怀（其一）

夜中①不能寐，起坐弹鸣琴。
薄帷鉴②明月，清风吹我襟。
孤鸿号外野，翔鸟③鸣北林④。
徘徊将何见？忧思独伤心。

【注释】

《咏怀》是一组抒发情怀，寄托抱负的诗歌，共82首，此处所选为第一首，阮籍作。阮籍，字嗣宗，三国魏诗人、文学家，“竹林七贤”之一。

① 夜中：中夜、半夜。

② 鉴：照。

③ 翔鸟：飞翔盘旋着的鸟。

④ 北林：出自《诗经·秦风·晨风》：“鴥（yù）彼晨风，郁彼北林。未见君子，忧心钦钦。如何如何，忘我实多！”后人以“北林”表示忧伤。

【大意】

深夜难眠，起坐弹琴。

单薄的帏帐照出一轮明月，清风吹拂着我的衣襟。

孤鸿在野外悲号，翔鸟在北林惊鸣。

徘徊逡巡，能见到什么呢？不过是独自伤心罢了。

【赏析】

忧愁的人很多，失眠的人也不少，因而，总是有一些因忧愁而失眠的人在历史的记忆中留下痕迹。王粲夜不能寐，起而弹琴，抒发自己的忧思；阮籍夜不能寐，起而弹琴，也是为了排遣忧思。同样的夜不能寐，同样的弹琴，忧愁却各有不同。王粲的忧思因怀乡而起，阮籍的忧思来源于险恶的政治环境。

魏晋之交是一个黑暗时代，士人忧谗畏祸，“忧生之嗟”因此而生。有忧却无力改变，甚至不能表露，所以他隐居，他写诗，他“猖狂”……只为表达心中的忧思。

又是一个失眠的深夜，清澈如水的月光照在薄薄的帐幔上，起身在月光下徘徊，带有几分凉意的清风吹拂在衣襟上，凄清的感觉再次让他忧愁起来。伴着如水的月光，有孤鸿在野外哀嚎，盘旋的飞鸟在北林上悲鸣。

开心的人看不到世间的悲伤，伤心的人看到的只有悲凉。

矛盾、焦虑、苦闷充斥心间，人生是如此的孤独、悲凉。现实的无法解脱，让他只有在理想中向往一个自由之乡，那是他精神得以自由驰骋、摆脱世俗束缚的一片辽阔天地。无奈的是，在这片辽阔的天地中，所有的景色仍然带着悲凉的痕迹。

【拓展】

阮籍《咏怀》第三十二首，把人生的悲哀挖掘得更全面、更深入，全诗如下：

朝阳不再盛，白日忽西幽。
去此若俯仰，如何似九秋？
人生若尘露，天道邈悠悠。
齐景升丘山，涕泗纷交流。
孔圣临长川，惜逝忽若浮。
去者余不及，来者吾不留。
愿登太华山，上与松子游。
渔父知世患，乘流泛轻舟。

凤求凰

有一美人兮，见之不忘。
一日不见兮，思之如狂。
凤飞翱翔兮，四海求凰。
无奈佳人兮，不在东墙[①]。
将琴代语兮，聊写衷肠。
何时见许[②]兮，慰我彷徨。
愿言配德兮，携手相将[③]。
不得于飞兮，使我沦亡。

【注释】

这是一首热烈奔放而又深挚缠绵的情歌，司马相如作。司马相如，字长卿，西汉辞赋家，其与卓文君的爱情故事让后世之人感动，代表作为《子虚赋》。鲁迅先生称“赋莫若司马相如”，是对其极高的评价。

① 东墙：代指美丽的女子。宋玉曾以“东家之子”代指天下最美丽的女子。

② 许：允诺。

③ 相将：相互搀扶，意指共同走过人

生道路。

【大意】

有位俊秀的女子啊，我见了她的容貌，就此难以忘怀。

一日不见她，心中牵念得像是要发狂一般。

我就像那在空中回旋高飞的凤鸟，在天下各处寻觅着凰鸟。

可惜啊！那美人不在东墙邻近。

我以琴声替代心中情语，姑且描写我内心的情意。

希望我的德行可以与你相配，携手同在一起。

何时能允诺婚事，慰藉我往返徘徊？

无法与你比翼偕飞，让我手足无措。这样的伤情结果，令我沦陷于情愁而欲丧亡。

【赏析】

才子、佳人汇聚了造物主的青睐，他们的相遇真是不平凡，其中有无限的倾慕，也有热烈的追求，最终谱成一曲荡气回肠的情歌。

徜徉于爱河中的人们总是喜欢以物自比，有人自比为橡树，以示对爱情的坚定和相守相依的决心；有人自比为鱼，将恋人比作水，以示对对方的深爱和依赖；司马相如自喻为凤，比文君为凰，若非人中翘楚，如此自比实在不妥。凤凰为神鸟，雄曰凤，雌曰凰。凤凰为鸟中之王，自比凤凰的人自然也是人中龙凤了。司马相如年少而名满京城，卓文君才貌超绝，亦非等闲之辈。此二人正如凤与凰一般，有浩然之志，凌云才情。

凤凰“出于东方君子之国，翱翔四海之外，过昆仑，饮砥柱，濯羽弱水，莫宿风穴”。司马相如曾游京师，任武骑常侍，然而，志不获展，借病辞官客游天涯。终于，梁孝王广纳文士，司马相如在其门下“与诸生游士居数岁”，本以为有机会大展抱负，不料梁王暴卒，司马相如不得已而“归故乡”。有才情无双，曾遍游天下，却没有得到哪怕一个施展抱负的机会，人生之不如意，莫过于此。悲伤、无奈、迷惑充斥心间，前路何方，一片茫然。

所谓“柳暗花明又一村”，此时，

这位落魄的文豪遇到了注定属于他的生命中的光明：卓文君是如此美丽，如此耀眼。突然间，他被爱情袭击了，他并没有抵抗，而是跟着感觉走了下去。

司马相如做客卓家，在卓家大堂上弹唱了那首著名的《凤求凰》，在帘后倾听的卓文君怦然心动。然后他们会面，一见倾心发生得那么自然，私奔也并没有多少纠结。

当夜，卓文君收拾细软走出家门，与早已等在门外的司马相如会合，这是两人生命中最辉煌的记忆，照亮了那个漆黑的夜晚。

私奔是浪漫的，浪漫属于天空，在天空中，无拘无束，任何美好的东西都可以通过想象获得。人的双脚属于大地，大地并不浪漫，它只有现实，因而，带着浪漫梦想的卓文君不得不面对一个“家徒四壁”的现实。于是，在逃离后的不久，他们选择了归来。大家闺秀与落魄才子当垆卖酒，终于赢得了卓父对其爱情的承认。

荡气回肠的爱情故事至此结束，浪漫的爱情会越来越多。

尽管后世的道学家们称他们的私奔为“淫奔”，但这并不妨碍他们成为日后多少情侣的榜样。这之后还有一件事值得一记：司马相如一度迷上了某才女，卓文君闻知后作《白头吟》，中有句曰“闻君有两意，故来相决绝。愿得一心人，白头不相离”，终使相如回心转意。

东城高且长

东城高且长，逶迤①自相属。
回风动地起，秋草萋②已绿。
四时更变化，岁暮一何速！
晨风③怀苦心，蟋蟀伤局促。
荡涤放情志，何为自结束④？
燕赵多佳人，美者颜如玉。
被服⑤罗裳衣，当户理清曲。
音响一何悲！弦急知柱促。
驰情整中带，沉吟聊踯躅⑥。
思为双飞燕，衔泥巢君屋。

【注释】

这是一首在风物触发下，抒发情志的作品，出自《古诗十九首》，作者不详。

① 逶迤（wēi yí）：曲折而绵长的样子。

② 萋：通“凄”，凄然。

③ 晨风：鸟名，鸷鸟。

④ 自结束：指自己在思想上拘束自己。

⑤ 被：披。被服：披着衣服。

⑥ 聊：姑且。踯躅（zhí zhú）：驻足。

【大意】

洛阳的东城门外，高高的城墙。从曲折绵长、鳞次栉比的楼宇、房舍外绕过一圈，又回到原处。四野茫茫，转眼又有秋风在大地上激荡而起。空旷地方自下而上吹起的旋风，犹如动地般吹起，使往昔葱绿的草野霎时变得凄凄苍苍。

转眼一年又过去了！在怅然失意的心境中，就是听那天地间的鸟啭虫鸣，也会让人苦闷。鸷鸟在风中苦涩地啼叫，蟋蟀也因寒秋降临而伤心哀鸣。不但是人类，自然界的一切生命都感到了时光流逝。

与其处处自我约束，等到迟暮之际再悲鸣哀叹，何不早些涤除烦忧，放开情怀，去寻求生活的乐趣呢！那燕赵宛洛之地本来就有很多的佳人美女，美女艳丽，其颜如玉般洁白秀美。她们穿着的罗裳薄衣随风飘逸拂动，仪态雍容端庄，正铮铮地习练着筝商之曲。琴瑟之柱调得太紧促，那琴声竟似骤雨疾风，听起来分外悲凄动人。

由于听曲动心，不自觉地引起听者的遐思，手在摆弄衣带，无以自遣怅惘的心情，反复沉吟，双足为之踯躅不前。听者被佳人深沉的曲调所感动，心里遥想着要与佳人成为双飞燕，衔泥筑巢永结深情。

【赏析】

处于苦闷的时代人们总是有足够的时间来思考生命的哲理，越是思考，其苦闷就越是深切。苦闷而无法摆脱，就只能转向它的对立一极——荡情行乐。

独自一人徘徊在洛阳的东城门外，眼见高高的城墙，从眼前“逶迤”而去。这周而复始的建筑正是苦闷生活的写照，单调乏味，毫无生趣。四野茫茫，有萧瑟的秋风吹来，初时凄凉，进而狂暴，在大地上激荡而起，使往昔葱绿的草野，霎时变得凄凄苍苍，使人心有戚戚焉。风触动了人内心的痛苦，使人无法忘记那重复、单调的生活，使人无法忽视那匆匆逝去的无情时光。想到时光，对生命的思考就难以停止，人之一生就如这风中的绿草，繁茂的春夏一过，接着就步入凄凉的衰秋。眼前正是这凄凄秋景，时刻提醒人们时光的速逝，时刻让人感到震竦，时刻把怅然、失意注入敏感的人的心。

鸟在风中苦涩地啼叫，蟋蟀也因寒秋降临、生命窘急而伤心哀鸣。人的生命，自然界的一切生命，都感受到了时光流逝的迟暮之悲。生命有限，与其处处自我约束，等到迟暮之际再悲鸣哀叹，何不早些涤除烦忧、放开情怀，去寻求生活的乐趣？

爱思考的人总是容易做梦，更何况是一个胡思乱想的人。东城门外，一个正在思考人生的人轻易进入了一个极美妙的有“燕赵佳人”的梦：恍惚间在众多粉黛之中，得遇了一位“颜如玉”的佳人，一转眼，这佳人便“罗裳”飘拂、仪态雍容地端坐在自己家中，正铮铮地习练着弦声之曲。

恍惚中，他分不清现实和虚幻，面对着多情的佳人，他不觉心旌摇荡，她也似乎脉脉含情。但她不免又有些羞涩，有些踌躇，故又是“沉吟”、又是“踯躅”，终于羞羞答答地吐露了心意：“思为双飞燕，衔泥巢君屋。”

这是一个美好的梦境，却终究只是个梦境，直到诗歌的最后，他也没有从梦中醒来，但他终究不可能在梦中度过余生。只是不知当大梦初醒之时，面对反差极大的现实，爱做梦的人是否又要苦涩地开始下一个美梦。

【拓展】

唐代杜甫曾作《昼梦》，也将对现实的不满和对理想社会的憧憬借梦表达出来。全诗如下：

二月饶睡昏昏然，不独夜短昼分眠。
桃花气暖眼自醉，春渚日落梦相牵。
故乡门巷荆棘底，中原君臣豺虎边。
安得务农息战斗，普天无吏横索钱。

孔雀东南飞（节选）

府吏再拜还，长叹空房中，作计[①]乃尔立。

转头向户里，渐见愁煎迫。
其日牛马嘶，新妇入青庐[②]。
奄奄黄昏后，寂寂人定初。
我命绝今日，魂去尸长留！
揽裙脱丝履，举身赴清池。
府吏闻此事，心知长别离。
徘徊庭树下，自挂东南枝。
两家求合葬，合葬华山傍。
东西植松柏，左右种梧桐。
枝枝相覆盖，叶叶相交通。
中有双飞鸟，自名为鸳鸯。
仰头相向鸣，夜夜达五更。
行人驻足听，寡妇起彷徨。
多谢后世人，戒[③]之慎勿忘。

【注释】

《孔雀东南飞》是我国古代文学史上最早的一首长篇叙事诗，描写了焦仲卿和刘兰芝的爱情悲剧，与《木兰诗》合称“乐府双璧”，出自《玉台新咏》。

① 计：指自杀的决定。

② 青庐：指举行婚礼时所用的青布帐篷。

③ 戒：引以为戒。

【大意】

焦仲卿向母亲拜了两拜就回房，在自己的空房里长声叹息，自杀的打算就这样决定了。他把头转向兰芝住过的内房，越来越被悲痛煎熬逼迫。

结婚的那一天牛叫马嘶的时候，刘兰芝走进了行婚礼的青布帐篷，在暗沉沉的黄昏后，一切静悄悄的，人们开始安歇。兰芝自言自语说：“我的生命在今天结束了，魂灵要离开了，让这尸体长久地留在人间吧！”她挽起裙子，脱去丝鞋，纵身跳进清水池里。

焦仲卿听到刘兰芝投水自杀这件事，心里知道从此与刘兰芝永远离别了，在庭院里的树下徘徊了一阵，自己就在向着东南的树枝上吊死了。

焦刘两家要求合葬，于是把两个人合葬在华山旁边。在坟墓的东西两旁种上松柏，在坟墓的左右两侧种上梧桐，这些树条条枝丫互相覆盖着，片片叶子互相连接着。树中有一对飞鸟，它们的名字叫作鸳鸯，仰头相互对着叫，天天夜里直叫到五更。走路的人停下脚步听，寡妇听见了，从床上起来，心里很不安定。劝告后世的人，要把这件事作为教训，千万不要忘记啊！

【赏析】

她是淑女、贤妻，又是具有鲜明个性的女性。她勇敢、坚强，富有反抗精神，她是刘兰芝。她的婆婆却并不喜欢她。婆婆故意挑剔、刁难刘兰芝，兰芝就用“请归”的行动表示反抗。和仲卿叙别，她一往情深，却也明白，再续前缘已成幻想。

告别婆婆时，她不卑不亢，表达对婆婆骄横态度的抗议。在与焦仲卿的“盟誓”中，她用发自肺腑的誓言表明对爱情的忠贞。

既已被休，自然不能徒留家中，兄长、母亲逼婚的压力接踵而至。面对兄长的逼婚，她以允婚表达了对未来的清醒估计和对兄长淫威的蔑视。当然，这只是缓兵之计，“黄泉下相见”的誓约，是她对丈夫深挚的爱，是她对封建家长制拼死反抗的勇气。

最终，她实践了自己的诺言——“举身赴清池”，死亡，使她的誓言得到了践行，使她的生命得到了升华。

他是台阁中兢兢业业的官吏，是母亲面前懦弱的孝子，是妻子心中挚爱的丈夫，是愿意为爱献身的男人，他是焦仲卿。焦母的蛮横，咄咄逼人，使得妻子被逼走，但他无可奈何，只能劝她暂时回去，从长计议。刘兰芝看透了整个事情，这次离别已经促成了她的死志。焦仲卿也明白，然而，他不愿也不敢接受，“从长计议”，不过是逃避的幌子而已。

苦苦的哀求和奔走，不过是他无能、懦弱的表现，然而他心中对兰芝的爱并不作假。听闻兰芝再嫁的时候，他气愤、绝望，说出了狠话——“卿当日胜贵，吾独向黄泉！”这是对爱的宣言，虽然其中夹杂着因误会而产生的恨意，但此情不改。

面对母亲的哀求和劝慰，他第一次

没有让步，生命是他自己的，就算所有的事情都由不得他自己做主，他还能选择何时结束自己的生命。在兰芝“举身赴清池”之后，他也“自挂东南枝”。

一段爱情，因悲伤的结局而凄美、感人。一段爱情，在两人有生之年得不到成全，却在死后得到了永恒的延续。

凄美的爱情虽美，却让人伤心、难过，活着的人们，千万不要再重蹈覆辙了。世间的悲剧已经够多了，人间的真爱却永远不会满。

【拓展】

唐代张籍曾作《节妇吟》，描写一位寡居的女子，为恪守妇道不得不拒绝真爱的故事，是对无情的封建礼教的批判。全诗如下：

君知妾有夫，赠妾双明珠。
感君缠绵意，系在红罗襦。
妾家高楼连苑起，良人执戟明光里。
知君用心如日月，事夫誓拟同生死。
还君明珠双泪垂，恨不相逢未嫁时。

十五从军征

十五从军征，八十始得归。
道逢乡里人：家中有阿①谁？
遥看是君家，松柏冢累累②。
兔从狗窦③入，雉④从梁上飞。
中庭生旅⑤谷，井上生旅葵。
舂⑥谷持作饭，采葵持作羹。
羹饭一时熟，不知贻⑦阿谁！
出门东向看，泪落沾我衣。

【注释】

这是一首汉乐府诗，描绘了一个在外征战的老兵返乡途中与到家之后的种种场景，抒发了这位老兵“少小离家老大回”的情感，也反映了当时的社会现实，作者已不可考。

① 阿（ā）：语气词，没有意思。

② 冢（zhǒng）：坟墓。累累：通“垒垒”，形容丘坟一个连一个的样子。

③ 狗窦（dòu）：给狗出入的墙洞。窦：洞穴。

④ 雉（zhì）：野鸡。

⑤ 旅：旅生，植物未经播种而野生。

⑥ 舂（chōng）：把东西放在石臼或乳钵里捣掉谷子的皮壳或捣碎。

⑦ 贻（yí）：送，赠送。

【大意】

刚满十五岁的少年就出去打仗，到了八十岁才回来。路上碰到一个乡里人，问：“我家里还有什么人？”

来人回答：“远远地望过去，你家那个地方现在已是松树柏树林中的一片坟墓。”走到家门前看见野兔从狗洞里进出，野鸡在屋脊上飞来飞去。

院子里长着野生的谷子，野生的葵菜环绕着井台。用捣掉壳的野谷来做饭，摘下葵叶来煮汤。

汤和饭一会儿都做好了，却不知赠送给谁吃。走出大门向着东方张望，老泪纵横，洒落在征衣上。

【赏析】

六十五年过去了，当年的风华少年，如今已经白发苍苍，步履蹒跚。大半生漂泊在外，东奔西走，卫国戍边，迟暮之年，终于能够回到朝思暮想的故乡——那个只生活了十五年，却牵挂了一辈子的故乡。

来到朝思暮想的故乡，发现它与记忆中的并不相同。这没关系，自己都已经从一个少年变成了迟暮老人，故乡的变化也在意料之中。六十五年了，岂敢奢望家人安然无恙、亲人健在？能有一二幸存者已是不幸中之万幸了。所以他问，家中还有谁健在呢？顺着对方指的方向，他看见了松树、柏树，浓密成荫，树荫中坟头相连，里面埋葬的是他的亲人。

望着这凄冷的一幕，他渐行渐近，满眼的景象更加荒凉凄楚。再看曾经居住过的房子，已经零落不堪，野兔怕人，钻进家畜窝中，野鸡惊飞，落到屋内梁上，这里已经成了这些动物的栖息之所。不只如此，井边、中庭随意生长的葵菜和谷物，也将此处作为“根据地”。人去屋空，人亡园荒，伤人心神。

一个风尘仆仆的老人，站在曾经炊烟袅袅、庭园整洁的“家”的面前，站在盼望了六十五年的“家”的面前，可又无一亲人相迎，实在令人唏嘘。

不过，无论如何，战争迫使他学会了对生命的尊重，他不敢忘记——饭还是要吃的。野生的谷物和葵菜也可以勉强果腹，一做就是一大锅。直到饭熟了，才发现这一大锅饭只有自己一个食客，想出去送给别人，却无人可送。孤独、寂寞、凄楚、荒凉、悲伤，一瞬间化作泪水，沾湿衣襟。

【拓展】

唐代贺知章曾作《回乡偶书》二首，抒发了久客他乡的伤感，表达了沧海桑田、物是人非的感慨和无奈。全诗如下：

其一

少小离家老大回，乡音无改鬓毛衰。
儿童相见不相识，笑问客从何处来。

其二

离别家乡岁月多，近来人事半消磨。
惟有门前镜湖水，春风不改旧时波。

前人旧事

悲歌

悲歌可以当泣，远望可以当①归。
思念故乡，郁郁累累②。
欲归家无人，欲渡河无船。
心思③不能言，肠中车轮转。

【注释】

这是一首描写游子思归不得之悲哀的作品，出自《乐府诗集·杂曲歌辞》。

①当（dāng）：代替。

②累累：失意的样子。

③思：悲。

【大意】

悲歌一曲代替思家的哭泣，无法还乡，登高望远以代回到故乡。

茫茫的草木、重重的山岗遮住了望眼，思乡的忧愁充满心怀。

家里已经没有亲人了，哪里还有家可归？即便是有家可归，也回不去了，因为前途坎坷，走投无路，无船可渡。

思乡之情、痛苦遭遇很想向人诉说，但有许多难言之隐无法倾诉，只好憋闷在心中，心里万分痛苦，就像车轮在肠子里转动，一阵阵绞痛。

【赏析】

长歌当哭，只是在歌之前，不知已经哭泣过了多少回。由于太伤心，竟致以放声悲歌代替哭泣，他为何这样悲哀？这是一位游子，他远离故土，无法还乡，只好以望乡来代替还乡了。然而“远望”真的“可以当归”吗？只是聊以解忧，无可奈何罢了。

远望所见，不是故乡，只是郁郁葱葱的草木，层层叠叠的山峦。茫茫的草木、重重的山岗遮住了望眼，故乡何在？亲人何在？其实，家里早已经没有亲人了，没有亲人的家，哪里还算得上是家？既无家，当然也就无家可归，然而即便是有家可归，也回不去。处处受阻，前途坎坷，已然走投无路，回家谈何容易。

思乡之情、痛苦遭遇，让人心情抑郁，非倾诉一番不可解脱。要找人诉说，其中却又有许多难言之隐，想说而不能说，只好闷在心中，这痛苦，就像车轮在肠子里转动一般，苦痛难挨。

【拓展】

唐代温庭筠曾作《商山早行》，表达了思乡却因身负公职而不得归的情感。全诗如下：

晨起动征铎，客行悲故乡。
鸡声茅店月，人迹板桥霜。
槲叶落山路，枳花明驿墙。
因思杜陵梦，凫雁满回塘。

苦寒行

北上太行山，艰哉何巍巍！
羊肠坂诘屈[1]，车轮为之摧。
树木何萧瑟，北风声正悲。
熊罴[2]对我蹲，虎豹夹路啼。
溪谷少人民，雪落何霏霏[3]！
延颈长叹息，远行多所怀。
我心何怫郁，思欲一东归。
水深桥梁绝，中路正徘徊。
迷惑失故路，薄暮无宿栖。
行行日已远，人马同时饥。
担囊行取薪，斧冰持作糜[4]。
悲彼《东山》[5]诗，悠悠使我哀。

【注释】

这是一首反映严寒时节在太行山中行军之艰辛的作品，三国魏曹操作。

① 坂（bǎn）：斜坡。诘（jí）屈：亦作“佶屈”，盘旋曲折。

② 罴（pí）：一种大熊。

③ 霏（fēi）霏：雪下得很大的样子。

④ 斧：砍，用作动词。糜：粥。

⑤《东山》：《诗经·豳风》中的一篇，写征夫对故乡的思念。

【大意】

向北登上太行山，山势多么高耸。山坡上的羊肠小道弯曲不平，车轮都因此而损毁。

树木萧条冷清，北风悲凉伤感。巨熊盘踞在我们的前方，虎豹在路的两旁咆哮着。

下着大雪的山谷中少有人居住。伸长脖子眺望，不禁深深叹气，内心感触很多。

内心郁郁不平，想要从这东边回去。深广的水面上并没有桥梁，路途中我们迟疑不前。

因为困惑而迷失了原来的道路，接近天黑时，还找不到可以过夜的地方。

走着走着已经走了好长一段日子，人与马也都饿了。

我们担着行囊边走边捡取柴火，开凿冰块用来煮稀饭。想起诗经里《东山》那首诗，让我产生连绵不绝的哀伤。

【赏析】

弯曲如肠的坂道、风雪交加的征途、食宿无依的困境，一切的一切似乎都不顺利。艰难的军旅生活，引起厌倦思乡的情绪，在所难免。

他是诗人，更是统帅，但在这里，在此刻，他没有强作英豪之态，而是如实地写出当时在那种环境下战士们和自己的内心波动，直露的笔触把内心世界呈现出来。此时此刻，他因是诗人而伟大。

羊肠小道萧瑟悲凉，熊吼虎叫凄哀险恶，漫天大雪使人绝望，前进是如此艰难，回家似乎没有可能。长期征战的战士，令人同情，没有人不渴望战争结束，没有人不渴望统一。战争不会自己结束，只有武力才能换回和平，那就像周公一样，排除万难、取得征讨胜利吧！

【拓展】

南宋刘克庄也曾以《苦寒行》为题，作诗描述戍边战士的艰辛。全诗如下：

十月边头风色恶，官军身上衣裘薄。
押衣敕使来不来？夜长甲冷睡难着。
长安城中多热官，朱门日高未启关；
重重苇箔施屏山，中酒不知屏外寒。

垓下歌

力拔山兮气盖世。
时不利兮骓不逝。
骓不逝兮可奈何①！
虞兮虞兮奈若②何！

【注释】

这首诗抒发了在敌人的重重包围之中的怨愤和无可奈何的心情，项羽作。项羽，名籍，字羽，秦末名将，秦末义军的主要领导人。垓（gāi）下：古地名，位于今安徽省灵璧县境内。

①奈何：怎么办。

②若：你。

【大意】

力量可以拔起大山，豪气世上无人能比。

时局对我不利，乌骓马也跑不动了。

乌骓马不前进，我该怎么办？

虞姬啊虞姬！我又该把你怎么办？

【赏析】

冲天的豪气与无奈的悲伤，本是没有交集的两种情绪，却在特定的背景下，如此完美地交融在一起，汇聚成怒吼和低吟，喷薄而出。这是一位历经风浪的英雄最后的呐喊，这是一位无力回天的统帅无奈的抱怨，这是一位不甘失败的勇士不知所措的挣扎，这是一位铁骨铮铮的汉子最后的柔情，这是在进行必死战斗的前夕所作的绝命词。

他是项羽，他是将门之后，年少气

盛，力能扛鼎，才气超群。他胸怀大志，面对不可一世的秦始皇，敢于喊出“彼可取而代之”的豪言壮语。他曾经叱咤风云，是顶天立地的英雄，23岁就成了诸路起义军中首屈一指的首领。他破釜沉舟，与几倍于己的秦军进行浴血奋战，奇迹般地灭了秦军主力，被推举为“上将军”。他所向披靡，直捣咸阳，传下西楚霸王的威名。他力能拔山，豪情盖世。他不可一世，只因他有资本。

可惜，天时不利，连乌骓马也不肯前进了。项羽还是项羽，却不再是上天的宠儿。四年的楚汉战争，他与汉军大战七十，小战半百，互有胜负，却因匹夫之勇，不善用人，不能把握时机而失败，这是天意，是上天点化这位不可一世的英雄时埋下的伏笔。

终于到了最后的时刻，面临绝境，只能悲叹。在垓下，他陷入汉军重围，众叛亲离，只剩乌骓马、虞美人。夜不能寐，他与虞姬悄然相对，借酒浇愁。忽然间，阵阵楚歌传来，他彻底绝望了。他看到了穷途末日，他被绝望的痛苦击倒了。曾经，王位、天下皆是他的囊中之物，如今得而复失，更落魄到连自己心爱的女人和战马都保不住。钢铁般的汉子内心深处也有深藏的柔情，不忍弃之而去。其实，离去不离去已经没有区别，结局已经注定。不停地询问也只不过是面对无法改变的残酷现实的无力逃避罢了。

【拓展】

项羽的爱姬虞姬作《和项王歌》作为对项羽《垓下歌》的回应。全诗如下：

汉军已略地，四方楚歌声。

大王意气尽，贱妾何聊生！

秋胡行

朝与佳人期，日夕殊不来。

嘉肴①不尝，旨酒停杯。

寄言飞鸟，告余不能。

俯折兰英，仰结桂枝。

佳人不在，结之何为？

从尔何所之？乃在大海隅②。

灵若道言，贻尔明珠。

企予望之，步立踌躇。

佳人不来，何得斯须。

【注释】

这是一首表现怀人之思的作品，三国魏曹丕作。《秋胡行》属乐府《相和歌·清调曲》，古辞原意是歌颂秋胡妻的贞烈，此处是以古题写新事。

①嘉肴：佳肴。嘉：通“佳”。

②隅（yú）：角落，旁边。

【大意】

约好清晨与佳人相会，傍晚，佳人还没有到来。美味佳肴无心品尝，玉液琼浆停杯不饮。

请飞鸟给你捎个口信，说我无着无落，无可奈何。俯身折下兰花，举头用桂枝结成花环。

佳人不在身边，做这些还有什么用呢？佳人呀，你在哪里？在那遥远的大海边吗？

我要告诉你，送给你夜明珠。我翘首企盼，站在那里徘徊不定，不知该去往何处。

佳人还是没来，我到底该怎么办呢？

【赏析】

早晨即与佳人相期，但直至日夕，佳人都没有来。只好在失望中，痛苦地等待，翘首以盼的人做了些什么，想了些什么呢？为思佳人，茶饭无心。连美酒、佳肴都懒得碰，停箸在半空，酒碰到唇边，却没有张嘴的心思。仅仅是这些吗？佳人又是谁呢？

当然不止这些。从早晨与佳人相约开始，到日夕佳人未至，这是一段漫长的等待。朝与夕，是时间的象征，一天即是一生。由朝至夕，便是从青少年至垂暮之年的整段人生。在整个一生中，始终有一种不能实现的追求，和由追求不能实现而带来的巨大而又无法弥补的缺憾感。佳人实际上是一种难以实现的追求的拟人化。

在这个漫长的等待的过程中，心中涌起的，是追求永远不能实现的深层的失落感。尽管追求不能实现，但自己并不停止这种追求，故其行也高，其志也洁。为了达到目标，即使佳人远在天涯海角，也愿意跟随，并让海神把最宝贵的"明珠"送给她。可惜的是，坚定的信念和辛勤的劳动并不总能带来收获，也有可能最终落得个跂足眺远、踌躇徘徊、不见佳人来的结果。此时的渴念之情，可说是急不可耐。

什么办法都想尽了，为诉说自己的情怀，"飞鸟"也托了，"兰英"也折了，"桂枝"也结了，誓言也发了，尽管"步立踌躇""何得斯须"，渴慕焦急之情片刻都难忍耐，但"佳人"始终没有来。这是为何？只因这是一个永恒的绝望。既是绝望，便再无希望；既是永恒，就只能抱憾终生。

【拓展】

秋胡的故事初见于西汉刘向所作《列女传》中的《节义传·鲁秋洁妇》，故事大略如下：

鲁国秋胡娶妻才五天，就到陈国去做官，一去五年才回来。未到家之前，见路旁有一美妇人在采桑，他就停下车子，挑逗说："力田不如逢丰年，力桑不如见国卿。我这里有金子，愿给您。"妇人说："我采桑力作，衣食自给，奉养二老，不需要您的金子！"秋胡归家，拜见了母亲，母亲叫人把媳妇唤来，一看，正是刚才采桑的女子。秋胡很尴尬，妻子也非常气愤，觉得他品行太污秽了，于是投河而死。

后人感于秋胡妻的事迹作《秋胡行》，辅以曲调歌颂之，其后多有人借此曲调作诗，但内容却并不局限于此。

生年不满百

生年不满百，常怀千岁忧。
昼短苦夜长，何不秉烛游[①]？
为乐当及时，何能待来兹[②]？
愚者爱惜费[③]，但为后世嗤。
仙人王子乔[④]，难可与等期。

【注释】

这是一首劝人通达世事，及时行乐，不必为那些毫无益处的事而日夜烦忧，并讽刺贪图富贵者不懂得领悟人生之愚昧无知的诗作，出自《古诗十九首》，作者不详。

① 秉烛游：作长夜之游。

② 来兹：来年。

③ 费：费用，指钱财。

④ 王子乔：古代传说中著名的仙人。

【大意】

一个人活在世上通常不满百岁，心中却老是记挂着千年后的忧愁。

既然老是埋怨白天是如此短暂，黑夜是如此漫长，那么何不拿着烛火，日夜不停地欢乐游玩呢？

人生应当及时行乐才对啊！何必总要等到来年？

整天不快乐、只想为子孙积攒财富的人，不只自己愚蠢，也会遭到不肖子孙的嗤笑。

像王子乔那样成仙的人，恐怕难以再等到吧！

【赏析】

这是一首讽刺现实的作品，这讽刺源于对人生价值的怀疑，怀疑源于现实生活中的苦闷。在苦闷中看人生，许多传统的观念，都会在怀疑的目光中轰然倒塌。

这世间总是有一些人，只管苦苦地聚敛财货，却不知及时享受的重要。他们所忧虑的，无非是子孙后代的生计。但子孙后代自有其活法，而且世事变迁，沧海桑田，又何需前人多此一举？以百年不到的时间来担忧千年之后的事情，这实在是愚蠢可笑。且不说常人难以拥有百年的生命，就算能活上百年，也只能为子孙怀忧百岁，这连小孩都明白的常识，许多所谓的“长者”却不明了，当真是愚不可及。

既然生命有限，就应当在有生之年好好享受人生，把生命的白昼，尽数沉浸在放情游乐之中。即便如此，仍然不够，白昼太过苦短，还需要把夜晚的卧息时间，也都用来行乐。夜晚漆黑如墨，为使游兴不败，还需“秉烛”。如旅行需要说走就走一样，要行乐就得“及时”，不能总等待来年。所谓“人生忽如寄，寿无金石固”，谁也不知道来年是否会有个三长两短，万一出现了突发状况，那岂不是遗憾终生，甚至连遗憾的机会都没有了。彼时再思享乐，为时已晚。

还有一些人，他们生时“惜费”，到头来却养育了一批游手好闲的子孙。这些不肖子孙挥霍无度之际，又如何会感激祖上积的德？玩乐尚且时间不够，这些事情也没有时间想吧！纵然去想，也只是在背地里，嗤笑祖先不会享福。

人生短暂，因而，在这世间，从来不缺乏仰慕成仙者。对于神仙的企羡，从秦始皇到汉武帝，无论是多么伟大的人物，都干过这蠢事。即便是当时的平民，也津津乐道于王子乔被神秘道士接上嵩山、终于驭鹤宾天的传说。但这种得遇神仙的期待，到头来终于发现只是一场白日梦而已。世间求仙者众多，王子乔又有几个？真正的王子乔，恐怕只是存在于传说当中吧！

【拓展】

《汉乐府·西门行》与本诗有些相似之处，全诗如下：

出西门，步念之。
今日不作乐，当待何时？
夫为乐，为乐当及时。
何能坐愁怫郁，当复待来兹。
饮醇酒，炙肥牛。
请呼心所欢，可用解忧愁。
人生不满百，常怀千岁忧。
昼短而夜长，何不秉烛游。
自非仙人王子乔，计会寿命难与期。
人寿非金石，年命安可期。
贪财爱惜费，但为后世嗤。

今日良宴会

今日良宴会，欢乐难具陈①。
弹筝奋逸②响，新声妙入神。
令德③唱高言，识曲听其真。
齐心同所愿，含意俱未申。
人生寄一世，奄忽若飙尘④。
何不策高足⑤，先据要路津？
无为守穷贱，轗轲⑥长苦辛。

【注释】

本诗通过描写客中对酒听歌，表达了“贫士失职而志不平”的心情，出自《古诗十九首》，作者不详。

① 难具陈：难以一一述说。

② 奋逸：不同凡俗的音响。

③ 令德：有美德的人，指知音。

④ 奄忽：急遽。飙（biāo）尘：狂风里被卷起来的尘土。此句意指人生短促、空虚。

⑤ 高足：良马。

⑥ 轗（kǎn）轲：困顿，不得志。

【大意】

今天这次宴会真是美好极了，这种欢乐的场面简直说不完。

这段弹筝的声调多么地飘逸，这是最时髦的乐曲出神又妙化。

有美德的人通过乐曲发表高论，懂得音乐者便能听出其真意。

音乐的真意是大家的共同心愿，只是谁都不愿意真诚说出来。

人生像寄旅一样只有一世犹如尘土，刹那间便被那疾风吹散。

为什么不想办法捷足先登，先高踞要位而安乐享受富贵荣华？

不要因贫贱而常忧愁失意，不要因不得志而辛苦地煎熬自己。

【赏析】

这是一场美妙的宴会，其中的欢乐，简直说不完。先说弹筝，那是最时髦的乐曲，弹出的声调飘逸而动听，使人闻之欲醉。有美德的人通过乐曲发表了高论，懂得音乐的人便能听出其真意。那真意，其实是当前一般人的共同心愿——人生一世，犹如旅客住店，又像尘土，一忽儿便被疾风吹散。为什么不捷足先登，高踞要位，安享富贵荣华呢？别再忧愁失意，辛辛苦苦，常守贫贱！能够有这种体悟的人，那就真的能称得上是知音了。

就如伯牙子期一样，钟子期以俞伯牙的“知音”著称于世，伯牙弹奏“志在流水”的曲调，钟子期便能听出琴声中的“洋洋乎若江河”。想必现在这位正在听琴的知音也不会比子期的感慨少。

人生短促，这是亘古不变的事实，无从改变。既然不能改变，那就只能使短暂的过程更加绚烂一点，这当是人所共有的心愿。因此，每个人都争先恐后，抢夺要位，这看起来似乎并没有什么不妥。然而，若人人如此，那将出现什么情景？这实在是值得思考的问题。

【拓展】

唐代杜秋娘曾作《金缕衣》，慨叹人生苦短，劝人珍惜光阴。全诗如下：

劝君莫惜金缕衣，劝君惜取少年时。

花开堪折直须折，莫待无花空折枝。

回车驾言迈

回车驾言迈，悠悠涉长道①。

四顾何茫茫，东风摇百草。

所遇无故物，焉得不速老？

盛衰各有时，立身苦不早②。

人生非金石，岂能长寿考？

奄忽随物化，荣名③以为宝。

【注释】

这是一首思考生命真谛，表达对如何度过生命中最美好时光的看法的作品，出自《古诗十九首》，作者不详。回：转。言：语气助词。迈：喻声音悠长。

① 涉长道：一作“历长道”。

② 早：指盛时。

③ 荣名：美名。

【大意】

转回车子驾驶向远方，遥远的路途跋涉难以到达。

一路上四野广大而无边际，春风吹

生了枯萎的野草。

眼前一切都是陌生之物，像草之荣生，人又何尝不是很快地由少而老呢？

百草和人生的短长各有不同，但由盛而衰皆相同，因而处身立业须及时把握光阴。

人之生命脆弱，不如金石坚固，即使长寿也有尽期，难以长久下去。

生命会急遽地衰老死亡，应时刻自省，保持美名。

【赏析】

这是一首哲理诗，却并不枯索，只因其中饱含真情。思想贴近生活，自然可亲可爱，不会有疏离之感。

读罢此诗，闭上眼睛，脑海中浮现的是一辆车，这是此诗整个思想世界的原点，由点引出线——一条长路，由线引出面——一片旷野，苍茫而凄清。苍茫旷远的旷野中有“草”在“摇”，那是风吹拂的结果。东风拂动，青草摇曳，这是春的信号。

记忆真的不是一个好东西，多少忧愁因它而起。若无记忆，看到这美好的一幕，又有谁会想起上一个秋天那枯黄衰败的景象？若不记得那些枯枝败叶，又如何会产生那令人忧愁的对生命的思考？思考一旦开始，便不能停止。草木有盛有衰，人生也是如此，长久的生命不可求，长久的声名却能够获得。既如此，那就在生命中最好的时刻留下最美好的名声吧！

【拓展】

唐代孟郊曾作《劝学》，也对如何度过一生中最美好的时光发表了看法。全诗如下：

击石乃有火，不击元无烟。
人学始知道，不学非自然。
万事须己运，他得非我贤。
青春须早为，岂能长少年。

杂诗·人生无根蒂

人生无根蒂①，飘如陌上尘。
分散逐风转，此已非常身②。
落地③为兄弟，何必骨肉亲？
得欢当作乐，斗酒聚比邻。
盛年不重来，一日难再晨。
及时当勉励，岁月不待人。

【注释】

《杂诗》一组共十二首，整组诗皆为慨叹人生无常，感喟生命短暂之作，本诗为其中第一首，东晋陶渊明作。

①蒂（dì）：瓜当、果鼻、花与枝茎相连处都叫蒂。

②非常身：即不再是盛年壮年之身体。

③落地：刚生下来。

【大意】

人生在世没有根蒂，漂泊如路上的尘土。

生命随风飘转，此身历尽了艰难，已经不是原来的样子了。

世人都应当视同兄弟，何必亲生的同胞弟兄才能相亲呢？

遇到高兴的事就应当作乐，有酒就要邀请近邻共饮。

青春一旦过去便不可能重来，一天之中永远看不到第二次日出。

应当趁年富力强之时勉励自己，光阴流逝，并不等待人。

【赏析】

自古以来关于“人生无常，生命短暂”的叹喟就没有停止过，这是人们对于生命的思考。到了汉末魏晋时代，这种悲变得更深、更广，这种叹喟变得越发凄凉悲怆、越发深厚沉重，最终成为整个时代的典型音调。今天看来，这是消极悲观的叹息，但若以当时黑暗、腐败的政治和浮夸的社会风气作为背景，这其实是人类的觉醒、时代的进步。

人生在世即如无根之木、无蒂之花，没有着落；又好比是大路上随风飘转的尘土。由于命运变幻莫测，人生漂泊不定，种种遭遇和变故不断地改变着人，每一个人都已不再是最初的自我了。深刻的人生体验透露出至为沉痛的悲怆，曾经的宏大抱负，在经过诸多努力而无果之后也消磨殆尽。如此世态，如此经历，怎能不让人对人生感到渺茫、感到无力？这是一种理想破灭的失落，一种人生如幻的绝望。

来到了世界上，每个人都已不是最初的自我，那又何必在乎是不是有骨肉至亲、血缘之情呢？来到这个世界上的人都应该成为兄弟。这是战乱年代对和平的渴望，对泛爱的追求。阅历的丰富往往使人对人生的悲剧性有更深刻的认识，年龄的增长常常使人更难以寻得生活中的欢乐和激动。切身经历过黑暗的争执之后的人，对于光明和美好会有一种更加迫切的渴求。美好的人生理想，既然在官场中难以找到，那就到自然中去找寻吧！

然而，在经历过一切之后，毕竟已经不再年轻，所谓“盛年不重来”，早先已经浪费了过多的时间，现在就应该抓紧一切时间及时行乐。生命是这么短促，人生如此不可把握，社会黑暗，欢乐难以觅得，那么，对生活中偶尔还能寻得的一点点欢乐，千万不要错过，要

及时抓住它，尽情享受。这才是真正的享受生活，享受人生。

【拓展】

《杂诗》其中第二首，全诗如下：

白日沦西阿，素月出东岭。
遥遥万里辉，荡荡空中景。
风来入房户，中夜枕席冷。
气变悟时易，不眠知夕永。
欲言无予和，挥杯劝孤影。
日月掷人去，有志不获骋。
念此怀悲凄，终晓不能静。

拟行路难（其六）

对案不能食，拔剑击柱长叹息。

丈夫生世会①几时？安能蹀躞②垂羽翼！

弃置罢官去，还家自休息。

朝出与亲辞，暮还在亲侧。

弄儿③床前戏，看妇机中织。

自古圣贤尽贫贱，何况我辈孤且直④！

【注释】

这是一首反映仕途坎坷和失意的作品，南朝宋鲍照作。

①会：能。

②蹀躞（dié xiè）：小步行走的样子。

③弄儿：逗小孩。

④孤且直：孤高而耿直。

【大意】

对着席案上的美食却难以下咽，拔出宝剑对柱挥舞发出长长的叹息。

大丈夫一辈子能有多长时间，怎么能小步走路失意丧气？

放弃官衔辞职离开，回到家中休养生息。

早上出家门与家人道别，傍晚回家依然在亲人身边。

在床前与孩子玩耍，看妻子在织布机前织布。

自古以来圣贤的人都生活得贫贱，更何况我这样清高孤寒又正直的人呢？

【赏析】

因不得志而悲愤，因悲愤而“不能食”“拔剑击柱”“长叹息”，这是内心愤懑不平的直观外在表现。人生短暂，没有时间去浪费、徘徊。然而，努力却并不一定就能够有收获，事情不是总能按照自己的心意发展，在重重束缚下有志难伸、有怀难展。在这种时刻，再联想到生命短促、岁月不居，怎能不叫人心焦神躁，急迫难忍？

有道是“退一步海阔天空”，既然在政治上不能有所作为，不如丢开自己的志向，罢官回家休息，还能与亲人朝夕团聚，共叙天伦之乐。与家人共处是那么温馨，与孩子玩耍使人心情愉悦，看妻子恬静的面容让人内心温暖，这样的生活也是一种美好。

然而，闲居田园毕竟是不得已的做法，并不符合一个有志者一贯企求伸展抱负的本意。即便如此，又如何呢？纵观历史，怀才不遇并非个别现象，而是自古皆然，就算是古代的圣贤也在所难免。这种普遍现象的背后本身就是一个不合理的社会吧！

【拓展】

鲍照《拟行路难》组诗共十八首，其中第四首同样表达了对仕途的不满。全诗如下：

泻水置平地，各自东西南北流。
人生亦有命，安能行叹复坐愁！
酌酒以自宽，举杯断绝歌路难。
心非木石岂无感，吞声踯躅不敢言！

杂诗·南国有佳人

南国有佳人，容华①若桃李。
朝游江北岸，夕宿潇湘沚②。
时俗薄③朱颜，谁为发皓齿？
俯仰④岁将暮，荣耀难久恃⑤。

【注释】

这是一首以佳人自比，抒发怀才不遇之苦闷的作品，三国魏曹植作。

① 容华：容貌。

② 沚（zhǐ）：水中小洲。湘沚：湘水中的小洲。

③ 薄：不重视。

④ 俯仰：低头扬头之间，极言时间之短。

⑤ 久恃：久留，久待。

【大意】

在南方，有一位美丽的女子，她的面容若桃花般芳艳，如李花般清丽。

早晨她来到江北岸边游玩，夜晚她到潇湘的小岛中休憩。

当时的风气轻视美丽的容颜，贝齿轻启的微笑为谁而发呢？

可是转瞬间，岁月消逝，青春的美貌是难以永远存在的。

【赏析】

以美人自况，这是很多不得志者抒发苦闷的方式，曹植也不例外。曹植才高八斗，文采斐然，而且具有政治抱负，渴望建功立业，名垂青史。然而，“木秀于林，风必摧之”，虽然有雄心壮志，却无奈屡遭打压，屡徙封地，生活尚且难以安定，政治抱负更成了空谈。

南国有美人名声在外，曹植的文采也是无人不知，无人不晓，他杰出的才能，就像美人的容貌艳若桃李之花。然而，世易时移，人心不古，美人的美貌和歌唱才能都不为时人所赏识，就像有才能也有抱负的曹植却被明珠暗投一样，这实在让人难以接受。时光流逝，美人的容颜难以久恃，再看曹植，盛年时无法施展抱负，如今年纪大了，虽然志向未泯，却越发感觉到挣扎的无力，只能发出深沉的慨叹。

【拓展】

汉代李延年曾作《北方有佳人》，单纯描写美人，全诗如下：

北方有佳人，绝世而独立。

一顾倾人城，再顾倾人国。

宁不知倾城与倾国，佳人难再得！

隋唐五代

瑰丽自然

无题

昨夜星辰昨夜风，画楼西畔桂堂东。

身无彩凤双飞翼，心有灵犀[①]一点通。

隔座送钩[②]春酒暖，分曹射覆[③]蜡灯红。

嗟余听鼓应官去，走马兰台[④]类转蓬。

【注释】

通过这首诗，诗人以细腻而真切的感受，描述了一段可以意会不可言传的情感，李商隐作。李商隐，字义山，号玉谿生，又号樊南生，唐代诗人。

① 灵犀：犀牛角，旧说角中有白纹如线，直通两头的犀牛角有灵性。

② 送钩：也称藏钩，一种游戏，把钩互相传送后，藏于一人手中，让他人猜。

③ 分曹：分组。射覆：在覆器下放着东西让人猜。

④ 兰台：即秘书省，掌管图书秘籍的部门。

【大意】

昨夜星光灿烂，夜半却有习习凉风；我们把酒筵设在画楼西畔、桂堂之东。

身上无彩凤的双翼，不能比翼齐飞；内心却像灵犀一样，感情息息相通。

互相猜钩嬉戏，隔座对饮春酒暖心；分组来行酒令，决一胜负烛光泛红。

可叹呵，听到五更鼓应该上朝值事；急急策马赶到兰台，像随风飘转的蓬蒿。

【赏析】

夜幕低垂，星光闪烁，凉风习习。一个春风沉醉的夜晚，萦绕着宁静浪漫的温馨气息。酒筵设在精美画楼的西畔、桂木厅堂的东边。在这样美妙的时刻、旖旎的环境中发生了一段美妙的故事，让当事人忍不住独自在心中回味。

回味中有甜蜜也有遗憾，想到不满意处，就恨自己身上没有五彩凤凰一样的双翅，以便能够飞到心上人身边。然而，仔细一想，却又不必，因为彼此的心意就像灵异的犀牛角一样，息息相通。这是因为双方皆用情很深，既然用情极深，那绞尽脑汁的思念也就无可避免。唉！一外一内，一悲一喜，实在是令人矛盾！这矛盾还奇妙地融为一体，痛苦中有甜蜜，寂寞中有期待，相思的苦恼与心心相印的欣慰融合在一起，深深相爱而又不能长相厮守的恋人的情怀，莫出于此。

每次思念，总是以回忆支撑，这次，他想起了与心上人共同参加过的一次宴会。宴席上，人们玩着隔座送钩、分组射覆的游戏，觥筹交错，灯红酒暖，其乐融融。昨日的欢声笑语还在耳畔回响，今日的宴席或许还在继续，但已经没有了自己的身影。他人的热闹还在继续，自己的孤独却悄悄地来了，只有两个人知道。

四年的背后是离别，每一次离别都有一个无力改变的理由，这次是身不由己的无奈：听到更鼓报晓之声就要去当差，在秘书省进进出出，好像蓬草随风飘舞。只能在工作之余，用相思抚慰心中的寂寞。

【拓展】

李商隐曾作《无题》诗若干，现录其中另一首流传颇广的诗歌如下：

相见时难别亦难，东风无力百花残。
春蚕到死丝方尽，蜡炬成灰泪始干。
晓镜但愁云鬓改，夜吟应觉月光寒。
蓬山此去无多路，青鸟殷勤为探看。

出塞

秦时明月汉时关，
万里长征人未还。
但使龙城飞将[①]在，
不教胡马度阴山[②]。

【注释】

这是一首慨叹边战不断，国无良将的边塞诗，王昌龄作。王昌龄，字少伯，唐代诗人，被后人誉为“七绝圣手”。

① 龙城飞将：指汉朝飞将军李广。

② 阴山：昆仑山的北支。

【大意】

秦汉以来，明月就是这样照耀着边塞，但是离家万里征伐的士卒却没能回还。

只要有像李广这样骁勇善战的将军立马阵前，一定不会让敌人的铁蹄踏过阴山。

【赏析】

一轮明月，照耀着边疆关塞。边疆的寥廓和景物的萧条，让人感到孤寂、苍凉。自秦汉时就已经存在的关隘散发着苍凉的质感；月光照在地上使人越发感到孤独，仿佛这月光穿越千年，从远古而来。

此情此景，触景者忍不住生情：自秦汉以来无数献身边疆、至死未归的人们，他们都永远地留在了这里。而且，前辈们的牺牲仍然不够，还要有更多的人背井离乡，来到距离家乡万里之外的边塞戍守。千年来，一直如此。

没有人愿意背井离乡，也没有人愿意战死沙场，但他们却不得不这么做，毕竟边塞还是需要保卫的。唉！本来可以轻松解决的事情，却总是不得要领。朝廷总是用人不当，只要有一位像李广那样的名将，敌人的马队就不会度过阴山，烽火就不会长燃不熄，征人也不会久不还家。

【拓展】

作为一位边塞诗人，王昌龄不只有慨叹战乱的忧思，更有为国奋战的决心，其作品《从军行（其四）》便是其决心的表露。全诗如下：

青海长云暗雪山，孤城遥望玉门关。
黄沙百战穿金甲，不破楼兰终不还。

秋风词

秋风清，秋月明，
落叶聚还[1]散，寒鸦栖复惊。
相思相见知何日？此时此夜难为情[2]！
入我相思门，知我相思苦，
长相思兮长相忆，短相思兮无穷极，
早知如此绊人心，何如当初莫相识。

【注释】

这首词是典型的悲秋之作，秋风、秋月、落叶、寒鸦，烘托出悲凉的氛围，加上诗人奇丽的想象和对自己内心的完美刻画，让整首诗显得凄婉动人，李白作。李白，字太白，号青莲居士，唐代伟大的浪漫主义诗人，被后人誉为“诗仙”，有《李太白集》传世。

① 还（huán）：又，然后。

② 难为情：难以承受这份感情。

【大意】

秋天的风是如此的凄清，秋天的月是如此的明亮。

落叶飘飘聚了又离散，连栖息在树上的鸦雀都心惊。

想当日彼此相爱，分开后何日再相聚，在这个秋夜里，这份感情难以承受。

走入我相思之门，知晓相思之苦。

长远的相思是永远的回忆，短暂的相思却无止境。

早知相思在心中如此地牵绊，倒不如当初就不要相识。

【赏析】

这是一首可以作为歌曲吟唱的作品。

在这深秋的月夜，望着高悬天空的明月，看着栖息在已经落完叶子的树上

的寒鸦，让人忍不住黯然神伤。曾经的点点滴滴，在脑子里回放着，带来悲伤和无奈。这存留于心底的不可割舍的情感和思念反而让人后悔当初的相识。

远方的人正在思念一个旧时的恋人，早知现在如此痛苦，又何必当初呢！内心的凄婉与纠结对比现实的无奈，实在让人难过。

【拓展】

南宋黄公度曾作《悲秋》借秋风抒发惆怅之感，全诗如下：

万里西风入晚扉，高斋怅望独移时。
迢迢别浦帆双去，漠漠平芜天四垂。
雨意欲晴山鸟乐，寒声初到井梧知。
丈夫感慨关时事，不学楚人儿女悲。

月夜

今夜鄜州[①]月，闺中只独看。
遥怜[②]小儿女，未解[③]忆长安。
香雾云鬟[④]湿，清辉玉臂寒。
何时倚虚幌，双照[⑤]泪痕干。

【注释】

这首诗借助想象，抒写妻子对自己的思念，也写出自己对妻子的思念，杜甫作。杜甫，字子美，自称少陵野老，唐代伟大的现实主义诗人，被尊为“诗圣”，与李白并称“李杜”，有《杜工部集》传世。

① 鄜（fū）州：今陕西省富县。

② 怜：想。

③ 未解：尚不懂得。

④ 云鬟（huán）：古代妇女的环形发饰。

⑤ 双照：与“独看”对应，表示对未来团聚的期望。

【大意】

今夜圆圆的秋月是多么皎洁美好，妻子却一个人在闺房中独自望月。

幼小的儿女还不懂思念在长安的父亲，还不能理解母亲对月怀人的心情。

夜深露重，你乌云似的头发被打湿了，月光如水，你如玉的臂膀可曾受寒？

什么时候才能和你一起倚着窗帷，仰望明月，让月光照干我们彼此的泪痕呢？

【赏析】

明月当空，并不稀奇，每个月都能看到。但心情不同，看到的景色也就不再一样。心中有个远在天边的他，看到的就只有月亮映出的孤独的身影。她回忆着过去两个人共同生活的美好时光，也憧憬着未来团聚之后的幸福场景，然而，无论是回忆还是憧憬，当下的孤独是无可改变的事实。

他被困长安已经十年了，他和妻子“同看”鄜州月的事也在记忆中越埋越深，共“忆长安”的往事，成了二人聊以慰藉思念的唯一途径。他们曾经一同忍饥受寒，也曾一同观赏长安的明月，曾经举家逃难到羌村，那时的辛酸，在今天看来却是如此的甜蜜，只因身边有人陪伴。如今他身陷乱军之中，她“独看”鄜州之月，比当时更加心酸，而且交织着忧虑与惊恐。再看那对小儿女，天真幼稚，正是无邪的年纪，在这乱世当中却只能增加她的负担，不能为她分忧。孩子还小，并不懂得想念，但她不能不念，想不念也忍不住。

雾湿云鬟，月寒玉臂。想必每个月圆之夜，都会是如此情景，望月越久而忆念越深，她的执着他懂。想到她的忧心忡忡，夜深不寐，他也不免伤心落泪。两地看月而同时落泪，这种痛苦实在让人难以忍受。然而，更让人痛苦的，还是看不到这痛苦的尽头。

【拓展】

唐代有无名氏作《叹疆场》，亦以对方的角度切入，表达自己的思念之情。全诗如下：

闻道行人至，妆梳对镜台。
泪痕犹尚在，笑靥自然开。

秋思

洛阳城里见[①]秋风，
欲作家书意万重。
复恐匆匆说不尽，
行人[②]临发又开封[③]。

【注释】

这是一首表达思乡情怀的作品，张籍作。张籍，字文昌，唐代诗人，世称“张水部”“张司业”。秋思：秋日里的思念。

①见：通“现”。

②行人：指送信的人。

③开封：把封好的信拆开。

【大意】

洛阳城中又刮起了秋风，那凉丝丝的秋风似乎在催促。

催促“我”写一封家书，将万千的思绪与亲人沟通、向亲人诉说。

心事仿佛永远说不尽，又怕匆匆写出的信表达不尽自己的情意。

捎信人即将出发，“我”又拆开信封，看看有没有漏掉要说的心事。

【赏析】

每一封家书都是一段思念，尤其是在通信不发达的古代，每一封家书都会得到认真的对待，就像游子反复揣摩心中的思念一样。

秋风真是讨厌，总是会不可避免地吹来，勾起客居他乡的游子的思念，徒然让他们难过。难过就要想办法解决，写信是唯一缓解思念之情的方式。

一封家书，透过深情的文字，载满思绪万千，每个字、每句话都小心斟酌，为的是不让千里之外的家人担心；每一句话、每一个字都谨慎而周到，为的是了解家中的每一点变化，即便帮不上忙。

捎信的老乡已经来了，一封长信被不情不愿地装进了信封。心中怅然若失，思念并没有减少，忧虑却多了几丝。担心说不清楚自己的情况，让家人担心；担心问不清关心的人、事，再徒增烦恼。老乡赶时间，转身要走，却又被一只伸来的手拦住。他还是没有忍住再检查一遍已经封口的家书的冲动。

【拓展】

古代，尤其是战乱时期，民间通信基本处于瘫痪状态，只能托付老乡、朋友捎信，唐代岑参曾作《逢入京使》，说的便是托“入京使”捎信报平安的事。全诗如下：

故园东望路漫漫，
双袖龙钟泪不干。
马上相逢无纸笔，
凭君传语报平安。

行路难（其二）

大道如青天，我独不得出。

羞逐长安社[①]中儿，赤鸡白雉赌梨栗。

弹剑[②]作歌奏苦声，曳裾王门[③]不称情。

淮阴市井笑韩信，汉朝公卿忌贾生。

君不见昔时燕家重郭隗[④]，拥彗折节[⑤]无嫌猜。

剧辛乐毅感恩分，输肝剖胆效英才。

昭王白骨萦蔓草，谁人更扫黄金台？

行路难，归去来[⑥]！

【注释】

这是一首感叹世道艰辛，怀才不遇的作品，唐代李白作。

① 社：古二十五家为一社。

②弹剑：战国时齐公子孟尝君门下食客冯谖曾屡次弹剑作歌感叹自己不如意。

③曳裾王门：喻在权贵的门下做食客。曳（yè）：拉扯，牵引。裾（jū）：衣服的大襟。

④郭隗（wěi）：战国时燕昭王客卿，以贤达著称于世。

⑤拥彗：燕昭王亲自扫路，恐灰尘飞扬，用衣袖挡帚以礼迎贤士。折节：一作"折腰"。

⑥归去来：指隐居。

【大意】

人生道路如此宽广，唯独我没有出路。

我不愿意追随长安城中的富家子弟，去搞斗鸡一类的赌博游戏。

像冯谖那样弹剑作歌发牢骚，在权贵之门卑躬屈膝是不合我心意的。

当年淮阴市人讥笑韩信怯懦无能，汉朝公卿大臣嫉妒贾谊才能超群。

你看，古时燕昭王重用郭隗，拥彗折节、谦恭下士，毫不多疑猜忌。

剧辛和乐毅感激知遇的恩情，竭忠尽智，以自己的才能来报效君主。

然而燕昭王早就死了，还有谁能像他那样重用贤士呢？

世路艰难，我只得归去啦！

【赏析】

世间的道路，在别人看来都是如此宽广，为何到了自己这里就没有出路可寻？久久郁积在内心里的不忿，一瞬间喷发出来，气势磅礴，如瀑布落于九天之上，如幽泉涌自九地之下，浩荡而悲凉。

上层社会喜欢拿斗鸡进行游戏或赌博，就连唐玄宗也曾在宫内造鸡坊，有许多斗鸡的小儿因此得宠。这种事情，他们愿意去做，却终究有些人是不屑的，李白就是其中一个。也有人像冯谖一样，去和那些达官贵人交往，"曳裾王门"当然是一条出人头地的捷径，然而终究有损气节。要与王侯交往，那也应该是"平交王侯"，卑躬屈膝去求得一个青眼，一句称赞，这不是李白所为。他不把王侯们当回事，此时的长安，权贵们也不把他当回事。

然而，这些小小挫折又算得了什么呢？

韩信未得志时，在淮阴曾受到一些市井无赖的嘲笑和侮辱。贾谊年轻有才，汉文帝本打算重用，却因受到权臣的嫉妒、反对，竟遭贬逐。现在来自长安的嘲笑、轻视、嫉妒、打击，不过尔尔。

苦难会使没有被击垮的人更加坚强，坚强的人首先要有希望。李白的希望是得到一位像当初的燕昭王一样的明君，君臣互相尊重和互相信任，建功立业，到时候不过手到擒来！可惜的是，昭王已死，没有人再洒扫黄金台，玄宗再也不是当初那个意气风发、横扫六合的天子。

既然长安不欢迎他，那么他就只有拂袖而去。在这种情况下，也只能学陶渊明，隐居东篱，寄情山水了。

【拓展】

李白《行路难》组诗共三首，其中第一首全诗如下：

金樽清酒斗十千，玉盘珍馐直万钱。
停杯投箸不能食，拔剑四顾心茫然。
欲渡黄河冰塞川，将登太行雪满山。
闲来垂钓碧溪上，忽复乘舟梦日边。
行路难！行路难！多歧路，今安在？
长风破浪会有时，直挂云帆济沧海。

凉州词（其一）

黄河远上[①]白云间，一片孤城万仞[②]山。
羌笛何须怨杨柳？春风不度[③]玉门关。

【注释】

这首诗以一种特殊的视角描绘了远眺黄河的特殊感受，同时也展示了边塞地区壮阔、荒凉的景色，悲壮苍凉，流露出一股慷慨之气、一种壮烈广阔的哀怨，王之涣作。《凉州词》是为当时的名曲《凉州》配的唱词。王之涣，字季凌，唐代诗人，以善于描写边塞风光著称，作品多已散佚，仅有六首诗传世。

① 远上：远远望去。

② 仞（rèn）：古代长度单位。

③ 度：吹到过。

【大意】

纵目望去，黄河渐远，像奔流在缭绕的白云中间，在黄河上游的万仞高山之中，玉门关耸峙在那里，孤峭冷寂。

何必用羌笛吹起那哀怨的杨柳曲去埋怨春光的迟迟不来呢？自古以来，春风就没有吹到过玉门关啊！

【赏析】

西北的风光是如此壮阔，若再加上黄河，那简直是奔放得气势万丈。同一条黄河，在不同人的眼中，却有不同的豪情。李白的黄河是来自天上的水，汹涌澎湃，奔流入海。而同一条黄河，同一个世人，在不同的时间，也有不同的情思。有时候，王之涣看到的是入海流的黄河，而如今，在他眼前的是汹涌澎湃波浪滔滔的黄河，像一条丝带迤逦于云端。源远流长，这是奔涌不息的黄河所表现出来的极静之美，当然，还有边地广漠壮阔的风光。

极目而望，黄河的源头、大漠的边际，有一座塞上孤城，在以黄河、大漠为主的远大背景下，是如此地势险要、处境孤危。一座漠北孤城，不是居民的住所，而是戍边的堡垒，是国家的要塞。

有要塞自然就有戍边的战士，他们背井离乡多年，对家乡的思念时时表露出来。手中的羌笛经常奏出的是《折杨柳》的曲调，这是一个战士乡愁的倾诉，是触动另一个战士柔软内心的钥匙。虽然奏着《折杨柳》，却没有一枝杨柳可供折。玉门关外，春风不度，杨柳不青，折柳送别已经让人情难自胜，此情此景，更加让人难堪。

【拓展】

王之涣《凉州词》组诗共两首，其中第二首从侧面烘托了当时唐帝国的强盛。全诗如下：

单于北望拂云堆，杀马登坛祭几回。

汉家天子今神武，不肯和亲归去来。

浪淘沙

九曲①黄河万里沙，浪淘风簸②自天涯。

如今直上银河去，同到牵牛织女家。

【注释】

这是一首表达对美好生活的向往的作品，刘禹锡作。刘禹锡，字梦得，唐代诗人、文学家，有“诗豪”之称。浪淘沙：唐教坊曲名，形式为七言绝句，后又用为词牌名。

① 九曲：相传黄河有九道弯。

② 簸（bǒ）：掀翻，上下簸动。

【大意】

九曲黄河奔腾而来，裹挟着万里黄沙，波涛滚滚如巨风掀簸来自天涯。

可以沿着黄河直上银河去，我们一起去寻访牛郎织女的家。

【赏析】

屡战屡败，屡败屡战，起起落落，一生漂泊，这是刘禹锡一生的写照。

他的仕途就像这黄河一样，布满荆棘，充满坎坷，即使绕过了九道弯，还有更多的泥沙等在前面。仕途中的刘禹锡，就是那颠簸无常的黄河之水，在天涯漂泊，终又向海角流去。连续被贬，屡遭排挤，他没有沉沦，而是以积极乐观的态度面对世事的变迁。

他对生活是充满希望的，对于未来，他有美好的愿景，也向往美好的生活。既然向往美好的生活，那对当前的生活定是不满的，或者说是厌恶的。他看到了世代在黄河边上的淘金者，他想到了天河畔过着恬静生活的牛郎织女，同在河边，为何会有两种截然不同的生活？为何要甘愿忍受整天在风浪泥沙中的生活？何不沿黄河溯流而上，直上银河，拜访牛郎织女，同过恬淡的生活？

【拓展】

北宋王安石曾作《黄河》，记录了黄河泛滥时的悲惨景象，表达了对现实的不满。全诗如下：

派出昆仑五色流，一支黄浊贯中州。

吹沙走浪几千里，转侧屋闾无处求。

谒金门·风乍起

风乍①起，吹皱一池春水。

闲引②鸳鸯香径里，手挼③红杏蕊。

斗鸭④阑干独倚，碧玉搔头⑤斜坠。

终日望君君不至，举头闻鹊喜。

【注释】

这首词描写的是贵族女子在春天里无法排遣愁苦和希望心上人到来的情景，冯延巳作。冯延巳，字正中，五代南唐词人。谒金门：唐教坊曲，后用为词牌名。

① 乍：忽然。

② 闲引：无聊地逗引着玩。

③ 挼（ruó）：揉搓。

④ 斗鸭：以鸭相斗为欢乐。斗鸭阑和斗鸡台，都是官僚显贵取乐的场所。

⑤ 碧玉搔头：即碧玉簪。

【大意】

春风突然吹来，一池碧水被风吹得波光粼粼。

闲来无事，在花间小径里逗引池中的鸳鸯，随手摘下杏花蕊把它轻轻揉碎。

独自倚靠在池边的栏杆上观看斗鸭，头上的碧玉簪斜垂下来。

整日思念心上人，但心上人始终不见回来，正在愁闷时，忽然听到喜鹊的叫声。

【赏析】

风忽地吹起，把满池塘的春水都吹皱了。这是春风，春风荡漾，吹皱了池水，也吹动了女子的心。在春风的吹拂下，她的心情也像池水一样，起了波动不安的感觉。面对着明媚的春光，她的心上人不在身边，该怎样消磨这良辰呢？她只好在芳香的花间小路上，手挼着红杏花蕊，逗着鸳鸯消遣。可是成双成对的鸳鸯，又触动她更深的愁苦和相思，甚至挑起她微微的妒意，觉得自己的命运比禽鸟尚不如。她漫不经心地摘下含苞欲放的红杏花，放在掌心里轻轻地把它揉碎。手中的红杏，多么像她自己的写照，而她的双手，与捉弄自己的命运又何其相似，尽管她也像红杏花一般美丽、芬芳，她的心却被另一双无情的手揉碎了。

怀着愁苦的心情，一切景物都引不起兴致。哪怕她把斗鸭栏杆都倚遍了，仍然无精打采。心事沉重，压得她头颅低垂，垂得太久，头上的碧玉簪子也斜斜地下倾。她已等了很长时间了，这一整天，她都在思念心上人，却一直不见他来。思而不得，让人失望，然而，如"柳暗花明"一般，枝头的喜鹊开始啼叫了，莫非心上人真的要来了？猛然抬起头，她愁苦了一天的脸上初次出现了喜悦的表情。

【拓展】

唐代鱼玄机曾作《迎李近仁员外》，也借喜鹊代指喜事，抒发了喜悦之情。全诗如下：

今日喜时闻喜鹊，昨宵灯下拜灯花。

焚香出户迎潘岳，不羡牵牛织女家。

忆扬州

萧娘[①]脸薄难胜泪，桃叶[②]眉尖易得愁。

天下三分明月夜，二分无赖[③]是扬州。

【注释】

这是一首抒发离愁别恨的怀人之作，徐凝作。徐凝，唐代诗人，与韩愈、白居易、元稹等有交往，曾一度客游扬州。

① 萧娘：诗词中的男子所恋的女子常被称为萧娘，女子所恋的男子常被称为萧郎。

② 桃叶：晋代王献之的爱妾，此处代指青楼女子。

③ 无赖：可爱，可喜。

【大意】

扬州的少女们无忧无虑，笑脸迎人，娇美的脸上怎能藏住眼泪，她们可爱的眉梢上所挂的一点忧愁也容易被人察觉。

天下明月的光华姑且算是有三分吧，可爱的扬州啊，你竟然占去了两分。

【赏析】

有人会真正单纯地怀念一个地方吗？可能有，毕竟是少数。多数人怀念一个地方，是因为那里有值得他们怀念的人，有值得回忆的过往，有他们在一起的故事。扬州，自古就是多情之地，这里的女子温柔多情，来此的才子善解风情，故事就这么发生了。

爱情来得突然，快乐总是短暂，离别不可避免。再次想起心上人，快乐的往昔已不足道，脑海中浮现的全是当日的愁眉、当日的泪眼，以及当日的惨痛心情。时至今日，这些都化成了别离后无穷的思念。在殷切思念的时候，心中一片惆怅，无人可以诉说。抬头见月，就对着明月诉说吧！可是，此月偏偏又是当时扬州照人离别的月，惆怅、遗憾、无奈更甚。时光冲淡了当日的凄苦，却割不断缠绵的思念。这种挣不断、解不开的心绪，因为这轮曾经见证过离别的明月而加剧。原本欲解脱的一段愁思，却因月光而更甚，这明月实在是“无赖”啊！

【拓展】

清代黄慎曾作《维扬竹枝词》，描写了扬州胜景，表达了对扬州的喜爱。

人生只爱扬州住，夹岸垂杨春气薰。

自摘园花闲打扮，池边绿映水红裙。

滕王阁诗

滕王高阁临江[①]渚，佩玉鸣鸾罢歌舞。

画栋朝飞南浦云，珠帘暮卷西山雨。

闲云潭影日悠悠[②]，物[③]换星移几度秋。

阁中帝子[④]今何在？槛[⑤]外长江空自流。

【注释】

这是一首描写滕王阁的诗，原附于《滕

王阁序》后，序末“四韵俱成”一句中的“四韵”即指此诗，王勃作。王勃，字子安，“初唐四杰”之一，有明人辑《王子安集》传世。滕王阁：故址在今江西省南昌市赣江滨，江南三大名楼之一。

①江：指赣江。

②日悠悠：每日无拘无束地游荡。

③物：四季的景物。

④帝子：指唐高祖李渊第二十二子，滕王李元婴。

⑤槛（jiàn）：栏杆。

【大意】

巍峨高耸的滕王阁俯临着江心的沙洲，佩玉、鸾铃鸣响的华丽歌舞早已停止。

早晨，画栋飞上了南浦的云；傍晚，珠帘卷入了西山的雨。

悠闲的彩云倒映在江水中，整天悠然地漂浮着，时移世易，不知已经度过多少个春秋。

昔日游赏于高阁中的滕王如今无处可觅，只有那栏杆外的滔滔江水空自向远方奔流。

【赏析】

滕王阁巍峨高耸入天，俯临江心沙洲。但是，当年建阁的滕王已经仙去，如此挺拔的滕王阁，如今还有谁来游赏呢？想当年滕王坐着鸾铃马车，挂着琳琅玉佩，来到阁上，举行宴会，那种豪华的场面，已经一去不复返了。

阁既无人游赏，阁内画栋珠帘当然冷落可怜，只有南浦的云、西山的雨，暮暮朝朝，与它为伴。滕王阁是寂寞的，它的画栋飞上了南浦的云端；滕王阁处高处而不胜寒，它的珠帘卷入了西山的冷雨，摇动得发人深思。

云在天上，潭在地下，一俯一仰，经年累月都是如此，风物更换季节，星座转移方位，当年的帝子早已驾鹤西游，而槛外那无情的长江，却永恒地东流无尽。

【拓展】

与王勃同属“初唐四杰”的骆宾王曾作《蓬莱镇》，借以抒发人生感悟。全诗如下：

旅客春心断，边城夜望高。
野楼疑海气，白鹭似江涛。
结绶疲三入，承冠泣二毛。
将飞怜弱羽，欲济乏轻舠。
赖有阳春曲，穷愁且代劳。

月下独酌（其一）

花间一壶酒，独酌无相亲。
举杯邀明月，对影成三人①。
月既不解饮②，影徒随我身。
暂伴月将③影，行乐须及④春。
我歌月徘徊，我舞影零乱。
醒时同交欢⑤，醉后各分散。
永结无情游⑥，相期邈云汉⑦。

【注释】

这首诗描写了诗人在月夜花下独酌，无人亲近的冷落情景，唐代李白作。独酌：一个人饮酒。

① 三人：指明月、我和我的影子三者；另一种说法是月下人影、酒中人影和我三者。

② 既：已经。不解饮：不会喝酒。

③ 将：和。

④ 及：趁着。

⑤ 交欢：一起欢乐。

⑥ 无情游：忘却世情的交游。

⑦ 邈（miǎo）：遥远。云汉：银河。

【大意】

提一壶美酒摆在花丛间，自斟自酌无友无亲。举杯邀请明月，对着身影成为三人。

明月不会喝酒，身影也只是随着我身。暂时和它们结成酒伴，抓紧春光及时行乐。

我唱歌明月徘徊，我起舞身影零乱。醒时一起欢乐，醉后各自分散。

我愿与它们永远结下忘掉伤情的友谊，相约在缥缈的银河边。

【赏析】

孤独忧愁总是不能避免，这种感觉在政治失意、仕途不畅的时候更加强烈。

寂寞的环境也可以显得十分热闹，那是因为寂寞被藏到了心底，寂寞需要排遣，旷达不羁是天生的。以“花间”为背景，携来一壶美酒，在月光下独酌，好不惬意，登场角色只有一个，场面单调而冷清，并非本来如此，只因没有一个亲朋好友在身边。寂寞的人总是容易突发奇想，他竟然异想天开地把天边的明月和月光下自己的影子拉了过来，连自己在内，化成了三个人，举杯共酌，冷冷清清的场面，顿觉热闹起来。然而月不解饮，影徒随身，仍归孤独。有道是“月有阴晴圆缺”，即使是明月也不可能常伴身边。一夜畅饮，月亮也疲倦了，而他却还意犹未尽，执意与月光和身影永结无情之游，并相约在邈远的天上仙境重见。这份豁达与纯真实在让人羡慕、钦佩。

【拓展】

李白《月下独酌》组诗共四首，表达的情感大同小异，其中第四首全诗如下：

穷愁千万端，美酒三百杯。
愁多酒虽少，酒倾愁不来。
所以知酒圣，酒酣心自开。
辞粟卧首阳，屡空饥颜回。
当代不乐饮，虚名安用哉。
蟹螯即金液，糟丘是蓬莱。
且须饮美酒，乘月醉高台。

望月怀远

海上生明月，天涯共此时。
情人怨遥夜①，竟夕②起相思。
灭烛怜③光满，披衣觉露滋④。
不堪盈⑤手赠，还寝梦佳期。

【注释】

这是一首月夜怀念远方亲人的作品，张九龄作。张九龄，字子寿，一名博物，唐代贤相，有《曲江集》传世。

① 情人：多情的人，指作者自己；一说指亲人。遥夜：长夜。

② 竟夕：一整夜。

③ 怜：爱。

④ 滋：湿润。

⑤ 盈：满。

【大意】

茫茫的海上升起一轮明月，此时你我都在天涯共相望。

有情之人都怨恨月夜漫长，整夜不眠而把亲人怀想。

熄灭蜡烛怜爱这满屋月光，我披衣徘徊深感夜露寒凉。

不能把美好的月色捧给你，只望能够与你相见在梦乡。

【赏析】

明月勾起游子的思念，早已不是什么新鲜事。每当看到一轮明月自海上升起，总是不由自主地想到远方的亲人，这明月就是一面镜子，映出那边的亲人，传达这边的思念。此时此刻，远方的亲人必定也在凝视明月，如游子一样，期望一解思念之苦。

从月出东斗直到月落乌啼，是一段很长的时间，这通宵的月色对一般人来说，可以说是漠不相关的，而远隔天涯的亲人，因为对月相思而久不能寐，只觉得长夜漫漫。漫漫长夜，皎皎月光，勾人相思，却思而不得，明月即使无辜，也不得不承受思念之人的“怨”。

竟夕相思不能入睡，或许是怪屋里烛光太耀眼，于是灭烛，披衣步出门庭，光线还是那么明亮。这天涯共对的一轮明月竟是这样撩人心绪，使人见到它那姣好圆满的光华，更难以入睡。夜已深了，风更凉一些了，露水也沾湿了身上的衣裳。

相思不眠之际，没有什么可以相赠，只有满手的月光。这月光饱含我满腔的心意，可是又怎么赠送给你呢？还是睡吧！睡着了也许能在梦中与你欢聚。

【拓展】

唐代李白曾作《静夜思》，也是睹月思乡之佳作。全诗如下：

床前明月光，疑是地上霜。

举头望明月，低头思故乡。

春江花月夜

春江潮水连海平，海上明月共潮生。
滟滟[①]随波千万里，何处春江无月明！
江流宛转绕芳甸，月照花林皆似霰[②]。
空里流霜不觉飞，汀[③]上白沙看不见。
江天一色无纤尘，皎皎空中孤月轮。
江畔何人初见月？江月何年初照人？
人生代代无穷已，江月年年望相似。
不知江月待何人，但见长江送流水。
白云一片去悠悠，青枫浦[④]上不胜愁。
谁家今夜扁舟子？何处相思明月楼？
可怜楼上月徘徊，应照离人妆镜台。
玉户帘中卷不去，捣衣砧[⑤]上拂还来。
此时相望不相闻，愿逐[⑥]月华流照君。
鸿雁长飞光不度，鱼龙潜跃水成文[⑦]。
昨夜闲潭梦落花，可怜春半不还家。
江水流春去欲尽，江潭落月复西斜[⑧]。
斜月沉沉藏海雾，碣石潇湘无限路。
不知乘月几人归，落月摇情[⑨]满江树。

【注释】

这首诗创造性地再现了江南春夜的景色，如同月光照耀下的万里长江画卷，同时寄寓着游子思归的离别相思之苦，张若虚作。张若虚，唐代诗人，其他不详。张若虚诗作仅存两首，其中《春江花月夜》被誉为“一诗盖全唐”。

①滟（yàn）滟：波光荡漾的样子。

②霰（xiàn）：天空中降落的白色不透明的小冰粒，形容月光下春花晶莹洁白。

③汀（tīng）：水边平地，小洲。

④青枫浦：地名，在今湖南省浏阳市境内，此处泛指游子所在的地方。

⑤捣衣砧（zhēn）：捣衣石、捶布石。

⑥逐：追随。

⑦文：通“纹”。

⑧斜（xiá）：倾斜，为押韵而读古声。

⑨摇情：激荡情思。

【大意】

春天的江潮水势浩荡，与大海连成一片，一轮明月从海上升起，好像与潮水一起涌出来。月光照耀着春江，随着波浪闪耀千万里，所有地方的春江都有明亮的月光。江水曲曲折折地绕着花草丛生的原野流淌，月光照射着开遍鲜花的树林好像细密的雪珠在闪烁。月色如霜，所以霜飞无从觉察。洲上的白沙和月色融合在一起，看不分明。

江水、天空成一色，没有一点微小的灰尘，明亮的天空中只有一轮孤月高悬。江边上什么人最初看见月亮，江上的月亮哪一年最初照耀着人？人生一代代地无穷无尽，只有江上的月亮一年年地总是相像。不知江上的月亮等待着什么人，只见长江一直不断地运输着流水。

游子像一片白云缓缓地离去，只剩下思妇站在离别的青枫浦不胜忧愁。哪家的游子今晚坐着小船在漂流？什么地方有人在明月照耀的楼上相思？可怜楼上不停移动的月光，应该照耀着离人的梳妆台。月光照进思妇的门帘，卷不走，照在她的捣衣砧上，拂不掉。这时互相望着月亮可是却互相听不到声音，我希望随着月光流去照耀着您。鸿雁不停地飞翔，而不能飞出无边的月光；月照江面，鱼龙在水中跳跃，激起阵阵波纹。昨天夜里梦见花落闲潭，可惜的是春天过了一半自己还不能回家。江水带着春光将要流尽，水潭上的月亮又要西落。斜月慢慢下沉，藏在海雾里，碣石与潇湘的离人距离无限遥远。不知有几人能趁着月光回家，唯有那西落的月亮摇荡着离情，洒满了江边的树林。

【赏析】

春江、明月、潮、海，交错迭现的景观把人带进了一个神奇美妙的境界。月色高洁而朦胧，发人思古之悠情。面对这一轮江月，观者满怀感慨和迷惘。

这一片白云，悠悠来去，使万丈沟壑一线飞渡，从江月清景、人生感慨一下子滑向野浦扁舟和明月楼头。他想到了久远的历史中那些不幸的人，几千年中国历史上男人不是服徭役、兵役，就是为生计而奔波，离人怨妇，是社会底层的现实生活。爱情和相思，是人类文学永恒的主题，没有哪一代人能避开。

楼头明月总在怨妇心头眼底徘徊，照着早已懒用的妆台明镜。月明之夜，离愁别绪更加萦怀，使人无法排遣。而那一轮明月偏又浸透帘栊、照亮砧石，况且帘卷不去、手拂不开。此时远行的人儿只在思念之中，只能彼此瞩望而无法相依相诉，就是有再多的相思情怀，他也无法听到。多想随这笼天罩地的月光飞流到他身边去照耀他。可是即使像鸿雁那样高飞远举，也不能把这寂寞楼头的相思明月带给他，何况这春江里只有跃浪的鱼儿激起几个漩涡儿呢？

昨夜忽梦落花飘零，春已半残，可是寄身异地他乡，回家的日子还遥遥无期。江水奔流不息，一浪又一浪地赶往大海，好像要将春天带走一样。而江潭倒映明月，不知不觉已经西斜。斜月渐渐隐入海雾，这时北方南方、碣石潇湘有多少游子还在赶着回家，有多少离人怨妇还在远隔千山万水彼此思念。夜色凄迷，月光如水，不知有几人在这轮明月下赶回家去了，而我只能守着这野浦孤舟，思念着远方的亲人，看江流依然，落月留照，把江边花树点染得凄清如许，人间离情万种都在那花树上摇曳着、弥漫着。

【拓展】

张若虚硕果仅存的另外一首诗作是

《代答闺梦还》，是一首刻画闺怨、相思的作品，虽生动传神，却仍与《春江花月夜》的境界相去甚远。全诗如下：

关塞年华早，楼台别望违。
试衫著暖气，开镜觅春晖。
燕入窥罗幕，蜂来上画衣。
情催桃李艳，心寄管弦飞。
妆洗朝相待，风花瞑不归。
梦魂何处入，寂寂掩重扉。

美景胜地

登金陵凤凰台

凤凰台上凤凰游，凤去台空江自流。
吴宫花草埋幽径，晋代衣冠[1]成古丘。
三山半落青天外，二水[2]中分白鹭洲[3]。
总为浮云能蔽日[4]，长安[5]不见使人愁。

【注释】

这是一首怀古抒情之作，以登临凤凰台时的所见所感而起兴唱叹，把天荒地老的历史变迁与悠远飘忽的传说故事结合起来摅志言情，用以表达深沉的历史感喟与清醒的现实思索，李白作。

① 衣冠：指的是东晋文学家郭璞的衣冠冢，借指士大夫、官绅。

② 二水：秦淮河流经南京后，西入长江，被横截其间的白鹭洲分为二支。一作“一水”。

③ 白鹭洲：古代长江中的沙洲，洲上多集白鹭，故名。

④ 浮云能蔽日：喻奸邪当道，正义不彰。

⑤ 长安：指代朝廷和皇帝。

【大意】

凤凰台上曾经有凤凰来这里游憩，而今凤凰已经飞走了，只留下这座空台，伴着江水，仍径自东流不息。

当年华丽的吴王宫殿及其中的千花百草，如今都已埋没在荒凉幽僻的小径中，晋代的达官显贵们，就算曾经有过辉煌的功业，如今也长眠于古坟里了，早已化为一抔黄土。

我站在台上，看着远处的三山，依然耸立在青天之外，白鹭洲把秦淮河隔成两条水道。

天上的浮云随风飘荡，有时把太阳遮住，使我看不见长安城，不禁感到非常忧愁。

【赏析】

繁华易逝，盛时难在，唯有山水长存，能够引来凤凰的元嘉时代已经永远过去，繁华的六朝也已经成为历史，只剩浩瀚的长江之水与巍峨的凤凰之山依旧。

想当年雄姿英发的吴帝孙权，风流倜傥的六朝名士，以及众多的英雄豪杰，都已经被埋入坟墓，成为历史的陈迹；就连那巍峨的宫殿也已经荒芜破败，一片断壁残垣。煊赫与繁华并没有留给历史值得纪念的东西。面对英雄的消逝，总会有一些感慨，却不值得有丝毫的惋惜。看！花草蓬勃，天地依旧，一切都按照规律变化发展着。这就是历史的规律，这就是千古的兴亡。

人力有穷，造化无尽，当人间面目全非的时候，大自然依然如故，不为谁改变，也不因谁动容。三山还是那样邈远，白鹭洲横亘于金陵西的长江里，竟把长江分割成为两半。大自然以巨大的力量、强健的气势、宽广的胸怀，时刻展示着它的永恒无限。

金陵，曾经是六朝的帝都，繁华不再；但长安，作为当今的帝都，繁华依旧。念及此，总是忍不住朝长安的方向远眺，那是心之所向的地方。然而，浮云悠悠，长安遥远，身处金陵如何能够看到呢？这浮云就像那些横行无忌的奸佞一样，总是遮住太阳的光芒，妨碍正义彰显。壮志难酬，难免让人哀怨如缕；报国无门，总是使人心痛。

【拓展】

唐代崔颢曾作《黄鹤楼》，使游览黄鹤楼的李白感叹“眼前好景道不得，崔颢题诗在上头”而搁笔，这是著名的“崔颢题诗，李白搁笔”的故事。此后，李白来到金陵凤凰台，作《登金陵凤凰台》，欲与崔颢一较高下，二诗无论境界还是技巧均已臻化境，难分伯仲。崔颢《黄鹤楼》全诗如下：

昔人已乘黄鹤去，此地空余黄鹤楼。
黄鹤一去不复返，白云千载空悠悠。
晴川历历汉阳树，芳草萋萋鹦鹉洲。
日暮乡关何处是？烟波江上使人愁。

忆江南·多少恨

多少恨，
昨夜梦魂①中。
还似旧时游上苑②，
车如流水马如龙。
花月③正春风。

【注释】

这是一首借写梦来表达现实苦闷的词作，李煜作。李煜，初名从嘉，字重光，号钟隐、莲峰居士，五代十国时南唐后主、词人，被誉为“千古词帝”。

① 梦魂：古人认为在睡梦中人的灵魂会离开肉体，故称“梦魂”。

② 上苑：古代供帝王玩赏、打猎的园林，此处指南唐御花园。

③ 花月：花和月，泛指美好的景色。

【大意】

昨天晚上的那个梦，

勾起我多少亡国之恨啊！

我梦见了和过去出游上苑时一样的热闹场面。

车如流水，络绎不绝；马似游龙，奔腾跳跃。

月光明媚，春风拂面，花儿正红。

【赏析】

用梦写别情离恨，这是文人骚客的常用笔法。身体已是阶下之囚，也就唯有以梦魂离开此地，再历故国，愁恨无奈，凄苦悲切。在梦里，他魂归故国，又回到了旧时的繁华欢情之中，“游上苑”，身份如初，不再是此时的阶下之囚，场面热闹，笑语欢歌尽在眼前。优美的环境、绮丽的景色，是对往昔生活的无限深情。梦醒，往昔的美好全都消失不见，只剩凄苦与悔恨，若非当年的安于奢丽、偏于闲逸，又怎会有今日之悔恨？就算结果不变，心中也会好受一些吧！只是，无论如何，今日的凄凉已然铸成，无法改变。

【拓展】

李煜曾作多首《忆江南》以抒发悔恨、凄苦的心情，其中不乏名篇，择三首如下：

多少泪，沾袖复横颐。

心事莫将和泪滴，凤笙休向月明吹。肠断更无疑。

闲梦远，南国正芳春。

船上管弦江面绿，满城飞絮混轻尘。愁杀看花人。

闲梦远，南国正清秋。

千里江山寒色暮，芦花深处泊孤舟。笛在月明楼。

菩萨蛮·人人尽说江南好

人人尽说江南好，游人只合①江南老。春水碧于天，画船听雨眠。

垆边②人似月，皓腕凝霜雪③。未老莫还乡，还乡须④断肠。

【注释】

这首词反映了词人的思想与现实碰撞出来的心灵火花，韦庄作。韦庄，字端己，唐末花间派词人，有《浣花词》流传。

① 游人：指漂泊江南的人，作者自谓。只合：只应。

② 垆（lú）边：指酒家。

③ 凝霜雪：形容像霜雪凝聚般洁白。

④ 须：必定，肯定。

【大意】

人人都说江南好，让游人只想在江南待到老去。

春天的江水清澈碧绿更胜天空的碧蓝，还可以在彩绘船上听着外面的雨声入眠。

江南酒垆边卖酒的女子美丽无比，撩袖盛酒时，露出的手腕白如霜雪。

在老之前不要回到故乡，不然会因为家乡战乱而悔断肚肠。

【赏析】

每个人都在诉说这江南的好处，江南真的好吗？且不论它好不好，那里并不是故乡。既然如此，那么，什么人敢这样大胆地说你就该留在江南终老？劝你在江南作为一个过客而终老，因为有不能回故乡的苦衷——战争。

江南确实是好的，风景秀丽，水清草碧，比天色的碧蓝更美；江南生活恬静，在碧于天的江水上，卧在画船之中听那潇潇雨声，这种生活和中原的战乱比较起来，是何等的闲适自在！江南风景美、生活美，人也美，江南酒垆的女子光彩照人，卖酒时攘袖举酒，露出的手腕白如霜雪，勾动人的爱美之心。

既然江南如此美好，那就趁着还没

有老去的时候，在外漂泊几年吧！反正就算是回去了也不过是面对满目疮痍，伤心悲痛，还是在这风景如画的江南享受几年恬淡的生活吧！故乡终究还是要回去，但那是老去之后的事情了，现在何必考虑这些让人伤感的事情呢？

【拓展】

唐代白居易曾作《忆江南》词三首，对江南风光作了描述。三首词全文如下：

其一

江南好，风景旧曾谙。日出江花红胜火，春来江水绿如蓝。能不忆江南？

其二

江南忆，最忆是杭州。山寺月中寻桂子，郡亭枕上看潮头。何日更重游！

其三

江南忆，其次忆吴宫。吴酒一杯春竹叶，吴娃双舞醉芙蓉。早晚复相逢！

生查子·春山烟欲收

春山烟欲收，天淡星稀小。残月[1]脸边明，别泪临清晓。

语已多，情未了[2]，回首犹重道：记得绿罗裙，处处怜芳草。

【注释】

这是一首描写恋人相别缠绵悱恻之情的作品，牛希济作。牛希济，唐末五代词人，其词于《花间集》中存十一首。烟：此指春晨弥漫于山前的薄雾。

① 残月：弯月。

② 了：完结。

【大意】

雾色就要散去，远山露出姿影。天色即将破晓，星光逐渐稀疏。

月光仿佛还映照着她的脸庞，而晨光就要照见她离别的泪水。

离别的话已经说得太多，感情是说不完的，最后她又回过头来再次叮咛：

看到路边的青草，可要记得穿着绿罗裙的我呀！

【赏析】

芳草连天的古道，是离别的好地方。

那是一个清晨，太阳初升，远处连绵起伏的春山上，白茫茫的雾气开始收退，依稀现出黑黝黝的如画剪影；东方渐明，露出鱼肚白色，寥落的几颗晨星也慢慢黯淡下去。天很快就要大亮，一个美好的春日即将开始，然而无情的离别时刻也逼近了。

清晓的晨光映在一位女子的脸上，一串串伤别的泪珠不断流下，西斜的残月，照亮她的脸庞，映出一道道晶莹的泪痕，凄楚动人。天边弯弯的残月与女子鹅月形的脸庞交相辉映，美丽而凄凉。

执手歧路，细细叮咛，每到临别时分，情话总是说不尽、道不完。别泪拭不干，别语嘱不尽，有情人送别，情深意长。纵说了千言万语，也难尽几多情意。花前月下的欢快日子已成陈迹，此后是闺房孤灯、梧桐细雨、梦里相思，“纵有千种风情，更与何人说”。

时间消逝得那么快，分手的时刻终于来临。征马长嘶，催上行程，泪眼蒙眬，牵袂依依，女子狠着心肠转身欲别。看见遮满古道伸向远方的萋萋芳草，想到恋人将离开自己而跋涉天涯，想到自己将苦苦地思念他，又转想到他对自己的思念，猝而担心他会不会忘了自己。最终，她还是忍不住回头，再次叮嘱：“记得绿罗裙，处处怜芳草。”

天涯处处有芳草，她希望恋人睹芳草而记得身着绿罗裙的自己，行遍天涯，爱情不变。

【拓展】

北宋晏几道曾作《诉衷情·长因蕙草记罗裙》，表达了自己因看到青草而产生的对远方穿着绿罗裙的心上人的思念之情。全词如下：

长因蕙草记罗裙，绿腰沉水熏。
阑干曲处人静，曾共倚黄昏。
风有韵，月无痕。暗消魂。
拟将幽恨，试写残花，寄与朝云。

江上值水如海势聊短述

为人性僻耽佳句[①]，语不惊人[②]死不休。

老去诗篇浑漫与[③]，春来花鸟莫深愁。

新添水槛供垂钓，故着浮槎替入舟[④]。

焉得思如陶谢手，令渠[⑤]述作与同游。

【注释】

此诗是诗人面对如大海般汹涌的江水时抒发内心感受的作品，唐代杜甫作。值：正逢。水如海势：江水如同海水的气势。聊：姑且。值奇景，无佳句，故曰聊短述。

① 性僻：性情有所偏，古怪，这是自谦的话。耽（dān）：爱好，沉迷。

② 惊人：打动读者。

③ 浑：完全，简直。漫与：随意付与。

④ 着（zhuó）：置备。槎（chá）：木筏。

⑤ 令渠（qú）：让他们。

【大意】

平生喜欢细细琢磨寻觅好的诗句，诗句的语言达不到惊人的地步，就决不罢休。

人越来越老，诗也都是随便敷衍而成，对着春天的花鸟，没了过去的深深忧愁。

江边新添了木栏，可以悠然地垂钓，我备了一只小木筏，代替出入江河的小舟。

希望有陶渊明、谢灵运这样的诗坛高手，在这时一起作诗畅谈，一起浮槎漫游。

【赏析】

面对如大海般汹涌的江水，心潮也为之澎湃，诗人观之，难免心生感慨，如何能不赋诗抒怀？自谓平生刻意追求最能表情达意的诗句，虽然这种追求在别人看来简直是有些古怪、有些乖僻。但这确实就是他的态度，达不到语出惊人的地步，他是决不罢休的。

此时，他的思绪就像奔泻不已的江水，倏尔，又转想到随着岁月的消逝，人难免越来越老，老来的心境，与年轻时候颇为不同，似乎失去了往日的激情。对着春天的花鸟，也没有了过去的苦恼与烦闷，所写的诗稿，不过是随随便便敷衍而成。

江边新装了一副木栏，可供人悠然垂钓，他又备了一只小木筏，可代替出入江河的小船了。是悠闲的生活消磨了当初的锐气？或许事实并非如此，可能正是现实的无奈，使人不得不接受这并非本意的恬淡，这实在是一种无奈的嘲讽。

澎湃的江水似乎又激起了他高昂的斗志，过往的诗坛高手陶渊明、谢灵运两人就是他追逐的目标，他是多么希望能与他们一起在这江海浮槎漫游，也在这诗海中畅游。

【拓展】

唐代李白曾作《上李邕》，表达自己狂放不羁的态度。全诗如下：

大鹏一日同风起，扶摇直上九万里。
假令风歇时下来，犹能簸却沧溟水。
世人见我恒殊调，闻余大言皆冷笑。
宣父犹能畏后生，丈夫未可轻年少。

赋得古原草送别

离离[①]原上草，一岁一枯荣。
野火烧不尽，春风吹又生。
远芳侵古道[②]，晴翠[③]接荒城。
又送王孙[④]去，萋萋满别情。

【注释】

该诗通过对古原上野草的描绘，抒发送别友人时的依依惜别之情，是白居易的成名之作。白居易，字乐天，号香山居士，又号醉吟先生，唐代诗人，有“诗魔”和“诗王”之称，有《白氏长庆集》传世。赋得：借古人诗句或成语命题作诗。

① 离离：青草茂盛的样子。

② 芳：指野草那浓郁的香气。侵：侵占，长满。

③ 晴翠：草原明丽翠绿。

④ 王孙：本指贵族后代，此指远方的友人。

【大意】

长长的原上草是多么茂盛，每年秋冬枯黄春来草色浓。

无情的野火只能烧掉干叶，春风吹来大地又是绿茸茸。

野草野花蔓延着淹没古道，艳阳下草地尽头是你的征程。

我又一次送走知心的好友，茂密的青草代表我的深情。

【赏析】

古原上长满了野草，春荣秋枯，岁岁循环不已。古原草生命力顽强，斩不尽、锄不绝，只要残存一点根须，来年会更青更长，很快蔓延原野。野火燎原，烈焰可畏，瞬息间，大片枯草被烧得精光。而毁灭的力量虽然强大，毁灭的痛苦虽然深刻，却仍然不能阻止生命的新生。再生的力量如此强大，再生的欢乐掩盖了痛苦。烈火能把野草连茎带叶统统“烧尽”，然而烈火再猛，也无奈那深藏地底的根须，一旦春风化雨，野草的生命便会复苏，以迅猛的长势，重新铺盖大地，回应火的暴虐。看那草原上的一片青翠，不是绿色胜利的旗帜吗？

古原上清香弥漫可嗅，绿草沐浴着阳光，翠绿如滴。那弥漫的香气，那饱含张力的翠绿，是一种蔓延扩展的态度，是野草顽强的标签。顽强的野草，滋润了荒芜的古原，使它恢复了青春。在这春回大地的日子里，芳草芊芊的古原景象如此迷人，送别在这里发生，富于诗意，令人惆怅。今后每当看见萋萋的芳草，就仿佛看到每一片草叶都饱含的别情，淡淡的忧愁也就不可避免地弥漫开来。

【拓展】

唐代王维曾作《山中送别》，同是描写青草，同是感慨送别，与本诗既有异曲同工之妙又有些许不同之处。全诗如下：

山中相送罢，日暮掩柴扉。
春草明年绿，王孙归不归？

五代南唐李煜曾作《清平乐·别来春半》，亦将春草与送别结合在一起描写。全词如下：

别来春半，触目柔肠断。
砌下落梅如雪乱，拂了一身还满。
雁来音信无凭，路遥归梦难成。
离恨恰如春草，更行更远还生。

寄全椒山中道士

今朝郡斋[①]冷，忽念山中客。
涧底束[②]荆薪，归来煮白石[③]。
欲持一瓢酒，远慰风雨夕。
落叶满空山[④]，何处寻行迹？

【注释】

此诗抒写秋风秋雨之夕，诗人怀念山中的一位道士，想携酒去安慰老友又无从寻觅的惆怅之情，寄托了诗人深挚的情愫和淡远的情趣，韦应物作。韦应物，唐代诗人，世称“韦苏州”，有《韦江州集》《韦苏州诗集》传世。全椒：今安徽省全椒县。

① 郡斋：滁州刺史衙署的斋舍。

② 涧：山间流水的沟。束：作动词，捆。

③ 白石：传说有仙人白石先生，常煮白石为粮，此处指友人的生活清苦。

④ 空山：空寂的深山。

【大意】

今天郡斋受到寒气侵袭，忽然想起山中隐居的那位友人。

你一定在涧底打柴，回来以后煮些清苦的饭菜充饥。

我想带着一瓢酒去看你，让你在风雨夜里得到些安慰。

可是秋叶落满萧瑟的山林，到哪里去寻找你的踪迹？

【赏析】

又是一个秋风萧瑟、大雨滂沱的夜晚，他想起了山中的友人，那个在山中执着修炼的道士。在山中修炼本就已经辛苦异常，如今再遇上这滂沱大雨，实在让人心生凄凉。他怀念老友，想送一瓢酒去，好让老友在这秋风冷雨之夜，得到一点烈酒的温暖，得到一点友情的安慰。然而，他也不过是止于想法，想要实现并不现实。友人是逢山住山、见水止水的人，今天也许在这块石岩边安顿，明天恐怕又迁到别处洞穴安身了。何况秋天来了，满山落叶，不容易找路，走过的脚印自然也给落叶掩盖了，因而不知去何处找对方。

找不着他，终究还是无可奈何，这无法消解的落寞之情，也就只能自己慢慢体味了。

【拓展】

韦应物在风雨之夜想给山中的朋友送酒，终因不知其所终而未成行；贾岛在晴日拜访山中隐者，虽然成行，却终究未能如愿，过程不同，心底那淡淡的落寞却非常相近。贾岛《寻隐者不遇》全诗如下：

松下问童子，言师采药去。

只在此山中，云深不知处。

庐山谣寄卢侍御虚舟

我本楚狂人[①]，凤歌笑孔丘[②]。

手持绿玉杖[③]，朝别黄鹤楼。

五岳寻仙不辞远，一生好入名山游。

庐山秀出南斗傍，屏风九叠云锦张，影落明湖青黛光。

金阙[④]前开二峰长，银河倒挂三石梁。

香炉[⑤]瀑布遥相望，回崖沓嶂[⑥]凌苍苍。

翠影红霞映朝日，鸟飞不到吴天长。

登高壮观天地间，大江茫茫去不还。

黄云万里动风色，白波九道流雪山⑦。

好为庐山谣，兴因庐山发。

闲窥石镜清我心，谢公行处苍苔没。

早服还丹无世情，琴心三叠⑧道初成。

遥见仙人彩云里，手把芙蓉朝玉京⑨。

先期汗漫九垓⑩上，愿接卢敖游太清。

【注释】

此诗先写作者之行踪，次写庐山之景色，末写隐退幽居之愿想。描绘了庐山秀丽雄奇的景色，同时表现了诗人狂放不羁的性格以及政治理想破灭后想要寄情山水的心境，流露了诗人一方面想摆脱世俗的羁绊，进入缥缈虚幻的仙境，另一方面又留恋现实，热爱人间美好风物的矛盾复杂的内心世界，唐代李白作。谣：不合乐的歌，一种诗体。卢侍御虚舟：卢虚舟，字幼真，唐肃宗时任殿中侍御史，曾与李白同游庐山。

① 楚狂人：春秋时楚人陆通，字接舆，佯狂不仕，时人谓之“楚狂”。

② 凤歌笑孔丘：此处李白以陆通自比，表现对政治的不满，以及对隐居生活的向往。

③ 绿玉杖：仙人所用手杖。

④ 金阙：借指庐山西南的铁船峰和天池山，二山对峙，形如石门。

⑤ 香炉：指南香炉峰。

⑥ 回崖沓（tà）嶂：曲折的山崖，重叠的山峰。

⑦ 雪山：形容白色的浪花汹涌，堆叠如山。

⑧ 琴心三叠：道家术语，泛指一种心神宁静的境界。

⑨ 玉京：传说中元始天尊的居处。

⑩ 九垓（gāi）：九天之外。

【大意】

我本是像那个接舆楚狂人，高声唱着凤歌去嘲笑孔丘。手里拿一根镶绿玉的棍杖，大清早辞别著名的黄鹤楼。攀登五岳寻仙道不畏路远，这一生就喜欢踏上名山游赏。

秀美的庐山挺拔在南斗旁，九叠云屏像锦绣云霞铺张，湖光山影相互映照泛青光。金阙岩前双峰矗立入云端，三叠泉如银河倒挂三石梁。香炉峰瀑布与它遥遥相望，重崖叠嶂耸云霄莽莽苍苍。翠云红霞与朝阳相互辉映，鸟儿也飞不过吴天广又长。

登高远望天地间壮观景象，大江悠悠东流去永不回还。天上万里黄云变动着风色，江流波涛九道如雪山奔淌。我喜欢为雄伟的庐山歌唱，这兴致因庐山风光而滋长。闲时观看石镜使心神清净，谢灵运足迹早被青苔掩藏。

我要早服仙丹去忘却尘世情，修炼心神道已初成。远远望见仙人正在彩云里，手里捧着芙蓉花朝拜玉京。早已约好神仙在九天会面，希望迎接你一同遨游太清。

【赏析】

遥想当年，孔子适楚，打算游说楚王。楚狂接舆歌而过孔子曰：“凤兮凤兮，何德之衰？往者不可谏，来者犹可追！已而！已而！今之从政者殆而！”我就像楚狂接舆，高唱凤歌嘲笑孔丘。既然政治已经如此黑暗，我何不像楚狂那样游诸名山，去过隐居生活。而且，观赏大好山河本来就是我平生所好，于是拿着仙人所用的镶有绿玉的手杖，于晨曦中离开黄鹤楼，来到了庐山。

庐山秀丽挺拔，高耸入云，连天上的南斗诸星也与其辉映；庐山树木青翠，山花烂漫，九叠云屏像锦绣云霞般展开；湖光山影，相互映照，烘托出庐山的明媚绮丽。金阙岩前矗立着两座高峰，三石梁瀑布有如银河倒挂，飞泻而下，和香炉峰瀑布遥遥相对，那里峻崖环绕，峰峦重叠，上凌苍天。旭日初升，满天红霞与苍翠山色相辉映；山势峻高，连鸟也飞不到；站在峰顶东望吴天，真是寥廓无际，引人入胜。

登临庐山高峰，放眼纵观，只见长江浩浩荡荡，直泻东海，一去不返；万里黄云飘浮，天色瞬息变幻；茫茫九派，白波汹涌奔流，浪高如雪山。观之，只觉境界高远，气象万千，雄伟壮美。造化之美让人忍不住产生引吭高歌的冲动，也让人生出寄情山水、羽化成仙的想法。若能超脱现实，在这美景中永远逍遥自在，谁还会在乎那些人间俗事呢？

想象着自己有一天能早服仙丹，修炼升仙，以摆脱世俗之情，到那虚幻的神仙世界。仿佛远远望见神仙在彩云里，手拿着莲花飞向玉京，希望随仙人飘飘然凌空而去。

【拓展】

李白曾多次游览庐山，因而其作品中描写庐山的名篇颇多，录《望庐山瀑布》如下：

日照香炉生紫烟，遥看瀑布挂前川。

飞流直下三千尺，疑是银河落九天。

睹物感怀

登楼

花近高楼伤客心，万方多难此登临①。

锦江春色来天地②，玉垒浮云变古今③。

北极朝廷终不改，西山寇盗④莫相侵。

可怜后主还祠庙，日暮聊为《梁甫吟》⑤。

【注释】

这是一首感时伤事的作品，登楼望见无边春色，想到万方多难、浮云变幻，不免伤心感喟，唐代杜甫作。

① 临：从高处往下看。

② 来天地：与天地俱来。

③ 变古今：与古今俱变。

④ 寇盗：指吐蕃入进犯者。

⑤《梁甫吟》：古乐府中一首葬歌，这里代指此诗。

【大意】

登楼望春近看繁花游子越发伤心；万方多难愁思满腹我来此处登临。

锦江两岸蓬蓬勃勃的春色铺天盖地而来；玉垒山上的浮云古往今来，变幻莫测。

大唐的朝廷真像北极星不可动摇；吐蕃夷狄莫再前来骚扰。

可叹后主刘禅那么昏庸还立庙祠祀；日暮时分我要学孔明聊作《梁甫吟》。

【赏析】

在这样一个万方多难的时候，流离他乡的游子愁思满腹，登上此楼，虽然繁花触目，却为国家的灾难重重而忧愁、伤感，更加黯然心伤。凭楼远望，锦江流水挟着蓬勃的春色从天地的边际汹涌而来，玉垒山上的浮云飘忽起灭，正像古今世势的风云变幻、国家局势的动荡不安。念及时间驰骋，天高地迥，古往今来，想到祖国的大好山河；登高临远，视通八方，独向西北前线游目骋怀，心中充满了对这个国家和人民的担忧。

前一年吐蕃攻陷京城，代宗皇帝接着反攻复国，这是大唐帝国气运久远的体现。既然如此，吐蕃贼子何必再做无谓的进击，还是安守自己的家业吧！日已西落，在苍茫的暮色中，城南先主庙、后主祠依稀可见。想到后主刘禅，不禁喟然而叹——那亡国昏君，竟也配和诸葛武侯一样，专居祠庙，歆享后人香火！想到诸葛武侯，不禁又想起他躬耕南亩之时经常吟诵的《梁甫吟》。再看自己，献身无路，报国无门，不如也学孔明吟诗以自遣吧！

【拓展】

诸葛亮躬耕陇亩，好为《梁甫吟》。汉乐府《梁甫吟》，全诗如下：

步出齐城门，遥望荡阴里。
里中有三坟，累累正相似。
问是谁家墓，田疆古冶氏。
力能排南山，文能绝地纪。
一朝被谗言，二桃杀三士。
谁能为此谋，国相齐晏子。

离思（其四）

曾经[①]沧海难为水，除却巫山不是云。

取次[②]花丛懒回顾，半缘修道[③]半缘君。

【注释】

这是一首表达对已经失去的心上人的深深恋情的作品，元稹作。元稹，字微之，别字威明，唐代诗人，与白居易共同倡导新乐府运动，世称“元白”，现存诗八百三十余首。

① 曾经：曾经历过。经：经历。

② 取次：循序而进。

③ 修道：元稹既信佛也信道，此处指的是品德学问的修养。

【大意】

经历过沧海之水的波澜壮阔，就不会再被别处的水所吸引。体验过巫山之云的梦幻，别处的风景就不能再称为云雨了。

虽常在花丛里穿行，我却没有心思欣赏花朵，一半是因为自己已经修道，一半是因为心里只有你。

【赏析】

曾经观看过茫茫的大海，对那小小的细流，是不会看在眼里的。大海广阔，苍茫无际，雄浑无比，壮观至极。河水，只不过是举目即可望穿的细流，不足为观。除了巫山上的彩云，其他所有的云彩，都不足观。巫山之云实际上是心中所念之人的化身，除此女子，他人纵有倾城国色、纵是绝代佳人，也不会动心。只有那个女子，才能使他倾心相爱。这是含蓄蕴藉而又炽热无比的感情的迸发。

走到盛开的花丛里，也毫不留心地过去，懒得回头观看。为什么无心去观赏映入眼帘的盛开的花朵呢？有历经世事，看破红尘，修道的缘故；也因为他虽然失去了心爱的她，她却永远占据了他的心，因而他再也不想看别的“花”了。其实，“半缘修道”也好，“半缘君”也罢，都表达了郁郁的心情、忧伤的思念。

【拓展】

元稹《离思》组诗共五首，其中第五首全诗如下：

寻常百种花齐发，偏摘梨花与白人。
今日江头两三树，可怜和叶度残春。

致酒行

零落栖迟一杯酒，主人奉觞客长寿[①]。
主父西游困不归，家人折断门前柳。

吾闻马周昔作新丰客，天荒地老无人识。

空将笺上两行书，直犯龙颜请恩泽。

我有迷魂②招不得，雄鸡一声天下白。

少年心事当拏云，谁念幽寒坐呜呃。

【注释】

这是一首因困居异乡而有所感遇的作品，音情高亢，节奏明快，别具一格，李贺作。李贺，字长吉，唐代诗人，人称“诗鬼”。致酒：劝酒。

① 奉觞（shāng）：捧觞，举杯敬酒。客长寿：敬酒时的祝词，祝身体健康之意。

② 迷魂：指执迷不悟。

【大意】

我潦倒穷困漂泊落魄，唯有借酒浇愁，主人持酒相劝，相祝身体健康。

当年主父向西入关，资用匮乏滞留异乡，家人思念折断了门前杨柳。

哎，我听说马周客居新丰之时，天荒地老无人赏识。只凭纸上几行字，就博得了皇帝垂青。

我有迷失的魂魄，无法招回，雄鸡一叫，天下大亮。

少年人应当有凌云壮志，谁会怜惜你困顿独处、唉声叹气呢？

【赏析】

一个落魄的游子，一个心地善良的主人。主人好客，而游子却总是充满忧愁，忧能伤人，折人之寿，只有保重身体，才能再图后进，因此，主人“客长寿”。主人的美好祝愿，游子并没有听到心里去，每当忧愁之时，他总是想起历史中的那些往事。汉武帝时主父偃西入关，郁郁不得志，资用匮乏，屡遭白眼的境遇与现在的自己何其相似，想起来都让人感到心酸。

主人的话再次在耳边响起，他仍然没有放弃对这个年轻游子进行开导，上进心切是典型的少年心理，引古自伤是文人常用的伎俩，既然如此，那就以唐初名臣马周为例来说吧。马周年轻时受地方官吏侮辱，在去长安途中投宿新丰，逆旅主人待他比商贩还不如，他的处境比主父偃更为狼狈。抱荆山之玉而“无人识”的悲苦，似乎直到“天荒地老”都不可能再看到希望，这是绝望。但即便曾经遭遇如此的困厄难堪，后来也时来运转，年轻的游子，现在何必整日愁眉不展呢？

所谓“听君一席话，胜读十年书”，主人的开导使游子茅塞顿开，仿佛雄鸡的啼叫，把人从梦中惊醒，睁开眼睛，看到的是天下大白的光明前景。此情此景，如何能让人不充满斗志？于是，少年幡然惊觉：少年时正该壮志凌云，怎能一蹶不振！老是唉声叹气，那谁也不会怜惜你的。这是游子的心得，也是他的誓言。

【拓展】

李贺虽不得志，却积极用世，其《伤心行》即表达了这种态度，全诗如下：

咽咽学楚吟，病骨伤幽素。

秋姿白发生，木叶啼风雨。

灯青兰膏歇，落照飞蛾舞。

古壁生凝尘，羁魂梦中语。

将进酒

君不见，黄河之水天上来，奔流到海不复回。

君不见，高堂明镜悲白发，朝如青丝暮成雪。

人生得意①须尽欢，莫使金樽空对月。
天生我材必有用，千金散尽还复来。
烹羊宰牛且为乐，会须②一饮三百杯。
岑夫子，丹丘生③，将进酒，杯莫停。
与君歌一曲，请君为我倾耳听。
钟鼓馔玉④不足贵，但愿长醉不复醒。
古来圣贤皆寂寞，惟有饮者留其名。
陈王⑤昔时宴平乐，斗酒十千恣欢谑⑥。
主人何为言少钱，径须沽取对君酌。
五花马，千金裘，呼儿将出⑦换美酒，
与尔同销万古愁。

【注释】

这首诗抒发了作者对怀才不遇的感叹，既表露出乐观、通达的情怀，也流露了人生几何当及时行乐的消极情绪，全诗洋溢着豪情逸兴，李白作。将（qiāng）：请。

① 得意：指心情愉快，有兴致。

② 会须：应该。

③ 岑夫子，丹丘生：李白的朋友岑勋、元丹丘。

④ 馔（zhuàn）玉：形容食物珍美如玉。

⑤ 陈王：指三国时魏诗人曹植。

⑥ 恣欢谑（xuè）：尽情寻欢作乐。

⑦ 将（jiāng）出：拿出。

【大意】

你难道看不见那黄河之水从天上奔腾而来，波涛翻滚直奔东海，再也没有回来。

你没见那年迈的父母，对着明镜感叹自己的白发，年轻时的满头青丝如今已是雪白一片。

人生得意之时就应当纵情欢乐，不要让这金杯无酒空对明月。

每个人的出生都一定有自己的价值和意义，黄金千两一挥而尽，它也还是能够再得来。

我们烹羊宰牛姑且作乐，今天痛快地饮三百杯也不为多！

岑夫子和丹丘生啊！请快喝酒吧，不要停下来。

让我来为你们高歌一曲，请你们为我倾耳细听：

整天吃山珍海味的豪华生活有何珍贵，只希望醉生梦死而不愿清醒。

自古以来圣贤无不是冷落寂寞的，只有那会喝酒的人才能够流传美名。

陈王曹植当年宴设平乐观的事迹你可知道，斗酒万千也豪饮，让宾主尽情欢乐。

主人呀，你为何说我的钱不多？只管买酒来让我们一起痛饮。

那些名贵的五花良马，昂贵的千金狐裘，把你的小儿喊出来，都让他拿去换美酒来吧！

让我们一起来消除这无穷无尽的忧愁！

【赏析】

时光流逝，如江河入海一去无回；人生苦短，看朝暮间青丝白雪；生命的渺小似乎是个无法挽救的悲剧，能够解忧的唯有金樽美酒。这是李白的笔法：悲而能壮，哀而不伤，极愤慨而又极豪放。这是在感叹人生易老，也是在感叹怀才不遇。

黄河源远流长，落差极大，如从天而降，一泻千里，东走大海。景象之壮阔，肉眼不可见，想象却不会受到限制。大河之来，势不可当；大河之去，势不可回。一涨一落，是世事的造化，是不可逃避的轮回。就如人生短促，使人悲伤，手抚两鬓，对镜而视，对于曾经的乌黑现在的斑白，只是无可奈何。人生由青春至衰老的过程就如朝暮般短暂。

人生苦短，李白选择痛饮狂欢。为何要如此放纵？郁郁不得志，空有抱负而不能实现，唯一能做的也就是恣意饮酒了吧！难道就要如此消沉下去吗？当然不是。“天生我材必有用”，这是饱含一个时代精神的呐喊，这是人的价值宣言，这是极度的自信！人生在世，虽有坎坷，但实现自我理想的那天总会来到，应为这样的未来痛饮高歌，破费又算得了什么？“千金散尽还复来！”这又是一个高度自信的惊人之句，能驱使金钱而不为金钱所使，让那些凡夫俗子患得患失去吧！

既然如此，那就尽情豪饮吧！生逢知己已然不易，酒逢对手更是难得，就用这酒杯，浇一浇胸中块垒吧！古来酒徒历历，才高八斗的曹植便是其中的佼佼者。他与李白是何其相似！身怀利器，抱负不凡，却在政治上郁郁不得志。这是何其深广的忧愤和对自我的执着信念！

除却才华，其他都是身外之物，即便千金散尽又能如何？酒逢知己，当然要尽兴才行，拿出名贵宝物换取美酒，图个一醉方休，也就理所当然了。快人快语，非不拘形迹的豪迈知交断不能如此。何其奔放，何其洒脱！

【拓展】

唐代李贺亦曾作《将进酒》，全诗如下：

琉璃钟，琥珀浓，小槽酒滴真珠红。

烹龙炮凤玉脂泣，罗帏绣幕围香风。

吹龙笛，击鼍鼓；皓齿歌，细腰舞。

况是青春日将暮，桃花乱落如红雨。

劝君终日酩酊醉，酒不到刘伶坟上土！

别董大（其一）

千里黄云[①]白日曛[②]，北风吹雁雪纷纷。

莫愁前路无知己，天下谁人不识君。

【注释】

这是一首与好友短暂重逢后，又各奔他方的赠别之作，高适作。董大：董庭兰，当时有名的音乐家，高适好友。

① 黄云：乌云。在阳光下，乌云呈暗黄色，所以叫黄云。

② 曛：日光昏暗。

【大意】

满天黄云，太阳被笼罩得昏昏沉沉；北风吹来，大雁在纷飞的雪花中向南飞去。

不必担忧前去的路途没有知己，凭着你的琴声，普天之下谁会不敬重你呢！

【赏析】

北方的冬日，落日黄云，大野苍茫。

日暮黄昏，大雪纷飞，于北风狂吹中，唯见遥空断雁，出没寒云，使人难禁日暮天寒、游子何之之感。加以别后重逢、短暂相遇后的再次别离，几使人无泪可下，却仍不甘心。置身风雪之中，忍不住作壮士之长啸。

离别无可避免，因此，此去也就不必有过多的顾虑。何必担心遇不到知己，天下谁人不知道你呢！这是充满信心和力量的慰藉，唯有知音，才能如此质朴而豪爽，给人一种满怀信心和力量的感觉。

【拓展】

高适《别董大》共二首，其中第二首如下：

六翮飘飖私自怜，一离京洛十余年。

丈夫贫贱应未足，今日相逢无酒钱。

忆秦娥·箫声咽

箫声咽，秦娥梦断秦楼月。秦楼月，年年柳色，灞陵[①]伤别。

乐游原上清秋节[②]，咸阳古道音尘绝。音尘绝，西风残照，汉家陵阙。

【注释】

此词描绘了一个女子思念爱人的痛苦心情，李白作。咽（yè）：呜咽，形容曲调低沉而悲凉。

① 灞（bà）陵：在今陕西省西安市东。

② 清秋节：指农历九月九日重阳节。

【大意】

玉箫的声音悲凉呜咽，秦娥从梦中惊醒时，秦家的楼上正挂着一弦明月。

秦家楼上的下弦月，每一年桥边青青的柳色，都印染着灞陵桥上的凄怆离别。

遥望乐游原上冷落凄凉的秋日佳节，通往咸阳的古道上音信早已断绝。

音信早已断绝，只有西风轻拂着夕阳的光照，汉朝留下的坟墓和宫阙。

【赏析】

呜咽的箫声把秦娥从梦中惊醒，此时，一钩残月斜映在窗前。梦虽断了，她却似乎还沉浸在梦境之中，与情人欢会，可是眼前只有这冰冷的残月陪伴着她。多少个这样的月夜，叫她黯然销魂、顾影自怜。柳色绿了，一年又一年，而伊人依然远在天边，只有那呜咽的箫声和着低声的啜泣，冰冷的残月陪伴着消瘦的倩影，葱绿的柳色勾起对往事的回忆。

古道悠悠，音尘杳然，繁华、奢侈、纵欲，一切都被埋葬了，只剩下陵墓相伴着萧瑟的西风、如血的残阳，百年、千年地存在下去。这里汇聚了盛与衰、古与今、悲与欢的驳杂。有人看到了唐朝盛世的繁华，却没有人能从中体会那潜在的破碎。秦代、汉代过去了，只剩下悠悠的古道和孤独的陵墓，面对着西风残照。这是过去的遗迹，也是实实在在的景象，辉煌的汉朝如今只剩下了残垣断壁，不能不使人想到唐王朝的未来。过去、现在、未来的界限被取消了，三者浑融在一起，历史的时序给人们留下的只是“西风残照，汉家陵阙”。

【拓展】

李白曾作《夕霁杜陵登楼寄韦繇》，其气象与《忆秦娥·箫声咽》大致相同。全诗如下：

浮阳灭霁景，万物生秋容。
登楼送远目，伏槛观群峰。
原野旷超缅，关河纷杂重。
清晖映竹日，翠色明云松。
蹈海寄遐想，还山迷旧踪。
徒然迫晚暮，未果谐心胸。
结桂空伫立，折麻恨莫从。
思君达永夜，长乐闻疏钟。

前人旧事

遣怀

落魄江湖[①]载酒行，楚腰纤细掌中轻[②]。

十年一觉扬州梦，赢得青楼薄幸名。

【注释】

这是一首追忆扬州岁月的作品，杜牧作。杜牧，字牧之，号樊川居士，唐代诗人、散文家，与李商隐并称“小李杜”，著有《樊川文集》。

① 江湖：泛指四方各地。

② 楚腰纤细：《汉书》记载“楚王好细腰，宫中多饿死”。掌中轻：《飞燕外传》记载“赵飞燕体轻，能为掌上舞”。此处形容扬州歌女体态苗条。

【大意】

漂泊江湖生活潦倒，常常载酒而行；放浪形骸沉溺美色，欣赏细腰轻盈。

扬州十年不忍回顾，如春梦一场，到头来只在秦楼楚馆得到一个薄情郎的名声。

【赏析】

昔日扬州的生活，潦倒江湖，以酒为伴；秦楼楚馆，美女娇娃，过着放浪形骸的浪漫生活。扬州歌女是如此之美，他却一直落魄。这种沉沦下僚、寄人篱下的境遇，他受够了。可悲的是，他无力改变。因而他对昔日放荡生涯的追忆，并没有一种惬意的感觉。往日的放浪形骸，沉湎酒色，表面上的繁华热闹，骨子里的烦闷抑郁，是痛苦的回忆，又有醒悟后的感伤。恍惚间十年过去，那扬州往事不过是一场大梦而已。十年，在人的一生中不能算短暂，自己却一事无成，丝毫没有留下什么。最后竟连自己曾经迷恋的青楼也责怪自己薄情负心。

【拓展】

对于扬州，杜牧有特殊的偏爱，因而其写扬州的诗也颇多，今录《寄扬州韩绰判官》如下：

青山隐隐水迢迢，秋尽江南草未凋。

二十四桥明月夜，玉人何处教吹箫？

花非花

花非花，雾非雾。夜半来，天明去。

来如春梦不多时，去似朝云[①]无觅处。

【注释】

这是一首表达对人生变化或者美人易逝之惋惜的作品，白居易作。白居易作品多以直白浅显著称，这首词却颇为朦胧，为白诗中之另类。

① 朝云：此借用楚襄王梦巫山神女之典故。宋玉《高唐赋》序："妾在巫山之阳，高丘之阻，旦为朝云，暮为行雨，朝朝暮暮，阳台之下。"

【大意】

似花又不是花，似雾又不是雾，半夜时到来，天明时离去。

来时仿佛短暂而美好的春梦，离去时又像清晨的云彩无处寻觅。

【赏析】

花，不是花；雾，不是雾。花与雾，都短暂易逝，难持长久。它们如春梦，虽美却短暂，不知道能够停留多长时间；它们还像天边的朝霞，虽美却易于幻灭，没有人知道其归处。

美人是如此，人生也是如此，美丽而短暂，精彩却容易消逝，生命本身就是耐人寻思的谜，如花般脆弱，如雾般朦胧。红颜易老，世事难常，越是美好的东西越是容易很快逝去。

这世间的美好太过于短暂，让每一个人都忍不住对生活中存在过而又消逝了的美好的人与物产生追念、惋惜之情。

【拓展】

白居易曾作《简简吟》，表达了同样的惋惜和思考。全诗如下：

苏家小女名简简，芙蓉花腮柳叶眼。
十一把镜学点妆，十二抽针能绣裳。
十三行坐事调品，不肯迷头白地藏。
玲珑云髻生花样，飘飖风袖蔷薇香。
殊姿异态不可状，忽忽转动如有光。
二月繁霜杀桃李，明年欲嫁今年死。
丈人阿母勿悲啼，此女不是凡夫妻。
恐是天仙谪人世，只合人间十三岁。
大都好物不坚牢，彩云易散琉璃脆。

相见欢·林花谢了春红

林花谢了春红，太匆匆。无奈朝来寒雨，晚来风。

胭脂泪[①]，留人醉[②]，几时重[③]？自是人生长恨水长东。

【注释】

这是一首将人生失意的无限怅恨寄寓在对暮春残景的描绘中，借景抒情的典范之作，五代南唐李煜作。谢：凋谢。

① 胭脂泪：原指女子的眼泪，此处指代美好的花。

② 留人醉：一作“相留醉”。

③ 几时重：何时再度相会。

【大意】

树林间的红花已经凋谢，花开花落，才有几时，实在是去得太匆忙了。也是无可奈何啊，花儿怎么能经得起那凄风寒雨昼夜摧残呢?

飘落遍地的红花，被雨水淋过，像是美人双颊上的胭脂在和着泪水流淌。花儿和怜花人相互留恋，如醉如痴，什么时候才能再重逢呢?人生从来就是令人怨恨的事情太多，就像那东逝的江水，不休不止，永无尽头。

【赏析】

春红，是极美好可爱之名花，可惜竟已凋谢。凋零倘是时序推迁，自然衰谢，虽是可惜，毕竟理所当然，尚可开解；如今却是朝雨暮风，不断摧残之所致。名花之凋零，如美人之夭逝，其为可怜可痛，不止倍蓰。

落花定然也感到了哀伤，因而才变成了“胭脂泪”，异常哀艳、伤感。这份哀伤是如此凄美，让人忍不住陶醉其中，惊醒时才发现离别的难再重逢，逝去的不会再来。美意不留，芳华难驻，此恨无穷，而无情东逝之水，不舍昼夜。

【拓展】

唐代杜甫曾作《曲江对雨》，其中亦提到“林花”，全诗如下：

城上春云覆苑墙，江亭晚色静年芳。
林花著雨胭脂湿，水荇牵风翠带长。
龙武新军深驻辇，芙蓉别殿谩焚香。
何时诏此金钱会，暂醉佳人锦瑟旁。

终南别业

中岁颇好道[①]，晚家南山陲[②]。
兴来每独往，胜事空自知。
行到水穷处，坐看云起时。
偶然值[③]林叟，谈笑无还期。

【注释】

这是一首描写隐居后自得其乐之闲适情趣的山水田园诗，王维作。王维，字摩诘，唐朝诗人，有“诗佛”之称，与孟浩然合称“王孟”，今存诗作四百余首。

① 中岁：中年。道：这里指佛理。

② 陲（chuí）：边缘，旁边，边境。

③ 值：遇见。

【大意】

中年以后存有较浓的好道之心，直到晚年才安家于终南山边陲。

兴趣浓时常常独来独往去游玩，有快乐的事自我欣赏自我陶醉。

间或走到水的尽头去寻找源流，间或坐看上升的云雾千变万化。

偶然在林间遇见个把乡村长者，与

他谈笑聊天每每忘了回家。

【赏析】

中年以后即厌尘俗，而信奉佛教。这里本是宋之问的别墅，来到这里以后，王维也完全被这里秀丽、寂静的田园山水陶醉了。闲情逸致让人感到惬意，欣赏美景，也总是有许多的乐趣，可叹世间人俗务太多，与他有着相同爱好的人太少。兴致来时，他唯有独自游览，赏景怡情，能自得其乐。随处若有所得，他不求人知，只求自己心会其趣而已。

信步闲庭，随意而行，走到哪里算哪里，这是他的态度。不知不觉间，竟来到流水的尽头，无路可走了，于是索性就地坐了下来，看见山岭上云朵涌起。原来水上了天，变成了云，云又可以变成雨，到时山涧又会有水了，何必绝望？

人生也是如此，在生命的过程中，经营爱情、事业、学问等，总会勇往直前，后来竟发现是一条没法走的绝路，山穷水尽的悲哀、失落难免出现。此时不妨往旁边或回头看，也许有别的路；即使根本没路可走，还可以往天空看呢！虽然身体在绝境中，但是心灵还可以畅游太空，自在、愉快地欣赏大自然，体会宽广深远的人生境界，从而不觉得自己穷途末路。

【拓展】

王维曾作《辋川别业》，同样通过描写田园景物，表达了恬淡、安静的生活态度。全诗如下：

不到东山向一年，归来才及种春田。
雨中草色绿堪染，水上桃花红欲燃。
优娄比丘经论学，伛偻丈人乡里贤。
披衣倒屣且相见，相欢语笑衡门前。

长相思·汴水流

汴水流，泗水[1]流，流到瓜洲[2]古渡头。吴山[3]点点愁。

思悠悠，恨悠悠，恨到归时方始休。

月明人倚楼。

【注释】

这是一首借女子倚楼怀人来表现人物的相思之痛、离别之苦的作品，唐代白居易作。汴水：源于河南省，东南流入安徽省宿州，与泗水合流，入淮河。

① 泗水：源于山东省曲阜市，经徐州后，与汴水合流入淮河。

② 瓜洲：在今江苏省扬州市南面，因形状似瓜而得名。

③ 吴山：泛指江南群山。

【大意】

汴水长流，泗水长流，流到长江古老的渡口。遥望去，江南的群山在默默点头，频频含羞，凝聚着无限哀愁。

思念呀，怨恨呀，哪儿是尽头？伊人呀，除非你归来才会罢休。一轮皓月当空照，让我俩紧紧偎傍，倚楼望月。

【赏析】

在朦胧的月色下，映入女子眼帘的山容水态，都充满了哀愁。汴水、泗水的蜿蜒曲折，酿成低回缠绵的情韵。那一片流泻的月光，带出哀怨忧伤的气氛，使人忍不住忧愁起来。

相思是人类最普遍的情感之一，也是文人付诸歌咏的最佳题材之一。有些人的相思并没有固定的对象，是为相思而相思，白居易则不然，他是在思念他逝去的侍妾樊素。

他仍然记得她是杭州人氏，汴水和泗水是她返回南方的故乡不能回避的路。他们二人曾经几次横渡汴水、泗水，当时不承想这些经历可以铭记在心，如今在独自一人重走旧路时，那些记忆却分外刻骨。那南方的群山是她的故乡所在，望见那群山，就让人生愁。汴水、泗水是一去不复回的，樊素大概也和河水一样，永远离开了他。吴中山脉，看在眼中点点都是愁恨凝聚而成。

佳人已去，妆楼空空，他不愿相信，也不愿接受。对一个痴情的人来说，强迫他接受这样的现实未免太残酷了，即使是他自己。这思念是如此的绵长，这恨意似乎永远不会消失。他宁愿一直保留着这恨意，直到樊素归来。然而那不过是空想，他现在能做的，不过是倚楼而望，以昔日的欢乐，遣散此时的郁闷而已。

【拓展】

白居易还曾作《别柳枝》，寄托对樊素的思念，全诗如下：

两枝杨柳小楼中，袅袅多年伴醉翁。
明日放归归去后，世间应不要春风。

破阵子·四十年来家国

四十年来家国，三千里地山河。凤阁龙楼[①]连霄汉，玉树琼枝作烟萝[②]，几曾识干戈[③]？

一旦归为臣虏，沈腰潘鬓[④]消磨。最是仓皇辞庙日，教坊犹奏别离歌，垂泪对宫娥。

【注释】

这是一首回忆往昔繁华，抒发今朝悔恨的作品，五代南唐李煜作。

①凤阁龙楼：指帝王居所。

②烟萝：形容树枝叶繁茂，如同笼罩着雾气。

③识干戈：经历战争。

④沈腰潘鬓：沈指沈约，沈腰指代人日渐消瘦；潘指潘岳，潘鬓指代中年白发。

【大意】

南唐开国已有四十年历史，幅员辽阔。宫殿高大雄伟，可与天际相接，宫苑内珍贵的草木茂盛，就像罩在烟雾里的女萝。在这种奢侈的生活里，我哪里知道有战争这回事呢？

自从做了俘虏，忧虑伤痛，腰肢减瘦、鬓发斑白。最难忘慌张地辞别宗庙时，教坊的乐工们奏起别离的歌曲，在这种生离死别的境况下，令我悲伤欲绝，徒然面对宫女们垂泪。

【赏析】

“四十年”对于一个王国来说很短，但对于一个古人来说是生命的一多半；而“三千里”无论是对国家还是对个人来说都不能算小，南唐极盛时确实地域广阔。在如此广阔的时空画面中，不能不让人产生联想，一幅南唐王国的美丽画卷便不由得浮现眼前。

南唐的皇城宫殿繁华异常，那些美的画面、美的人物、美的情韵，不停地在李煜眼前、脑海浮现，情感不可抑制地流涌出来。这是他魂牵梦绕的地方，也是他最熟悉的地方；是他醉生梦死、朝朝暮暮欢娱无度的天堂，也是他美好的家园。如今虽然永远地失去了这个地方，但在他心中却永远也忘却不了。只是因为战争，战争来得如此突然，使人猝不及防，还没看清，已经被夺走了一切，一切都猛然顿住，再次转动，仿佛一场大梦初醒，换了人间。

这是血与泪的沉痛教训，如今终于懂了，却早已沦为阶下之囚。前半生生活在香艳软媚的温柔乡内，莺莺燕燕，诗香酒浓；如今可以预见的后半生将被幽禁于囚室，饱受屈辱，再无出头之日。忆及往事，方知昏聩无能铸成大错，而一切都已如流水落花春去也，无法挽回。面对这种剧变，任何人都会承受不了，所以他像沈约和潘岳那样，人也变瘦了，头发也开始斑白。国破了，家亡了，自己也从帝王的宝座上被拉了下来。他想起从国王成为囚徒的那个下午，他慌慌张张地跪拜告别父祖的神庙，乐手们奏响了别离的歌曲，他生生地含泪看着与他朝夕相处的宫女们，成了人家的战利品……

【拓展】

李煜曾作《渡中江望石城泣下》，同样表达自己的伤感与悔恨之情。全诗如下：

江南江北旧家乡，三十年来梦一场。
吴苑宫闱今冷落，广陵台殿已荒凉。
云笼远岫愁千片，雨打归舟泪万行。
兄弟四人三百口，不堪闲坐细思量。

逢雪宿芙蓉山主人

日暮苍山①远，天寒白屋②贫。

柴门闻犬吠，风雪夜归③人。

【注释】

这是一首写风雪夜归的作品，描绘了投宿山村时的所见所感，以及投宿主人家以后的情景，刘长卿作。刘长卿，字文房，唐代诗人，有《刘随州诗集》传世。宿：借宿、投宿。芙蓉山：此处指湖南省桂阳或宁乡的芙蓉山。

① 苍山：青山。

② 白屋：贫家的住所。房顶用白茅覆盖，或木材不加油漆叫白屋。

③ 夜归：夜晚归来。

【大意】

暮色降临，山色苍茫，路途遥远，天气寒冷，茅草屋显得更加荒贫。

柴门外忽然传来了狗叫的声音，原来是这家主人冒着风雪深夜从外面归来。

【赏析】

路上偶遇风雪，青山遥远迷蒙，跋涉艰辛，此时此刻，心中所想只是找个地方投宿，以避风雪。此时忽然看到一户人家，主人家简陋的茅舍，在寒冬中更显得贫穷。虽然简陋，但无论如何都可以暂避风雪了。

主人家虽然贫穷，但却有心，知道风雪交加、路途难走，早已经准备好了接待时运不济的行人。进入茅屋已安顿就寝，忽在卧榻上听到吠声不止，提醒人们此时已经是深夜。山行劳累的旅人已经就寝，而从暮色苍茫到黑夜来临，从寒气侵入到风雪交作，从进入茅屋到安顿就寝，其中的荒凉和静寂让人们止不住想象。

【拓展】

唐代王维曾作《鹿柴》，同样全是描写景物，却将禅意与感情尽数融入了所写景物之中。全诗如下：

空山不见人，但闻人语响。

返景入深林，复照青苔上。

伤时感事

侠客行

赵客缦胡缨[①]，吴钩[②]霜雪明。
银鞍照白马，飒沓[③]如流星。
十步杀一人，千里不留行。
事了拂衣去，深藏身与名。
闲过信陵[④]饮，脱剑膝前横。
将炙[⑤]啖朱亥，持觞劝侯嬴。
三杯吐然诺，五岳倒为轻。
眼花耳热后，意气素霓[⑥]生。
救赵挥金槌，邯郸先震惊。
千秋二壮士，烜赫[⑦]大梁城。
纵死侠骨香，不惭世上英。
谁能书阁下，白首《太玄经》[⑧]。

【注释】

这是一首描写和赞颂古代侠客的作品，抒发了诗人对侠客的倾慕，对拯危济难、用世立功生活的向往，唐代李白作。行：指歌行体。侠客行：意即“侠客的歌”。

① 赵客：燕赵之地的侠客。缦（màn）：没有花纹的织品。胡：古时将北方少数民族通称为胡。缨（yīng）：系冠帽的带子。

② 吴钩：宝刀名。

③ 飒沓（sà tà）：群飞的样子，形容马跑得快。

④ 信陵：信陵君，战国四公子之一。

⑤ 炙（zhì）：烤肉。

⑥ 素霓（ní）：白虹，指发生大事的预兆。

⑦ 烜赫（xuǎn hè）：昭著，显赫，声势很盛。

⑧《太玄经》：扬雄写的一部哲学著作。

【大意】

燕赵的侠士，头上系着侠士的武缨，腰佩吴越闪亮的弯刀，骑着银鞍白马，像流星一样在大街上驰骋。

他们的武艺盖世，十步可斩杀一人，千里之行，无人可挡。他们为人仗义，事成之后，连个姓名也不肯留下。

想当年，侯嬴、朱亥与信陵君结交，

与之脱剑横膝，酣畅淋漓地饮酒。

三杯热酒下肚，便慷慨许诺，愿为知己两肋插刀。一诺重于泰山，眼花耳热之后，胸中之意气，可贯长虹。

朱亥为信陵君救赵，挥起了金槌。此一壮举，使赵都邯郸上下，都为之震惊。朱亥、侯嬴二壮士的豪举，千秋之后仍然在大梁城传为美谈。

他们纵死而侠骨犹香，不愧是盖世之英豪。要做人就要做像他们那样的侠士，传名百代，为人称颂。谁愿做扬雄那样的儒生，白首著书，老死窗下呢？

【赏析】

借他人故事，浇自己块垒，李白亦是如此。

游侠的气势、风貌栩栩如生，精神足，气势盛，充满慷慨豪迈之气。为他人排忧解难，从来不图名利，尚义气、重承诺，这是一个游侠所具备的典型特征。李白也是少好任侠，以此为理想人格而心向往之。

侠客之道，见仁见智，但是其中对抗强权的侠义精髓的见解却是一致的，无论是在武力还是在思想上都保持了一种叛逆。这就是中华文明自远古就留下的痕迹，这是李白所推崇的精神。

想当年，秦军围邯郸，赵向魏求救。魏王派晋鄙率军救赵，后因秦王恐吓，又令晋鄙按兵不动。这样，魏赵联盟势必瓦解。信陵君准备亲率家丁与秦军一拼，去向侯嬴辞行，侯不语。信陵君行至半路又回来见侯嬴，侯嬴笑着说："我知道你会回来的。"于是为信陵君设计，串通魏王宠姬，盗得虎符，到晋鄙军中，假托魏王令代晋鄙领军。晋鄙生疑，朱亥掏出40斤重的铁锤，击毙晋鄙。信陵君遂率魏军进击秦军，解了邯郸之围。

"窃符救赵夺晋鄙军"，侯嬴、朱亥不愧于"二壮士"的名号，这又何尝不是李白自己的态度呢？男子汉大丈夫，就应该为大义而献身，怎能学那个扬雄，一生都在书窗下度过呢！

【拓展】

唐代贾岛曾作《剑客》，表述干脆利落、豪气干云，借以表达自己的志向。全诗如下：

十年磨一剑，霜刃未曾试。

今日把示君，谁有不平事？

古从军行

白日登山望烽火，黄昏饮马傍交河[①]。

行人刁斗[②]风沙暗，公主琵琶幽怨多。

野云万里无城郭，雨雪纷纷连大漠。

胡雁哀鸣夜夜飞，胡儿眼泪双双落。

闻道玉门犹被遮，应将性命逐轻车。[③]

年年战骨埋荒外，空见蒲桃[④]入汉家。

【注释】

此诗以汉喻唐，借写汉武帝的开边，讽刺当时唐玄宗的开边，充满反战思想。李颀，唐代诗人，以写边塞题材为主，风格豪放，慷慨悲凉，有《李颀诗集》传世，《全唐诗》编其诗三卷。

① 饮（yìn）马：给马喂水。傍：顺着。交河：古县名，故城在今新疆维吾尔自治区吐鲁番西面。

② 行人：出征战士。刁斗：古代军中铜制炊具，容量一斗，白天用以煮饭，晚上敲击代替更柝。

③ “闻道”两句：汉武帝曾命李广利攻大宛，欲至贰师城取良马，战不利，广利上书请罢兵回国，武帝大怒，发使至玉门关，曰：“军有敢入，斩之！”两句意谓边战还在进行，只得随着将军去拼命。

④ 蒲桃：即葡萄，汉代自西域传入中国。

【大意】

白天登山观察报警的烽火台，黄昏时牵马饮水靠近交河边。

昏暗的风沙传来阵阵刁斗声，如同汉代公主琵琶充满幽怨。

旷野云雾茫茫万里不见城郭，雨雪纷纷笼罩着无边的沙漠。

哀鸣的胡雁夜夜从空中飞过，胡人士兵个个眼泪双双滴落。

听说玉门关已被挡住了归路，战士只有追随将军拼命奔波。

年年战死的尸骨埋葬于荒野，换来的只是西域葡萄送汉家。

【赏析】

白天爬上山去观望四方有无举烽火的边警，黄昏时候又到交河边上让马饮水。风沙弥漫，一片漆黑，只听得见军营中巡夜的打更声和那如泣如诉的幽怨的琵琶声，肃穆而凄凉。军营所在，四顾荒野，无城郭可依；又有雨雪纷纷，以致与大漠相连，凄冷而酷寒。作为一名军人，在这样的环境中是何其艰辛。就连那边的大雁都忍受不了这凄凉和肃杀而不住地啼鸣，更不用说这些战士了，他们的泪水早就已经湿透了前襟。

面对这样恶劣的环境，没有人不想班师复员，可是却不能。想当年，汉武帝太初元年，汉军攻大宛，攻战不利，请求罢兵。汉武帝闻之大怒，派人遮断玉门关，有入关者即斩之。皇帝为了满足自己穷兵黩武的私欲而罔顾战士的死活，可是战争的胜败与战士们又有什么关系呢？无论如何，都必须听从指挥，冲锋陷阵。战争的经过如何对于战士来说已经不重要了，因为他们的归宿早就已经成了定局——“战骨埋荒外”。

这样的战争真的有意义吗？从结果来看，毕竟不是一无所获，我们能够吃得上葡萄，不就是汉武帝的功劳吗？只是，付出那么多的生命，只换来了葡萄，真的值得吗？

【拓展】

对于唐玄宗的好大喜功和穷兵黩武，看不惯的诗人不在少数，李白曾作《战城南》，对唐玄宗的这种行为进行抨击，同时传达出反战的思想。全诗如下：

去年战，桑干源，今年战，葱河道。

洗兵条支海上波，放马天山雪中草。

万里长征战，三军尽衰老。

匈奴以杀戮为耕作，古来惟见白骨

黄沙田。

秦家筑城避胡处，汉家还有烽火燃。

烽火燃不息，征战无已时。

野战格斗死，败马号鸣向天悲。

乌鸢啄人肠，衔飞上挂枯树枝。

士卒涂草莽，将军空尔为。

乃知兵者是凶器，圣人不得已而用之。

集灵台（其二）

虢国夫人[①]承主恩，平明[②]骑马入宫门。

却嫌脂粉污颜色，淡扫蛾眉朝至尊[③]。

【注释】

这首诗通过对虢国夫人觐见唐玄宗时情景的描写，讽刺了其恃宠而骄的嚣张气焰，唐代张祜作。张祜，字承吉，唐代诗人，有《唐张处士诗集》传世，《全唐诗》收其诗二卷。集灵台：即长生殿，在华清宫，是祭祀求仙之所。灵：一作“虚”。

① 虢国夫人：杨玉环三姐的封号。

② 平明：天刚亮时。

③ 至尊：最尊贵的位置，即皇位，代指皇帝。

【大意】

虢国夫人受到皇上的恩宠，天刚亮就骑马进了宫门。

讨厌脂粉会玷污她的美艳，淡描蛾眉就进去朝见至尊。

【赏析】

皇宫内，天蒙蒙亮，文武百官都在殿外站着，朝见皇帝已经结束。此时紧闭的宫门突然大开，一位英姿飒爽的女子骑着马疾驰而来。所谓巾帼不让须眉，不正是如此吗？至此，旁观者忍不住要问，这位女中豪杰是谁？她做出了什么贡献，在文武百官都只能步行的皇宫中可以肆意骑马疾驰？实在是让人佩服，让人艳羡。

事情的真相总是让不明真相的观众大跌眼镜。这位看起来像是巾帼英雄的女骑士，实际上并不是什么了不得的人物，不过是杨玉环的姐姐，玄宗皇帝宠爱的人罢了。所谓“窥一斑而见全豹”，虢国夫人朝见玄宗的情形，着实让人捏了一把汗。宫禁的森严、朝廷的礼仪于她是没有任何约束力的，她恃宠骄纵以至于斯！

她不施脂粉、淡扫蛾眉，本意是与那些浓妆邀宠的妃嫔区别开来，实际上从早朝结束后就如此急切地冲进宫来看，这种“淡扫蛾眉”不过是一种比浓妆艳抹更加着意的献媚邀宠的举动。唉！玄宗这个“至尊”，宠爱这样一位工于心计的女子，实在是让人失望啊！

【拓展】

张祜《集灵台》组诗共两首，以明扬暗抑的手法嘲讽唐玄宗对杨玉环姐妹的宠爱。其中，第一首诗讽刺杨玉环授箓为女道士后又被纳为贵妃的事，全诗如下：

日光斜照集灵台，红树花迎晓露开。

昨夜上皇新授箓，太真含笑入帘来。

宫词（其一）

故国三千里，深宫二十年。

一声何满子①，双泪落君②前。

【注释】

这是一首有名的宫怨诗，以一个“正得宠人”的身份来写宫怨，更突出了那个时代宫中女子命运的悲惨，唐代张祜作。

故国：故乡。

① 何满子：唐玄宗时著名歌手。

② 君：指皇帝，此处指唐武宗。

【大意】

故乡和亲人远在千里之外，我已被幽闭在这深宫里二十年了。

听何满子唱一首曲子，双眼忍不住掉下眼泪。

【赏析】

一个少女不幸被选入宫，与家人分离，与外界隔绝，失去幸福，失去自由，本来已经够悲惨了，何况家乡又在三千里之外，岁月已有二十年之长，其命运更加悲惨，其身世更为可怜。距离的遥远、时间的久长使得心中的悲伤分外深刻。

一闻悲歌，双泪齐落，直截了当地击中埋藏极深、蓄积已久的怨情。这是对被夺去了幸福和自由的生活的抗议，不是思君而是恨君。

【拓展】

据说何满子因故得罪了玄宗皇帝，被判极刑。就刑前她张口高歌，曲调悲愤，使“苍天白日黯然失色”。皇帝闻之，惜其技艺难得而降旨缓刑。何满子出色的技艺，元稹、白居易、杜牧等都纷纷为之赋诗，其中以张祜的《宫词》最为感人。

又有传说唐武宗时，有一孟才人，因有感于武宗让其殉情之意，为奄奄一息的武宗唱了一曲《何满子》，唱毕，竟气绝身亡。

唐代杜牧非常欣赏张祜的《宫词》，曾作《酬张祜处士见寄长句四韵》以和之，全诗如下：

七子论诗谁似公？曹刘须在指挥中。
荐衡昔日知文举，乞火无人作蒯通。
北极楼台长挂梦，西江波浪远吞空。
可怜故国三千里，虚唱歌词满六宫。

问刘十九

绿蚁新醅[①]酒，红泥小火炉。
晚来天欲雪[②]，能饮一杯无[③]？

【注释】

这首诗描写了在一个风雪飘飞的傍晚邀请朋友前来喝酒，共叙衷肠的情景。通过写对把酒共饮的渴望，体现了朋友间诚恳亲密的关系，唐代白居易作。刘十九：白居易的诗作中，经常提到刘二十八，刘二十八是刘禹锡，刘十九乃其堂兄刘禹铜。

① 醅（pēi）：酿造。

② 雪：下雪，这里作动词用。

③ 无：表示疑问的语气词，相当于“么”或“吗”。

【大意】

酒面浮起酒渣，色微绿，细如蚁，香气扑鼻。用红泥烧制成的烫酒用的小火炉也已准备好了。

天色阴沉，看样子晚上即将下雪，友人能否留下与我共饮一杯？

【赏析】

酒是新近酿好的，未经过滤，酒面泛起酒渣泡沫，颜色微绿，细小如蚁。酒新熟淡绿又浑浊粗糙，散发出扑鼻的芳香，极易引发人的联想。粗拙小巧的火炉朴素温馨，炉火正烧得通红，围炉而坐，熊熊火光照亮了暮色降临的屋子，照亮了浮动着绿色泡沫的家酒。酒已经很诱人了，而炉火又增添了温暖。

在这样一个风寒雪飞的冬天，在这样一个暮色苍茫、寒风瑟瑟、大雪飘飘，让人感到冷彻肌肤的凄寒的空闲时刻，邀请老朋友来饮酒叙旧，围坐在温暖的小火炉旁边，那是何等的惬意啊！在这美好的憧憬中期盼着友人的到来，也是一种不可多得的享受呢！

【拓展】

白居易关于刘十九的诗有二首，另外一首《刘十九同宿》意境大体相同。全诗如下：

红旗破贼非吾事，黄纸除书无我名。
唯共嵩阳刘处士，围棋赌酒到天明。

游玄都观

紫陌[①]红尘拂面来，无人不道看花回。

玄都观里桃千树[②]，尽是刘郎去[③]后栽。

【注释】

这首诗通过描写人们在玄都观看花的事，含蓄地讽刺了当时掌管朝廷大权的新官僚，唐代刘禹锡作。刘禹锡因该诗触怒当权者，遭到贬逐。玄都观：道教庙宇名，在长安城南崇业坊（今西安市南门外）。

① 紫陌：指京城长安的道路。

② 桃千树：极言桃树之多。

③ 刘郎：作者自指。去：一作“别”。

【大意】

京城的路上川流不息，灰尘扑面而来，人们都说自己刚从玄都观里赏花回来。

玄都观里的桃树有上千株，全都是在我被贬离开京城后栽下的。

【赏析】

玄都观中桃花盛开，观者众多，来往繁忙。看京城的道路，一路上草木葱茏、尘土飞扬，大道上人马喧阗、川流不息。凡是从玄都观方向回来的人都在盛赞玄都观中桃花的美好，他们是如此的满足与愉快，由此可见桃花之繁荣美好。

玄都观里如此吸引人的、如此众多的桃花，十年前刘禹锡仍在长安的时候，根本没有。离开十年，后栽的桃树都长大了，并且开花了，因此，回到京城，看到的又是另外一番春色，可谓是“树犹如此，人何以堪”！

如今的庙堂之中，充斥着各种凭借投机取巧而在政治上越来越得意的新贵，那些看花的人与这些投机者并无区别，都是趋炎附势、攀高结贵之徒。他们为了富贵利禄，奔走权门，就如同在紫陌红尘之中，赶着热闹去看桃花一样。

他们又有什么值得吹嘘的，现在看起来威风八面的家伙，在十年之前也只是名不见经传的后生而已，不过是自己被排挤在外，他们才有了被提拔起来的机会罢了。

【拓展】

写完《游玄都观》十四年后，刘禹锡再次复出，重游玄都观，感慨万千，写下《再游玄都观》，表现了他不屈不挠的坚强意志。全诗如下：

百亩庭中半是苔，桃花净尽菜花开。

种桃道士归何处，前度刘郎今又来。

题都城南庄

去年今日此门中，人面桃花相映红。

人面不知何处去，桃花依旧笑[①]春风。

【注释】

这是一首追忆往昔、抒发物是人非之感慨的作品，崔护作。崔护，字殷功，唐代诗人，《全唐诗》存其诗六首，皆是佳作。都：国都，指唐朝京城长安（今陕西省西安市）。

① 笑：形容桃花盛开的样子。

【大意】

去年的今天，正是在长安南庄的这

户人家门口，姑娘你那美丽的面庞和盛开的桃花交相辉映，显得分外绯红。

时隔一年的今天，故地重游，姑娘你那美丽的倩影，已不知去了哪里，只有满树桃花依然笑迎着和煦的春风。

【赏析】

这是一个完美的爱情故事，完美得让人不情愿接受。喜欢浪漫的人不忍去细读这易碎的圆满，追求凄美的人又不愿意接受这圆满的结局带来的不够凄美的畅快。

才子佳人是说不倦的话题，落魄书生与温婉少女在夕阳西下时的邂逅总是惹人遐思。崔护与绛娘的相遇就是在这样一个傍晚。

年轻的举子崔护赴京赶考，却不幸落榜，只得以踏青的方式遣散自己心头的乌云。大自然的造化纵然鬼斧神工，无奈心中的寂寥太过坚固，那一丝能够撬动的裂痕虽已存在，却并非为等待这如画的景色而生。

仿佛受到了命运的牵引，年轻的举子虽已口干舌燥，仍然不愿意归去，直到他看见了这无边美景中的一座小院。此时，他眼前所见定然没有"无限好"的夕阳，心中所想也并非"近黄昏"的惆怅。

两树桃花，一扇木门，门里面是怎样的情景？置身于如此美景中的院落的主人又将是何等的妙人？

柴扉轻叩，清脆的声音传来，坚固的世界出现了一道裂隙，一张清秀的脸庞出现在裂隙的那边。

讨一瓢水，清爽而甘甜。临别一眼，初春和煦的风顷刻间吹化了所有的冰雪，整个世界色彩斑斓。

正如有人愿意相信"一座城的倾倒，成全两个人的私心"，崔护也宁愿相信昨天的落榜只是为了今天的邂逅。

再次相遇是在期年之后，三百多个日夜的相思终于积累了足够的勇气。

再次叩响柴门，传来的声音并不熟悉，眼前所见是一张老泪纵横的脸。

再次踏进熟悉的院落，倾听老人的诉说，他第一次听到了那个朝思暮想的人的美丽名字——绛娘。他也第一次知道了自己的相思曾经并不孤单，却在他知道之后再次回归寂寥。

相思一点愁煞人，当真因此而香消玉殒，那心中又会是何等的悲苦？

泪眼蒙眬时总是忍不住回首，桃花仍在，惠风依旧，春色旖旎，独少了最美的那一抹。

两宋金元

瑰丽自然

西江月·夜行黄沙道中

明月别枝惊鹊，清风半夜鸣蝉。稻花香里说丰年。听取蛙声一片。

七八个星天外，两三点雨山前。旧时茅店社[①]林边。路转溪头忽见[②]。

【注释】

该词描写的是黄沙岭的夜景，辛弃疾作。辛弃疾，字幼安，别号稼轩，南宋爱国词人，一生力主抗金。黄沙：黄沙岭，在江西省上饶之西。

① 社：土地庙。

② 见：通“现”，出现。

【大意】

明月挂上树梢，惊飞枝头的喜鹊。清凉的晚风吹送，带来远处的蝉鸣。伴着稻谷的香气，人们谈论丰收的年景，耳边传来一阵阵青蛙的叫声。

几颗闪烁的星星时隐时现，山前下起了淅淅沥沥的小雨。往日，土地庙附近树林旁的茅屋小店哪里去了？拐了弯，茅店忽然出现在我的眼前。

【赏析】

这是一首描写田园风光的词，描写的是一种恬静的生活。月明风清的夏夜，蝉鸣、蛙噪这些山村特有的声音此起彼伏，这是山村乡野特有的情趣。轻云小雨，天气时阴时晴，在这种容易给人带来惊喜的天气中，旧游之地突然出现，夜行乡间的乐趣便被完美地展现了出来。浓郁的生活气息、丰收之年的喜悦把作者对乡村生活的热爱淋漓尽致地表现出来。

风、月、蝉、鹊本是平常之物，然而经过作者的巧妙组合，却于平常中显出了不平常。惊飞不定的鹊，没有盘旋在一般树头，而是飞绕在横斜突兀的枝干之上。它们是被惊醒的，被月惊醒。月没有声音，如何能惊醒鹊儿，那也只能勉强归咎于月的皎洁了。鹊儿惊飞，“别枝”摇曳，入眼处都是白月光，实在是一幅美丽的动态夜景。继续前行，蝉鸣声传来，这声音是随着午夜的清风而来的。夜间的鸣叫声不同于烈日炎炎下的嘶鸣，再有凉风阵阵，徐徐吹拂，倍感清幽。这“半夜”里，“清风”“明月”下的景色实在让人神往。如此美丽的夜景，当然不会少了看客，边看还边说着今年的收成。那是一群青蛙，从长空转移到田野，一片蛙声，一颗匠心，令人称奇。

说到收成，就会想起不远的将来，人力有时穷，有时候上天的造化才是决定因素，尤其是在这靠天吃饭的年代。抬眼望去，脚下的小径似乎逾越了自己的本分，一直延伸到天外，似乎在追寻那“七八个星”。几丝凉意把神游的人拉回了现实，不知不觉已来到了山前，那沁人心脾的清凉是随意飘落的几颗雨滴。看来又有一幅雨景可以欣赏了，不过当务之急是找到一个合适的观景台，在雨中赏雨虽然浪漫，但只怕会影响了别人的画布。迈过“山前”，连早已临近的那个社庙旁树林边的茅店，刻意寻找的时候却不见了踪影。直到走到溪边，蓦然回首茅店才出现在眼前，喜悦来得如此突然，就像那“忽见”的茅店。

【拓展】

南宋陆游曾作《游山西村》，其中名句“山重水复疑无路，柳暗花明又一村”与本词末句异曲同工。全诗如下：

莫笑农家腊酒浑，丰年留客足鸡豚。
山重水复疑无路，柳暗花明又一村。
箫鼓追随春社近，衣冠简朴古风存。
从今若许闲乘月，拄杖无时夜叩门。

念奴娇·赤壁怀古

大江东去，浪淘尽，千古风流人物。故垒西边，人道是，三国周郎①赤壁。乱石穿空，惊涛拍岸，卷起千堆雪。江山如画，一时多少豪杰。

遥想公瑾当年，小乔②初嫁了，雄姿英发。羽扇纶巾③，谈笑间，樯橹④灰飞烟灭。故国神游，多情应笑我，早生华发⑤。人生如梦，一尊还酹江月⑥。

【注释】

此词通过对月夜江上壮美景色的描绘，表达了对古代战场的凭吊和对风流人物才略、气度、功业的追念，表现了作者旷达的人生态度，北宋苏轼作。赤壁：指黄州赤壁，在今湖北省黄冈西。三国古战场赤壁一般被认为在今湖北省赤壁市西北。苏轼，字子瞻，号东坡居士，北宋文学家、书画家，“唐宋八大家”之一，著有《苏东坡全集》和《东坡乐府》等。

① 周郎：周瑜，字公瑾，汉末东吴名将，赤壁之战的主要指挥者之一。

② 小乔：乔公的小女儿，周瑜之妻。

③ 羽扇纶（guān）巾：手摇动羽扇，头戴纶巾，是古代儒将的装束。纶巾：古代配有青丝带的头巾。

④ 樯橹：代指曹操的水军战船。樯：挂帆的桅杆。橹：摇船的桨。

⑤ 华（huā）发：花白的头发。

⑥ 一尊还（huán）酹江月：洒一杯酒

酬月。尊：通“樽”，酒杯。酹：以酒浇在地上祭奠。

【大意】

长江朝东流去，千百年来，所有才华横溢的英雄豪杰，都被长江滚滚的波浪冲洗掉了。

那旧营垒的西边，人们说是三国时周郎大破曹兵的赤壁。

陡峭不平的石壁插入天空，惊人的巨浪拍打着江岸，卷起千堆雪似的层层浪花。

祖国的大好河山啊，那时有多少英雄豪杰！

想当年周公瑾刚把小乔娶进门，手拿羽毛扇，头戴青丝巾，姿态多么雄俊。

谈笑之间，曹操的无数战船就在浓烟烈火中烧成灰烬。

神游于三国战场，该笑我太多愁善感了，以致过早地生出白发。

人生就像一场大梦，还是献一杯酒给江上的明月，让它和我同饮共醉吧！

【赏析】

“大江东去，浪淘尽，千古风流人物。”借景抒情，时越古今，我们看到了奔腾东去的长江的雄姿，并从空间联想到时间。联想到当年在此鏖战的众多英雄豪杰，美丽如画的山河依旧，可是当时为之角逐的英雄却不见了。

英姿飒爽的周瑜，美丽端庄的小乔，英雄美人一时传为佳话。“小乔初嫁了”，以美人烘托英雄，更显出周瑜的风姿潇洒、年轻有为，足以令人艳羡；同时也使人联想到：赢得这次抗曹战争的胜利，乃是东吴据有江东并以此发展的保证。

“羽扇纶巾，谈笑间，樯橹灰飞烟灭。”轻描淡写，描绘出了周瑜在赤壁大战中运筹帷幄、指挥若定的潇洒，举手投足之间制敌的儒雅。也唯有周瑜这般人物，才能在“谈笑间”使对手灰飞烟灭吧！

然而，思绪收回，跌入现实，眼前的情景却与之前所想、所感颇不合拍，思绪深沉、顿生感慨，而情不自禁地发出了自笑多情、光阴虚掷的叹惋。然而，苏轼终究是豁达之人，人生短暂，何必让种种“闲愁”萦回于心？倒不如放眼大江、举酒赏月来得自在！

【拓展】

唐代李白曾作《赤壁歌送别》，把歌咏赤壁和送别友人这两种情感艺术地统一起来。全诗如下：

二龙争战决雌雄，赤壁楼船扫地空。
烈火张天照云海，周瑜于此破曹公。
君去沧江望澄碧，鲸鲵唐突留余迹。
一一书来报故人，我欲因之壮心魄。

念奴娇·过洞庭

洞庭青草，近中秋、更无一点风色。

玉鉴琼田三万顷，著我扁舟一叶。素月分辉，银河共影，表里俱澄澈。悠然心会，妙处难与君说。

应念岭海经年，孤光自照，肝胆皆冰雪。短发萧骚①襟袖冷，稳泛沧溟②空阔。尽挹③西江，细斟北斗，万象为宾客。扣舷独啸④，不知今夕何夕。

【注释】

这是一首泛舟洞庭湖时即景抒怀的作品，作者借洞庭夜月之景，抒发了高洁忠贞的豪迈气概，同时隐隐透露出被贬谪的悲凉，南宋张孝祥作。张孝祥，字安国，号于湖居士，南宋词人，著有《于湖集》。

① 萧骚：稀疏，一作“萧疏”。

② 沧溟：青苍色的水，一作“沧浪”。

③ 挹（yì）：舀，把液体盛出来。

④ 扣：敲击，一作“叩”。啸：撮口作声，一作“笑”。

【大意】

洞庭湖和青草湖，在这个中秋将至的时候，没有一丝风过的痕迹。这是玉的世界，是琼的原野。三万顷明镜般的湖水，载着我一叶扁舟。皎洁的明月和灿烂的银河，在这浩瀚的玉镜中映出它们的芳姿，水面上下一片明亮澄澈。体会着万物的空明，却不知如何道出，与君分享。

感怀这一轮孤光自照的明月啊，多少年徘徊于岭海之间，胸襟仍像冰雪一样透明。而此刻的我，正披着萧瑟幽冷的须发和衣袂，平静地泛舟在这广阔浩渺的沧溟之中。让我捧尽西江清澈的江水，细细地斟在北斗星做成的酒勺中，请天地万象统统来做我的宾客，尽情拍打着船舷，独自放声高歌，不觉间忘记了时间。

【赏析】

中秋临近，浩瀚的湖面水波不兴，碧空万里，玉宇澄清。青草湖与洞庭湖连成一片，洞庭在北，青草在南，古来便是一处盛景。身处美玉一般的偌大湖面上，乘扁舟一叶，仿若身临仙境。

不觉间，夜来了，月亮爬上来，月光下的湖面，上下辉映一片晶莹，天上人间如同共处在一个玲珑剔透的琉璃世界中。“表里俱澄澈”，不只是眼前的这个世界如此，作者的精神世界也是这般无二。然而这妙极的感觉却说不出来，当真与“欲辨已忘言”的境界相差无几了。

虽然难以表述，作者却还是愿意在这玄妙的境界中多停留一会儿，细细体会。所想的无非是往事，他想起了在岭南的那一年。即使是现在，他仍然不管别人是否理解，自觉无愧于心，只要达到了自己的标准——“肝胆皆冰雪”，也就可以了。

志向没变，时间却从不停留，它会改变很多东西。现在头发少了，衣衫也单薄了，这冰凉的夜晚，一丝寒意总是难免的。但一点寒意又如何？作者仍然稳稳地泛舟在这碧波浩渺的湖面上。他要汲取长江的水以为酒，把北斗星当作酒杯，再请天上的星辰万象作为宾客来和他一起细斟慢酌。万丈豪情心底生！

不过，估计也只有在喝醉之后才有这般豪情吧！作者此时已经没法回答这个问题了。在浑然忘却了天地物我的境界中，他拍打着船舷对天狂啸。

此刻，一切都与他无关，即使是时间，也只能在他的身上留下脚印，而走不进他的心里。

【拓展】

唐代孟浩然曾作《望洞庭湖赠张丞相》，借描写洞庭湖以表达自己的志向。全诗如下：

八月湖水平，涵虚混太清。
气蒸云梦泽，波撼岳阳城。
欲济无舟楫，端居耻圣明。
坐观垂钓者，徒有羡鱼情。

卜算子·送鲍浩然之浙东

水是眼波横，山是眉峰聚。欲[①]问行人去那边？眉眼盈盈处[②]。

才始送春归，又送君归去。若到江南赶上春，千万和春住。

【注释】

这是一首表达对友人的深情祝愿的送别之作，北宋王观作。王观，字通叟，北宋词人。鲍浩然：作者的朋友。之：到……去。

① 欲：想，想要。

② 眉眼盈盈处：一说比喻山水交汇的地方，另有说法是指鲍浩然前去与心上人相会。

【大意】

水像美人流动的眼波，山如美人蹙起的眉毛。

想问行人去哪里？要去到山水交汇的地方。

刚送走了春天，又要送你回去。

假如你到江南，还能赶上春天的话，千万要把春色留住。

【赏析】

明澈的水流是美人流转的眼波，青黛的山峦是美人紧蹙的眉峰，浙东的山水是如此的漂亮，惹人怜爱。如此美丽的浙东，肯定也有一位美丽的女子在等待着即将离去的友人，她如水的眼波，脉脉含情；她紧蹙的眉峰，定是因思念心上人而满怀愁怨。所以，友人走得如此匆忙，去得如此热切。

这里的春天行将逝去，伤春之愁在此时在所难免。方才“送春”，已是十分怅恨；今又“送君”，更添怅恨十分。友人的离别对于送别的人来说实在是无以复加的痛苦。然而，想到友人故乡秀丽的山水，又令人想见友人妻妾倚栏盼归之际美目传恨、秀眉凝愁的情态。这里春天的离去，已然无法避免，但江南此时应该春光正盛。因此，他叮嘱友人如能赶上江南春光，务必与春光同住。虽然心情痛苦，但他还是希望将要离开的友人一直生活在“春”里，这“春”是鲜花如锦的春天，更是对友人与其心上人的美好祝愿。

【拓展】

唐代王维曾作送别诗《送元二使安西》，突出表现了离别之时的惆怅和不舍。全诗如下：

渭城朝雨浥轻尘，客舍青青柳色新。

劝君更尽一杯酒，西出阳关无故人。

水调歌头·明月几时有

（序）丙辰中秋，欢饮达旦，大醉，作此篇，兼怀子由[①]。

明月几时有？把酒问青天。不知天上宫阙[②]，今夕是何年。我欲乘风归去，又恐琼楼玉宇，高处不胜[③]寒。起舞弄清影，何似[④]在人间？

转朱阁，低绮户[⑤]，照无眠。不应有恨，何事长向别时圆？人有悲欢离合，月有阴晴圆缺，此事古难全。但愿人长久，千里共婵娟[⑥]。

【注释】

这是一首以月起兴，围绕明月展开想象和思考的作品，北宋苏轼作。

① 子由：苏轼的弟弟苏辙，字子由。

② 天上宫阙（què）：指月中宫殿。

③ 不胜（shèng）：经受不住。

④ 何似：哪里比得上。

⑤ 绮（qǐ）户：雕饰华丽的门窗。

⑥ 婵娟（chán juān）：月亮。

【大意】

（序）丙辰年中秋节，高兴地喝酒直到第二天早晨，大醉，写了这首词，同时思念弟弟苏辙。

明月从什么时候才开始出现的？我端起酒杯问一问苍天。不知道在天上的宫殿，今天晚上是哪一年。我想要乘御清风回到天上，又恐怕返回月宫美玉砌成的楼宇，受不住九天之上的寒冷。翩翩起舞玩赏着月下清影，归返月宫怎比得上在人间。

月儿转过朱红色的楼阁，低低地挂在雕花的窗户上，照着没有睡意的自己。明月不该对人们有什么怨恨吧，为什么偏在人们离别时才圆呢？人有悲欢离合的变迁，月有阴晴圆缺的转换，这种事自古以来难以周全。只希望亲人能平安健康，即便相隔千里，也能共享这美好的月光。

【赏析】

在大自然中，月亮是浪漫的，很容易启发人们的艺术联想。一钩新月，就像新芽，让人想到初生事物的美好；一轮满月，圆满无缺，使人想到美好、团圆的生活；月光皎洁，让人想到光明磊落的品质；等等。千百年来，人们在月亮这一意象上集中了人类无限美好的憧憬与理想，苏轼也不例外，当他抬头遥望中秋明月时，他的思维就像长了翅膀，自由翱翔。

“明月几时有？把酒问青天。”这一问便问出了气魄，过往有几人敢向青天问明月？屈原是一个，李白是一个，苏轼是一个。若非把浪漫根植于心底，又如何能想出如此飘逸的问题！起得突兀，问得离奇，却不乏浪漫。

作者把青天当作自己的朋友，把酒相问，好像是在追溯明月的起源、宇宙的起源；又好像是在惊叹造化的巧妙，表达对明月的赞美与向往。既是朋友，自然不能只说一句话。

于是，“不知天上宫阙，今夕是何年”。从明月诞生的时候起到现在已经过去许多年了，不知道今晚的月宫是什么日子？虽然这么问，但作者心中是有明确答案的，那一定是一个好日子，否则月亮不会这样圆、这样亮，他也不会“欲乘风归去”。他很想去月宫看一看，然而，又怕那琼楼玉宇太高，难以忍受寒冷。而且，人间毕竟还有许多值得留恋的东西，这种既向往天上又留恋人间的矛盾和纠结，实在让人难受。唉——不如还是留在人间吧！在月光下起舞，最起码还可以与自己的清影为伴。

地上的人在舞，天上的月又何尝不是。随着夜色渐深，月光也转过朱红的楼阁，低低地穿过雕花的门窗，照到了房中迟迟未能入睡之人，那些中秋佳节因不能与亲人团圆以致难以入眠的离人。明月啊明月，为何故意与人为难，给人增添忧愁？月亮自古如此，作者此问实在是无理，可是，在亲情和思念面前，又有什么道理可讲呢？

虽然思念情深，但作者还是明了——人固然有悲欢离合，月也有阴晴圆缺，自古以来世上就难有十全十美的事。既然如此，又何必为暂时的离别而忧伤呢？人间离别难免，只要亲人健康，即使远隔千里也还可以通过明月联系。还是让我们继续欣赏这轮明月吧！

【拓展】

唐代李白曾作《把酒问月》，全诗如下：

青天有月来几时？我今停杯一问之。

人攀明月不可得，月行却与人相随。
皎如飞镜临丹阙，绿烟灭尽清辉发。
但见宵从海上来，宁知晓向云间没。
白兔捣药秋复春，嫦娥孤栖与谁邻？
今人不见古时月，今月曾经照古人。
古人今人若流水，共看明月皆如此。
唯愿当歌对酒时，月光长照金樽里。

惠崇春江晚景（其一）

竹外桃花三两枝，
春江水暖鸭先知。
蒌蒿① 满地芦芽短，
正是河豚欲上② 时。

【注释】

这是一首题画诗，北宋苏轼作。惠崇，亦称慧崇，福建建阳僧，宋初九僧之一，能诗能画，《春江晚景》是其作品。

① 蒌蒿（lóu hāo）：草名，有青蒿、白蒿等种。

② 上：逆江而上。

【大意】

竹林外两三枝桃花刚刚开放，鸭子在水中游戏，它们最先察觉到了初春江水的暖意。

河滩上满是蒌蒿，芦笋开始抽芽，河豚正要逆流而上，从大海回游到江河里来。

【赏析】

疏落的翠竹那边，几枝桃花摇曳盛开。桃竹相衬，红绿相映，初到的春意惹人怜爱。初春时节，还夹杂着料峭寒意，这并非桃花怒放的季节，但春天的生机已经透露出来了。

画面上的一江春水中，有几只鸭子在嬉戏，丹青没有更多的话，不能诉说初春的暖意，那就用诗来表达吧！江水回暖的讯息，鸭子们首先感知到了，它们嬉戏得如此欢快。

江边，生长茂盛的蒌蒿铺满了地面，芦苇也抽出了短短的嫩芽。在这喜人的春光中，兴致高昂的并不只有水中的鸭子，地上的植物也开始蓬勃生长，当然，诗人的心境也在温暖中带着畅快。因而，他才有耐心细致地观察植物的情态，切实地予以描写。

触景生情的联想是诗人的长项，美妙的画作，总是使人想起一些画外的更加美妙的东西，少了这些，画便不再完美。因而，诗人把整个画面勾勒了出来——那是严冬已尽、春到人间的喜悦。入乎画内而出乎画外，白描之中掺入联想，整首诗灵动鲜活，诗和画的意境都丰富了。

【拓展】

苏轼《惠崇春江晚景》共两首，其二如下：

两两归鸿欲破群，
依依还似北归人。
遥知朔漠多风雪，
更待江南半月春。

武陵春·春晚

风住尘香[1]花已尽，日晚倦梳头。
物是人非事事休，欲语泪先流。
闻说双溪春尚好，也拟[2]泛轻舟。
只恐双溪舴艋舟[3]，载不动许多愁。

【注释】

此词借暮春之景，写出了词人内心深处的苦闷和忧愁，塑造了一个在孤苦凄凉环境中流荡无依的才女形象，宋代李清照作。李清照，号易安居士，宋代（南北宋之交）女词人，婉约词派代表，著有《易安居士文集》《易安词》，今已散佚，后人有《漱玉词》辑本。

① 尘香：落花触地，尘土也沾染上落花的香气。

② 拟：准备、打算。

③ 舴艋（zé měng）舟：两头尖如蚱蜢的小舟。

【大意】

风停了，花儿已凋落殆尽，尘土里有花的香味。日头已高，我却怠于梳妆。景物依旧，人事已变，一切事情都已经完结。心中有话，还未开口，眼泪先流了下来。

听说双溪春景尚好，我也打算泛舟前去。只怕双溪蚱蜢般的小船，载不动我许多的忧愁。

【赏析】

风吹雨打，落红成阵，现今雨过天晴，落花已化为尘土。雨天不得外出，心中苦闷，只能惜春自伤，发一些感慨。

此时金人南下，词人几经丧乱，丈夫又去世，只身流落金华，眼前所见的是一年一度的春景，睹物思人，物是人非，不觉悲从中来，感到万事皆休、无穷落寞。因此，即使日头高高，她也懒于梳妆。心中总有一股抑郁之情，想要讲出来，却不料还未开口，泪水便抢先流了出来。“欲语泪先流”，满腹忧愁难以控制地倾泻出来，五个字着实让人动容。

听说金华郊外的双溪春光明媚、游人如织，平日喜爱游玩的作者也就起了出游之兴。兴致既有，那就开始打算：这好天气，去划划小船倒也不错。一时兴起的念头，却也并不强烈。然而，一旦把思绪拉回现实，便摆脱不了那份忧愁。恐怕双溪上的小舟承受不了她心中过多的忧愁。愁绪本就使人心情沉重，如今，它真的有了重量，重得连小舟都载不动了。

【拓展】

唐代女诗人薛涛曾作《春望词》四首，表达了伤春之感和相似的愁绪。

花开不同赏，花落不同悲。
欲问相思处，花开花落时。
揽草结同心，将以遗知音。
春愁正断绝，春鸟复哀吟。
风花日将老，佳期犹渺渺。
不结同心人，空结同心草。
那堪花满枝，翻作两相思。
玉箸垂朝镜，春风知不知。

清平乐·金风细细

金风细细，叶叶梧桐坠。绿酒初尝人易醉。一枕小窗浓睡。

紫薇朱槿①花残。斜阳却照阑干。双燕欲归时节，银屏②昨夜微寒。

【注释】

这是一首描写秋天景色兼顾抒情的词，北宋晏殊作。金风：秋风。晏殊，字同叔，北宋文学家、政治家，晏殊与其第七子晏几道，在当时北宋词坛上被称为“大晏”和“小晏”。

①紫薇：落叶小乔木，又名“百日红”。朱槿（jǐn）：红色木槿，又名扶桑。

②银屏：银饰屏风。

【大意】

徐徐的秋风正在细细吹拂，梧桐树叶正在飘然落下。初尝香醇绿酒便陶醉，在小窗之前一枕酣眠浓睡。

紫薇和朱槿在秋寒里凋残，只有夕阳映着楼阁栏杆。到了双燕将要南归的季节，镶银的屏风昨夜已经微寒。

【赏析】

庭院内西风落叶，画堂中的词人刚刚喝了绿酒，如今已经醉眠。每当提到梧桐，总是伴随着伤感、凄凉，温庭筠说“梧桐树，三更雨，不道离情正苦。一叶叶，一声声，空阶滴到明”，李煜说“寂寞梧桐深院锁清秋”，一代又一代的词人赋予了梧桐伤感的意味，以至于使人一听到秋风吹拂梧桐，就产生凄凉况味。词人却并未循例，他只是根据自己的感受，平淡幽细地写了出来，轻描淡写，却并非易事。“初尝”就“醉”了，看来词人的酒量不大，淡淡一笔，只是铺垫。对于绿酒，词人只是浅尝辄止，缘何会“浓睡”？只因那一点淡淡的闲愁，有愁则易醉，愁浅则睡浓。

一觉睡了一整夜，这可真称得上是“浓睡”。浓睡中无愁无忧，酒醒后的心情颇好，心境悠闲、神态慵怠。若非悠闲，如何能有如此细微的感受，写出如此细腻的句子？若非慵怠，看到夕阳西下，想必也不会没有感慨。双双紫燕即将归巢，他想到昨夜酒醉后原是一个人独宿。一种凄凉意绪、淡漠愁情，不禁流于言外。他想起了昨夜在梦中徘徊不去的那一丝微寒。

【拓展】

晏殊曾作《踏莎行·小径红稀》，描写暮春景色。全词如下：

小径红稀，芳郊绿遍。高台树色阴阴见。春风不解禁杨花，蒙蒙乱扑行人面。

翠叶藏莺，朱帘隔燕。炉香静逐游丝转。一场愁梦酒醒时，斜阳却照深深院。

渔家傲·天接云涛连晓雾

天接云涛连晓雾，星河欲转①千帆舞。仿佛梦魂归帝所，闻天语，殷勤问我归何处。

我报路长嗟②日暮，学诗谩③有惊人句。九万里风鹏正举，风休住，蓬舟吹取三山④去。

【注释】

这首词借写梦中海天溟蒙的景象及与天帝的问答，隐喻对社会现实的不满与失望，表达了对理想境界的追求和向往，宋代李清照南渡后的作品。

① 转：一作“曙”。

② 嗟（jiē）：慨叹。

③ 谩：徒，空。

④ 三山：《史记·封禅书》记载，渤海中有蓬莱、方丈、瀛洲三座仙山，相传为仙人所居住，可望而不可即。

【大意】

水天相接，晨雾蒙蒙笼云涛。银河欲转，千帆如梭逐浪漂。梦魂仿佛回天庭，天帝传话善相邀。殷勤问吾，归宿何处请相告。

我回报天帝：路途漫漫，日暮已至，令人叹息。学作诗，空有让人称道的妙句。长空九万里，大鹏冲天飞正高。风，不要停息，将我这一叶轻舟，直送往三座仙岛去吧！

【赏析】

这首词读来气势磅礴，毫无婉约之感，却是婉约派词宗李清照的作品，在其所有作品中当属另类。风格的变化是有原因的，那么，李清照为何要这么做呢？

南渡以前，李清照是足不出户的大

家闺秀，闺中女儿情自然就成了其作品的主要内容；南渡以后，“飘流遂与流人伍”，接触得多了，视野逐渐开阔起来。文学作品与在真实生活中所得到的感受是不能分离的，在南渡的过程中，李清照曾在海上航行，历尽风涛之险，个人生活状态的改变导致了作品风格的一些改变。

四垂的天幕、汹涌的波涛、弥漫的云雾，自然地组合在一起，有一种浑茫无际的境界。此时，作者将她曾经在风浪颠簸中的感受，真切地描绘给读者。遥想当年，作者在颠簸的船舱中仰望天空，天上的银河似乎在不停地转动。海上时常刮起大风，如蓬蒿一般的舟船在风浪中飞舞前进。船摇帆舞、星河欲转，既是真实感受的写照，也是一种艺术化了的虚幻的梦境。恍惚之间，作者似乎回到了从前，回到了从前的那个梦中。当时，一缕梦魂仿佛升入天国，谒见慈祥的天帝。梦的世界中，天帝态度温和、关心民瘼，竟然还“殷勤问我归何处”。

天帝有问，作者自然要回答，于是，“我报路长嗟日暮”。一问一答，将上下两阕连成一体，语气衔接，毫不停顿，成为“跨片格”。前路漫长，人已经到了暮年，却仍然经历着孤独无依的痛苦。虽然学诗也算是有成，但自己对“长路”的态度却不能像千年前的屈原一般充满斗志、无所畏惧。因而就算学诗有成，也只是空有才华，却无力改变自己遭逢的不幸，即使奋力挣扎，最终获得的仍旧是苦闷而已。

从梦境的回忆中回到现实的回忆里，“九万里风鹏正举”，海风非常大，让世人想到了《逍遥游》中“鹏抟九天”的大风。既然是九天来的大风，估计能够把这一叶蓬舟送到三山去吧！于是，作者大喝道：“风休住，蓬舟吹取三山去！”读之，忍不住赞叹一声：好气魄，大手笔！

【拓展】

李清照梦游仙境，想到了飘零的身世，想到了愁苦。唐代李贺曾作《梦天》，梦游月宫，明悟的是人生短暂、世事无常。全诗如下：

老兔寒蟾泣天色，云楼半开壁斜白。
玉轮轧露湿团光，鸾佩相逢桂香陌。
黄尘清水三山下，更变千年如走马。
遥望齐州九点烟，一泓海水杯中泻。

临安春雨初霁

世味年来薄似纱，谁令骑马客京华。
小楼一夜听春雨，深巷明朝卖杏花。
矮纸斜行闲作草，晴窗细乳[①]戏分茶。
素衣[②]莫起风尘叹，犹及清明可到家。

【注释】

这是作者晚年寄情于景，因感世态炎凉和政治倾轧而心生悲凉的感慨之作，南宋陆游作。陆游，字务观，号放翁，南宋诗人，著述颇丰，有《剑南诗稿》《渭南文集》《南唐书》《老学庵笔记》等传世。

① 细乳：沏茶时水面的细小泡沫。

② 素衣：白衣，代指没有官职。

【大意】

这些年来世事人情淡薄得就像纱布，可谁让我骑马客居京城享受这份繁华？

身处小楼，听春雨淅淅沥沥，下了一夜。幽深的巷子里明早还会传来卖杏花的声音。

纸张短小斜放着，闲时写写画画。小雨初晴时，在窗边看煮茶时水面的小泡沫，嗅阵阵飘来的茶香。

身着白衣，就不要感叹会被风尘之色沾染。我仍会穿着这件衣服回家赶上清明。

【赏析】

只身住在小楼上，彻夜听着春雨的淅沥；次日清晨，深幽的小巷中传来了叫卖杏花的声音，告诉人们雨停了、春深了。绵绵的春雨声，在卖花声里透出，听在作者的耳中是淡荡的春光。在这个人情淡薄的时候，客居京城的游子感到一丝凉意。绵绵春雨是作者的愁绪，使作者一夜无眠的愁绪。因何而思？因何而愁？

国事家愁，随着雨声涌上了眉间心头。看似明媚的春光里，隐藏着作者的郁闷与惆怅，且正是因为有明媚的春光作为背景，作者落寞的情怀也才更加鲜明。不过，他仍然不愿意荒废这大好春光，那么，还能做点什么呢？

拿出“矮纸”随意地放在桌子上，就在这练练草书吧！客居京华，闲极无聊，也只能以草书消遣了。雨停了，天也就晴了，初晴的天气分外好，窗边的春光似是久违的老友，格外亲切。当此之时，沏一壶茶细细品味最好不过了。沏茶时水面泛起白色的小泡沫，也引起了闲极无聊的作者的注意。无事而作草书，晴窗下品着清茗，闲适恬静，然而，这一切却并非作者所求。他的愿望是为国家做一番轰轰烈烈的事业，有志报国，无路请缨，只好无聊地做这些事情，其实隐含着的是作者无限的感慨与牢骚。

还要在客舍中等待多久？国家正是多事之秋，有志之士却在以作书品茶虚度时光，真是无聊而可悲！心头的怨愤再也按捺不住，最终却转化成无奈流露出来。既然身为白丁，就不要管这些“国家大事”了，等不到清明节就可以回家。然而，作者是真的思乡心切吗？不过是因志不得伸，而讲出的倒不如回乡种田的气话而已！

【拓展】

北宋晁端友曾作《宿济州西门外旅馆》，同是在旅社中看雨，却表达了不一样的情感。全诗如下：

寒林残日欲栖乌，壁里青灯乍有无。

小雨愔愔人假寐，卧听疲马啮残刍。

十一月四日风雨大作

僵卧孤村不自哀[①]，尚思为国戍轮台。

夜阑[②]卧听风吹雨，铁马冰河[③]入梦来。

【注释】

这首诗表明了作者以身报国、为国雪耻而至老不衰的壮志，南宋陆游作。

① 不自哀：不为自己哀伤。

② 夜阑（lán）：夜深。

③ 铁马：披着铁甲的马，指战马。冰河：冰封的河流，指北方地区的河流。

【大意】

我直挺挺躺在孤寂荒凉的乡村里，没有为自己的处境感到悲哀，心中还想着为国家戍卫边疆。

夜将尽了，我躺在床上听着那风雨的声音，迷迷糊糊地梦见自己骑着披着铁甲的战马，跨过冰封的河流，出征北方疆场。

【赏析】

肌骨衰老，因而体弱多病，常在床褥；生活孤苦，不仅居处偏僻，而且思想苦闷，没有知音，过着荒村野老的凄苦生活。如此寂寞、窘迫、冷落的生活现状，整个笼罩着一种悲哀的气氛，让人同情，引人哀怜。然而，作者本身却并不这么认为，他所表现出的是一种乐观豪放的气魄。贫病凄凉对他来说没有什么值得悲哀之处，当然他也不需要别人的同情。他需要的是人们对他的理解，对他终生不渝的统一之志的理解，对他为这个壮志奋斗一生的理解，对他的满腔热血、一颗忠心的理解，因为他“尚思为国戍轮台”。山河破碎，国难当头，一位热心抗敌却屡受打击的爱国将领，在罢官闲居的时候仍然不敢忘国，一颗爱国的拳拳之心呼之欲出。

夜深人静，难以入睡，失眠了就更真切地感知到自然界的风吹雨打。自然

界的风吹雨打总是使人想起风雨飘摇中的国家，战争的风云、壮年的军旅生活也随之闯进作者的脑海中来。就这样听着、想着，辗转反侧，“铁马冰河”就这样“入梦来”，不知是梦还是怀念。现实是如此的可悲，有心报国却遭排斥而无法杀敌，也就只能将一腔御敌之情付于梦境了。

【拓展】

陆游《十一月四日风雨大作》共两首，以上为其二，其一如下：

风卷江湖雨暗村，四山声作海涛翻。
溪柴火软蛮毡暖，我与狸奴不出门。

采桑子·恨君不似江楼月

恨君不似江楼月，南北东西，南北东西，只有相随无别离。

恨君却似江楼月，暂满还亏[①]，暂满还亏，待得团圆是几时？

【注释】

这是一首借喻明月来倾诉别离之情的词，宋代吕本中作。吕本中，原名大中，字居仁，世称东莱先生，宋代诗人、词人、道学家，有《东莱诗集》《紫微诗话》等传世。君：这里指词人的妻子。

①暂满还亏：指月亮短暂的圆满之后又会有缺失。满：此指月圆。亏：此指月缺。

【大意】

可恨啊！你不像江边楼上高悬的明月，不管人们南北东西四处漂泊，明月都常伴不分离。

可恨啊！你就像江边楼上高悬的明月，总是在刚刚圆满时就又缺了，不知何时才能团圆。

【赏析】

荡气回肠的相思之情在宛如民歌的字里行间流露，重复的唱腔让这份相思更显厚重。

心上人就不能像那“江楼月”一般吗？虽然到处漂泊，却时刻都能相见。你为何就不能如明月随人，与我永不分离呢？心上之人又像那“江楼月”，有时圆满，有时残缺，无奈的是残缺占据了多数的夜晚，难得团圆，才造就了这份思念。

同样用“江楼月”作比，一赞一恨，一篇中用同一事物作比喻而表达不同的感情，从而具有“二柄”。同一首词，同一个比喻，所比不同，营造的效果也就截然不同。更难能可贵的是，这样的比喻，是感情的自然流露，不是有意造作，用得非常贴切。

【拓展】

五代牛希济曾作《生查子·新月曲如眉》，将相思之情托与明月。全词如下：

新月曲如眉，未有团圞意。
红豆不堪看，满眼相思泪。
终日劈桃穰，人在心儿里。
两朵隔墙花，早晚成连理。

浪淘沙·把酒祝东风

把酒祝东风，且共从容[1]。垂杨紫陌[2]洛城东。总是当时携手处，游遍芳丛。

聚散苦匆匆，此恨无穷。今年花胜去年红。可惜明年花更好，知与谁同？

【注释】

这首词是作者与友人在洛阳城东旧地重游时有感而作，词中伤时惜别，抒发了人生聚散无常的感叹，北宋欧阳修作。欧阳修，字永叔，号醉翁、六一居士，北宋政治家、文学家，“唐宋八大家”之一，有《欧阳文忠集》传世。

① 从容：留恋，不舍。

② 紫陌：紫路，指洛阳的道路，据说洛阳古代曾以紫色土铺路，故名。

【大意】

端起酒杯向东方祈祷，请你再留些时日不要一去匆匆。洛阳城东垂柳婆娑的郊野小道，就是我们去年携手同游的地方，我们游遍了姹紫嫣红的花丛。

欢聚和离散都是这样匆促，心中的遗恨却无尽无穷。今年的花红胜过去年，明年的花儿将更美好，可惜不知那时将和谁相从？

【赏析】

从游赏中的宴饮起笔，不写酒筵之盛况，也不写人们宴饮之欢乐，却写作者举杯向东风祈祷。既然要祈祷，总是有内容的，作者希望东风暂且停留，参加这次盛大的宴饮，一道享受春光。这话不仅是对东风说的，也是对人说的。对东风来说，既是爱惜好风，又有留住光景、以便游赏之意；对人来说，是希望人们慢慢游赏，玩得尽兴。看那京城效外“紫陌”，那么漂亮，暖风吹拂，翠柳飞舞，天气清爽，景色迷人，正是游赏的好时候、好处所。因而，过去携手同游过的地方，今天仍要全都重游一遍。

时光短暂，相聚又难，刚刚会面，接踵而来的便是匆匆作别，这怎么不让人怅恨呢！亲人朋友之间聚散匆匆的这种怅恨，从古到今，似乎永远都没有穷尽，这痛苦也永远都没有尽头。离别不能避免，那就好好珍惜现在的时光吧！看今年的花，比去年开得更加繁盛、更加鲜艳，请尽情观赏吧！去年也曾一起来观赏过此花，一别经年，这次是久别重逢。聚会这么不容易，花又开得这么好，本来应当多多观赏，却又要分离，怎能不使人难过？念及此，才明白鲜艳繁盛的景色，只会把感伤的心情衬托得更加伤感。明年这花还将比今年开得更加繁盛，可惜的是，天各一方，明年此时，不知同谁再来共赏此花啊！

【拓展】

这首词前两句化用了唐代司空图《酒泉子·买得杏花》中的“黄昏把酒祝东风，且从容”句。全词如下：

买得杏花，十载归来方始坼。假山

西畔药阑东，满枝红。

旋开旋落旋成空，白发多情人更惜。黄昏把酒祝东风，且从容。

最后两句化用了唐代杜甫《九日蓝田崔氏庄》中的“明年此会知谁健？醉把茱萸仔细看”两句。全诗如下：

老去悲秋强自宽，兴来今日尽君欢。
羞将短发还吹帽，笑倩旁人为正冠。
蓝水远从千涧落，玉山高并两峰寒。
明年此会知谁健？醉把茱萸仔细看。

春日

胜日寻芳泗水[①]滨，无边光景一时新。
等闲识得东风[②]面，万紫千红[③]总是春。

【注释】

这是一首蕴含哲理的游春诗，也被认为是一首寓理趣于形象当中的哲理诗，南宋朱熹作。朱熹，字元晦，一字仲晦，号晦庵，南宋理学家、哲学家。春日：春天。

① 寻芳：游春，踏青，此处指寻求圣人之道。泗水：今山东省境内河流，此处代指孔门。

② 东风：春风，作者将圣人之道比作催发生机、点染万物的春风。

③ 万紫千红：此处喻孔学之丰富多彩。

【大意】

一个春光明媚的日子，我来到泗水河边观花赏草，只见无边无际的风光景物焕然一新。

轻易就可以看出春天的面貌，春风吹得百花开放，到处都是春天万紫千红的美丽景致。

【赏析】

对多数人来说，美好的景色一旦被放进道理的条条框框便美感顿失，在此，我们不妨也单纯地从一首游春诗的角度来解读这首诗。

时间：某个春日；天气：晴；地点：泗水河畔；事件：寻芳，亦即寻觅春景。寻觅春景也就是寻觅美好，那么，究竟有哪些美好被发现了呢？放眼望去，是一望无际的新鲜，一个冬天太长，已经让人忘记了曾经的春天应该有的样子了。春回大地，景物焕然一新，人的耳目自然也是焕然一新。虽然一切看起来都是新的，春天所特有的感觉却不会被感知错误，那暖暖的东风正是春天的使者，轻轻松松即可辨认。看着万紫千红的景象，每一处都是由春光点染而成的，春天造就了这万紫千红，从这万紫千红中，人们也认识了春天。

【拓展】

作为著名的理学家，朱熹所作的诗歌也别有一种理趣，如这首《观书有感》，全诗如下：

半亩方塘一鉴开，天光云影共徘徊。
问渠那得清如许？为有源头活水来。

苏幕遮·碧云天

碧云天，黄叶地，秋色连波，波上寒烟翠。山映斜阳天接水，芳草[1]无情，更在斜阳外。

黯乡魂，追旅思，夜夜除非，好梦留人睡。明月楼高休独倚，酒入愁肠，化作相思泪。

【注释】

这是一首描写羁旅乡愁的词，北宋范仲淹作。范仲淹，字希文，谥号文正，北宋政治家、文学家，著有《范文正公集》。

① 芳草：此处代指故乡。

【大意】

碧云飘悠的蓝天，黄叶纷飞的大地，秋景连绵于江中水波，波上弥漫苍翠寒烟。群山映斜阳，蓝天连江水。芳草不谙人情，一直延绵到夕阳照不到的天边。

默默思念故乡黯然神伤，缠人的羁旅愁思难以排遣，除非夜夜都做好梦，在好梦中才能得到片刻安慰。不想在明月夜独倚高楼望远，只有频频地将苦酒灌入愁肠，一杯杯都化作相思的眼泪。

【赏析】

“行万里路，读万卷书”，作为一名文人，羁旅乡思是撇不开的宿命。

长空湛碧，大地苍茫，这高远的境界并无秋景中经常出现的衰飒之气，这似乎与乡愁没什么关系。然而，正是在这极富画面美和诗意美的境界当中，一抹浓得化不开的乡愁，正悄然袭来。从碧天广野到遥接天地的秋水，这湛碧的高天、金黄的大地一直向远方伸展，连接着天地尽头的渺渺秋江。江波之上，笼罩着一层翠色的寒烟。烟霭本呈白色，但由于上连碧天、下接绿波，远望即与碧天同色而莫辨。

傍晚，夕阳映照着远处的山峦，碧色的遥天连接着秋水绿波，萋萋芳草一直向远处延伸，隐没在斜阳映照不到的天边。景物自目之所及延伸到目不能及的想象中的天涯。芳草是故乡的代名词，是乡思离情的触媒。它遥接天涯，远连故园，更在斜阳之外，使瞩目望乡的游子难为情。然而，芳草毕竟只是芳草，故乡还是那个故乡，它们不管人的情绪，因此，“芳草无情”，徒留有情的游子黯然神伤。

游子思乡的情怀黯然凄怆，羁旅悲伤的愁绪连绵不绝。羁泊异乡已久，乡思之愁渐深。思乡却不能归乡，这是古往今来所有游子的无奈。有乡难回，在万籁俱寂的夜里，在梦中，再看一看那睽违已久的故乡，也已经成了难以实现的奢求。好梦做得很少，长夜不能入眠。当此之时，唯有在月明中倚楼凝思。但独倚明月映照下的高楼，徒然想了却那一抹让人心烦意乱的乡愁，却总如“抽刀断水”一般，使得愁怀更甚。后来的人啊，千万不要再做“明月高楼独倚”的可笑举动了。既然夜不能寐，那就借酒浇愁吧！却不料，几杯酒下肚，一入愁肠都化作了相思的泪水，这真是欲遣乡思反而更增乡思之苦。古人云“举杯消愁愁更愁”，诚不予欺也！

【拓展】

范仲淹的另一首《御街行·纷纷坠叶飘香砌》，同样抒发了秋夜的离情愁绪。全词如下：

纷纷坠叶飘香砌。夜寂静，寒声碎。真珠帘卷玉楼空，天淡银河垂地。年年今夜，月华如练，长是人千里。

愁肠已断无由醉，酒未到，先成泪。残灯明灭枕头欹，谙尽孤眠滋味。都来此事，眉间心上，无计相回避。

酒泉子·长忆观潮

长忆观潮，满郭人争江上望。来疑沧海尽成空，万面鼓声中。

弄潮儿向涛头立，手把红旗旗不湿。别来几向梦中看，梦觉①尚心寒②。

【注释】

这是一首咏钱塘江潮的词，北宋潘阆（làng）作。潘阆，字逍遥，号逍遥子，北宋诗人、词人，有《逍遥集》《逍遥词》传世。长：通“常”，常常、经常。

① 觉：睡醒。

② 心寒：惊心动魄的感觉。

【大意】

常常想起钱塘江观潮的情景，满城的人争着向江上望去。

潮水涌来时，仿佛大海都空了，潮声像一万面鼓齐发，声势震人。

踏潮献技的弄潮儿站在波涛上表演，手拿红旗滴水不沾。

此后几次梦到观潮的情景，梦醒时依然感觉心惊胆战。

【赏析】

每到钱塘江观潮的时候，杭州城的人便倾城而出，来到钱塘江边，万头攒动，争看江面潮水袭来。潮水仿佛也感受到了观众的热情，争相涌来，惊险万分。说到观潮，最刺激的还不是汹涌澎湃的潮水，而是那些技艺高超的弄潮儿。弄潮儿们英勇无畏，搏击风浪，身手不凡，即使身处风口浪尖也如履平地，其中的佼佼者皆手持红旗翻飞于涛浪之间，仔细看去，红旗上却滴水未沾，让人惊叹，恍若在梦中。

即使看完海潮，回去之后，仍然对此念念不忘，屡屡在梦中回忆起当时的盛况，让人分不清哪个是现实，哪个是梦境。倏忽梦醒，冷汗浸出，悸动仍停留在胸口，虽然已经知道这是梦境，仍然不能避免因当时壮观的钱塘潮和勇敢的弄潮儿而心惊胆战。钱塘江潮，实在是不可多得的盛景！

【拓展】

古人描写钱塘江潮的诗词作品不知凡几，今录唐代罗隐《钱塘江潮》一诗，全诗如下：

怒声汹汹势悠悠，罗刹江边地欲浮。
漫道往来存大信，也知反覆向平流。
任抛巨浸疑无底，猛过西陵只有头。
至竟朝昏谁主掌，好骑赪鲤问阳侯。

鹊桥仙·纤云弄巧

纤云弄巧，飞星①传恨，银汉迢迢暗度。金风②玉露一相逢，便胜却人间无数。

柔情似水，佳期如梦，忍顾③鹊桥归路。两情若是久长时，又岂在朝朝暮暮。

【注释】

这是一首纯洁爱情的颂歌，北宋秦观作。秦观，字少游，一字太虚，号淮海居士，故亦称“淮海先生”，北宋词人，“苏门四学士”之一，有《淮海集》《淮海词》传世。

①飞星：流星。一说指牵牛、织女二星。

②金风：指秋风。

③忍顾：不忍回视。

【大意】

纤薄的云彩在天空中变幻多端，天上的流星传递着相思的愁怨，遥远无垠的银河今夜我悄悄渡过。在秋风白露的七夕相会，就胜过人世间无数看似长相厮守、实际貌合神离的夫妻。

共诉如水一般的相思柔情，短暂的相会如梦如幻，分别之时不忍去看那鹊桥路。只要两情至死不渝，又何必贪求卿卿我我的朝欢暮乐呢？

【赏析】

牛郎和织女，分隔于银河两边，自古以来人们就把他们看成有情人难成眷属和悲伤的代名词，欧阳修如此，苏东坡也不例外，就算是再早一些留下名字的（如唐代的徐凝）和没有留下名字的（如《迢迢牵牛星》的作者）先辈也没有跳脱这个定式，秦观却在这一点上做到了独出机杼。

牛郎织女的故事，固然充满了悲欢离合，却也因此而更显现出了爱情的坚贞诚挚。这是爱情应该有的境界和高度，跨越地域、跨越时间、跨越这世间存在的物质性的一切，留下的唯有浓浓的真情。天边那轻柔多姿的云彩，变化出许多优美巧妙的图案，那是织女精巧绝伦的手艺。然而，美好的人儿和精湛的技艺，对于与自己心爱的人共同过上幸福的生活并没有带来更多的帮助，只能通过那些闪亮的星星传递离愁别恨。

经过一年的等待，终于又到了相会的时节，在这金风玉露之夜，碧落银河之畔，只此一刻，便抵得上人间千遍万遍的相会。情人相见，自是有说不完的情话，如悠悠无声的流水，那般温柔、那般缠绵。然而，相逢毕竟短暂，否则也不会让人如此向往，一夕佳期如梦幻般破碎倏然而逝，相见分离，不过转瞬之间，让人想要心碎都措手不及。还是来时的鹊桥，如今看来却不再是来时的心情。因心情复杂，也就不忍心多看它一眼，只怕这一眼会使心中的惜别化作眼中的泪水。

分别终究还是到来了，尽管无奈，尽管不情愿，也只能接受。离别又何尝不是爱情的一部分？爱情是要经得起长久分离的考验的，彼此相爱，纵然天各一方，也比朝夕相伴的貌合神离更可贵吧！只要心中有爱，距离又算得了什么，时间又算得了什么呢？

【拓展】

唐代李商隐曾作《辛未七夕》，指出离别之苦和佳期之乐的辩证关系。全诗如下：

恐是仙家好别离，故教迢递作佳期。
由来碧落银河畔，可要金风玉露时。
清漏渐移相望久，微云未接过来迟。
岂能无意酬乌鹊，惟与蜘蛛乞巧丝。

满庭芳·山抹微云

山抹微云，天连衰草，画角声断谯门①。暂停征棹，聊共引离尊。多少蓬莱旧事②，空回首、烟霭纷纷。斜阳外，寒鸦万点，流水绕孤村。

销魂当此际，香囊暗解，罗带轻分。谩③赢得青楼，薄幸名存。此去何时见也？襟袖上、空惹啼痕。伤情处，高城望断，灯火已黄昏。

【注释】

这是一首托言情之名言志的作品，北宋秦观作。

① 谯（qiáo）门：城门。

② 蓬莱旧事：男女爱情的往事。

③ 谩：徒然。

【大意】

会稽山上，一抹微云淡如墨；越州城外，衰草连天无穷际；城门楼上，号角乍鸣声难继。

在北归的客船上，与歌伎举杯共饮，聊以话别。

回首多少男女间情事，此刻已化作缕缕烟云散失而去。

眼前夕阳西下，万点寒鸦点缀着天空，一弯流水围绕着孤村。

悲伤之际又有柔情蜜意，心神恍惚间，解开腰间的系带，取下香囊。

这风流，不过徒然赢得青楼中薄情的名声罢了。

此一去，不知何时重逢？离别的泪水沾湿了衣襟与袖口。

正是伤心悲情的时候，城已不见，万家灯火已起，天色已入黄昏。

【赏析】

树林之外，能看见山痕；山峦之外，还有云迹；云的后面是天空，天空的尽头是无边无际的草，枯黄的草。这是一幅美丽的画，却不仅仅是画，画没有声音，这里还有断断续续难以持久的号角声。号角声唤来的是夜的前奏，是人心中的回忆和莫名其妙的失落。昨日前欢，此时回忆，如烟云暮霭，迷茫又怅惘。

极目天涯的情怀，唯有放于眼前景色之间，才能展现出更加真切的一面。或者，能够极目天涯的时候，已经不需要什么情怀了，极目天涯的所见，本身就是一种心境。夕阳西下，归鸟恋巢，孤村流水，这是一种痛苦，不必去渲染的痛苦，痛苦得美而不惨、悲而不戚。

遥想杜牧当年，风流倜傥，官满十年，弃而自便，一身轻净，只借“闲情”写下“十年一觉扬州梦，赢得青楼薄幸名”。世人理解也好，不解也罢，全都在这自嘲中一带而过，然而，心中又岂能真的没有一点怨愤？少游之风流倜傥比之杜牧不遑多让，时人对他的误解也不会比对杜牧的更少，杜牧会有的感慨，几百年之后的秦观也不可避免地产生了。

黄昏渐去，灯火初上，夜色渐重，黑暗中，能看见的已然无多，衣衫上，有泪水的痕迹，远处，灯火朦胧。

【拓展】

秦观还曾作《满庭芳·碧水惊秋》，全词如下：

碧水惊秋，黄云凝暮，败叶零乱空阶。
洞房人静，斜月照徘徊。
又是重阳近也，几处处，砧杵声催。
西窗下，风摇翠竹，疑是故人来。
伤怀！增怅望，新欢易失，往事难猜。
问篱边黄菊，知为谁开？
谩道愁须殢酒，酒未醒、愁已先回。
凭阑久，金波渐转，白露点苍苔。

春宵

春宵一刻[①]值千金，花有清香月有阴。

歌管[②]楼台声细细，秋千院落夜沉沉。

【注释】

这是一首描写春夜景色，讽刺虚度光阴的诗，北宋苏轼作。春宵：即春夜。

① 一刻：古代时间单位，喻时间短暂。

② 歌管：歌声和管乐声。

【大意】

春天的夜晚，即便是极短的时间也弥足珍贵。花朵散发出丝丝缕缕的清香，月光投在花上，在花下留下朦胧的影子。

楼台深处的人们在轻歌曼舞，柔和的歌声和管乐声弥散于醉人的夜色中。夜已深，挂着秋千的庭院一片沉沉的寂静。

【赏析】

春天的夜晚十分宝贵，花朵盛开，月色醉人。夜景的清幽和夜色的宜人，结合在一起，营造出一种美好的气氛，催促着人们珍惜这易逝的春夜。有些人似乎听到了它的召唤，虽然深夜的院落里一片沉寂，他们却还在楼台里尽情地享受着歌舞和管乐，对于他们来说，这样的良辰美景何其珍贵。

对于衣食富足、再无其他诉求的人来说，最大的问题可能就是打发时光了吧？所以享乐至上。醉生梦死，便成了他们最喜欢的活动。良辰美景是如此的短暂和宝贵，却被这些人如此“享用”，这难道不是讽刺吗？

【拓展】

唐代刘兼亦曾以《春宵》为题赋诗，全诗如下：

春云春日共朦胧，满院梨花半夜风。
宿酒未醒珠箔卷，艳歌初阕玉楼空。
五湖范蠡才堪重，六印苏秦道不同。
再取素琴聊假寐，南柯灵梦莫相通。

蝶恋花·春景

花褪①残红青杏小，燕子飞时，绿水人家绕。枝上柳绵②吹又少，天涯何处无芳草。

墙里秋千墙外道，墙外行人，墙里佳人笑。笑渐不闻声渐悄，多情却被③无情恼。

【注释】

这是一首借惜春伤情之名，表达对韶光流逝的惋惜、宦海沉浮的悲叹和浮生颠

沛的无可奈何的作品，北宋苏轼作。

① 褪：脱去，凋落。

② 柳绵：柳絮。

③ 却被：反被。却：反而。

【大意】

春日将尽，百花凋零，杏树之上已长出了小小的青涩果实。不时还有燕子掠过天空，这里的清澈河流围绕着村落人家。

眼见着柳枝上的柳絮被吹得越来越少，不久天涯到处又会长满茂盛的芳草。

围墙之内，有一位少女正在荡着秋千，她发出动听的笑声。围墙之外的行人听到那动听的笑声，忍不住去想象少女荡秋千的欢乐场面。

慢慢地，墙里笑声不再，行人惘然若失，仿佛自己的多情反被少女的无情所伤害。

【赏析】

花儿逐渐凋零，所剩无几的红色正一点一点褪去，树枝上开始结出幼小的青杏，惹人怜惜，讨人喜爱。不远处的地方显得更加开阔一些，那里有燕子掠着水面低飞，有绿水环绕着人家的墙

院。这简直是一幅春意尚存的乡村图景。翻飞的燕子为它带来灵动，“绿水人家”则带来了诗意。

枝头上的柳絮随风远去，越来越少；春天已经来到，普天之下，何处不是芳草萋萋？柳絮纷飞，春色将尽，这些让人伤感的元素在面对芳草青绿时，又自是一番境界。

一阵银铃般的笑声传来，循声望去，那是墙里有人在荡秋千，墙外是一条小道，小道上有行人，他也在享受着墙里飘来的佳人清脆的欢笑。墙内是家，墙外是路；墙内是欢快的生活，年轻而富有朝气的生命；墙外是赶路的行人，多舛且漂泊不定的前途。

许是行人伫立太久，佳人已经回去休息；许是佳人玩乐依旧，行人渐渐走远。充满朝气的声音没有了，整个世界都很安静，除了行人乱跳的心。

这颗已经狂乱的心像杂乱的鼓点般跳动着，奏出的是一曲饱含身世之悲、思乡之情的交响曲，其中有对年轻生命的向往，有报效祖国的决心。唉！一声长叹，继续前行吧！

【拓展】

唐代杜甫曾作《春望》，将《蝶恋花·春景》中这种复杂的感情表达得更加悲切、更淋漓尽致。全诗如下：

国破山河在，城春草木深。
感时花溅泪，恨别鸟惊心。
烽火连三月，家书抵万金。
白头搔更短，浑欲不胜簪。

美景胜地

八声甘州·对潇潇暮雨洒江天

对潇潇暮雨洒江天，一番洗清秋。渐霜风凄紧，关河①冷落，残照当楼。是处红衰翠减，苒苒②物华休。惟有长江水，无语东流。

不忍登高临远，望故乡渺邈③，归思难收。叹年来踪迹，何事苦淹留。想佳人妆楼颙望④，误几回、天际识归舟。争⑤知我，倚阑干处，正恁凝愁！

【注释】

此词抒写了作者漂泊江湖的愁思和仕途失意的悲慨，北宋柳永作。潇潇：下雨声，一说雨势急骤的样子。一作“萧萧”。柳永，原名三变，字景庄，后改名永，字耆卿，北宋词人，婉约派创始人，对宋词的发展产生了重大影响。

① 关河：关塞与河流，此指山河。

② 苒苒（rǎn）：同“荏苒”，形容时光流逝。

③ 渺邈（miǎo miǎo）：远貌，渺茫遥远。一作“渺渺”。

④ 颙（yóng）望：抬头凝望。颙：一

作“长”。

⑤ 争：通“怎”。

【大意】

面对着潇潇暮雨从天空洒落在江面上，经过一番雨洗的秋景，分外清朗。凄凉的霜风一阵紧似一阵，关山江河一片冷清萧条，落日的余光照耀在高楼上。到处红花凋零、翠叶枯落，一切美好的景物渐渐地衰残。只有那滔滔的长江水，不声不响地向东流淌。

不忍心登高遥看远方，眺望渺茫遥远的故乡，渴求回家的心思难以收拢。叹息这些年来的行踪，为什么苦苦地长期停留在异乡？想起美人，正在华丽的楼上抬头凝望，多少次错把远处驶来的船当作心上人回家的船。她哪会知道，我倚着栏杆，愁思正如此地深重。

【赏析】

这是一幅暮秋傍晚的秋江雨景，雨后江天，澄澈如洗。“洗”得生动真切，“洗”出的是一种心情。“暮雨”“潇潇”，使人仿佛听到了雨声，雨滴“洒”落，这是雨的动态。雨过天晴，秋风带来阵阵寒气，江山清冷，残阳斜照，凄凉、萧索的气氛一下子便被烘托出来，苏轼也叹曰“此语（渐霜风凄紧，关河冷落，残照当楼）于诗句不减唐人高处”。景中有情，情景交融，悲壮阔大；身处高楼上，入眼的每一个景色里，都渗透着深沉的感情。低处所见，到处花落叶败，万物凋敝，怎能不引起作者不可排解的悲哀？自然界的变化轻易勾出文人的许多感触，勾出游子的无限愁绪。游子有感，造化无情，看那长江水，无语东流，这是无理的指责，无理却有情。在这无语东流的长江水中，寄托的是作者韶华易逝的感慨。

这感慨是对故乡亲人的怀念，想念故乡本就应该登高望远，不忍登高又为哪般？怕的是引出更多的乡思。然而，作者终究还是登高了，他现在站的位置不就是高楼上吗？口中虽然说着“不忍”，心中却还是没有忍住。登高临远是为了看看故乡，故乡太远，望而不见，看到的则是更易引起相思的凄凉景物，最终还是让心中的乡愁一发而不可收拾。不得已而淹留他乡，落魄江湖，四处漂泊，回首往事，心中满是苦涩。苦涩从何而来？从思绪的那边来。故乡的佳人应该也正盼望他的归来吧！“妆楼颙望，误几回、天际识归舟。”在多少次希望和失望之后，她肯定会埋怨他不想家，却不知道“倚阑”远望之时的愁苦，不只她有，他也有。

【拓展】

南宋李弥逊曾作《春日即事》，表达仕途失意后的寂寞并感叹世态炎凉。

全诗如下：

小雨丝丝欲网春，落花狼藉近黄昏。
车尘不到张罗地，宿鸟声中自掩门。

望海潮·东南形胜

东南形胜，三吴[①]都会，钱塘自古繁华。烟柳画桥，风帘翠幕，参差十万人家。云树[②]绕堤沙，怒涛卷霜雪，天堑[③]无涯。市列珠玑，户盈罗绮，竞豪奢。

重湖叠巘清嘉[④]。有三秋桂子，十里荷花。羌管[⑤]弄晴，菱歌泛夜，嬉嬉钓叟莲娃。千骑拥高牙。乘醉听箫鼓，吟赏烟霞。异日图[⑥]将好景，归去凤池夸。

【注释】

这是一首描写杭州的富庶与美丽的作品，一说是一首干谒词，此处取第一种说法，北宋柳永作。

①三吴：即吴兴（今浙江省湖州市）、吴郡（今江苏省苏州市）、会稽（今浙江省绍兴市）三郡，此处泛指今江苏省南部和浙江省的部分地区。

②云树：树木如云，极言其多。

③天堑（qiàn）：天然沟壑，人间险阻，一般指长江，这里借指钱塘江。

④巘（yǎn）：大山上的小山。清嘉：清秀佳丽。

⑤羌（qiāng）管：即羌笛，泛指乐器。

⑥图：作动词用，描绘。

【大意】

杭州地理位置重要，风景优美，是三吴的都会。这里自古以来就十分繁华。如烟的柳树、彩绘的桥梁，挡风的帘子、翠绿的帐幕，楼阁高高低低，大约有十万户人家。高耸入云的大树环绕着钱塘江沙堤，澎湃的潮水卷起霜雪一样白的浪花，宽广的江面一望无涯。市场上陈列着琳琅满目的珠玉珍宝，家家户户都存满了绫罗绸缎，争相竞比奢华。

里湖、外湖与重重叠叠的山岭非常清秀美丽。秋天桂花飘香，夏季十里荷花。晴天欢快地吹奏羌笛，夜晚划船采菱唱歌，钓鱼的老翁、采莲的姑娘都笑逐颜开。千名骑兵簇拥着归来的长官。在微醺中听着箫鼓管弦，吟诗作词，欣赏美丽的水色山光。来日把这美好的景致描绘出来，回京时向朝中的人们夸耀。

【赏析】

甫一开篇，作者便以鸟瞰式镜头摄下杭州全貌。“形胜”“繁华”四字点睛，字字铿锵有力，极言三吴、杭州之重要。然后，作者开始自“烟柳”往下，从各个方面描写杭州之形胜与繁华。街巷的河桥美丽，是“烟柳画桥”；居民的住宅雅致，是“风帘翠幕”。而且人口众多，“参差十万人家”将整个都市居户的繁庶直观地表现了出来。由市内来到郊外，放眼望去，钱塘江堤上，树木郁郁苍苍，宛如云雾。

而整个钱塘江长堤的迤逦曲折也由一个“绕”字表现出来。江堤之内自然是江水，这江水是“怒涛”，澎湃而浩荡。江堤和江水组合在一起便是“天堑”。再回到市内，看到的是不一样的光景——繁华，寥寥几字，如何写出繁华？作者从细节入手，以“珠玑”和“罗绮”两个细节，便把市场的繁荣、市民的殷富反映出来，以“竞豪奢”收住，肆间的商品琳琅满目，商人比夸争耀。读者只需闭上眼，便能置身于一派繁华景象当中。

说到杭州，自然避不开西湖。西湖，蓄洁停沉，圆若宝镜，秀丽非常。其中的白堤将西湖分割成里湖和外湖，亦即重湖。在文字上，与重湖相对应的是叠山，具体到东南一带，即是灵隐山、南屏山、慧日峰等重叠的山岭。湖山之美，当然可以大书特书，不过作者先只用“清嘉”二字概括，便打住，接下去写山上“三秋桂子”、湖中“十里荷花”。不同季节的两种花同时在词中出现，别有一番韵味。西湖的韵味当然不止于花，羌管动听的音律，菱歌美妙的声音，也各自有其悠扬的情韵，而且不论白天还是夜晚都能听到。声音从哪里来？湖中的船上，渔翁的羌管，快乐的采莲姑娘。

忽然，成群的马队簇拥着高高的牙旗，缓缓而来，声势颇为煊赫。只看这阵仗，也不难想象中间簇拥着的那位，定然是一位威武而又风流的地方长官，饮酒赏乐、啸傲于山水之间自然是这等风流人物的雅好。这些达官贵人见到如此美景，也会将好景画成图本，献于朝廷，夸示于同僚，好让大家分享这存在于人间的仙境！

【拓展】

唐代白居易曾作《春题湖上》，表达了对杭州和西湖的喜爱。全诗如下：

湖上春来似画图，乱峰围绕水平铺。
松排山面千重翠，月点波心一颗珠。
碧毯线头抽早稻，青罗裙带展新蒲。
未能抛得杭州去，一半勾留是此湖。

临江仙·忆昔午桥桥上饮

忆昔午桥桥上饮，坐中多是豪英。长沟流月去无声。杏花疏影里，吹笛到天明。

二十余年如一梦，此身虽在堪惊。闲登小阁看新晴。古今多少事，渔唱[①]起三更。

【注释】

这是一首抚伤感世的作品，宋代陈与义作。陈与义，字去非，号简斋，两宋之交文学家，著有《简斋集》。

① 渔唱：打鱼人的歌谣，此处为叹惜前朝兴废的历史之意。

【大意】

想当年在午桥上喝酒，在座的大多是豪杰英才。长长的护城河河水浸润着一轮明月，无声无息地流去。在杏花稀疏的影子下，吹笛子一直吹到天亮。

二十多年过去了，真像一场梦啊！我这人虽然还活着，回忆起来也足以惊心的。闲来无事，我登上小阁楼看看新霁后的月色夜景，古往今来有过多少令人感慨的事啊！只听得半夜三更有人在唱渔歌。

【赏析】

那是洛阳南的午桥，一个良辰，一番美景，那是一群英豪的乐事，一场赏心乐事，那是二十多年前的往事，并非当前实境。英豪共饮，彼时一定是酣畅豪迈，然而，岁月无声流过，磨去所有棱角，唯有“杏花疏影里，吹笛到天明”，把当年的豪酣变成了如今的怅悒。从回忆中归来，再看当今的境况，不由得大惊，“往事不堪回首”，回首只见萧索。二十多年，国事沧桑，知交零落，流离失所的自己独自登上小阁，看新晴，听渔唱，只想将那沉重悲愤的抑郁消弭。

这首词是作者感情的自然抒发，是其晚年退居时的遣兴之作，疏快自然，不假雕饰，与作者的为人一般，独往独来，自成一格。

【拓展】

唐代张继曾作《清明日自西午桥至瓜岩村有怀》，全诗如下：

晚霁龙门雨，春生汝穴风。

鸟啼官路静，花发毁垣空。

鸣玉惭时辈，垂丝学老翁。

旧游人不见，惆怅洛城东。

满江红·写怀

怒发冲冠，凭栏处、潇潇雨歇。抬望眼，仰天长啸①，壮怀激烈。三十功名尘与土，八千里路云和月。莫等闲②，白了少年头，空悲切！

靖康③耻，犹未雪。臣子恨，何时灭！驾长车，踏破贺兰山缺。壮志饥餐胡虏肉，笑谈渴饮匈奴血。待从头、收拾旧山河，朝天阙④。

【注释】

这首词表现了作者抗击金兵、收复故土、统一祖国的强烈爱国精神，南宋岳飞作。岳飞，字鹏举，谥号武穆，后又追谥忠武，封鄂王，南宋将领、文学家，中国历史上著名的军事家、战略家，位列南宋中兴四将之首。

① 长啸：大声呼叫。

② 等闲：轻易，随便。

③ 靖康：指“靖康之变”，金兵攻陷汴京，掳走徽、钦二帝。

④ 天阙：本指宫殿前的楼观，此指皇帝生活的地方。

【大意】

我愤怒得头发竖了起来，帽子被顶飞了。独自登高凭栏远眺，骤急的风雨刚刚停歇。抬头远望天空，禁不住仰天长啸，一片报国之情充满心怀。三十多年来虽已建立一些功名，但如同尘土微不足道，南北转战八千里，经过多少风云人生。好男儿，要抓紧时间为国建功立业，不要空空将青春消磨，等年老时徒自悲切。

靖康之变的耻辱，至今仍然没有被雪洗。作为国家臣子的愤恨，何时才能泯灭！我要驾着战车向贺兰山进攻，连贺兰山也要踏为平地。我满怀壮志，打仗饿了就吃敌人的肉，谈笑渴了就喝敌人的鲜血。待我重新收复旧日山河，再带着捷报向国家报告胜利的消息！

【赏析】

头发竖直，把帽子都顶飞了，人有多大的怒气才至于斯？这一定是不共戴天的深仇大恨。此仇此恨，因何越思越不可忍？正缘独上高楼，自倚栏杆，纵目乾坤，俯仰六合，不禁热血满怀沸腾激昂。此时，秋雨初霁，风澄烟净，光景自佳，反增郁勃之怀，于是仰天长啸，以抒此万斛英雄壮志。

想当年凌云壮志，气盖山河，为复国家，奔走三十年，双脚走过的路不知有几千几万里。如今，功名是有了，而且功名本就是之前所期望的，还有什么不满意的呢？此时抚膺自理半生悲绪，功名与国家的得失比起来，还不是像尘土一样毫无价值。实在令人悲哀啊！

靖康之耻，徽、钦两帝被掳，犹不得还。此恨何时得解？功名已委于尘土，三十已去，“莫等闲，白了少年头，空悲切”！

金人猖獗，荼毒中原，却畏岳家军如虎。待得时机成熟，一定要率领大军端了金人的大本营，一雪前耻。只有到了那个时候，站在金銮殿上，才算是给这满腔忠愤、丹心碧血一个交代。

【拓展】

作为一位文学素养很高的爱国将领，岳飞在他的作品中不止一次表露了深沉的爱国情怀，《满江红·登黄鹤楼有感》即是如此。全词如下：

遥望中原，荒烟外、许多城郭。
想当年、花遮柳护，凤楼龙阁。
万岁山前珠翠绕，蓬壶殿里笙歌作。
到而今、铁骑满郊畿，风尘恶。
兵安在？膏锋锷。民安在？填沟壑。
叹江山如故，千村寥落。
何日请缨提锐旅，一鞭直渡清河洛。
却归来、再续汉阳游，骑黄鹤。

扬州慢·淮左名都

（序）淳熙丙申至日，予过维扬。夜雪初霁，荠麦弥望。入其城，则四顾萧条，寒水自碧，暮色渐起，戍角悲吟。予怀怆然，感慨今昔，因自度此曲。千岩老人①以为有《黍离》②之悲也。

淮左名都，竹西佳处，解鞍少驻初程。过春风十里，尽荠麦青青。自胡马窥江去后，废池乔木，犹厌言兵。渐③黄昏，清角吹寒，都在空城。

杜郎俊赏，算而今、重到须惊。纵豆蔻④词工，青楼梦好，难赋深情。二十四桥仍在，波心荡、冷月无声。念桥边红药，年年知为谁生。

【注释】

这是一首触景生情之作，南宋姜夔（kuí）作。姜夔，字尧章，号白石道人，南宋文学家、音乐家，有《白石道人诗集》《白石道人歌曲》等书传世。淮左：淮东。

① 千岩老人：南宋诗人萧德藻，自号千岩老人。

②《黍离》：《诗经》篇名。周平王东迁后，周大夫经过西周故都见“宗室宫庙，尽为禾黍”，遂赋《黍离》诗志哀。后世即用“黍离”来表示亡国之痛。

③ 渐：向，到。

④ 豆蔻：形容少女美艳。

【大意】

序淳熙年丙申月冬至这天，我经过扬州。夜雪初晴，放眼望去，全是荠草和麦子。进入扬州，一片萧条，河水碧绿凄冷，天色渐晚，城中响起凄凉的号角。我内心悲凉，感慨于扬州城今昔的变化，于是自创了这支曲子。千岩老人认为这首词有《黍离》的悲凉意蕴。

扬州是淮河东边著名的大都，在竹西亭美好的住处，解下马鞍稍作停留，这是最初的路程。过去是十里春风一派繁荣景色，现在却长满荠麦一片青青。自从金兵进犯长江回去以后，池苑被荒废了，乔木被伐去了，至今还讨厌说起旧日用兵。天气渐渐进入黄昏，凄凉的画角吹起了冷寒，这都是在劫后的扬州城。

杜牧有卓越的鉴赏力，料想今天，重来此地也一定会吃惊，纵有春风词笔也写不出这片深情来。二十四桥仍然还在，但桥下江中的波浪浩荡，凄冷的月色寂静无声。怀念桥边的红芍药，可谁知道每一年它替什么人开花繁生！

【赏析】

扬州，位于淮水之南，是历史上令人神往的“名都”，但经过金兵铁蹄蹂躏，已是满目疮痍。经过“胡马”破坏后的残痕，到处可见，“窥一斑而见全豹”，只需看“过春风十里，尽荠麦青青”和满城的“废池乔木”就知道现在的扬州颓败到何等程度了。青青的荠麦总是使人联想到“彼黍离离”，那一抹凄艳的色彩，徒增青山故国之情。被蹂躏的“废池”和“乔木”，独自忍受着自己的悲伤，不齿提起战争。它们实在痛恨金人发动的这场不义战争。物犹如此，何况于人！

“渐黄昏，清角吹寒，都在空城”，这是另一个画面，但不是看见的，而是作者由声音中感受到的，由所见转写所闻。日落黄昏，悠然而起的清角之声，打破了黄昏的沉寂，这是用音响来衬托寂静更增萧条的意绪。听觉所闻是清角悲吟，触觉所感是寒气逼人，目中所见是“荠麦青青”与“废池乔木”，这一切交织在一起，一切景物在空间上来说都统一在这座“空城”里，“都在”二字，使所有景物联系在一起，最终融合成了金兵破坏后留下这一座空城所引起的愤慨。

在这一腔的愤慨中，作者回忆起了杜牧。即使杜牧风流俊赏，“豆蔻词工”，若是如今重到扬州，也定然会惊讶河山之异。二十四桥仍在，明月夜也没变，“玉人吹箫”的风月繁华却不复存在了。一低头，看见桥下之水“波心荡”，倒映在水中的冷月无声无息。昔日的繁华，如今只剩萧条。

【拓展】

《诗经·王风》中有《黍离》篇，表达了对故国的追思和悲伤。全文如下：

彼黍离离，彼稷之苗。
行迈靡靡，中心摇摇。
知我者谓我心忧，不知我者谓我何求。
悠悠苍天！此何人哉？
彼黍离离，彼稷之穗。
行迈靡靡，中心如醉。
知我者谓我心忧，不知我者谓我何求。
悠悠苍天！此何人哉？
彼黍离离，彼稷之实。
行迈靡靡，中心如噎。
知我者谓我心忧，不知我者谓我何求。
悠悠苍天！此何人哉？

鹧鸪天·西都作

我是清都[①]山水郎，天教分付与疏狂。曾批给雨支风券，累上留云借月章。

诗万首，酒千觞。几曾着眼看侯王。玉楼金阙[②]慵归去，且插梅花醉洛阳。

【注释】

与其说这是一首词，倒不如说这是朱敦儒的宣言，热爱自由、鄙弃功名的宣言。朱敦儒，字希真，两宋之交文学家，时人称之为“词俊”，与陈与义等并称为“洛中八俊”，有《樵歌》传世。西都：即洛阳。

① 清都：指与红尘相对的仙境。

② 玉楼金阙：琼楼玉宇，此处代指南宋朝廷。

【大意】

我是天宫里掌管山水的郎官，天帝赋予我狂放不羁的性格。曾多次批过支配风雨的手令，也多次上奏留住彩云、借走月亮。

我自由自在，吟诗万首不为过，喝酒千杯不会醉，王侯将相，哪儿能放在我的眼里？就算是在华丽的天宫里做官，我也懒得去，只想插枝梅花，醉倒在花都洛阳城中。

【赏析】

朱敦儒崇尚自然、不受拘束，有名士之风，这首词即其愿望的写照。

作者认为自己疏淡狂放的性格是天生的，天生的自然就是不可改变的，因而这种豪放就是有底气的，所以是刚强的。天生就是仙境中掌管山水的郎官，想干的自然不是这个世间的俗事。天上掌管山水的官员的职责一是批审给雨支风的文件，二是管理调遣风、雨、云、月。浪漫的精神、神奇的幻想，将一位“山水郎”呈现于眼前，这是出于作者对大自然的由衷热爱和对世俗发自内心的鄙弃。

“诗万首，酒千觞。几曾着眼看侯王。”这是作者个性的体现，也是他的人生写照。李白的“一醉累月轻王侯”描述的不也正是这种境界吗？饮酒赋诗，不侍王侯，豪气干云霄。“玉楼金阙”，这人人羡慕向往的荣华富贵，作者却懒得理会，反而对“插梅花醉洛阳”的生活充满留恋。所谓“唯大丈夫能本色，是真名士自风流”不过如此！

【拓展】

该词流传版本有二，录另一版本如下：

我是清都山水郎，天教懒慢带疏狂。曾批给露支风敕，累奏留云借月章。

诗万首，酒千觞，几曾着眼看侯王？玉楼金阙慵归去，且插梅花醉洛阳。

卜算子·我住长江头

我住长江头，君住长江尾。日日思君不见君，共饮长江水。

此水几时休，此恨何时已①。只愿君心似我心，定②不负相思意。

【注释】

这是作者借描写女子对远方情人的思念与对爱情的忠贞，向女子表示爱恋的词，北宋李之仪作。李之仪，字端叔，自号姑溪居士、姑溪老农，北宋词人，有《姑溪词》等著作传世。

① 已：完结，停止。

② 定：此处为衬字。

【大意】

我居住在长江上游，你居住在长江下游。天天想念你却见不到你，我们共同喝着长江的水。

江水东流，无止无休，我对你的相思离别之恨也如这江水一般不知何时才能停歇。只希望你的心思像我的意念一样，一定不会辜负这互相思念的心意。

【赏析】

一对恋人，一住江头，一住江尾，整个长江的长度造成了二人空间距离的悬隔，也成就了相思之情的悠长。重叠复沓的句式寄托的是主人公深情的思念与叹息，在这江山万里的悠旷背景中，一位女子在阁中翘首思念。

江头江尾的万里遥隔，见面不易，思念也并不轻松，看不到希望的思念徒然使人绝望。即便如此，思念仍然不能断绝，毕竟同住长江之滨，“共饮长江水”，江水长流，此情常在，这是二人之间的纽带。

长江的水当然不会断绝，这份让人揪心的感情也看不到尽头，不知道什么时候才能停歇。江水永无不流之日，自己的相思离别之恨也永无消歇之时。

如今看来，相见已无可能，只能希望你能像我思念你一样思念我，也算没有辜负我这一片痴情的相思了。江水不竭，相思不止，唯愿长江另一头的你能通过这绵长的江水感受到我这份绵长的思念。江头江尾的阻隔纵然不能飞越，两相挚爱的心却可以通过长江紧紧地联系在一起。

【拓展】

《古诗十九首》中有《庭中有奇树》，以树起兴，表达了作者的思念之情以及对爱情的态度。全诗如下：

庭中有奇树，绿叶发华滋。
攀条折其荣，将以遗所思。
馨香盈怀袖，路远莫致之。
此物何足贵？但感别经时。

采桑子·群芳过后西湖好

群芳过后[①]西湖好，狼籍[②]残红，飞絮蒙蒙。垂柳阑干尽日风。

笙歌散尽游人去，始觉春空。垂下帘栊[③]，双燕归来细雨中。

【注释】

此词写暮春依栏观湖游兴之感，描写了颍州西湖暮春时节静谧清疏的风姿，词人在暮春美景中寄托闲适之情，北宋欧阳修作。

①群芳过后：百花凋零之后。

②狼籍：通“狼藉”，散乱的样子。

③帘栊（lóng）：窗帘和窗棂，此处泛指门窗的帘子。

【大意】

虽说是百花凋落，暮春时节的西湖依然是美的，残花轻盈飘落，点点残红在纷杂的枝叶间分外醒目；柳絮时而飘浮，时而飞旋，舞弄得迷迷蒙蒙；杨柳向下垂落，纵横交错，在和风中飘荡，摇曳多姿，怡然自得，整日轻拂着湖水。

游人尽兴散去，笙箫歌声也渐渐静

息，才开始觉得一片空寂，又仿佛正需要这份安谧。回到居室，拉起窗帘，等待着燕子的来临，只见双燕从蒙蒙细雨中归来，这才拉起了帘子。

【赏析】

“群芳过后”本有衰残之味，常人对此或惋惜，或伤感，或留恋，而作者却赞美说“好”，在世人看来悲戚的景色到了作者眼中因何会“好”？人心情舒畅则观景物莫不美丽，心情忧伤则反之。落红零乱满地，柳枝柔条斜舞，落花、飞絮、垂柳，这是一幅清疏淡远的暮春图景。一片风景就是一种心情，而一种心情大概只能看到一片风景。

游春盛况已过去，花谢柳老，游人也意兴阑珊，无人欣赏残红飞絮之景；此情此景，诗人不免生出惜春恋春的复杂微妙的心境。从繁华喧闹消失后清醒过来的感觉是既觉有所失的空虚，又觉获得宁静的畅适。

“垂下帘栊，双燕归来细雨中。”这是作者恬适淡泊的情怀。开帘待燕，“双燕归来”，“垂下帘拢”，细雨衬托春空之后的清寂气氛，双燕又增添了几分轻灵、欢娱的意境。

【拓展】

唐代李绅曾作《重别西湖》，全诗如下：

浦边梅叶看凋落，波上双禽去寂寥。
吹管曲传花易失，织文机学羽难飘。
雪欺春早摧芳萼，隼励秋深拂翠翘。
繁艳彩毛无处所，尽成愁叹别溪桥。

朝中措·平山堂

平山栏槛倚晴空，山色有无中。手种堂前垂柳，别来几度春风。

文章太守①，挥毫万字，一饮千钟②。行乐直须年少，尊前看取衰翁③。

【注释】

这首词是词人在平山堂送别友人时所作，北宋欧阳修作。

① 文章太守：欧阳修当年任扬州太守时，以文章名冠天下，故自称“文章太守”。

② 千钟：饮酒千杯。

③ 衰翁：词人自称。

【大意】

平山堂的栏杆外是晴朗的天空，远山似有似无，一片迷蒙。我在堂前亲手栽种的那棵柳树啊，离别它已经好几年了。

爱好写文章的太守，提笔就是万言，举杯饮尽千觞。趁现在年轻赶快行乐吧，您看那坐在酒樽前的老头儿已经进入衰朽暮年。

【赏析】

平山堂凌空矗立，奇高无比，自然也是气势磅礴，疏宕豪迈。凭栏远眺，见山之体貌，算得上清晰；自扬州而望江南，青山隐隐，又显得有些朦胧，若是用古人的话来讲，“山色有无中”再合适不过了。

离别就在这隐隐青山中发生，在这有人即将奔赴扬州之际，平山堂不合时宜地跳进了作者的脑海中，还有那堂前的杨柳。上一个春天，作者在平山堂前种下杨柳，一年不到，这平山堂和亲手栽下的杨柳却成了分别的见证。杨柳本无情，奈何种树之人有情、欣赏之人有情，写出来也就有情了。

分别的时候总是想起朋友的种种好处，更何况是一个本来就已臻完美的人？他才华横溢、气度豪迈，提笔便文思泉涌，举杯则千盅不醉，好一个豪爽的文章太守！

然而，任你再豪迈、再多才，还是抵不过岁月的侵蚀，今日一别已成定局，他日再会尚不可期，人生易老，还是把握当下，好自为之吧！

【拓展】

该词第二句出自唐代王维《汉江临眺》，全诗如下：

楚塞三湘接，荆门九派通。
江流天地外，山色有无中。
郡邑浮前浦，波澜动远空。
襄阳好风日，留醉与山翁。

南乡子·和杨元素时移守密州

东武望余杭[①]，云海天涯两渺茫。何日功成名遂了，还乡，醉笑陪公三万场。

不用诉离觞，痛饮从来别有肠。今夜送归灯火冷，河塘[②]，堕泪羊公[③]却姓杨。

【注释】

这是一首送别之作，北宋苏轼作。杨元素：指杨绘，字元素，时苏轼由杭州通判调为密州知府，杨绘为苏轼饯行于西湖上，苏轼唱和此词。

① 东武：密州治所，今山东省诸城市。余杭：杭州。

② 河塘：指沙河塘，宋代杭州地区的繁华区域。

③ 羊公：即羊祜，三国政治家，曾为荆州督，其死后襄阳百姓建庙立碑，岁时享祭，望其碑者，莫不流涕，该碑遂得名“堕泪碑”。此处以杨绘比羊祜。

【大意】

东武余杭两地相望，远隔天涯云海茫茫。这次动身从东武去余杭，不知什么时候才能功成名就、衣锦还乡，到那时我与你同笑长醉三万场。

不用学世俗的样子用酒来诉说离情别绪，痛快的饮宴从来都另有缘由。今夜拿着残灯送你归去，走过河塘，恍惚间落泪的，原来不是羊祜，而是你杨元素啊。

【赏析】

为什么有思念，为什么有无可奈何，为什么会落泪，为什么有离愁？若没有人离开，哪里还会有离愁，又如何会有其他种种？不过是因为心中还存了一点功名的热望，一直惦记着现在的劳累奔波，或许有个指望，可能有些许盼头。总是在充满梦想的脑海中描绘出一幅“功成名遂”的画面，到时再“还乡”、到时再相聚还不是轻松愉快？这是衣锦还乡的诱惑，被诱惑的多是充满自信的人。

只是，既要衣锦还乡，便须先背井离乡，不离乡，怎么还乡；不背井，如何衣锦？于是，亲朋好友不得相见，经冬历夏，经年数载。家乡的人思念，他乡的人也思念，却更加无奈。一心只想求一个功成名遂再还乡，如此，才能好好坐下，酒到杯干，细数这些年来的如意和不如意。将缺失的岁月再补回，再追忆；将这些年的心酸重回味，重品尝。

离殇从来不是说得出来的，如果能够表达出来，那可能只有痛哭或者大笑吧。不过，痛哭也好，大笑也罢，因人而异。看远处那幅送归图，七月的河塘边，灯火已残，斯人独行月下，有蛙鸣声做伴。一把辛酸泪，掩饰不住，就任其淌出来吧。“无情未必真豪杰”，生而为一个好人，想必为官也不会差，愿相会于功成名遂时！

【拓展】

苏轼曾作《临江仙》，其中同样发出了“功成名遂早还乡”的感叹。全词如下：

诗句端来磨我钝，钝锥不解生铓。欢颜为我解冰霜。酒阑清梦觉，春草满地塘。

应念雪堂坡下老，昔年共采芸香。功成名遂早还乡。回车来过我，乔木拥千章。

登飞来峰

飞来山上千寻①塔，闻说鸡鸣见日升。
不畏浮云②遮望眼，只缘身在最高层。

【注释】

这是一首重点描写自己登上高山之后的感受的作品，北宋王安石作。飞来峰：今浙江省绍兴市城外的宝林山。王安石，字介甫，号半山，谥文，世称王荆公，北宋政治家、思想家、文学家、改革家，“唐宋八大家”之一，有《王临川集》《临川集拾遗》传世。

① 千寻：极言塔高。古以八尺为一寻。

② 浮云：暗喻奸佞的小人。

【大意】

飞来峰顶有座高耸入云的塔，听说鸡鸣时分能看见旭日升起。

不怕层层浮云遮住我的视野，只因为站在飞来峰顶心胸宽广。

【赏析】

飞来峰上古塔很高，在攀登山峰和古塔的过程中，也着实费了一番功夫，但这个过程实在没有什么再说的必要了，重要的是现在的位置是在山峰上的古塔之巅，看到的是在下面无法想象的景色。就如现在在朝廷中人人羡慕的高位一般，当初为之付出的努力在今天看来都不值一提，那都只不过是实现抱负的手段而已，关键是处在这样一个位置，纵观整个天下，可以更好地为实现政治理想而努力。在高塔上，可以看到旭日

东升的辉煌景象，就像我那蓬勃的朝气，就像这个国家可以预见的辉煌未来。

无论是站在地理上的高峰，还是身处庙堂中的高地，在览尽风光的同时，也总是会遇到更多的问题。身处高峰时，总是有飘过的浮云挡住视线，有时甚至不见白日青天；身居庙堂时，总是有奸佞挡住去路，试图玷污高悬明镜。但这都不是问题，人不能只为眼前的利益，应该放眼大局和长远。要成大事，就不能害怕这些问题，身在巅峰，就应该看尽天下风光；居庙堂之高，就应该思天下之事。这才是身居庙堂的大丈夫应该做的！

【拓展】

宋诗以说理见长，北宋苏轼曾作《题西林壁》，理趣无穷。全诗如下：

横看成岭侧成峰，远近高低各不同。

不识庐山真面目，只缘身在此山中。

南乡子·自古帝王州

自古帝王州，郁郁葱葱佳气浮。四百年来成一梦，堪愁，晋代衣冠成古丘。

绕水恣①行游，上尽层楼更上楼。往事悠悠君莫问，回头，槛外长江空自流。

【注释】

这首词表面上表达了昔盛今衰之感，实际上是作者被贬谪后内心失望、忧愤之情的表现，北宋王安石作。

①恣（zì）：任意地、自由自在地。

【大意】

金陵是帝王之州，这是自古以来人们都知道的事情，四周山川郁郁葱葱，帝王之气飘浮其上。四百年的历史说起来就如一场梦，想起来就让人发愁，晋代那么多风流倜傥的人物，如今也都成了坟墓中的一抔黄土。

绕着江边随意行走，看见高楼当然要登，却发现一遍又一遍地攀登的是相同的一座。往事悠悠而过，面对这些，你不要问我是怎么想的。回头看看吧！这些往事就像那长江水一样，不停地、自顾自地流淌。

【赏析】

自古以来，金陵城便是帝王之州，一片郁郁葱葱的大地，王气正盛、佳气上浮。提到金陵就不得不想起晋代，虽然已经过去了四百年，但那白衣胜雪实在引人向往。只可惜，时间打败了一切，昔日的衣冠之族，如今已经成了一座座古墓。那么好的年代，如今剩下的却只有这些冷冰冰的“古丘”，往事不堪回首，多么想回到那个年代啊！

回到过去当然不可能实现，然而还有比这个更好地躲避现在的办法吗？既然终究回不到过去，不如就独自一人绕着江水边行游吧！如此，也勉强算得上是一种排遣心中的愁绪或不平事的办法。一遍一遍地绕着这里行走，自由自在，心中的愁绪却没有减少丝毫。这是一种多么无奈的自由啊！自由这东西真是奇怪，缺少的时候感觉弥足珍贵；多得用不完的时候，又让人无聊得心碎。若是当时推行变法时有现在这信步而行的自由，那该有多好啊！想在江边走就走，想停就停，看到高楼，想登就登。虽然已经多次登上那座熟悉的高楼，但再一次见到，还是毫不犹豫地再次登了上去。看得见的高楼易登，看不见的庙堂，虽然也曾经拜访，但想要再进去，却并不容易啊！

【拓展】

唐代刘禹锡曾作《西塞山怀古》，其中也提到了金陵王气。全诗如下：

王濬楼船下益州，金陵王气黯然收。
千寻铁锁沉江底，一片降幡出石头。
人世几回伤往事，山形依旧枕寒流。
从今四海为家日，故垒萧萧芦荻秋。

山坡羊·骊山怀古

骊山四顾，阿房[①]一炬[②]，当时奢侈今何处？

只见草萧疏，水萦纡[③]。至今遗恨迷烟树。

列国周齐秦汉楚。赢，都变做了土；输，都变做了土。

【注释】

这是作者途经骊山有所感而创作的一首小令，元代张养浩作。张养浩，字希孟，号云庄，元代人，曾官至礼部尚书，有散曲集《云庄休居自适小乐府》传世。

① 阿房：阿房宫，秦宫殿名。

② 一炬：指项羽引兵屠咸阳，“烧秦宫室，火三月不灭”。

③ 萦纡（yū）：形容水流回旋迂曲的样子。

【大意】

在骊山上四处看看，阿房宫已经被一把火烧没了，当时的繁华富貌，现在在哪里？

只看见了荒凉的草，水流回旋弯曲，到现在遗留的仇恨像烟雾一样。

列国的周齐秦汉楚，这些国家，无论当时是输还是赢，现在都变成了灰烬。

【赏析】

骊山曾是秦朝宫殿的所在，被大火焚烧之后，当时的歌台舞榭、金块珠砾都已不复存在。古往今来，世事皆在变化，此地也不例外。昔日豪华的宫殿再也不见，只有野草稀疏地铺在地上，河水在那里迂回地流淌。

眼前烟锁迷离的树林，以前是列国的土地，现在哪里还找得到“列国”中周、齐、秦、汉、楚的影子？历史的长河滚滚而流，隋、唐在这里的兴衰，也被历史无情地冲淡。然而，并没有多少人关心这些，后人遗忘前朝败亡的教训是自古以来的怪圈，有人发现，却无力打破。

且不论秦、汉、隋、唐当时多么辉煌，也无论周、齐、燕、楚最后是输是赢，奢侈的宫殿最后都会消失，变成尘土是它们唯一的归宿。历史值得警醒，过往需要反思！

【拓展】

张养浩曾作《山坡羊·潼关怀古》，流传甚广，表达了对广大劳动人民的同情。小令全文如下：

峰峦如聚，波涛如怒，山河表里潼关路。

望西都，意踌躇。

伤心秦汉经行处，宫阙万间都做了土。

兴，百姓苦；亡，百姓苦。

草木鸟兽

陌上花（其三）

（序）游九仙山，闻里中儿歌《陌上花》。父老云：吴越王妃每岁春必归临安，王以书遗妃曰：“陌上花开，可缓缓归矣。”吴人用其语为歌，含思宛转，听之凄然，而其词鄙野，为易之云。

生前富贵草头露，身后风流陌[①]上花。

已作迟迟君去鲁[②]，犹教缓缓妾还家。

【注释】

《陌上花》是根据当时民歌改写的，诗意婉转凄伤，北宋苏轼作。

① 陌：田间东西方向的道路，此处泛指田间小路。

② 去鲁：典故“庆父不死，鲁难未已”，此处代指凶险、复杂的政治局面。

【大意】

（序）去九仙山游玩的时候，听到了当地的民歌《陌上花》。当地人说，五代十国时期的吴越王钱镠（liú）的王妃，每年春天都要返回临安省亲。有一次钱镠给王妃写信说道：“田间的野花开了，可以边赏花边慢慢地回来。”吴地人以此作歌，歌曲音韵婉转悠扬，我听后感到凄然。然而歌词显得有些粗糙，我对此进行了改写。

生前的荣华富贵就像草叶上的露水，死后的名声就像田间小路上绽放的野花。

政事已经很繁杂，却还不忘给妻子写信让其欣赏陌上花开，不要着急还家！

【赏析】

人世荣华富贵、虚名浮利，皆如那草头露、陌上花，转眼即消逝凋谢不见；人们生前的一切荣华富贵，全如那清晨草头上的露水，不多久就散发消失；死后所留下的美好名声，也全如那露上的花朵，很快就会凋枯谢落。

一首《陌上花》，风流蕴藉，含意深远，读之令人感慨。然而在看似劝诫的背后，隐藏的是一个美丽而浪漫的爱情故事。

当年的钱镠还不是煊赫一时的吴越王，当年的戴氏也并非名动天下的吴越王妃。钱镠，无权无势，虽然有勇有谋，也有远大志向，却一事无成，仍是白丁。戴氏，名门望族，大家闺秀，琴棋书画无一不精，若听凭父母之命，定能寻得一个门当户对的好人家。

然而，生活总是充满变数，在不期然的情况下，他和她相遇了，一见钟情。他们的爱情道路，注定是坎坷的，现在已经无法揣测当时二人克服了多少困难最终才走到了一起。可以确定的是，这一段经历让两个人的爱情更加坚固，坚固到为后世所称颂。

又是一年春天，此时，钱镠已经功成名就，成为这片大地的管理者、吴越国的开国之君，戴氏已经贵为国母。戴氏回乡省亲已经多日，虽然每年都会有这么一次分离，但每一次的分离还是令钱镠牵挂不已。最近政局不稳，总是有一些让人头疼的事情发生，让他脱不开身。回想起来，距离上次想她，已经过去几天了，这让他有些内疚。

上次走过她回乡的路，虽然不长，

但毕竟是山路，有些崎岖，后来派人重新铺了石板，不知现在是否好走一些。有脚步声传来，是那些敬业的大臣又为无聊的琐事来此争执了，他不想思绪就此被打断，便走出了宫殿。

走出宫殿的大门，看到的是凤凰山的山脚，葱翠的青山带来春天的消息，山坡上有星星点点的亮色，那是野花绽放了，真是美丽的春色啊！不知道她是不是正在忙着赶路，若是忽略了这路边的美景，那可就太可惜了！

于是，他回到宫殿中，在一干大臣惊愕的目光中，一直被人视为目不识丁的钱镠挥手写下了一封只有九个字的情书——“陌上花开，可缓缓归矣”。

不知道王妃戴氏看到这封简短的情书时作何反应，但可以确定的是，那一年美好的春光，他们俩都没有错过。

【拓展】

苏轼《陌上花》组诗共三首，前两首诗全文如下：

其一

陌上花开蝴蝶飞，江山犹是昔人非。
遗民几度垂垂老，游女长歌缓缓归。

其二

陌上山花无数开，路人争看翠軿来。
若为留得堂堂去，且更从教缓缓回。

兰陵王·柳

柳阴直，烟里丝丝弄碧。隋堤①上、曾见几番，拂水飘绵送行色。登临望故国，谁识京华倦客？长亭路，年去岁来，应折柔条过千尺。

闲寻旧踪迹②。又酒趁③哀弦，灯照离席。梨花榆火催寒食。愁一箭风快，半篙波暖，回头迢递④便数驿。望人在天北。

凄恻，恨堆积。渐⑤别浦萦回，津堠⑥岑寂。斜阳冉冉春无极。念月榭携手，露桥闻笛。沉思前事，似梦里，泪暗滴。

【注释】

这首词描写了作者离开京师时的心情，北宋周邦彦作。周邦彦，字美成，号清真居士，北宋词人，当时，周邦彦在词作者中地位颇高，有人称他为“词家之冠”“词中老杜”，有《片玉集》传世。

① 隋堤：汴河之堤，隋炀帝时所修。

② 旧踪迹：旧日的行踪。

③ 趁：逐，追随。

④ 迢（tiáo）递：遥远。

⑤ 渐：正当。

⑥ 津堠（hòu）：码头上守望的地方。津：渡口。堠：哨所。

【大意】

正午的柳荫直直地落下，雾霭中，丝丝柳枝随风摆动。在古老的隋堤上，曾经多少次看见柳絮飞舞，把匆匆离去的人相送。每次都登上高台向故乡瞭望，杭州远隔山水一重又一重。旅居京城使我厌倦，可有谁知道我心中的隐痛？在这十里长亭的路上，我折下的柳条有上千枝，可总是年复一年地把他人相送。

我趁着闲暇到了郊外，本来是为了寻找旧日的行踪，不料又遇上筵席给朋友饯行。华灯照耀，我举起了酒杯，哀怨的音乐在空中飘动。驿站旁的梨花已经盛开，提醒我寒食节就要到了，人们将把榆柳当作薪火取用。我满怀愁绪看着船像箭一样离开，艄公的竹篙插进温暖的水波，频频地朝前撑动。等船上的客人回头相看，驿站已被远远地抛在后面，端的离开了让人愁烦的京城。他想要再看一眼天北的我哟，却发现已经是一片朦胧。

我孤零零地十分凄惨，堆积的愁恨有千万重。送别的河岸迂回曲折，渡口的土堡一片寂静。春色一天天浓了，斜阳挂在半空。我不禁想起那次携手，在水榭游玩，月光溶溶。我们一起在露珠盈盈的桥头，听人吹笛到曲终……唉，回忆往事，如同一场大梦。我暗中不断垂泪，难以排遣的是那永远的隐痛。

【赏析】

柳，是离别的代名词，因而咏柳，也就是伤别。但这首词，没有咏柳，只是伤别。

时当正午，日悬中天，柳树的阴影不偏不倚直铺在地上。长堤之上，柳树成行，柳荫沿长堤伸展开来，画出一道直线。新生的柳枝细长柔嫩，像丝一样。它们仿佛也知道自己碧色可人，就故意飘拂着以显示自己的美。柳丝的碧色透过春天的烟霭看去，更有一种朦胧的美。

这是此次离开京师时在隋堤上的所见，这样的柳色见过不止一次，当初为别人送行时，哪次没有这柳色的见证？“拂水飘绵”不正是柳树依依惜别的情态？登上高堤，在送别他人的时候眺望自己的故乡，别人的回归触动的是自己的乡情。厌倦了京师生活的游子的怅惘与忧愁，他人总是难以理解。隋堤柳只管向行人拂水飘绵表示惜别之情，并没有顾到送行的京华倦客。欲归不得的疲倦的游子，有谁能理解他心中的凄苦？

月榭之中，露桥之上，度过的那些夜晚，都留下了难忘的印象，宛如梦境，一一浮现在眼前。每念及此，泪水便在不知不觉中流了下来。独自流泪，黯然神伤，心事和感情无法使旁人理解，又不愿让他人知晓，也就只好如此了。

【拓展】

隋代有无名氏曾作《送别诗》，借杨柳表达思念之情。全诗如下：

杨柳青青着地垂，杨花漫漫搅天飞。
柳条折尽花飞尽，借问行人归不归。

相思令·吴山青

吴山青，越山青，两岸青山相对迎。谁知离别情[①]？

君泪盈，妾泪盈，罗带同心结[②]未成。江边潮已平。

【注释】

这首词描述了一位女子与情人诀别的情景，运用《诗经》中回环咏唱的手法，抒发了主人公因情人远去而生的悲愁，北宋林逋作。林逋，字君复，北宋文学家，号称“梅妻鹤子”，宋仁宗赐谥“和靖先生”。

① 谁知离别情：一作“争忍有离情”。

② 同心结：将罗带系成连环回文样式的结子，象征定情。

【大意】

钱塘江北青翠的吴山，钱塘江南清秀的越山，成天俯瞰着征帆归舟，似在殷勤送迎，好生有情。可此际，一对有情人儿正依依江岸，难分难舍，那山却依旧招呼着行人归客，全不管他俩的离情别绪，真是无情透了。钱塘江水似乎也是无情，这对有情人，同心结还未打成，定情之期还未说妥，它却涨起大潮，催着行舟早发。可是，当他俩泪水盈眶之时，它也把潮头悄悄涨到与岸齐平；似乎一等泪珠夺眶而出，它也要让潮水涌向四野。

【赏析】

全词色彩鲜明地描画出一片江南特有的青山胜景。吴越自古山明水秀，江南更是山青水绿，然而，宜人的风光背后总有着阅尽人间的悲欢。“谁知离别情？”这是对青山的提问，自然无情，生人有恨，明知不会得到回答，却仍要执着地问，是不奢求答复的无奈，是向亘古如斯的青山发出的嗔怨。

临别之际，“执手相看泪眼”，哽咽无语。同心结还没有完成就要分别，或许预示着结局不可能再完满，悲苦之情溢于言表。爱情横遭不幸，必是遭遇了不可反抗的强暴力量，才使得有情人心心相印却难成眷属，只能各自带着心头的累累创伤，来此洒泪而别。悲剧已经酿成，彼此心灰意懒，就连造成悲剧的原因都已经懒得交代，“江边潮已平”，船儿就要起航了，徒留一江水，一腔恨，延绵无尽。

【拓展】

以江水比相思之愁、离别之恨，在古代诗词中并不少见，唐代李商隐曾作《暮秋独游曲江》，其中也借江水之无尽形容相思之愁的绵长。全诗如下：

荷叶生时春恨生，荷叶枯时秋恨成。

深知身在情长在，怅望江头江水声。

卜算子·咏梅

驿[①]外断桥边，寂寞开无主。已是黄昏独自愁，更著[②]风和雨。

无意苦争春，一任群芳妒。零落成

泥碾③作尘，只有香如故。

【注释】

这是一首描写梅花傲然不屈，进而表现自己孤高坚贞的托物言志之作，南宋陆游作。

① 驿：驿站，古代传递政府文书的人中途换马匹休息、住宿的地方。

② 著（zhuó）：通“着”，遭受。

③ 碾（niǎn）：轧碎。

【大意】

驿站之外的断桥边，梅花孤单寂寞地绽放了，无人过问。

暮色降临，梅花无依无靠，已经够愁苦了，却又遭到了风雨的摧残。

梅花并不想费尽心思去争艳斗宠，对百花的妒忌与排斥毫不在乎。

即使凋零了，被碾作泥土，又化作尘土了，梅花依然和往常一样散发出缕缕清香。

【赏析】

梅花如此清幽绝俗，出于众花之上，可是“如今”竟开在郊野的驿站外面。破败不堪的“断桥”边，自然是人迹罕至、寂寥荒寒，梅花也就备受冷落了。梅花的品行又何尝不是陆游的品行，而作为主战派的陆游的处境似乎也并没有比梅花更好。看到梅花，联想到自己的处境，感慨也就自然产生了。

这不是官府中的梅，也并非园中的梅，而是一株生长在荒僻郊外的“野梅”。它既得不到应有的护理，更谈不上会有人来欣赏。随着四季的代谢，它默默地开，又默默地凋零，孑然一身，四顾茫然，终究没有发现任何一个人来欣赏。日落黄昏，暮色朦胧，无人过问的梅花，更觉凄凉。可凄凉又能如何？只有“愁”，“独自愁”而已。本已寂寞愁苦不堪，又有凄风冷雨袭来，孤苦之情无以言表。

它朴实无华，不慕虚荣，与世无争，胸怀坦荡，不与百花争春，在寒冬中孤傲挺立地开放。然而有些事情，并非你不争取，别人就会放过你，纵然做出不

争春的姿态，仍有“度君子之腹”的小人把妒火燃起。而高洁的梅花，最终只得沦落到化泥作尘的地步，唯香气依旧。

这是一位矢志不渝的爱国者屡遭打击的无奈、告老归田后的宣言，他那孤寂的境遇和坚贞的节操，是他如梅花一般纯洁的心迹和不屈的斗志的写照。

【拓展】

瞿秋白从被捕到牺牲前留有遗稿若干，其中有模仿陆游的同名词作品《卜算子·咏梅》，表达了其献身革命的无怨无悔。全词如下：

寂寞此人间，且喜身无主。眼底云烟过尽时，正我逍遥处。

花落知春残，一任风和雨。信是明年春再来，应有香如故。

浣溪沙·漠漠轻寒上小楼

漠漠轻寒上小楼，晓阴无赖①似穷秋。淡烟流水画屏幽。

自在飞花轻似梦，无边丝雨细如愁。宝帘闲挂②小银钩。

【注释】

这是一首伤春之作，北宋秦观作。漠漠：冷漠。

① 无赖：表示作者厌恶的情绪。

② 闲挂：很随意地挂着。

【大意】

在春寒料峭的天气里独自登上小楼，早上的天阴着好像是在深秋。屋内画屏上轻烟淡淡，流水潺潺。

天上自由自在飘飞的花瓣轻得好像夜里的美梦，天空中飘洒的雨丝细得好像心中的忧愁。走回室内，随意用小银钩把帘子挂起。

【赏析】

每一次春来，都是一次伤春的体验。索寞轻寒中袅袅而升的是轻轻的寂寞和百无聊赖的闲愁。

漠漠轻寒，似雾如烟，漫弥而上小楼，一下子给春寒萧索的清晨带来寥廓冷落的气氛。那淡淡愁思，正随着薄薄春寒无声无息地在人的心头轻轻漾起。像是一个无赖，令人讨厌，却又无可奈何。时届暮春，却感到像深秋那样的寒冷，原来这是一个春阴的早晨。春阴寒薄，不能不使人感到郁闷无聊。淡淡的烟霭、轻轻的流水，在周围阴氛的罩笼下，幽迷淡远。凝神恍惚中，它仿佛消失在清迷幽幽的画景之中，又仿佛还迂回于渺茫、流动的梦境之中。

不期然当中，飘出窗外的视线触到了被忽略已久的景物：飞花袅袅，飘忽不定，迷离惝恍；细雨如丝，迷迷蒙蒙，迷漫无际。见飞花之缥缈，不禁忆起残梦之无凭，心中顿时升起的是细雨蒙蒙般茫无边际的愁绪，飞花似梦，细雨如愁。“自在飞花”，无情无思，格外惹人恼恨，丝丝细雨，总是下个不停，已足生愁。这无边的飞花细雨，把人带入了轻轻的寂寞和淡淡的哀愁之中。从幻境中走出来，视线重又来到房间中，飞花、丝雨、轻寒、晓阴依旧，把窗帘随意挂起，钩起窗帘的小银钩闪闪发光。

【拓展】

唐代张祜曾作《折杨柳枝》二首，其中第一首对春愁进行了描写。全诗如下：

莫折宫前杨柳枝，玄宗曾向笛中吹。
伤心日暮烟霞起，无限春愁生翠眉。

清平乐·春归何处

春归何处？寂寞无行路。若有人知春去处，唤取归来同住。

春无踪迹谁知？除非问取黄鹂。百啭[①]无人能解，因风飞过蔷薇。

【注释】

这是一首表达对美好春光的珍惜与热爱之情的惜春之作，同时也抒写了作者对美好事物的执着和追求，北宋黄庭坚作。黄庭坚，字鲁直，北宋诗人、词人、书法家，开创江西诗派，“宋四家”之一。

① 啭（zhuàn）：形容鸟儿婉转的啼叫。

【大意】

春天回到了哪里？留下一派清静，找不到它回去的道路。若是有人知道春天归去之处，请叫它仍旧回来与我同住。

可是春天去得无影无踪，什么人会知道？除非你问一问黄鹂。它的叫声十分婉转，但无人能够理解，只有任它凭借轻风飘过蔷薇。

【赏析】

春天的消逝容易让人感到寂寞、怅然、若有所失，无处觅得安慰。这是作者的主观感受，因深知春天的可爱，才更感春去的可惜。

春天去哪里了？恐怕没有人能够给出具体的回答，但作者还是希望有人知道春天的去处，唤它回来，与它同住。这种奇想，恐怕只有对美好事物执着追求的人才会产生。

走出幻想，回到现实的世界里，终究还是无人知道春天的去向，春天不可能被唤回来。但作者仍不放弃。既然人回答不了，那就去问问树上的黄鹂吧！希望黄鹂能知道春天的踪迹。如此，复又跌入幻觉的艺术境界里去了。黄鹂啼叫不停，婉转的啼声，把寂静打破。疑惑仍然没有得到解答，心头的寂寞感更加重了。黄鹂凭借风势飞过蔷薇花丛。

蔷薇花开了，夏来了，春天可能真的回不来了。

【拓展】

唐代韩愈曾作《晚春》，将春天的景色拟人化。全诗如下：

草树知春不久归，
百般红紫斗芳菲。
杨花榆荚无才思，
惟解漫天作雪飞。

添字丑奴儿·窗前谁种芭蕉树

窗前谁种芭蕉树，阴满中庭。阴满中庭[①]。叶叶心心，舒卷有余情[②]。

伤心枕上三更雨，点滴霖霪[③]。点滴霖霪。愁损北人，不惯起来听。

【注释】

这首词作于作者南渡以后，通过抒发雨打芭蕉引起的愁思，表达作者思念故国、故乡的深情，宋代李清照作。

① 中庭：即庭中，庭院里。

② 余情：意谓蕉叶舒卷、蕉心贻人以清凉舒适之感。

③ 霖霪：连绵不断的雨声。

【大意】

不知是谁在窗前种下的芭蕉树，一片浓荫，遮盖了整个院落。叶片和不断伸展的叶心相互依恋，贻人清凉。

满怀愁情，无法入睡，偏偏又在三更时分下起了雨，点点滴滴，响个不停。雨声淅沥，不停敲打着我的心扉。我听不惯，于是披衣起床。

【赏析】

“窗前谁种芭蕉树”，似在询问，似在埋怨，无人回答，也无须回答。然而通过这一设问，自然而然地将读者的视线引向南方特有的芭蕉庭院。蕉心长卷，一叶叶、一层层，不断地向外舒展。阔大的蕉叶，似巨掌、似绿扇，一张张、一面面，伸向空间，布满庭院，散发着清香，点缀着南国的夏秋。茂密的芭蕉叶为整个庭院送来清凉。“阴满中庭”叠用，使人如临庭前，如立窗下，身受绿叶的遮蔽，进而注视到蕉叶的舒卷。“叶叶心心，舒展有余情”，“叶叶”与“心心”，两对叠字连用，从听觉和视觉两个方面对人进行冲击，从听觉方面形成应接不暇之感，从视觉印象方面向人展示蕉叶不断舒展的动态。而蕉心常卷，犹如愁情无极，嫩黄浅绿的蕉心中，紧裹着绵绵不尽的情思。

全词从视觉和听觉两个方面来描绘芭蕉的形象，不仅准确地勾勒出芭蕉的本质特性，而且蕴含着巨大的情感力量。

【拓展】

清代郑燮曾作《咏芭蕉》，全诗如下：

芭蕉叶叶为多情，
一叶才舒一叶生。
自是相思抽不尽，
却教风雨怨秋声。

卜算子·缺月挂疏桐

缺月挂疏桐，漏断[1]人初静。谁见幽人独往来，缥缈孤鸿影。

惊起却回头，有恨无人省[2]。拣尽寒枝不肯栖，寂寞沙洲冷。

【注释】

有人说这是一首托物寓怀，表达词人孤高自许、蔑视流俗的心境的作品，也有人认为这是一首因不堪心中复杂情愫折磨而写的词，北宋苏轼作。

① 漏断：指深夜。

② 省：理解。

【大意】

残月高挂在稀疏的梧桐上，滴漏声断了，人群开始变得安静。谁能见幽居人独自往来徘徊？唯有那缥缈高飞的孤雁的身影。

它突然惊起又回首匆匆，心里有恨却无人能懂。它拣遍了寒冷的树枝不肯栖息，却躲到寂寞的沙洲甘愿受苦。

【赏析】

文人总是风流倜傥，这是他们的特质使然，无关乎天性。多情的才子总是在创作出激情四溢的作品的同时，逗起无数少女思春的情怀。有些人任由这种特质流露，造就了这世间无数的悲欢离合；有些人顾虑颇多，压抑了多情、风流，也给后人留下了不少伤心的故事。

她是惠州温都监的掌上明珠，从小便才情出众，年方二八，出落得亭亭玉立，美貌无以复加。上门提亲的人络绎不绝，仿佛踏断门槛也不罢休，但她都拒绝了。

男大当婚，女大当嫁，她并非不懂。知书明理的她也深知父亲背过身时深锁的眉头里掩藏的忧虑，然而，她却不愿违背自己的本心。十六岁的少女，情窦已开，本应是与少年谈情说爱的好年纪，奈何造化弄人，惠州来了一个本不该来，也不愿来，却不得不来的人。

他是天之骄子，是文坛领袖，是才情无两的文豪，现在却是被贬惠州的“罪臣”。既然被贬无法改变，他也不是想不开的人，就在这山高皇帝远的地方多看看书、多写点文章好了。

她从识字时起就知道他的大名，仰慕自是无法避免，心中长存的遗憾是自己身处天涯海角，今生恐怕无缘相见，唯有在梦中用他的诗、他的词、他的文勾勒出他的面貌。如今，他来了，这是上天给的机会，她不愿错过。

于是，每个明月高起、四下无声的深夜，他都在那座穷庐内秉烛夜读，她则在窗外听。他听见声响，推开窗户。她敏捷地跑开，他一无所获。

又是一个深夜，与以往相同，滴漏声已断，月亮弯弯，挂在梧桐树梢上。这个夜晚注定与以往不同，他坐在窗边，没有掌灯，自然也就没有读书。她像往常一样如期而至，也发现了不一样。突然的改变让她不知所措，正徘徊间，窗被推开了，她落荒而逃。他看到一个窈窕的身影独自朝远处跑去，在黑暗中，像一只大雁，孤独、缥缈。然后，她停住了，回头，消失在了黑暗中。两泓泉水把月辉送进黑洞洞的窗户。

次日，他多方打听，她也托人释放消息。于是，相见，相识，相知，一切水到渠成，是她天真的一厢情愿，是他畏首畏尾的不敢争取。这一年，她十六，他五十五。

她认为，年龄不是问题，七十岁纳妾的也大有人在，何况现在是两情相悦！

他没有表态。几日后，他来提亲了，却不是为自己，而是为身后一位眉清目秀的王姓少年。亲没提成，两人已势同水火。

后来，他走了，身为朝廷命官，被支来支去本就平常，更何况朝廷中他的对头也不在少数，他不愿意在风烛残年之际再让一个妙龄少女跟着自己受苦。于是，他放心地离开了惠州，自以为身后留下的是一个美好的结局。

然而经年之后当他有机会确认自己的判断的时候，当时的希望已经成了无法改变的事实——她死了，在他离开之后。他去看了她的坟包，那一抔新土下埋着的是一个痴情的灵魂。一阵风吹来，有点凉。他想起了离开的那天，回头一望，看到几滴晶莹的泪花义无反顾地在她脚下摔得粉身碎骨，却消不去其中的遗憾。

有一只孤单的大雁飞过，一直在天际翱翔。听说孤单的大雁从不肯随意落脚，它一直在寻找，一直在等待。大雁飞走了，它像是找到了属于自己的寂寞的沙洲。一声雁鸣从天边传来，雁阵惊寒，在瑟瑟发抖中，他再回首，那新坟也如那沙洲一般寂寞，里面的那一缕香魂，会否也因这声雁鸣而感到心寒？

【拓展】

前文解析只是其中的一种说法，学界多数认为此词是作者贬居黄州时所作，描绘了荒凉冷落的环境，刻画了孤雁夜飞的形象，暗喻了词人政治失意的孤寂之情，反映出作者不同流俗、清高自守的品格。唐代张九龄曾作《感遇》，同样以孤鸿自况。全诗如下：

孤鸿海上来，池潢不敢顾。
侧见双翠鸟，巢在三珠树。
矫矫珍木巅，得无金丸惧？
美服患人指，高明逼神恶。
今我游冥冥，弋者何所慕！

摸鱼儿·雁丘词

（序）乙丑岁[①]赴试并州，道逢捕雁者云："今旦获一雁，杀之矣。其脱网者悲鸣不能去，竟自投于地而死。"予因买得之，葬之汾水之上，垒石为识[②]，号曰"雁丘"。时同行者多为赋诗，予亦有《雁丘词》。旧所作无宫商[③]，今改定之。

问世间，情为何物，直教生死相许[4]？
天南地北双飞客，老翅几回寒暑。
欢乐趣，离别苦，就中更有痴儿女。
君应有语：
渺万里层云，千山暮雪，只影向谁去？
横汾路，寂寞当年箫鼓，荒烟依旧平楚[5]。
招魂楚些何嗟及[6]，山鬼[7]暗啼风雨。
天也妒，未信与，莺儿燕子俱黄土。
千秋万古，为留待骚人，狂歌痛饮，来访雁丘处。

【注释】

这是一首借描写大雁殉情，讴歌忠贞爱情的悲歌，金代元好问作。元好（hào）问，字裕之，号遗山，金代诗人、文学家、历史学家，其《论诗》绝句三十首在中国文学批评史上颇有地位，另有《遗山先生文集》传世。

① 乙丑岁：金章宗泰和五年，即公元1205年，当时元好问十六岁。

② 识（zhì）：标志。

③ 宫商：古代音律中的宫音与商音，后人用其泛指音乐，此处指韵律。无宫商：即不协音律。

④ 直教：竟使。许：随从。

⑤ 平楚：远望树梢齐平。楚：指丛木。

⑥ 何嗟及：悲叹无济于事。

⑦ 鬼：山神，此指雁魂。

【大意】

（序）乙丑年到并州参加府试，在路上遇到了一个捕大雁的人。那人说："今天早晨捕获了一只大雁，把它杀了之后，另外一只从网中逃脱了的大雁一直盘旋悲鸣，不肯离去，最后自己以头撞地，自戕而死。"于是我就买下了这两只大雁，把它们埋葬在汾水之畔，堆砌起石头作为两只大雁坟墓的标志，并给它起名为"雁丘"。与我同行的人中有许多为此赋诗的，我也作了一首《雁丘词》。当时作的时候不协音律，现在修改作为定稿。

南飞北归遥远的路程都比翼双飞，任它多少冬寒夏暑，依旧恩爱相依为命。

比翼双飞虽然快乐，但离别才真的是楚痛难受。到此刻，方知这双雁竟比人间痴情儿女更加痴情！

相依相伴、形影不离的情侣已逝，真情的雁儿心里应该知道，此去万里，前程渺渺路漫漫，每年寒暑，飞万里越千山，晨风暮雪，失去一生的至爱，形单影只，即使苟且活下去又有什么意义呢？

这汾水一带，当年本是汉武帝巡幸游乐的地方，每当武帝出巡，总是箫鼓喧天、棹歌四起，何等热闹，而今却是冷烟衰草，一派萧条冷落。

武帝已死，招魂也无济于事。女山神因之枉自悲啼，而死者却不会再归来了！

双雁生死相许的深情连上天也嫉妒，殉情的大雁绝不会和莺儿燕子一般，死后化为一抔尘土。它们将会留得生前身后名，与世长存。

千秋万古，也会有像我和我的朋友们一样“钟于情”的骚人墨客，狂歌纵酒，寻访雁丘坟故地，来祭奠这一对爱侣的亡灵。

【赏析】

大雁的死并没有什么稀罕，然而，殉情而死的大雁，却深深地触动了人们的心弦。于是，那个亘古存在，却一直没有确切答案的问题，再次因震惊、同情、感动而被提了出来。这是有力的诘问，是对自己、对世人、对苍天的诘问，到底“情为何物”？情到极致是什么？元好问说，是“生死相许”。三百多年后的汤显祖说：“情之所至，生者可以死，死可以生；生而不可与死，死而不可复生者，皆非情之至也。”情到极致，生死早已经不重要了。六百多年后，大陆另一端的西班牙诗人裴多菲说：“生命诚可贵，爱情价更高。”生命，无疑是人所拥有的最宝贵的东西，他们却不约而同地将爱情与之相比，且凌驾其上。看来情之一物，当真是难能可贵。

那么，在情的世界里，难道就只有生死吗？当然不是。还有什么呢？人的爱情故事，已经有太多太多。我们不妨看看能让大雁殉死的是怎样的情吧！

大雁秋天南下越冬而春天北归，宛如人世间的夫妻一般相亲相爱、双宿双飞。它们共同飞过天南地北，飞过千山万水，相依为命，相互扶持。这是悲剧的起因，更是这份情之伟大的根源所在。

大雁长期以来的共同生活，既有团聚的快乐，也有离别的酸楚，在平平淡淡的生活中，生命的真谛渐渐显现，那是难以割舍的一往情深。时间不断积累，心与心逐渐靠近。矢志不渝、同生共死，不必多说，早已印在心上。

罗网无情地扑下来，曾经以为远在天边的离别，只因这一道薄薄的网，便来到了眼前，惊破双栖梦。从未说出口的山盟海誓已经到了践行的时候了吗？生与死、殉情与偷生，这实在矛盾。生命可贵，哪个不想延续生命，哪个愿意引颈就戮？然而，世间从来不乏从容赴死的人，也不缺慷慨赴死的雁。殉情，是深思熟虑的结果，是理性的抉择。相依相伴、形影不离的情侣已逝，自己形孤影单，前路渺茫，失去一生的至爱，即使苟活下去又有什么意义呢？

将死之时，可能都会伤春悲秋吧！无论是人还是雁。这汾水一带，本是帝王游幸欢乐的地方，当时箫鼓喧天，棹歌四起，山鸣谷应，何等热闹。而今却是四处冷烟衰草，一派萧条冷落景象。古与今、盛与衰、喧嚣与冷落、生前的煊赫与不久之后冰冷的躯体，这些并没有什么不同，世间似乎没有什么不会改变，不过，这用生命铸就的真情终将万古长存。

真情，向来是人心所珍视的东西，即使千秋万代之后，也仍然会有文人墨客来“雁丘”，凭吊这殉情的大雁，祭奠这一对爱侣的亡灵。

【拓展】

鸿雁是文人笔下的宠儿，寄托了文人们无法估量的情愫。李清照以鸿雁寄托相思，元好问借鸿雁问情是何物，明代的王恭曾见鸿雁而生乡愁，因而作《春雁》。全诗如下：

春风一夜到衡阳，
楚水燕山万里长。
莫怪春来便归去，
江南虽好是他乡。

山园小梅（其一）

众芳摇落独暄妍，占尽风情向小园。

疏影横斜水清浅，暗香浮动[①]月黄昏。

霜禽[②]欲下先偷眼，粉蝶如知合断魂。

幸有微吟可相狎，不须檀板共金樽。

【注释】

这是一首赋予梅花人的品格的咏梅诗，作者与梅花的关系达到了精神上的无间契合，北宋林逋作。

① 暗香浮动：梅花散发的清幽香味在飘动。

② 霜禽：一指白鹤，二指冬天的禽鸟。

【大意】

百花凋零，独有梅花迎着寒风昂然盛开，那明媚艳丽的景色把小园的风光占尽。

梅花稀疏的影子，横斜在清澈的浅水中，清幽的芬芳在黄昏朦胧的月光之下浮动。

寒雀想飞落下来时，先偷看梅花一眼；蝴蝶若知道梅花的妍美，定会销魂失魄。

所幸我能低声吟诵，和梅花亲近，不必敲着檀板唱歌，执着金杯饮酒来欣赏它。

【赏析】

梅不畏严寒，笑立风中，在“众芳摇落”的时候独自盛开，天地间只有此花，峻洁清高无两，却不骄傲，它要的只是孤芳自赏而已。在一方空中楼阁般的山间小园中孤芳自赏，丰富而宁静，充实而美丽。

“疏影横斜水清浅，暗香浮动月黄昏”为人们送上了一幅优美的山园小梅图。“疏影”状其轻盈，翩若惊鸿；“横斜”传其妩媚，迎风而歌；“水清浅”显其澄澈，灵动温润。整句以轻笔描绘出了梅之骨。“暗香”突出无形而香，随风而至，富于情趣；“浮动”言其款款而来，飘然而逝，颇有仙风道骨；“月黄昏”采其美妙背景，从时间上把人们带到一个“月上柳梢头，人约黄昏后”的动人时刻。七个字便将梅之韵描摹得淋漓尽致，同时还营造出一种迷人的意境。

白鹤因为迫不及待，所以“偷眼”观察梅花，只因梅之色、梅之香实在是太具有诱惑力了；“粉蝶”与“霜禽”对照，一大一小、一禽一虫、一实一虚，使整个意境更有画面感，也使读者更加分不清现实与想象的世界了。也只有梅这种极致的美才会令人“断魂”。

众所周知，林逋一生不仕，淡泊雅致，唯有美好的事物能够引起他的兴趣，在写出梅的骨、韵、美的同时，作者自己的幽独清高、自甘淡泊的品质也展露无遗。

【拓展】

林逋《山园小梅》共两首，其中第二首如下：

剪绡零碎点酥乾，向背稀稠画亦难。
日薄纵甘春至晚，霜深应怯夜来寒。
澄鲜只共邻僧惜，冷落犹嫌俗客看。
忆着江南旧行路，酒旗斜拂堕吟鞍。

雪梅（其一）

梅雪争春未肯降[①]，骚人搁笔费评章[②]。

梅须逊[③]雪三分白，雪却输梅一段香。

【注释】

这是一首咏物诗，南宋卢梅坡作。卢梅坡，原名不详，自号梅坡，南宋诗人，作品多散佚。

① 降（xiáng）：服输。

② 搁：放下。评章：评议的文章，这里指评议梅与雪的高下。

③ 逊：逊色。

【大意】

梅花和雪花都自认占尽春色，互不服输。这难坏了诗人，因为实在评判不出高下。

实事求是地讲，梅花逊色雪花三分晶莹洁白，雪花却输给梅花一段清香。

【赏析】

有雪无梅，雪就显得单调；有梅无雪，梅花又没了神韵。雪和梅花同时出现，又让人们以为它们在斗春。若是观雪赏梅的人不会作诗来评判它们，那实在算不上是个诗人。梅已开，雪初霁，当此情景，应赋诗一首，好使得梅、雪、诗三者合在一起，构成美丽的春色。

自然界中的梅和雪总是同时出现，因而在诗人的笔下，二者分离的时候也不多。梅迎雪，成就了铮铮傲骨；雪因梅，透露出春的气息。雪和梅都是报春的使者、冬去春来的象征。然而，这和谐的一幕也只不过是人们一厢情愿的想象而已。且不说梅和雪是否真的具有人一般的品质和思想，就算有，人又如何能够了解，终究还是想象而已。既是想象，那就没有定式，更无所谓标准了。

谁规定梅和雪就一定要相谦相让？大好春光，谁不愿意多得一缕？既如此，那让梅和雪争一争，又有何妨？况且这一争，既无损梅的清幽，也无损雪的高洁，各自认为占尽了春色，其实更是装点了春光。

梅不如雪白，雪没有梅香，各有各的长处，也各有各的劣势。人也是一样，各有所长，也各有所短，重要的是有自知之明。取人之长，补己之短，做人之道，不外乎此。

【拓展】

卢梅坡《雪梅》诗共两首，另一首全诗如下：

有梅无雪不精神，有雪无诗俗了人。
日暮诗成天又雪，与梅并作十分春。

睹物感怀

鹧鸪天·十里楼台倚翠微

十里楼台倚翠微。百花深处杜鹃啼。
殷勤自与行人语，不似流莺取次飞。
惊梦觉，弄晴时。声声只道不如归。
天涯岂是无归意，争[1]奈归期未可期。

【注释】

这首词描写了作者在客居他乡时，闻杜鹃啼声而触发的感慨，抒发了浪迹在外、有家难归的情感，北宋晏几道作。晏几道，字叔原，号小山，北宋词人，与其父晏殊并称“二晏”，有《小山词》一卷传世。

① 争：通“怎”。

【大意】

春日，偎依在青山的十里楼台边，杜鹃的啼叫声从盛开的百花深处传来。那声声杜鹃鸣就像和行人说话似的，自与那随意飞飞停停的流莺不同。

在这个晴朗的日子里，杜鹃不断地发出“不如归”的劝慰，“行人”从梦中惊醒。哪个“行人”不想回家？只是回家的日子还不能期望定下啊。

【赏析】

行走在春色绚烂的美景中，相信多

数人的心情都会是愉悦的，但背井离乡的“行人”却不一样。或许他们的心情本来应该是愉悦的，但听了杜鹃的啼叫之后恐怕就不是这样了。客居他乡，最怕看见的是满月，最难度过的是中秋，最怕听见的是杜鹃的啼叫。杜鹃一啼，不免会引起思念之情、客居之愁。而此时，越是美丽的景色，就越让人难受。

总是在晴朗的春日，杜鹃出来卖弄它的叫声，用一声一声的“不如归”，把本来打算“春眠不觉晓”的“行人”从梦中惊醒。前面路上初闻鹃啼，感到“殷勤”；听得太多，睡在床上也不得安宁。这是每一个“行人”的心愿，却也是每一个背井离乡之人都难以做到的。身处天涯，哪里能没有回家的心思！但是回家的日子连自己都无法预料，有什么办法呢？这是游子对喋喋不休的杜鹃的埋怨，也是对于无法掌握自己命运的生活遭遇的愤慨。

【拓展】

南朝宋鲍照有诗《拟行路难（其七）》，同样描写杜鹃，表达了悲怆忧愁之情。全诗如下：

愁思忽而至，跨马出北门。

举头四顾望，但见松柏荆棘郁樽樽。

中有一鸟名杜鹃，言是古时蜀帝魂。

声音哀苦鸣不息，羽毛憔悴似人髡。

飞走树间啄虫蚁，岂忆往日天子尊。

念此死生变化非常理，中心恻怆不能言。

临江仙·斗草阶前初见

斗草阶前初见，穿针楼上曾逢。罗裙香露玉钗风。靓妆眉沁[1]绿，羞脸粉生红。

流水便随春远，行云终与谁同？酒醒长恨锦屏空。相寻梦里路，飞雨落花中。

【注释】

这是一首为思念一个自己曾经深爱过的女子而作的词，北宋晏几道作。

①沁（qìn）：浸润。

【大意】

初次相见，适逢清晨时节，少女踏青斗草游戏。只见她在阶前和别的姑娘斗草，裙子上沾满露水，玉钗在头上迎风微颤，那活泼唯美的情态让人难以忘怀。另一次是七夕，少女夜学穿针乞巧拜新月。与她在穿针楼上重逢，只见她靓妆照人，眉际沁出翠黛，羞得粉脸生出娇红，两个人情意互生，却道得空灵。不料华年似水，伊人亦如行云，不知去向了。

【赏析】

有一天，一名女子同别的姑娘在阶前斗草，他第一次看见了她。转眼又到了七夕，她在楼上对着牛郎织女双星穿针，以为乞巧，这天晚上，穿针楼上，他又同她相逢了。两次相见，她都一样地美。她的裙子沾满了花丛中的露水，头上玉钗迎风微颤。靓妆才罢，新画的眉间沁出了翠黛。突然，她也看到了他，脸上禁不住泛起了娇红。好一位天真美丽的女子。

时光流逝，就像春天不能永驻一样，相逢的结尾是别离，姑娘不知去了何方。人早已走了，而且再也不回来了。可是，那真挚的情感却一直留了下来。每当夜阑酒醒的时候，总觉得周围是空荡荡的，他永远也找不回能够填满这空虚的那一段温暖了。正因为她像行云流水，不知去向，所以他只好梦里相寻了。春雨飞花中，他独自跋山涉水，到处寻找那女子。尽管这是梦里，他仍然希望能够找到她。明知不可为而为之，只为那深沉的爱恋和思念。

【拓展】

北宋柳永曾作《木兰花慢·拆桐花烂漫》，描写了清明前后人们踏青斗草的情景。全词如下：

拆桐花烂漫，乍疏雨、洗清明。正艳杏烧林，缃桃绣野，芳景如屏。倾城。尽寻胜去，骤雕鞍绀幰出郊坰。风暖繁弦脆管，万家竞奏新声。

盈盈。斗草踏青。人艳冶、递逢迎。向路傍往往，遗簪堕珥，珠翠纵横。欢情。对佳丽地，信金罍罄竭玉山倾。拚却明朝永日，画堂一枕春酲。

鹤冲天·黄金榜上

黄金榜上，偶失龙头望。明代[①]暂遗贤，如何向？未遂风云便，争不恣狂荡？何须论得丧。才子词人，自是白衣卿相。

烟花巷陌，依约丹青屏障。幸有意中人，堪寻访。且恁[②]偎红倚翠，风流事，平生畅。青春都[③]一饷。忍把浮名，换了浅斟低唱。

【注释】

这首词慨叹了身世飘零，也反映了蔑视功名、鄙薄卿相的思想，北宋柳永作。黄金榜：古代科举录取的名单，用金字书写，故名。

① 明代：政治清明的时代。一作“千古”。

② 恁（nèn）：那么，如此。

③ 都（dū）：只是，不过。

【大意】

金字题名的榜上没有我的名字，没有关系，我只不过是偶然失去取得状元的机会。即使在政治清明的时代，君王也可能一时错失贤能之才，这又怎能强求呢？既然没有得到好的机遇，何不随心所欲地游乐呢！何必为功名患得患失？做一个风流才子为歌姬谱写词章，就算身着白衣，也不亚于公卿将相。

在歌姬居住的街巷里，有摆放着丹青画屏的绣房。幸运的是那里住着我的意中人，值得我去追求寻访。与她们依偎，享受这风流的生活，平生最大的欢乐莫过于此。青春苦短，我宁愿把功名换成手中浅浅的一杯酒和耳畔低回婉转的歌声。

【赏析】

实际上，这是一首科举不第后，抒发心中郁结之气的作品，不过，从中仍能看出作者对自己无两才思超凡的自信。才子都爱佳人，更何况是柳永这年少成名的人物呢！风流倜傥、多情自是不在话下，更因其善作俗词，与烟花女子因接触而相知，了解之后，同情也就自然地产生了。

考科举求功名、登进士第在柳永看来并没有什么大不了的，殿试头名——状元才是他的目标。当然，对于一个把状元当作囊中之物的人来说，落榜实在是“偶然”，“见遗”也只能是“暂时”的——一个狂傲自负的柳永显露无遗。“明代暂遗贤”，这是赤裸裸的讽刺，北宋仁宗朝号称清明盛世，然而，清明盛世却不能做到“野无遗贤”，实在可笑。

无论如何，落第已成事实，下一步该作何打算呢？既然理想落空了，又没有合适的机遇出人头地，那就转向另一个极端吧！无拘无束地过为一般封建士人所不齿的流连坊曲的狂荡生活也不错。虽然身着白衣，但有足够的才气，在词曲的领域中，他也是首屈一指的人物。这是恃才负气，也是抗争。

“偎红倚翠”“浅斟低唱”，是对“狂荡”的具体说明。在此时，只有在他人看来惊世骇俗的表现才能够使他保持心理上的优势。而且，柳永的“狂荡”并非浮于表面，其中蕴藏着严肃，狂荡以傲世，严肃以自律，这是“才子词人”和“白衣卿相”的真面目。作为一名文人，科举不第是非常大的打击，深重的苦恼和烦杂的困扰对他来说是不可避免的，他的内心因而充满了矛盾，为了摆脱这种苦恼和困扰，柳永必然经历过痛苦的挣扎。

烦恼总是使人难过，既然解决不了，那就把问题丢到一边，青春苦短，要及时行乐才不算辜负这大好韶华！于是，柳永“忍把浮名，换了浅斟低唱”，虽然不情愿，但也无可奈何，就把“浮名”弃置一旁，在纸醉金迷中享受快乐吧！

【拓展】

柳永常自称“奉旨填词柳三变”，关于其这一称呼，南宋吴曾在《能改斋漫录》中说道：“仁宗留意儒雅，务本理道，深斥浮艳虚薄之文。初，进士柳三变好为淫冶讴歌之曲，传播四方。尝有《鹤冲天》词云：‘忍把浮名，换了浅斟低唱。’及临轩发榜，特落之曰：‘且去浅斟低唱，何要浮名！’”

蝶恋花·伫倚危楼风细细

伫[①]倚危楼风细细。望极春愁，黯黯[②]生天际。草色烟光残照里，无言谁会凭阑[③]意。

拟把疏狂图一醉。对酒当歌，强

乐[4]还无味。衣带渐宽终不悔，为伊消得人憔悴。

【注释】

这是一首抒发离愁的词，北宋柳永作。

①伫（zhù）：久立。

②黯黯：迷蒙不明，形容心情沮丧忧愁。

③阑：通“栏”。

④强（qiǎng）乐：勉强欢笑。强：勉强。

【大意】

长时间倚靠在高楼的栏杆上，微风拂面，一丝丝细软轻柔，望不尽春日的忧愁，沮丧、愁绪从遥远无边的天际升起。碧绿的草色，飘忽缭绕的云霭雾气掩映在落日余晖里，默默无言，谁理解我现在的心情？

打算把放荡不羁的自己灌醉，举杯高歌，勉强欢笑更觉得兴味索然。虽然日渐消瘦，却始终不曾后悔，为了她，消瘦得精神萎靡、神色憔悴都能忍受。

【赏析】

“伫倚危楼风细细”，只需一句，便把主人公的外形像一幅剪纸那样描画出来，一个萧疏的人影独倚栏杆，有几丝微风从身后吹来，只看这画面，都是一个愁字。所幸还有微风拂过，注入了一点鲜活。

极目天涯，望着无边的春色，黯然魂销的“春愁”油然而生。黄昏已至，他仍然不忍离去。芳草萋萋，刬尽还生，就像这愁一样，连绵无尽。夕阳的“残照”使这份愁又多了一层感伤的色彩。这愁是倦游思归，更是对所爱之人的怀念。既然愁被天际的春草所牵动，就到此为止吧。他不愿再多说了，因为没有人理解他登高远望的心情，所以他默默无言。

浓浓的“春愁”，单靠自身的力量实在难以排遣，但一直憋在心里也不好受，他有自己的打算——借酒浇愁。醉了，也就不会去想那么多了。因而，他“疏狂”，还要“对酒当歌”，他不拘形迹，但求一醉。然而，最终得到的却是索然无味，“春愁”并没有被抑制住。

既然醉不了，那就说出来吧！那是一段坚贞不渝的感情，一缕扯不开、剪不断的思念。满怀愁绪之所以散不去，只因他爱得深沉，心甘情愿为“春愁”所折磨，就算形容枯槁，就算瘦骨嶙峋，也决不后悔，这一切都只为“伊”。所谓“春愁”，不外乎“相思”二字。

【拓展】

词牌《凤栖梧》也称《鹊踏枝》《蝶恋花》，五代南唐冯延巳曾以此填词，写尽了一个“愁”字。全词如下：

谁道闲情抛弃久，每到春来，惆怅还依旧。日日花前常病酒，不辞镜里朱颜瘦。

河畔青芜堤上柳，为问新愁，何事年年有？独立小桥风满袖，平林新月人归后。

浣溪沙·一曲新词酒一杯

一曲新词酒一杯，去年天气旧亭台。夕阳西下几时回？

无可奈何花落去，似曾相识[①]燕归来。小园香径独徘徊。

【注释】

这是一首伤春惜时之作，作者悼惜残春，感伤年华的飞逝，又暗寓怀人之意，北宋晏殊作。新词：刚填好的词，意指新歌。

①似曾相识：好像曾经认识，形容见过的事物再度出现，后用作成语，即出自此句。

【大意】

听一首曲子，喝一杯美酒，想起去年同样的季节也是这种楼台和亭子。天边西下的夕阳什么时候才又转回这里？

花儿总要凋落是让人无可奈何的事，那翩翩归来的燕子好像旧时的相识。在弥漫花香的园中小路上，我独自走来走去。

【赏析】

边喝酒边听曲子，本应该是怀着轻松喜悦的感情，带着潇洒安闲的姿态的，而且，作者本来就十分醉心于宴饮之乐。然而，边听边饮，这与平常一般无二的事却又不期然触发了作者对"去年"所历类似情境的追忆。那是一个与"今年"一样的暮春天气，面对的也是和眼前一样的楼台亭阁、一样的清歌美酒。然而，似乎一切依旧的表象下又分明感觉到有些东西已经起了难以逆转的变化，这便是悠悠流逝的岁月和与此相关的一系列人事。景物依旧而人事全非，不能不引起作者的怀旧之感，而在这怀旧之感中又糅合了深沉的伤今之情。抬眼望去，夕阳西下，此情此景，让人忍不住问："夕阳西下几时回？"

这是对美好事物的留恋，对时光流逝的怅然，对美景再现的无力希冀。夕阳西下，是无法阻止的，只能寄希望于它的东升再现，而时光的流逝、人事的变更，却再也无法重复。细味"几时回"三字，所折射出的似乎是一种企盼其返却又情知难返的心态。

"无可奈何花落去，似曾相识燕归来"是奇偶句，浑然天成，意蕴深远，唱叹传神，颇得"清水出芙蓉，天然去雕饰"之精髓。花的凋落，春的消逝，皆为自然之道，纵然惋惜，却也无济于事，也只能在这"夕阳西下"的日子里徒叹"无可奈何"了。然而，虽然有些事情无法挽留，却总有一些好的变化出现，纵然是在这夕阳西下的时候，那去年曾在此处安巢的“似曾相识”的燕子不是仍然翩翩归来了吗？一切必然要消逝的美好事物都无法阻止其消逝，但其消逝的同时仍然有美好事物的再现，生活不会因消逝而变得一片虚无。只不过这毕竟不等于美好事物原封不动地重现。独自一人想到这里的时候，心情总是无法平静，只好在花间踱来踱去了。

【拓展】

本词中“一曲新词酒一杯”和“去年天气旧亭台”分别出自唐代白居易和郑谷的诗作。

白居易的《长安道》全诗如下：

花枝缺处青楼开，艳歌一曲酒一杯。

美人劝我急行乐，自古朱颜不再来。

君不见外州客，长安道，一回来，一回老。

郑谷的《和知己秋日伤怀》全诗如下：

流水歌声共不回，去年天气旧亭台。

梁尘寂寞燕归去，黄蜀葵花一朵开。

定风波·自春来

自春来、惨绿愁红，芳心是事可可[①]。日上花梢，莺穿柳带，犹压香衾卧。暖酥消、腻云亸[②]，终日厌厌倦梳裹。无那。恨薄情一去，音书无个。

早知恁么，悔当初、不把雕鞍锁。向鸡窗[③]，只与蛮笺象管[④]，拘束教吟课。镇[⑤]相随，莫抛躲，针线闲拈伴伊坐。和[⑥]我，免使年少，光阴虚过。

【注释】

这是一首模仿女子口吻所作的伤春怨别的恋情词，北宋柳永作，是柳永“俚词”的代表性作品。俚词即民间的、通俗的词。

① 可可：无关紧要，不在意。

② 亸（duǒ）：下垂貌。

③ 鸡窗：指书窗或书房。

④ 蛮笺象管：纸和笔。

⑤ 镇：常。

⑥ 和：允诺。

【大意】

入春后，绿叶红花也像是带着愁苦，这一寸芳心越发显得百无聊赖。太阳已经挂上树梢，黄莺开始在柳条间穿飞鸣叫，我还拥着锦被没有起来。细嫩的肌肤已渐渐消瘦，满头的秀发低垂散乱，终日里心灰意懒，完全没有对镜梳妆的心情。真无奈，可恨那薄情郎离开后，竟没有寄回一封书信。

早知如此，当初就应该把他的宝马锁起来，把他留在家里，与笔墨为伍，让他吟诗作词，寸步也不离开。如此，我也不必躲躲闪闪，可以整日里与他相伴，手拿着针线与他相依相偎。与他一起厮守，这青春也不至于虚度，更不必像今日一样苦苦等待了。

【赏析】

该词具有浓厚的民歌风味，读来似乎能感受到《诗经》中才有的韵味。不只如此，它不仅吸取了民歌的特点，保留了民间词的风味，同时，还具有鲜明的时代特色。没有比兴，也没有暗示和象征，有的是直抒胸臆和咏叹。把热烈奔放的感情用赤裸无遗的色彩包裹起来，更接地气。

语言通俗易懂，叙述自然流畅，纯用白描的手法，这是人们平时说话的方式，也是柳永向民间词学习从而获得的巨大成功。柳永的俚词以深切的同情，抒发了沦落于社会下层的歌伎们的感情，她们对幸福生活也有追求与向往，她们的内心也有烦恼与悔恨。别人看到的明媚春光的背后总有道不尽的厌倦与烦恼，那是她们的厌倦与烦恼。在放荡不羁的外表下，歌伎也有一颗渴望追求自由、幸福生活的心。许多年来，鲜有人看到她们的烦恼和渴望，更不用提关心了。终于，柳永历经波折之后看见了，被感动了，于是，以此为题将这份情思写了出来。

【拓展】

唐代温庭筠曾作《望江南·千万恨》，表现女子的悲戚和哀伤。全词如下：

千万恨，恨极在天涯。

山月不知心里事，水风空落眼前花，摇曳碧云斜。

钗头凤·红酥手

红酥手，黄縢酒，满城春色宫墙柳。东风恶，欢情薄，一怀愁绪，几年离索。错！错！错！

春如旧，人空瘦，泪痕红浥[①]鲛绡透。桃花落，闲池阁，山盟虽在，锦书难托。莫！莫！莫！

【注释】

这首词是作者自己爱情悲剧的写照，南宋陆游作。

① 浥（yì）：湿润。

【大意】

红润柔软的手，捧出黄泥封的酒，满城荡漾着春天的景色，宫墙里摇曳着绿柳。东风多么可恶，把浓郁的欢情吹得那样稀薄，满怀抑塞着忧愁的情绪，离别后几年来的生活十分萧索。回顾起来都是错，错，错！

美丽的春景依然如旧，只是人却白白相思得消瘦，泪水洗尽脸上的胭红，把薄绸的手帕全都湿透。满园的桃花已经凋落，幽静的池塘也已干涸，永远相爱的誓言虽在，可是锦文书信靠谁投托。深思熟虑一下，只有莫，莫，莫！

【赏析】

陆游在 20 岁时与原配夫人唐氏结为伉俪，两人情投意合，非常恩爱。却不料陆母对儿媳总是不满，最后逼迫陆游休弃唐氏。在封建礼教的框架内，二人被迫分离，唐氏改嫁，彼此之间音讯全无。

十年后的一个春日，陆游经过家乡的沈园，与偕夫同游的唐氏不期而遇。唐氏安排酒肴款待陆游。此情此景，物是人非，陆游心生感触，遂趁醉填词一首，信笔题于园壁上。

陆游始终围绕着沈园这一特定的空间来安排自己的笔墨，上片由追昔到抚今，而以“东风恶”转捩；过片回到现实，以“春如旧”与上片“满城春色”句相呼应，以“桃花落，闲池阁”与上片“东风恶”句相照应，把同一空间不同时间的情事和场景历历如绘地叠映出来。

全词多用对比的手法，如上片，越是把往昔夫妻共同生活时的美好情景写得逼切如现，就越使得他们被迫离异后的凄楚心境深切可感，也就越显出“东风”的无情和可憎，从而形成感情的强烈对比。再如上片写“红酥手”，下片写“人空瘦”，在形象鲜明的对比中，充分地表现出“几年离索”给唐氏带来的巨大精神折磨和痛苦。全词节奏急促，声情凄紧，再加上“错！错！错！”和“莫！莫！莫！”先后两次感叹，荡气回肠，大有恸不忍言、恸不能言的情致。

【拓展】

传说唐氏读罢陆游的词后亦作《钗头凤》和之。全词如下：

世情薄，人情恶，雨送黄昏花易落。晓风干，泪痕残，欲笺心事，独语斜阑。难！难！难！

人成个，今非昨，病魂常似秋千索。角声寒，夜阑珊，怕人寻问，咽泪装欢。瞒！瞒！瞒！

青玉案·凌波不过横塘路

凌波不过横塘路。但目送、芳尘去。锦瑟华年谁与度。月桥花院，琐窗朱户。只有春知处。

飞云冉冉蘅皋[1]暮。彩笔新题断肠句。试问闲愁都[2]几许？一川[3]烟草，满城风絮。梅子黄时雨。

【注释】

这是一首通过对暮春景色的描写，抒发“闲愁”的作品，贺铸作。贺铸，字方回，号庆湖遗老，北宋词人。凌波：形容女子步态轻盈。

① 蘅皋（héng gāo）：长着香草的沼泽中的高地。

② 都（dū）：有。

③ 一川：遍地。

【大意】

轻移莲步越不过横塘路，唯有用目光相送，送她如芳尘般飘走。青春年华，谁能与她一起欢度？是月台，是花榭，是雕饰的窗，是紧闭的朱户，只有春天才知道她的居处。

飘飞的云彩自在舒卷，芳草岸旁日色将暮，刚刚用彩笔写下断肠的诗句。

若问闲情愁绪有几许？就像那一江的烟草，像满城随风飘落的花絮，像梅子刚刚成熟时的丝雨。

【赏析】

苏州城外的横塘路上，一场不曾预料到的偶遇，让作者久久难安。邂逅美人而无缘相识，也就只能独自想象了。独处幽闺的美人是否也有自己这般的怅惘情怀呢？大好年华，又有何人能够陪她度过？美人在作者想象的世界中伫立良久，直到暮色四合，笼罩了周围的景物才远去。美人走了，走出了作者的思绪，作者才蓦然醒觉。惊醒之后总是忍不住悲从中来，断肠的诗句此时悄然而至，读之，惊其才情高妙，比之身怀五彩笔的江淹也不遑多让。那么，美人何以题写“断肠句”？

“试问闲愁都几许？”不是离愁，也不是穷愁，是“闲愁”。因其“闲”，所以才漫无目的，漫无边际，缥缥缈缈，捉摸不定，却又无处不在，无时不有。这种若有若无、似真还幻的形象，就像三月的“一川烟草”，就像四月的“满城风絮”，就像五月的“梅子黄时雨”。

这是美人的“闲愁”，是作者想象中的美人的“闲愁”。为何美人要愁？因为作者愁。一生沉抑下僚，怀才不遇，有抱负却没有途径施展，这是作者的“闲愁”。政治上的不得志在诗文里隐曲地表达，是古代文人的惯用手法。因而，“美人”不只是美人，“香草”也不只是香草，也是为人耿直、不媚权贵的高洁之士的象征，而作者正是其中之一。泽畔的香草清冷孤寂，美人独处深闺，在怀才不遇的作者看来，怎能没有“闲愁”呢？

【拓展】

诗中所指“彩笔”指代南朝江淹“梦笔生花”的典故，《南史·江淹传》记载：“（淹）尝宿于冶亭，梦一丈夫自称郭璞，谓淹曰：‘吾有笔在卿处多年，可以见还。’淹乃探怀中得五色笔一以授之。”

破阵子·为陈同甫赋壮词以寄

醉里挑灯看剑，梦回吹角连营。八百里[①]分麾下[②]炙，五十弦翻塞外声。沙场秋点兵。

马作的卢[③]飞快，弓如霹雳弦惊。了却君王天下事，赢得生前身后名。可怜[④]白发生。

【注释】

这是一首追忆过往沙场生涯，抒发壮志难酬心情的作品，南宋辛弃疾作。陈亮，字同甫，与辛弃疾志同道合，结为挚友，其词风格与辛词相似。

① 八百里：指牛。《世说新语·汰侈》载晋王恺有良牛，名“八百里驳”，后多以“八百里”代指牛。

② 麾（huī）下：指部下。麾：军旗。

③ 的卢（dí lú）：马名，一种额部有白色斑点、性烈的快马。

④ 可怜：可惜。

【大意】

醉里恍惚间挑亮油灯观看宝剑，梦中回到了当年的各个营垒，接连响起号角声。把烤牛肉分给部下，乐队演奏北疆歌曲。这是秋天在战场上阅兵。

战马像的卢马一样跑得飞快，弓箭像惊雷一样震耳离弦。一心想替君主完成收复失地的大业，取得世代相传的美名，可怜已成了白发人！

【赏析】

喝酒之后，兴致勃勃，拨亮灯火，拔出身上佩带的宝剑，仔细地抚视着。一觉醒来的时候，还听到四面八方的军营里，接连响起号角声。许多义军都分到了烤熟的牛肉，乐队在边塞演奏起悲壮苍凉的军歌。在秋天的战场上，长官检阅着全副武装、准备战斗的部队。

在作战时，我们奔驰向前，英勇杀敌，弓弦发出霹雳般的响声。我们胯下的战马也像当年纵身一跃越过水岸的名马的卢一样，神骏威武。

这一切为的是恢复中原的大业，当然，生前和死后的英名也是应该尽力争取的。如何争取？无非是把这一生奉献给抗金复国的伟大事业而已。可惜，理想总是气势磅礴，现实却不会停下来等待，如今功名未就，头发已经白了，人也老了。

【拓展】

陈亮是辛弃疾的好友，二人曾通过诗词互相勉励，陈亮曾作《贺新郎·寄辛幼安和见怀韵》，送与辛弃疾。全词如下：

老去凭谁说。看几番、神奇臭腐，夏裘冬葛。父老长安今余几，后死无仇可雪。犹未燥、当时生发。二十五弦多少恨，算世间、那有平分月。胡妇弄，汉宫瑟。

树犹如此堪重别。只使君、从来与我，话头多合。行矣置之无足问，谁换妍皮痴骨。但莫使、伯牙弦绝。九转丹砂牢拾取，管精金、只是寻常铁。龙共虎，应声裂。

望海潮·洛阳怀古

梅英疏淡，冰澌溶泄[1]，东风暗换年华。金谷俊游，铜驼巷陌，新晴细履平沙。长记误随车，正絮翻蝶舞，芳思交加。柳下桃蹊，乱分春色到人家。

西园夜饮鸣笳[②]，有华灯碍月，飞盖妨花。兰苑未空，行人渐老，重来是事堪嗟。烟暝[③]酒旗斜。但倚楼极目，时见栖鸦。无奈归心，暗随流水到天涯。

【注释】

这是一首伤春怀旧之作，北宋秦观作。梅英：梅花。

① 冰澌（sī）：冰块流融。溶泄：溶解流泻。

② 笳（jiā）：胡笳，古代西北少数民族的一种管乐器。

③ 烟暝（míng）：烟霭弥漫的黄昏。

【大意】

梅花稀疏，色彩轻淡，冰雪正在消融，春风吹拂暗暗换了年华。想昔日金谷胜游的园景，铜驼街巷的繁华，趁新晴漫步在雨后平沙。总记得曾误追了人家香车，正是柳絮翻飞蝴蝶翩舞，引得春思缭乱交加。柳荫下桃花小径，乱纷纷将春色送到万户千家。

西园夜里宴饮，乐工们吹奏起胡笳。缤纷高挂的华灯遮掩了月色，飞驰的车盖碰损了繁花。花园尚未凋残，游子却渐生霜发，重来旧地事事感慨吁嗟。暮霭里一面酒旗斜挂。空倚楼纵目远眺，时而看见栖树归鸦。见此情景，我油然而生归隐之心，神思已暗自随着流水奔到天涯。

【赏析】

梅花渐渐地稀疏，结冰的水已经溶解流泻，在东风的煦拂之中，春天悄悄地来了。自然变了，人事变了，政局也变化了。

蓦然想起两年前春天在金谷园的那一次游宴。那是西晋石崇的花园，以繁华著称于世。前年上巳，适值新晴，游赏幽美的名园，漫步繁华的街道，缓踏平沙，非常轻快。

到处洋溢着春天的气息，人在这种环境之中，自然也就“芳思交加”，充满青春的欢乐了。此处“乱”字用得极好，它将无所不在的春色、呈现着万紫千红的纷乱图景出色地反映了出来。

日间在外面游玩之后，晚间又到西园中饮酒、听乐。各种花灯都点亮了，明月也失去了光辉；许多车子在园中飞驰，也不管车盖擦损了路旁的花枝。灯烛辉煌，车水马龙，如临眼前。月朗花繁，灯多而交映，车众而并驰，这些是属于过去的繁华、热闹，衬托的是现在的凄凉、寂寞。

酒楼独倚，只见烟暝旗斜，暮色苍茫，既无飞盖而来的俊侣，也无鸣笳夜饮的豪情，极目所至，已经看不到絮、蝶、桃、柳这样一些春色，只是“时见栖鸦”而已。

【拓展】

北宋王安石曾作《春夜》，亦是伤春怀旧之佳作。全诗如下：

金炉香烬漏声残，剪剪轻风阵阵寒。
春色恼人眠不得，月移花影上栏杆。

水龙吟·次韵章质夫杨花词

似花还似非花，也无人惜从教[1]坠。抛家傍路，思量却是，无情有思[2]。萦损柔肠，困酣娇眼，欲开还闭。梦随风万里，寻郎去处，又还被莺呼起。

不恨此花飞尽，恨西园，落红难缀。晓来雨过，遗踪何在？一池萍碎。春色[3]三分，二分尘土，一分流水。细看来，不是杨花，点点是离人泪。

【注释】

这是一首借物写人，将物性与人情有机结合起来，真正达到了“借物以寓性情”境界的作品，北宋苏轼作。次韵：用原作之韵，并严格按照原作的用韵次序进行创作。章质夫：名楶（jié），常与苏轼诗词酬唱。

①从教：任凭。

②无情有思（sì）：言杨花看似无情，却自有它的愁思。

③春色：代指杨花。

【大意】

杨花似花却又非花，也没有人怜惜，任由它飘坠。它离开了树枝，飘荡在路旁，看起来是无情物，细想却荡漾着情思。它被愁思萦绕，伤了百折柔肠；困顿蒙眬的娇眼，刚要睁开又想闭。正像那思妇梦中行万里，本想寻夫去处，却又被黄莺啼声惊唤起。

我不怨恨杨花已经落尽，恨只恨那西园，百花凋落难重缀。早晨一阵风雨后，哪能再见杨花的踪迹？早化作一池浮萍，全被雨打碎。满园春色分成三分，二分已化为尘土，一分落入池水里。细细看，那不是杨花，点点全是分离人的眼泪。

【赏析】

似花又不是花，无人怜惜，任其飘零。“离家”本是无情之举，“傍路”又露难舍之意，道是无情却有情。看杨树那纤细的枝干，犹如思妇离愁百结的柔肠；鲜嫩的叶子，仿佛思妇欲开还闭的娇眼；而飘忽迷离的杨花，则是思妇神态的写照。迷离盖因“有思”，为何而思？只为那还在远方的夫婿。白天的思念填不平心中的缺口，也就只好在梦中与夫婿重逢。然而，这弄人的造化，却连人的这一点奢望也要夺走，派来那恼人的黄莺，惊醒思妇的好梦，真叫人上火！

春光一去不复返，给人留下惜春之情的同时，更多的还是遗憾。杨花飞尽，已是暮春时分，百花凋零。晨雨过后，杨花化作浮萍。浮萍纵然美丽，却让人不忍看它消逝，只能借此聊以自慰。春色留不住，该离去的终究还是会离去，二分归于尘土，一分归于流水。仔细看来，池上的浮萍哪里是杨花，分明是离人的眼泪，是思妇的幽怨。

【拓展】

唐代金昌绪曾作《春怨》，亦描写了思妇被黄莺打断美梦的懊恼之情。全诗如下：

打起黄莺儿，莫教枝上啼。

啼时惊妾梦，不得到辽西。

前人旧事

元日

爆竹声中一岁除，春风送暖入屠苏[①]。

千门万户曈曈日，总把新桃换旧符[②]。

【注释】

这首诗描写了春节除旧迎新的景象，北宋王安石作。元日：农历正月初一，即春节。

① 屠苏：药酒名。古代大年初一全家合饮屠苏酒，以驱邪避瘟疫，求得长寿。

② 桃：桃符。农历正月初一时人们用桃木板写上神荼、郁垒两位神灵的名字，悬挂在门旁，用来压邪。

【大意】

爆竹声中旧的一年过去了，春风已把温暖送进了屠苏酒碗。

初升的太阳照耀千门万户，家家都用新的桃符把旧的替换。

【赏析】

点燃爆竹，饮屠苏酒，换新桃符，充分表现出年节的欢乐气氛，富有浓厚的生活气息。

逢年遇节燃放爆竹，古已有之，今天仍在继续。正月初一，全家老小喝屠苏酒，然后用红布把渣滓包起来，挂在门框上，用来“驱邪”和躲避瘟疫。过节的人们喝着屠苏酒，暖洋洋的，感到春天已经来临。

春天来了，天气也转暖了，家家户户都沐浴在初春朝阳的光照之中。既然是新的一年，门前挂着的桃符自然也要焕然一新才对，于是家家户户都用新桃符替换了旧桃符。

关于这首诗，解释到这里似乎已经完结了，但别忘了王安石还有一重政治家的身份。此时的王安石正被授权组织变法，既是仕途和抱负上春风得意之时，也隐含了一层对推进变法和得到结果的乐观而殷切的期待。春风送暖，充满生机，陈旧的事物总是要被新生事物取代，这是亘古不变的规律。

【拓展】

清代纳兰性德曾作《浣溪沙·庚申除夜》，描写了贵族守岁的情景。全词如下：

收取闲心冷处浓，舞裙犹忆柘枝红。谁家刻烛待春风。

竹叶樽空翻采燕，九枝灯灺颤金虫。风流端合倚天公。

西江月·世事一场大梦

世事一场大梦，人生几度新凉[①]？夜来风叶已鸣廊[②]。看取眉头鬓上。

酒贱[③]常愁客少，月明多被云妨。中秋谁与共孤光。把盏凄然北望。

【注释】

此词反映了作者谪居后的苦闷心情，词调较为低沉、哀婉，充满了人生空幻的深沉喟叹，北宋苏轼作。

① 新凉：一作“秋凉”。

② 风叶：风吹树叶所发出的声音。鸣廊：在回廊上发出声响。

③ 贱：质量低劣。

【大意】

世上万事恍如一场大梦，人生经历了几度新凉的秋天？到了晚上，风吹动树叶发出的声音响彻回廊，看看自己，眉头鬓上又多了几缕银丝。

酒并非好酒，故为客少发愁，月亮虽明，却总被云遮住。在这中秋之夜，谁能够和我共同欣赏这美妙的月光？我只能拿起酒杯，凄然望着北方。

【赏析】

世事如梦，人生如梦，苏轼不止一次在作品中流露出这类想法，既有自我排遣之语，也有古往今来之思，旷达之境词中常有，悲伤却并不常见。一段历尽沧桑的词，加上几度新凉之问，风叶鸣廊，人生短暂，惊见繁霜浸鬓，虽不至于悲从中来，却也忍不住地伤感起来。浮生若梦的感叹，不是看破红尘的彻悟，就是对坎坷人生的不忿，是面对荒谬现实的无奈。

世事如梦，人生如梦，一切皆如白驹过隙、雪后飞鸿，人生只是天地间偶然的飘蓬，所以不可执着于现实中的得失荣辱，而应超脱于具体的万事万物，使自己内心趋于平衡。“人生几度新凉”，又一个秋天来临了，初来乍到的秋是如此的“新”，不是秋“新”，而是苏轼太敏感。时间不断流逝，磨蚀着有限的生命，秋天还是如往常一样到来了，紧跟其后的是爬上了鬓角的银丝。

“新凉”不只是天气，秋也不只是季节，它们代表的是人生的低谷。排挤和打击，这不会是苏轼生命中的第一次，也不会是最后一次，但是，每一次这样的际遇都让人心生悲凉。心中的凉辅以初秋的凉，怎能不悲？怎能不愁？头发白了，也是正常的吧！

命运的起伏不定、变幻莫测，结合自然的变幻，表达的不是一时一地之事，亦非一己一身之感，而是苏轼对人生、命运的沉思。

“酒贱常愁客少，月明多被云妨。”“酒贱”是因为“人贱”，身遭贬斥，冷遇也是不可避免的吧！小人当道，君子遭谗。远贬黄州，苏轼以这种自我嘲讽的形式来表现心中的失落与不满。因“乌台诗案”受牵连被贬的人太多，苏轼不愿再连累友人，所以绝少与故人交往，因而“客少”。静寂的夜，皓月当空，一个人独坐月下，寒气袭来。

“中秋”是团聚的日子，在这个特殊的日子里“北望”，“北望”的含义也就变得特殊起来。在孤苦寂寥、凄然北望之中，思弟之情、忧国之心、身世之感交织在一起，因而这首词也笼罩着一层悲凉的气氛，虽然努力远离，却始终摆脱不了尘世的痛苦。在这热闹的中秋月明之时，唯一可以慰藉自己落寞孤寂情怀的是那真挚的手足深情。

渴望与兄弟一诉衷肠，无奈远贬黄州，千里之外，也只能在北望中借明月遥寄相思了。天涯共一月，相思两地情，相望却不能相聚，此时的无奈勾起了过往的辛酸，现实中太多的痛苦使苏轼陷入更深沉的悲凉之中。

【拓展】

唐代李白曾作《春日醉起言志》，全诗如下：

处世若大梦，胡为劳其生？
所以终日醉，颓然卧前楹。
觉来眄庭前，一鸟花间鸣。
借问此何时？春风语流莺。
感之欲叹息，对酒还自倾。
浩歌待明月，曲尽已忘情。

江城子·乙卯正月二十日夜记梦

十年生死两茫茫，不思量①，自难忘。千里孤坟，无处话凄凉。纵使②相逢应不识，尘满面，鬓如霜。

夜来幽梦忽还乡，小轩窗，正梳妆。相顾③无言，惟有泪千行。料得年年肠断处，明月夜，短松④冈。

【注释】

这是北宋苏轼为悼念原配妻子王弗而写的一首悼亡词，堪称情意缠绵、字字血泪，是悼亡词中的经典之作。乙卯（mǎo）：北宋熙宁八年，即公元 1075 年。

① 思量（liáng）：想念。

② 纵使：即使。

③ 顾：看。

④ 短松：矮松。

【大意】

十年生死相隔，思念茫茫，相见无法。压抑思念，却难以忘怀。

妻子的孤坟远在千里，没有地方跟她诉说心中的凄凉悲伤。

即使相逢也应该不会认识，因为我四处奔波，灰尘满面，鬓发如霜。

晚上忽然在隐约的梦境中回到了家乡，只见妻子正在小窗前对镜梳妆。

两人互相望着，千言万语不知从何说起，只有相对无言泪落千行。

料想那明月照耀着长着小松树的山坡，就是思念妻子年年痛欲断肠的地方。

【赏析】

在爱人逝世十年之际，远在千里之外的苏轼无法抑制对夫人的思念而在梦中与夫人相会，醒后写下这首词，这是深深的怀念，这是浓浓的情意。

十年的生死相隔，死者对人世是茫然无知了，活着的人对逝者也是同样的一无所知。恩爱夫妻，撒手永诀，转瞬间十年已过。想当初，年方十六的王弗嫁给了十九岁的苏东坡，少年夫妻自是情深意重，王弗更是蕙质兰心、善解人意。然而，人生总是充满意外，上天总是厌倦完满。好端端的陆游与唐婉，硬生生被礼教拆散，如今堪称天造地设的苏轼和王弗也抵不过命运的无常。逝者已矣，生者铭记，虽然不是经常想念，但绝不是已经忘却，只是思念在心中埋得太深而已。

往事蓦然来到心间，久蓄的情感潜流，忽如闸门大开，奔腾澎湃难以遏止。于是乎有梦，是真实而又自然的。对王弗的英年早逝，苏轼感慨万千，远隔千里，无处诉说凄凉。生死的界限无法逾越，这份孤独也因此显得更加凄凉、无助。既然在现实中难以相见，那么，在梦中重逢总归是可以的吧！现实与梦幻的界限被打破，死别后的种种忧愤、容颜的苍老、形体的衰败，终于都可以一一诉说了。然而，现在的苏轼已经苍老得不成样子了，“尘满面，鬓如霜”，就算在梦中相见，恐怕她也难以辨认了。

既然来到了梦中，就把梦继续下去吧！那是旧时的故乡，是两人曾共度甜蜜岁月的地方。亲切而又熟悉的小室，还有正在梳妆打扮的她。这是梦境，并非真实，但却一定曾经真实地发生过，这是苏轼心中关于王弗的永恒的印象、永远难忘的场景、最美好的回忆。在最美好的回忆当中，苏轼有很多话想说，之前还在纠结“无处话凄凉”的苏轼，现在面对最理想的倾诉对象，却“相顾无言”，只有千行泪水横流。“无言”，方显沉痛；“无言”，胜过了万语千言；“无言”，才使这个梦境令人感到无限凄凉。一个梦，把过去拉了回来，梦醒，一切烟消云散。清醒过来，还是忍不住想起亡妻，料想长眠地下的爱侣，为了眷恋人世、难舍亲人，也会像我这般肝肠寸断吧！

【拓展】

清代纳兰性德曾作《金缕曲·亡妇忌日有感》，以悼亡早逝的妻子，情真意切。全词如下：

此恨何时已。滴空阶、寒更雨歇，葬花天气。三载悠悠魂梦杳，是梦久应醒矣。料也觉、人间无味。不及夜台尘土隔，冷清清、一片埋愁地。钗钿约，竟抛弃。

重泉若有双鱼寄。好知他、年来苦乐，与谁相倚。我自中宵成转侧，忍听湘弦重理。待结个、他生知己。还怕两人俱薄命，再缘悭、剩月零风里。清泪尽，纸灰起。

桂枝香·金陵怀古

登临送目，正故国①晚秋，天气初肃。千里澄江似练，翠峰如簇。归帆去棹②残阳里，背西风，酒旗斜矗。彩舟云淡，星河鹭起，画图难足③。

念往昔，繁华竞逐，叹门外楼头④，悲恨相续。千古凭高对此，谩嗟荣辱。六朝⑤旧事随流水，但寒烟衰草凝绿。至今商女，时时犹唱，后庭遗曲⑥。

【注释】

此词通过对金陵景物的赞美和历史兴亡的感喟，表达作者对当时朝政的担忧和对国家政治大事的关心，北宋王安石作。

① 故国：即故都。

② 棹（zhào）：划船的一种工具，形似桨，此处引申为船。

③ 难足：难以完美地表现出来。

④ 门外楼头：指南朝陈的亡国惨剧。语出自杜牧《台城曲》："门外韩擒虎，楼头张丽华。"

⑤ 六朝：指建都金陵的三国吴、东晋、宋、齐、梁、陈六个朝代。

⑥ 后庭遗曲：指歌曲《玉树后庭花》，传陈后主作，被视为亡国之音。

【大意】

登上城楼放眼远望，故都金陵正是深秋，天气已变得飒爽清凉。

千里澄江宛如一条白练，青翠山峰像箭镞耸立前方。

帆船在夕阳下往来穿梭，西风起处，斜插的酒旗在小街飘扬。

画船如同在淡云中浮游，白鹭好像在银河里飞舞，丹青妙笔也难描画这壮美风光。

遥想当年，故都金陵繁盛堂皇。可惜朱雀门外结绮阁仍在，六朝却已相继败亡。

自古多少人在此登高怀古，无不对历代荣辱喟叹感伤。

六朝旧事已随流水消逝，剩下的只有寒烟惨淡、绿草衰黄。

时至今日，商女们还时时把《玉树后庭花》遗曲吟唱。

【赏析】

来到南朝古都金陵胜地的时候，正是一个深秋的傍晚，天气已经开始转凉，有种飒爽的感觉。当此之时，临江揽胜，凭高吊古，自有一番兴致。看那长江，水清波平，宛如一条千里长的白练横在大地上。白练的两侧是成簇的青山，葱翠欲滴。这是一幅极美的静景，现在，这景致有了一点变化。纵目望去，只见斜阳映照之下，目力所及之处，有数不清的帆风樯影，交错于闪闪江波之上。凝眸细看，却又见西风紧处，那酒肆青旗高高挑起，因风飘拂，似有生命在其中。如此一来，眼前的景色更加美丽了，但却再也不能把它呈现在画面上与人分享，人们唯有来到这里，才能体会一二。

白天就要过去，夜晚将要来临，每一天都如此，交替不辍，就像朝代的兴衰一样。这脚下的金陵大地，细想起来，到宋朝为止，也称得上是六朝古都了。想当年，六个朝代哪一个建都金陵的时候不是繁荣昌盛，当时的金陵城肯定也见惯了荣华富贵。只可惜，没有一个朝代能够长久。当年的繁华尚且能够在衰败了的阁楼和沧桑的城门处看出些许痕迹，六个盛极一时的朝代，现在却消失殆尽了。即使是距今最近的陈，留下的也不过是“门外韩擒虎，楼头张丽华”的笑谈而已。古往今来，多少文人墨客对此凭吊！然而，六朝皆以荒淫相继亡覆，只能空贻后人凭吊；往事无痕，唯见秋草凄碧，触目惊心。

夜深了，江上的画船华灯初上，阵阵悦耳的歌声传出，仔细听来，正是歌女们唱的《玉树后庭花》。

【拓展】

南宋文天祥曾作《金陵驿》，全诗如下：

草合离宫转夕晖，孤云飘泊复何依？
山河风景元无异，城郭人民半已非。
满地芦花和我老，旧家燕子傍谁飞？
从今别却江南路，化作啼鹃带血归。

人月圆·伤心莫问前朝事

伤心莫问前朝事，重上越王台[①]。鹧鸪[②]啼处，东风草绿，残照花开。

怅然孤啸，青山故国，乔木苍苔。当时明月，依依素影，何处飞来？

【注释】

这是一首怀古伤今的作品，元代倪瓒作。倪瓒，初名珽，字泰宇，后字元镇，元代画家、诗人，“元四家”之一，著有《清閟阁集》。前朝：指过去的所有朝代，一说指宋朝，此处取第一种说法。

① 越王台：春秋时越王勾践所建的驻兵之地。

② 鹧鸪（zhè gū）：鸟名，体形似鸡而比鸡小。

【大意】

不要再问前朝那些伤心的往事了，再次登上越王台。鹧鸪鸟哀婉地啼叫，东风吹拂初绿的衰草，山花在残阳中开放。

仰天长啸，排遣心中惆怅，青山依旧，乔木布满苍苔，一片悲凉。头上的明月，柔和皎洁，仍是照耀过前朝的那轮，可是它又是从哪里飞来的呢？

【赏析】

作者生活的时代是元代中晚期，其出生之时，元朝业已立国三十年，作者没有条件形成所谓遗民思想。因而，曲中的“前朝事”是将越王台跨越的历史一网打尽，并不专指宋朝。历史兴替、岁月无情，总是会引起怀古者的“伤心”。窦巩曾说“伤心欲问前朝事”，而倪瓒却说“伤心莫问前朝事”，一字之变，便使那绝望和无奈充满了张力。在这无奈和绝望的情绪笼罩下，作者再次登上了越王台，伤心之人，见到的也只能是伤心之景，哀鸣的鹧鸪、料峭的东风、初绿的衰草、残缺的夕阳，还有倔强的花儿。

禁不住“怅然孤啸”，“啸”是要抒发抑郁，而“孤啸”又是另一种滋味了，有心事却无人知会的滋味。登台所见，是青山依旧、绿水长流、东风不知疲倦地吹送、草木一遍又一遍地在枯黄和青翠间轮回，现在和过去对它们来说，并没有改变。这山河草木都没有改变，但它的主人却变了，“当时”的江山早已换主，那么“当时”的明月怎么又会飞来重临呢？为此，作者依恋不愿离去，而明月也在天空徘徊了很久。原来，明月也如作者一样，对故国山河眷恋得深沉。

【拓展】

关于越王勾践和越王台，前人留下了很多作品。唐代李白曾作《越中览古》以缅怀勾践，全诗如下：

越王勾践破吴归，义士还乡尽锦衣。
宫女如花满春殿，只今惟有鹧鸪飞。

中唐窦巩曾作《南游感兴》，借越王台抒发感慨，全诗如下：

伤心欲问前朝事，惟见江流去不回。
日暮东风春草绿，鹧鸪飞上越王台。

声声慢·寻寻觅觅

寻寻觅觅，冷冷清清，凄凄惨惨戚戚。乍暖还寒时候，最难将息①。三杯两盏淡酒，怎敌他、晚来风急？雁过也，正伤心，却是旧时相识。

满地黄花堆积。憔悴损②，如今有谁堪摘？守着③窗儿，独自怎生④得黑？梧桐更兼细雨，到黄昏、点点滴滴。这次第⑤，怎一个愁字了得！

【注释】

这是一首通过描写残秋所见、所闻、所感，抒发自己因国破家亡、沦落天涯而产生的孤寂落寞、悲凉愁苦心绪的作品，宋代李清照作。

① 将息：调养休息，保养安宁，养息适应。

② 损：表示程度极高。

③ 着：一作“著”。

④ 生：语气助词，无义。

⑤ 这次第：这光景、这情形。

【大意】

苦苦地寻寻觅觅，却只见冷冷清清，怎不让人凄惨悲戚。乍暖还寒的时节，最难保养休息。喝三杯两杯淡酒，怎么抵得住早晨的寒风急袭？一行大雁从眼前飞过，更让人伤心，因为都是旧日的相识。

园中菊花堆积满地，都已经憔悴不堪，如今还有谁来采摘？冷清清地守着窗子，独自一个人怎么熬到天黑？梧桐叶上细雨淋漓，到黄昏时分，还是点点滴滴。这般情景，怎么能用一个“愁”字了结！

【赏析】

心情不好，再加上这种乍暖还寒的天气，睡觉也睡不好。多想沉沉睡去，在梦乡里短暂地逃离痛苦，怎奈越想入眠越难以入眠。失眠的时候总是想起过去，过去的时光里有他——她已经亡故的丈夫。披衣起床，喝一点酒暖暖身子再说吧。可是寒冷是由于孤独引起的，而饮酒与品茶一样，独自一人只会觉得分外凄凉。

端着一杯淡酒，在这天暗云低，冷风正劲的时节，突然听到鸿雁悲鸣，哀怨的鸣叫划破天空，划破作者未愈的伤口。作者忍不住感叹：大雁的叫声凄凉幽怨，恐怕也如我一般，心中藏满了伤心往事吧！难道它也像我一样，余生要独自一人面对万里层山、千山暮雪？思绪嘈杂，泪光迷蒙，孤独的鸿雁模样越来越熟悉，岂非以前为自己传递情书的那一只？信使仍在，萧郎已逝，人鬼殊途，物是人非事事休，欲语泪先流。

这时看见那些菊花，才发觉花儿也已憔悴不堪，落红满地，再无当年那种“东篱把酒黄昏后，有暗香盈袖”的雅致了。作者忍不住再次陷入沉思：以往的日子多么美好，那时，他仍健在，二人诗词唱和，一起整理古籍，可如今呢？只剩下自己一个人遭受这无边无际的孤独的煎熬了。故物依然，人面全非。“旧时天气旧时衣，只有情怀，不似旧家时。”独对着孤雁残菊，更感凄凉。手托香腮，珠泪盈眶。怕黄昏，挨白昼。对着这阴沉的天，一个人要怎样才能熬到黄昏的来临呢？漫长使孤独变得更加可怕，独自一人，觉得连时间也开始变慢起来。

挨到黄昏，雨下了起来。点点滴滴，淅淅沥沥，无边丝雨细如愁，徒然惹人心烦。屋外那两棵梧桐，虽然处在风雨中，却互相扶持、互相依靠，两相对比，自己一个人要凄凉多了。

急风骤雨，孤雁残菊梧桐，眼前的一切，每一样都使人忧愁，直至无以复加、无法形容、难以表述。既然如此，那就只能直接说了：“这次第，怎一个愁字了得？”

【拓展】

这首词开篇连用的七组叠字历来为人们称道，唐代诗僧寒山曾作《杳杳寒山道》，其中对叠字的运用亦达到了极高的境界。全诗如下：

杳杳寒山道，落落冷涧滨。
啾啾常有鸟，寂寂更无人。
淅淅风吹面，纷纷雪积身。
朝朝不见日，岁岁不知春。

踏莎行·情似游丝

情似游丝，人如飞絮。泪珠阁[1]

定空相觑[②]。一溪烟柳万丝垂，无因[③]系得兰舟住。

雁过斜阳，草迷烟渚。如今已是愁无数。明朝且做莫思量，如何过得今宵去。

【注释】

这是一首写离愁的词，南宋周紫芝作。周紫芝，字少隐，号竹坡居士，南宋文学家，著有《太仓稊米集》《竹坡诗话》《竹坡词》。游丝：蜘蛛等昆虫所吐的飘荡在空中的丝。

① 阁：通“搁”。

② 觑（qù）：细看。

③ 无因：没有办法。

【大意】

离情缭乱若飘浮的游丝，离人漂泊如随风的柳絮。离别时凝定了泪眼徒然相视。整条河溪烟雾弥漫杨柳万丝千缕，却无法将木兰舟系住。

大雁从斜照的夕阳边上路过，烟雾覆盖了沙洲草树迷离。到如今离愁郁积，不可胜数。下定决心明天不再思量这离愁，可是该如何熬过今夜？

【赏析】

在这个柳絮纷飞的季节，两个人站在柳树下，泪眼相望，默然无语。即将如飞絮一般的人有着像游丝一样的情，情和人一样，都飘零无依。两个漂泊的人在一起可以相互依靠，一对相互依靠的人分别时，世间又多了两朵飘摇的柳絮。四只满含着泪珠的眼睛，一动不动地彼此对视。难舍、伤感、惆怅、凄怆，在无声中流露出来，徒然无用。

一溪烟柳，千万条垂丝，却无法系住转去的兰舟。一派天真、满腔痴情，把本不相涉的景与事勾连起来，传达出心底的怨艾之情和无可奈何之苦。埋怨柳丝系不住行舟，这种无理的要求，恐怕也只有饱受彷徨凄恻的伤感折磨的人才能想到吧！

不管是埋怨也好，无奈也罢，离别还是来了，“人”终究还是走了。“兰舟催发”过后，只剩“雁过斜阳，草迷烟渚”，和“如今已是愁无数”的“我”。既然人已经走了，也就罢了，明天不再去想就好了，可是，看到这黄昏时分的景色，实在难以想象即将到来的夜晚要如何才能熬过去。

【拓展】

北宋柳永曾作《雨霖铃·寒蝉凄切》，是写离愁的名篇。全词如下：

寒蝉凄切，对长亭晚，骤雨初歇。
都门帐饮无绪，留恋处，兰舟催发。
执手相看泪眼，竟无语凝噎。
念去去，千里烟波，暮霭沉沉楚天阔。
多情自古伤离别，更那堪冷落清秋节！
今宵酒醒何处？杨柳岸，晓风残月。
此去经年，应是良辰好景虚设。
便纵有千种风情，更与何人说？

过零丁洋

辛苦遭逢起一经[①]，干戈寥落四周星[②]。

山河破碎风飘絮，身世浮沉雨打萍。

惶恐滩③头说惶恐，零丁洋④里叹零丁。

人生自古谁无死？留取丹心照汗青。

【注释】

这首诗表现了慷慨激昂的爱国热情、视死如归的高风亮节以及舍生取义的人生观，是中华民族传统美德的崇高表现，南宋文天祥作。文天祥，字履善，又字宋瑞，自号文山，南宋文学家，宝祐四年以状元及第进入仕途，有《文山诗集》《指南录》《指南后录》《正气歌》等作品传世。

① 起一经：因精通某一经籍而通过科举考试得官。

② 寥（liáo）落：冷清，稀稀落落。四周星：四年。

③ 惶恐滩：在今江西省万安县，水流湍急，极为险恶，为赣江十八滩之一。

④ 零丁洋：即“伶仃洋”，在今广东省中山市南的珠江口。

【大意】

回想我早年由科举入仕历尽辛苦，如今战火消歇已过了四年。

国家危在旦夕恰如风中纷飞的柳絮，个人身世遭遇好似骤雨里的浮萍。

惶恐滩的惨败让我至今依然惶恐，零丁洋身陷囹圄可叹我孤苦伶仃。

自古以来有谁能够长生不死？我要留一片爱国的忠心映照史册。

【赏析】

如今已经到了生死关头，是时候回忆一生，做一下总结了。既然是回忆，总是免不了有许多感慨。回首走过的半生，这一切感慨的来源主要是一件事，就是宝祐四年的状元及第。

这是光耀门楣的好事，也是这一生悲剧的开端。既以明经入仕，自然要根据圣贤的指示来帮助国家渡过难关，这不正是实现自我价值、为国为民努力奋斗的大好机会吗？然而，当朝廷征天下兵的时候，高举勤王大旗的却寥寥无几，那些张口闭口“孔曰”“孟曰”的家伙此时早已经闭上了口。

国家前途未卜，自己命运堪忧，在踏上征程的那一刻，此二者就已经紧紧地联系在了一起。亡国孤臣有如在水上漂泊的无根浮萍，无所依附。说起来，这些都算不得什么，惶恐滩那一次才是

真正地让人惊惶无措。当时，在江西空坑兵败，经惶恐滩退往福建。前临大海，后有追兵，如何闯过那九死一生的险境，转败为胜是让人最忧虑、最惶恐不安的事情。当然，现在的处境也不怎么样，军队溃败，身为俘虏，被押送过零丁洋，孤苦伶仃，这心情和这地名连在一起，倒也算是应景了。

惶恐已经成为过去，被俘也是没有办法改变的事实了，大不了就是一死！既然无力改变，何不慷慨赴死？

【拓展】

文天祥曾作《除夜》，是其在生命中的最后一个除夕表明心迹的作品。全诗如下：

乾坤空落落，岁月去堂堂。
末路惊风雨，穷边饱雪霜。
命随年欲尽，身与世俱忘。
无复屠苏梦，挑灯夜未央。

渔家傲·秋思

塞下秋来风景异，衡阳雁去[①]无留意。四面边声连角起，千嶂[②]里，长烟落日孤城闭。

浊酒一杯家万里，燕然[③]未勒归无计，羌管悠悠霜满地，人不寐，将军白发征夫泪。

【注释】

这是一首表现将士们的英雄气概及艰苦生活的抒怀之作，北宋范仲淹作。

① 衡阳雁去：传说秋天北雁南飞，至湖南衡阳回雁峰而止，不再南飞。

② 千嶂：山峰绵延、俊俏之态。

③ 燕然：即燕然山，今名杭爱山，在今蒙古国境内。东汉窦宪曾率兵追击匈奴单于，出塞三千余里，登燕然山，刻石勒功而还。

【大意】

秋天到了，西北边塞的风光和江南不同。大雁又飞回衡阳了，一点儿也没有停留之意。黄昏时，军中号角一吹，周围的边声也随之而起。层峦叠嶂里，暮霭沉沉，山衔落日，孤零零的城门紧闭。

饮一杯浊酒，不由得想起万里之外的家乡，未能像窦宪那样战胜敌人、刻石燕然，不能早作归计。悠扬的羌笛响起来了，天气寒冷，霜雪满地。夜深了，将士们都不能安睡：将军为操持军事，须发都变白了；战士们久戍边塞，也流下了伤时的眼泪。

【赏析】

今年塞外的秋景看起来与往年有些不同，与江南更是相异。景色并没有变化，只因不变的景色中多了一群思乡的人，他们思念的是江南的家乡。风带来了秋的前奏，大雁开始南飞。它们排成一排，大概是要飞到衡阳的回雁峰去吧！看着天空中自由翱翔的大雁，身不由己的士兵们的心也恨不得随之南飞。大雁飞过，缥缈的思绪被收回，心中剩下的只有羡慕。

天上的大雁可以毫无顾忌地回家，作为守卫边疆的士兵却不可能像大雁一样无拘无束，他们的身后是一个国家的尊严。然而，思乡之情却又止不住地从脑海中跳脱出来，想家和报国，实在是矛盾啊！然而，边塞没有多少时间用来思辨。边防凄厉的号角声以及周遭的狼嗥风啸声如往常一样，突然响起，掠过每个人的心脏，飘向远方。远处，山峦叠嶂，长烟锁山，孤城紧闭。目光所及，尽是苍凉，包裹着故乡温暖的外壳。

苍凉的边塞并无多少消遣活动，唯有饮一杯浊酒，试图驱散心头的寒冷。一杯酒，麻痹了心，朦胧了眼，想到了万里之外的故乡，看到了汉将军窦宪大破匈奴，燕然山勒石记功。朦胧间，不知何人吹起了芦管，一阵清凉从耳朵流到心间。惊醒，此地却不是燕然山。抬眼望去，满头白发的将军还在篝火旁擦拭宝剑，老迈的士兵们默然不语，却也并未入睡。唉！强虏未灭，如何回家？

【拓展】

唐代李益曾作《夜上受降城闻笛》，描写了戍边征人的思乡之情。全诗如下：

回乐峰前沙似雪，受降城外月如霜。
不知何处吹芦管，一夜征人尽望乡。

天净沙·秋思

枯藤老树昏鸦①，
小桥流水人家，
古道西风②瘦马。
夕阳西下，
断肠人③在天涯④。

【注释】

这是一首表达飘零天涯的游子在秋天思念故乡和倦于漂泊的凄苦愁楚之情的小令，元代马致远作。马致远，字千里，号东篱，元代戏剧家、散曲家，"元曲四大家"之一。

① 昏鸦：黄昏时归巢的乌鸦。昏：傍晚。

② 西风：寒冷、萧瑟的秋风。

③ 断肠人：形容伤心悲痛到极点的人，此指漂泊天涯、极度忧伤的旅人。

④ 天涯：远离家乡的地方。

【大意】

天色黄昏，一群乌鸦落在枯藤缠绕的老树上，发出凄厉的哀鸣。

小桥下流水哗哗作响，小桥边庄户人家炊烟袅袅。

古道上一匹瘦马，顶着西风艰难地前行。

夕阳渐渐地失去了光泽，从西边落下。

凄寒的夜色里，只有孤独的旅人漂泊在遥远的地方。

【赏析】

秋时易感，这是中国文坛古老的传

统。古人说宇宙间有阴阳二气，正是它们的运行才产生了天地万物和四时晨昏。夏天阳气最盛，所以草木茂盛。但盛到极点就开始衰落，阴气渐生，慢慢到了秋天和冬天。秋冬之际阴气最重，因而草木衰败。阴到极点又转为阳，阳生而万物长，所以春天就会百花齐放。四季的冷暖不同，不同的自然景色随着四季的变换往复循环，无止无休。人的内心也随着这些变化而触动，春天草木的萌发让人联想到美好，所以引起喜悦的心理；秋天草木的凋零让人联想到生命的衰老与终结，因而，每到秋天，文人们便忍不住要忧愁一次。

又是一个秋天的黄昏，一年的时光至此开始进入后半程，一天至此也行将结束。夕阳斜挂在山头欲落还留，依依不舍，却又不得不完成一天的使命。目光所及满目凄凉：藤是早已没有了生命的枯萎的藤；树是千年老树，飒飒的西风把它吹向生命的终点；道是荒凉的古道；马是体弱无力的瘦马。飘零在天涯海角的人，面对如此萧瑟的景色怎么能不断肠呢？

小桥、流水、人家都是那么安详、静谧、温馨。家乡、亲人远在天涯，这一切让人牵挂，也让人迷茫。在这样的黄昏中，在这样的古道上，又是这样萧瑟的季节，只能使愁情更为深切，悲伤更为凄厉，前路更加迷茫。

【拓展】

元代白朴曾作《天净沙·秋》，意境、写法与上文相近。小令全文如下：

孤村落日残霞，轻烟老树寒鸦。一点飞鸿影下。

青山绿水，白草红叶黄花。

少年游·并刀如水

并刀如水[①]，吴盐胜雪，纤手破新橙。
锦幄初温，兽烟不断，相对坐调笙。
低声问：向谁行[②]宿？城上已三更。
马滑霜浓，不如休去，直是[③]少人行。

【注释】

这是一首追忆过往经历的作品，北宋周邦彦作。

① 并刀：并州出产的剪刀。如水：形容剪刀的锋利。

② 谁行（háng）：谁那里。

③ 直是：就是。

【大意】

并刀如水般光滑，吴盐像雪般洁白，一双纤纤玉手，把橙子轻轻剥开。织锦的帷幕刚变得温热，刻着兽头的香炉中烟雾袅袅不绝，有两个人面对面坐着在调笙。

她低声问：你要去哪里投宿？城楼上三更的钟声已经响过。露水越来越浓，马儿难免打滑，不如就此住下，别再离去，现在街上的行人也没几个了。

【赏析】

这是一首词，也是一段经历，一段

作者自己在秦楼楚馆中的经历。这首词的成功之处在于作者曲折幽微地写出了对象心理状态的细微变化，且将女子特有的口吻刻画得惟妙惟肖、呼之欲出。

倏然间，三件简单的道具出现在了读者眼前，并州出产的刀子和吴地出产的盐，还有一双女子的纤纤玉手。微细的动作，表现的是心中微妙的变化，是她试图隐藏的刻意的讨好。室内是暖烘烘的帷幕，刻着兽头的香炉中，有沉水的香烟缓缓升腾。有两个人——一男一女——相对而坐，女子正调弄着手里的笙，试试它的音调；男子显然也精通音乐，他从女子的手中接过笙来，试吹了几声，然后再还给女子。

接过他递过来的笙，她开口了。她开口，是因为她希望他留下来，然而，她却拉不下面子来直接要求，犹豫半天，说出口的是："今夜到哪里去投宿？"没头没脑的一句，似乎还需要做一点补充。"时间已经过了三更，要走的话，就趁现在吧！"口中如是说，心中想的却是，若是不走，那就现在决定留下来吧！思前想后，这样放他走了实在是心有不甘，得想个说辞让他留下才好。"现在霜重了，马蹄难免打滑，你现在离开的话，我实在难以放心。"他一直没有作声，始终目不转睛地盯着她。看着他似笑非笑的表情，她脸红了，仿佛谎言被揭穿而恼羞成怒，她轻啐一口："不如就在这儿别走了，反正赶夜路的人也没有几个！"再抬眼看去，两人相视而笑。

【拓展】

北宋柳永曾作《塞孤》，通过细致的动作描写，刻画了男女相会的场景。全词如下：

一声鸡，又报残更歇。秣马巾车催发。草草主人灯下别。山路险，新霜滑。

瑶珂响、起栖乌，金镫冷、敲残月。渐西风紧，襟袖凄冽。

遥指白玉京，望断黄金阙。远道何时行彻。算得佳人凝恨切。应念念，归时节。

相见了、执柔荑，幽会处、偎香雪。免鸳衾、两恁虚设。

清平乐·朱颜渐老

朱颜渐老，白发添多少？桃李春风浑①过了，留得桑榆残照。

江南地迥无尘，老夫一片闲云。恋杀青山不去，青山未必留人。

【注释】

这首《清平乐》是一首叹惋迟暮之作，元代白朴作。白朴，原名恒，字仁甫，字太素，号兰谷，元代文学家、曲作家、杂剧家，"元曲四大家"之一。

① 浑：全，整个。

【大意】

青春的容颜逐渐衰老，鬓角又增添了多少白发？

桃李、春风就这么全都过去了，只剩下夕阳的余晖映出桑榆长长的影子。

再次来到江南，无一丝烟火之气，自己就像是一片飘逸的闲云。

我留恋这青山，不想离开，青山却不一定能永远留住欣赏它的人。

【赏析】

流光倏忽，转眼之间，青春已逝，迟暮之年已匆匆到来。这消逝的青春就像那桃李春风一样，模糊中带着美好，让人向往；却又这么糊里糊涂地就过去了，让人追忆。等到韶华已逝，在夕阳西沉的时候，徒然追忆，面对夕阳下桑榆长长的影子叹息。桑榆之年，充满了苍凉凄恻。

日思夜想着金陵的土地，如今，这一片宛如人间仙境般的大地终于再次来到了脚下，这是大地的回归，这是造化的规律。走进江南天明地净的山光水色，也就离开了北地世俗的烟尘，在这里，终于可以像一朵自由自在地飘逸于天际的“闲云”一样，过自己想要的生活了。人钟情于自然，因而留连忘情于青山；青山也因人的欣赏而愿意挽留它的知音。然而，人的生命毕竟有限，那青翠的山峦则千万年长青不变，与之相比，人生不过是流星划过长空的一瞬，因此，青山即使有情而想把人常留于此，终究还是无能为力。

【拓展】

白朴还曾作散曲《双调·庆东原》，同样抒发了迟暮的感慨，同时也是对元代黑暗政治的折射。全曲如下：

忘忧草，含笑花，劝君闻早冠宜挂。那里也能言陆贾，那里也良谋子牙，那里也豪气张华？千古是非心，一夕渔樵话。

黄金缕，碧玉箫，温柔乡里寻常到。青春过了，朱颜渐老，白发凋骚。则待强簪花，又恐傍人笑。暖日宜乘轿，春风宜试马，恰寒食有二百处秋千架，对人娇杏花，扑人飞柳花，迎人笑桃花。来往画船游，招飐青旗挂。

诉衷情·当年万里觅封侯

当年万里觅封侯。匹马戍①梁州。关河②梦断何处，尘暗旧貂裘。

胡未灭，鬓先秋③。泪空流。此生谁料，心在天山，身老沧洲。

【注释】

这首词通过今昔对比，反映了一位爱国志士壮志难酬、报国无门的悲愤不平之情，南宋陆游作。

①戍：守边。

②关河：关塞、河流。

③秋：秋霜，比喻年老鬓白。

【大意】

当年奔赴万里外的边疆，寻找建功立业的机会，单枪匹马奔赴边境保卫梁州。如今防守边疆要塞的从军生活只能在梦中出现，梦醒后不知它在何处？唯有貂皮裘衣已积满灰尘，变得又暗又旧。

金国还未消灭，自己的双鬓却早已白如秋霜，眼泪白白地流淌。谁能料我这一生，心始终在前线抗敌，人却老死在沧洲！

【赏析】

这是一个需要英雄的时代，但这又是一个英雄“过剩”的时代。陆游的一生以抗金复国为己任，无奈请缨无路，屡遭贬黜，晚年退居山阴，有志难伸。历史的无情、时代的风霜、英雄的无奈、现实的艰难，共同酿成了这首悲壮沉郁的作品。

作这首词时，词人已近古稀，身处故地，未忘国忧。“烈士暮年，壮心不已”，然而，壮志不得实现，雄心无人理解。虽有“男儿到死心如铁”的志气，却敌不过“报国欲死无战场”的现实，

到头来只有压抑、无奈。

遥想当年，作者年轻的时候，志在报效祖国，收拾旧河山。一个人、一匹马就去保卫边境，这是自信，这是执着。最初，他以为找到了自己的梦想，却不料现实总是与他开玩笑。在前线仅半年，他就被调离，从此关塞河防只能时时在梦中相见，而梦醒不知身何处，只有旧时的貂裘戎装能带来些许慰藉。

每当此时，总会忍不住放眼西北，神州陆沉，残虏未扫；再回首人生，流年暗度，两鬓斑斑；雄心虽在，壮志难酬。沉痛越转越深：人生自古谁不老？但逆胡尚未灭，功业尚未成，岁月已无多。

当年那个意气风发的少年如何也不会料到，自己一生的结尾竟然会不断地处在“心”与“身”的矛盾冲突中。心神驰骋于疆场，身体却僵卧孤村，他看到了“铁马冰河”，但这只是在梦中，他的心灵高高扬起，飞到“天山”，而他的身体却沉重地坠落在“沧洲”。

【拓展】

陆游曾作题画诗《桃源忆故人·题华山图》，表达壮志难酬的愤懑之情。全诗如下：

中原当日三川震，关辅回头煨烬。
泪尽两河征镇，日望中兴运。
秋风霜满青青鬓，老却新丰英俊。
云外华山千仞，依旧无人问。

约客

黄梅时节[1]家家雨，青草池塘处处蛙。
有约不来过夜半，闲敲棋子落灯花[2]。

【注释】

这是一首写景寄情，表达作者内心含而不露的寂寞之情的作品，南宋赵师秀作。赵师秀，字紫芝，号灵秀，亦称灵芝，又号天乐，南宋诗人。约客：邀请客人来相会。

① 黄梅时节：五月，夏初江南梅子黄熟的时节。

② 灯花：灯芯燃尽结成的花状物。

【大意】

梅子黄时，家家都笼罩在雨中，长满青草的池塘边，传来阵阵蛙声。

午夜已过，约好的客人还没来，我无聊地轻轻敲着棋子，震落灯芯结出的疙瘩。

【赏析】

梅雨季节，阴雨连绵，池塘水涨，蛙声不断，乡村之景是那么清新恬静、和谐美妙。此情此景，只有我一个人在独自等待友人的到来。

夏季的梅雨无所不在，急骤密集，乡村之景清新而静谧，景色虽美，却阻断了行人的路，使客人不能如期赴约，面对这绵绵梅雨，等待的人所能做的也只有无奈。池塘中蛙声阵阵，更显出梅雨时节乡村夜晚的恬静和谐。这蛙声仿佛在嘲笑等待之人的落寞孤寂，也勾起他的烦躁不安，扰乱了他的心境。此时此刻，多么希望友人能够风雨无阻、如期而至，这样就可以一起举棋消愁了！

为了诺言，为了友谊，尽管夜已深，人已静，灯花拨了一次又一次，他始终不愿放弃，仍然在坚持，等待着友人的到来，而友人却一直未能露面。友人不来，该如何打发这寂寞无聊和令人烦躁不安的时间？只能独自一人随意地轻敲棋子来打发时间。灯花在棋子的震动下落下来，灯油少了，灯芯短了，他的惆怅却丝毫未减。

【拓展】

唐代孟浩然曾作《宿业师山房期丁大不至》，与上文作品所写意境、心情有异曲同工之妙。全诗如下：

夕阳度西岭，群壑倏已暝。
松月生夜凉，风泉满清听。
樵人归欲尽，烟鸟栖初定。
之子期宿来，孤琴候萝径。

明清近代

瑰丽自然

临江仙·滚滚长江东逝水

滚滚长江东逝水，浪花淘尽英雄。是非成败转头空，青山依旧在，几度夕阳红。

白发渔樵江渚①上，惯看秋月春风。一壶浊酒喜相逢，古今多少事，都付笑谈中。

【注释】

该词为明代杨慎所作，出自《廿一史弹词》，是其中的第三段《说秦汉》的一篇开场词。杨慎，字用修，号升庵，明代三才子之首，时人称其“无书不读”。

① 渔樵：指隐居不问世事的人。渚（zhǔ）：原意为水中的小块陆地，此处意为江岸边。

【大意】

滚滚长江向东流，多少英雄在浪花般的斗争和时间中消逝。无论谁是谁非，成功或者失败，到头来都成空，都随着岁月消逝了。当年的青山依然存在，太阳仍旧日升日落。

在江边的白发隐士，早已看惯了岁月的变化。见到久违的老友，自是非常高兴，痛快地畅饮一杯酒，古往今来多少事，都付之于人们的谈笑之中。

【赏析】

长江东逝，没有人能抗拒，它也不为谁停留。浪花飞溅，淹没芸芸众生，英雄概莫能外。功名也好，事业也罢，在时间的长河中也只有消逝，不见踪影。青山亘古未变，夕阳西下，与之前并无两样。

在历史长河的奔腾与沉淀中是否存在永恒的价值？在成与败、得与失之间是否蕴含着人生的哲理？历史的兴衰、人生的沉浮，于客观世界并未留下任何痕迹，于个体身上却能锤炼出一种高洁的情操、旷达的胸怀。无情的历史听来仿佛是一声叹息，在叹息中，是否存在生命永恒的价值？

江山永恒，人生短暂。经历得越多，这感触便越加深刻。

于是，须发皆白的隐者，寄情于春风、秋月。时间久了，这份与世无争，也就成了习惯。然而，重复而单调的生活偶尔也会使人感到索然，老友的到访，便成了打破平淡的惊喜。酒逢知己，使孤独与苍凉有了一份慰藉。此情此景，哪还有功夫管什么古往今来、世事变迁，就算是那些名垂千古的丰功伟绩，如今也只不过是两位老人茶余饭后的谈资罢了。

唯愿时间淘尽世间事，化作滔滔江水带走那些无奈的抗争的同时，沉淀下些许的永恒，以遗后来者。

【拓展】

《廿一史弹词·说秦汉》另有一篇《西江月》。全词如下：

落日西飞滚滚，大江东去滔滔。夜来今日又明朝，蓦地青春过了。

千古风流人物，一时多少英豪。龙争虎斗漫劬劳，落得一场谈笑。

北风行

城外萧萧[①]北风起，城上健儿吹落耳。

将军玉帐貂鼠衣，手持酒杯看雪飞。

【注释】

《北风行》为明代刘基所作，旨在描写戍城将士的艰苦。刘基，字伯温，"明初诗文三大家"之一，亦是著名军事家。

① 萧萧：形容寒冷。

【大意】

城外刮起了凛冽的北风，城楼上战士的耳朵似乎要被冻掉了。

帐篷里面将军锦帽貂裘，手持酒杯欣赏着帐篷外面的飞雪美景。

【赏析】

北国的冬天，寒冷得让人难熬，有北风夹杂着雪刮来，那就让人更加难以忍受了。而此时，最痛苦的莫过于仍然站在城楼上守城的战士了，每当有风刮来，他们都感觉耳朵要冻掉了。战士难过，将军也不好受，即使是在帐篷中，还要穿着貂鼠大衣才能御寒。面对这样的天气和环境，将军所能做的，也只是无奈地手持酒杯，望着帐外的飞雪而已。若是没有战争，他们又何必在此受这份本就可以避免的罪呢?

全诗通过对这种恶劣天气和环境的描写，对将士们反应的刻画，表达出了将士们打仗的艰辛，也从侧面表达了作者对战争的批判和对将士们的怜爱之情。

【拓展】

《北风行》原是乐府曲调名，唐代李白曾作《北风行》，描写北风雨雪、行人不归之感伤。全诗如下：

烛龙栖寒门，光曜犹旦开。

日月照之何不及此?

惟有北风号怒天上来。

燕山雪花大如席，片片吹落轩辕台。

幽州思妇十二月，停歌罢笑双蛾摧。

倚门望行人，念君长城苦寒良可哀。

别时提剑救边去，遗此虎文金鞞靫。

中有一双白羽箭，蜘蛛结网生尘埃。

箭空在，人今战死不复回。

不忍见此物，焚之已成灰。

黄河捧土尚可塞，北风雨雪恨难裁。

浣溪沙·谁念西风独自凉

谁[①]念西风独自凉，萧萧黄叶闭疏窗[②]，沉思往事立残阳。

被酒[3]莫惊春睡重，赌书消得泼茶香，当时只道是寻常。

【注释】

这是一首悼念死去的妻子的词，清代纳兰性德作。纳兰性德，字容若，清代词人，王国维评价其在词上的成就为“北宋以来，一人而已”。

① 谁：指亡妻。

② 疏窗：刻有花纹的窗户。

③ 被酒：酒醉。

【大意】

秋风送凉，叶纷纷落下，对着窗子独自寂寞，没有人值得我去挂念，现在也没有人会再挂念我了。也唯有面对着夕阳，通过思念往事来打发时间。

喝酒睡懒觉，赌书泼茶，当时不懂，只以为是平常事，如今斯人已逝，往事不再，才知寻常的可贵。

【赏析】

黄叶、疏窗、残阳勾勒出一抹像往常一样美丽的秋色，由看到景物而勾起沉思，氛围已是孤寂凄清。孤独寂寞之情如是，借怀念往事以排遣，但越加孤独。

沉思中忆起寻常往事，曾经二人也如李清照和赵明诚烹茶、赌书一般，悠然惬意。然而，那些寻常的往事不能再现，亡妻不可复生，心灵之创痛也永无平复之日。心中有怀恋，有追悔，有悲哀，有惆怅，却无从宣泄。即使是以往的寻常之事，如今业已变成求之不得的梦想。

“寻常”二字司空见惯，一旦失去，更能显出心中的酸苦。

【拓展】

纳兰性德曾评四篇悼亡之作，分别是苏轼的《江城子·十年生死两茫茫》、元稹的《离思》、贺铸的《鹧鸪天·重过阊门万事非》和潘岳的《悼亡诗（其一）》。其中《悼亡诗（其一）》全诗如下：

荏苒冬春谢，寒暑忽流易。
之子归穷泉，重壤永幽隔。
私怀谁克从，淹留亦何益。
僶俛恭朝命，回心反初役。
望庐思其人，入室想所历。
帏屏无仿佛，翰墨有余迹。
流芳未及歇，遗挂犹在壁。
怅恍如或存，回惶忡惊惕。
如彼翰林鸟，双栖一朝只。
如彼游川鱼，比目中路析。
春风缘隟来，晨溜承檐滴。
寝息何时忘，沉忧日盈积。
庶几有时衰，庄缶犹可击。

题墨葡萄诗

半生落魄已成翁，

独立书斋啸晚风。

笔底明珠无处卖，

闲抛闲掷野藤中。

【注释】

这是一首感慨壮志未酬的诗，明代徐渭作。徐渭，字文长，或称青藤老人，明代三才子之一。

【大意】

潦倒半生，如今已经成了一个老头儿，什么都干不了了，

唯一能做的，就是自己坐在书斋前对着晚风倾诉自己的怅惘。

有时也会写一点儿东西出来，虽然自认为是像葡萄一样的明珠，奈何无人问津，

就随意丢掷，让它们像葡萄一样埋没在藤蔓中吧！

【赏析】

这是一幅徐渭的自画像，画中，一个一生抑郁、落魄不得志的倔强老头，在经历了命运的多次捉弄后，怀揣着一直珍视的傲气，不肯向命运低头。头发都白了，却仍要在书斋前，在夕阳西下的晚风中，独立啸傲，喊出来的是对自己多舛命运的无尽悲叹。

“明珠”一语多义，指葡萄，也指葡萄画。葡萄画没有人买，也就没有价

值，只能闲置一旁，就像自己无人赏识的才能一般，也只能随着自身的老去而逐渐被灰尘和藤蔓掩盖。

一个“闲”字，突出表现了诗人一生飘零、寂寞孤苦的境遇，表达了诗人“英雄无用武之地”的怅惘与不平。本该一展抱负，却遭“闲抛闲掷”，各种遗憾与愤懑，均借这一“闲”字言出来了。

可叹千古失意文人，到了晚年，大概都有这种情绪吧！

【拓展】

南宋陆游曾作《书愤》，以不同的风格，表达了同样一种怀才不遇的愤懑。全诗如下：

早岁那知世事艰，中原北望气如山。
楼船夜雪瓜洲渡，铁马秋风大散关。
塞上长城空自许，镜中衰鬓已先斑。
出师一表真名世，千载谁堪伯仲间。

竹石

咬定青山不放松，
立根原在破岩①中。
千磨万击还坚劲②，
任③尔东西南北风。

【注释】

这是一首题画诗，着力表现了岩竹顽强而又执着的品质，清代郑燮作。郑燮，字克柔，号板桥，清代画家、文学家，“扬州八怪”之一。竹石：扎根在石缝中的竹子。

① 破岩：破裂的岩石。

② 坚劲（jìng）：坚定强劲。

③ 任：任凭。

【大意】

竹子抓住青山就像咬住一样丝毫不放松，牢牢地扎根在裂开的岩石缝隙中。

千种磨难万种打击都不能改变它的挺拔，无论你刮的是东西南北什么风也不能摧毁它的坚韧。

【赏析】

破岩恶风压制、摧残着竹子的生长，让人很难不认为这是对封建王朝的残酷统治的影射，而事实上，这正是当时腐朽黑暗社会环境的写照。

然而，人都是有韧劲的，就像这竹子一样。竹子用根“咬”住青山，扎根岩石，挺立风中，虽历经磨难，仍然节节向上，傲然屹立。一个“咬”字使读者感到多少顽强的力量，这与人的不屈不挠何其相似！

清明的年代，难以显现出人格中的光辉；漆黑的夜里，萤火微光也变得弥足珍贵。管它是风吹雨打还是打击磨难，都是磨炼出坚韧的特质的助力；处于困境并非耻辱，反而正好磨砺自己的品格。通过这强烈的对比，作者对恶势力的强烈憎恶便跃然纸上，使我们更能体会到作者对岩竹所象征的那种刚强人格的崇高赞美。

【拓展】

唐代王绩曾作《石竹咏》，全诗如下：

萋萋结绿枝，晔晔垂朱英。
常恐零露降，不得全其生。
叹息聊自思，此生岂我情。
昔我未生时，谁者令我萌。
弃置勿重陈，委化何足惊。

一剪梅

其一

红满苔阶绿满枝，杜宇声声，杜宇声悲！

交欢未久又分离，彩凤孤飞，彩凤孤栖。

别后相思是几时？后会难知？后会难期？

此情何以表相思？一首情词，一首情诗。

其二

雨打梨花深闭门，孤负青春，虚负青春。

赏心乐事共谁论？花下销魂，月下销魂。

愁聚眉峰尽日颦①，千点啼痕，万点啼痕。

晓看天色暮看②云，行也思君，坐也思君。

【注释】

这是一首描写闺怨的词，明代唐寅作。唐寅，字伯虎，号六如居士、桃花庵主，明代文学家、画家，“吴门四才子”（亦称“江南四大才子”）之首。

① 颦（pín）：皱眉。

② 晓看、暮看：两个“看”字，看似多此一举，实乃特定心态的外在表现。

【大意】

在落花铺满台阶、绿叶遍布枝头的季节，杜鹃鸟声声啼叫。欢聚的时刻那样短暂，转眼就要分离了。彩凤孤单地飞舞，孤独地栖息。分别以后有多少相思？不知道什么时候才可以重逢。这相思情怀也只有用一首情词、一首情诗来表达。

紧闭的门里，春雨打落了梨花。青春就这样孤独地虚度过去，就算有高兴的事又能向谁说？在花下沉醉、在月下痴迷，忧愁蹙在眉头，日复一日，留下千万滴泪痕。朝朝暮暮看着天色，看着流云，走想着你，坐也想着你。

【赏析】

“闺怨”之作古已有之，历经久远的历史，这一题材在越加成熟的同时，也越难出新意，因而，能够别出心裁实在难能可贵。词句之清圆流转自是不必多说，这是每一首好词都必须具备的。这阕词的匠心独运之处在于其在自然明畅的吟哦中所表现的空间阻隔灼痛着痴恋女子的幽婉心绪，实在动人。

空间，既无情地拉开了恋者的距

离，又必然在一次次“雨打梨花”、春来春去中加重恋者对曾经有过的“赏心乐事”的失落感，这青春年华也就无可挽回地在花前月下神伤徘徊之间被残酷地空耗去。

时间，在空间中流逝，空间距离未能缩短，又加速着时光的消失。“花下销魂，月下销魂”，无处不令“我”回思往时的温馨；“行也思君，坐也思君”，朝暮之间无时不在翘首企盼恋人的归来。

在时间和空间双重折磨下的痛苦，于文字间回环往复，一个泪痕难拭的痴心女子形象就这样活脱脱地定格在了永恒的时间和空间之中。

【拓展】

词牌《一剪梅》出自北宋周邦彦所作《一剪梅》中的“一剪梅花万样娇”。全词如下：

一剪梅花万样娇。斜插梅枝，略点眉梢。轻盈微笑舞低回，何事尊前拍误招。

夜渐寒深酒渐消。袖里时闻玉钏敲。城头谁恁促残更，银漏何如，且慢明朝。

金明池·咏寒柳

有怅寒潮，无情残照，正是萧萧南浦[①]。更吹起，霜条孤影，还记得，旧时飞絮。况晚来，烟浪斜阳，见行客，特地瘦腰如舞。总一种凄凉，十分憔悴，尚有燕台佳句。

春日酿成秋日雨。念畴昔[②]风流，暗伤如许。纵饶有，绕堤画舸[③]，冷落尽，水云犹故。忆从前，一点东风，几隔着重帘，眉儿愁苦。待约个梅魂，黄昏月淡，与伊深怜低语。

【注释】

这首词是恋人离开后，作者感怀身世，抒发了“美人迟暮”的作品，明代柳如是作。柳如是，明末清初著名歌伎、才女，“秦淮八艳”之一。

① 浦：水边或河流入海的地区。

② 畴昔：往昔，以前。

③ 画舸（gě）：画船。舸：大船。

【大意】

挟来阵阵寒意的水浪，也有些心事重重；只有西去的阳光，投下惨淡的影子，渐渐地消失；南面的水岸依旧见证着你我的分别，萧索的风带着些许苍凉。

又起风了，河岸上的柳条瑟瑟摇摆，落下最后一片黄叶，影子被孤单填满。飞絮如雪的那些日子，总是让人难以忘记。

望着远去的帆影，不觉间夜幕降临，浪花激起茫茫烟雾，模糊了最后一抹夕阳。只有那孤苦柳树，扭动着瘦弱的腰身，轻轻地舞动，迎来匆忙的过客。

这是一份怎样的凄凉！这是一份怎样的憔悴！就像《燕台四首》中迷迷糊糊的微光，被惊醒的美梦中的絮语……

我们彼此的爱，在春天里酿成，在寒冷的秋季，又变成相思的眼泪。想起携手并肩时的亲密，再看看如今的境况，不禁黯然神伤。

笙歌劲舞的画舫，依然绕着河岸缓缓地移动，心已冷，水在流，云在飘，不知道心尖上的人儿，你在何处。

回忆起相恋的日子，就如同迎面吹来的一阵风，一阵微弱的风，吹不进重叠的窗帘，只是让这一份相思深深地刻在我的眉间。

只能等待那个梅花的精灵，在夜阑人静、月淡星稀的时候，对她说出我心中的苦闷，向她传达我深深的思念。

【赏析】

在中国的古代社会，一名女子，能有独立自由的心性，不依附于某个实体，虽然遭遇凄凉的境遇，却没有失去自我的主体意识，并且期望与梅魂平等地对话，这是着实不易的。这种来之不易的刚性气质来自词人的独立人格意识与自由心性。

这是一个秋日的黄昏，在送别之地，伴随着凛凛的寒风，残阳西挂，满目凄凉，在这样一个容易令人伤感的环境中，通过描写寒柳来暗写自己不幸的身世，使人产生的共鸣是如此的强烈。

“更吹起，霜条孤影”，凄凉的环境中平添了一丝无助、孤独。凄凉暗淡的外部环境，将词人凄苦的心境又衬托出一丝无奈。把时间的指针回拨，回到那留不住的曾经，再看如今的生活，就如一片柳絮，无根无蒂、任风吹落、随意飘荡、无人怜悯，留下的也只有凄凉、憔悴……

“待约个梅魂，黄昏月淡，与伊深怜低语”，这是词人的誓言结句，也是她的奢望，词人以此向迫使二人分离的势力作出坚决的抗争，虽然无力，却不妨碍她对爱情的忠贞和执着，只因她爱得刻骨铭心。因为这刻骨铭心的爱，就算身处困境，就算命运不公，她仍要抗争！

【拓展】

清代纳兰性德曾作《临江仙·寒柳》，全词如下：

飞絮飞花何处是，层冰积雪摧残，疏疏一树五更寒。爱他明月好，憔悴也相关。

最是繁丝摇落后，转教人忆春山。湔裙梦断续应难。西风多少恨，吹不散眉弯。

菊花

故园三径吐幽丛，一夜玄霜坠碧空。
多少天涯未归客，尽借[1]篱落看秋风。

【注释】

这是一首托物寄兴的诗，明代唐寅作。

①借：凭，引申为倚靠。

【大意】

老院子里的几条小径长满了茂盛的花草，看起来有点幽深，一夜过后，突如其来的白霜仿佛从碧空中降落下来，幽深的小径多了一片亮色，仔细看去，原来是菊花簇簇开放。即使如隐者一般的菊花，亦有我发现其美，可怜那么多在漂泊中追寻着梦想的文人，只能倚着篱笆，看看秋风。

【赏析】

娓娓道来，平淡如水；细细读之，顿感凄凉。这是一首简单的诗，里面充满苦闷与无奈。没有艰涩的意象，没有晦涩的字眼，没有复杂的结构，没有隐晦的抒情，浅近而直白，清新而淡雅，就是这么一首诗，道出了“多少天涯未归客”的心声。

以花比人，这是屈原香草美人的手法。唐寅借菊花自比，也是个中高手。故园的菊花开了，淡淡的，并不张扬。幽然地开放，来得很突然，就像一夜间落下的白霜。它们那么美，它们有高傲的本钱，从不铺排张扬，却内涵丰沛，它们期待他人的欣赏，却耻于开口。倘若最终没人发现这美，也就只能自然地凋落，怀着一丝忧伤，却不会后悔曾经的选择。就像那些郁郁不得志的文人墨客。

唐寅此时正倚靠在篱笆上看着菊花胡思乱想，大发感慨，还有多少沦落天涯的文人墨客，也曾经这么做过呢？秋菊绽放的是浓浓衰飒的秋意，秋风吹拂，勾勒出夕阳下自己的影子，多么美丽的景色，那些自命不凡的落魄文人大概都欣赏过这一幕吧！

【拓展】

明代丘濬曾作《咏菊》，丘濬与唐寅的人生轨迹迥然相异，因而从菊花中看到的情致也不同，所发感慨也完全不同。全诗如下：

浅红淡白间深黄，簇簇新妆阵阵香。
无限枝头好颜色，可怜开不为重阳。

桃花庵歌

桃花坞里桃花庵，桃花庵下桃花仙。
桃花仙人种桃树，又摘桃花换酒钱。
酒醒只在花前坐，酒醉还[①]来花下眠。
半醒半醉日复日，花落花开年复年。
但愿老死花酒间，不愿鞠躬车马前。
车尘马足富者趣，酒盏花枝贫者缘。
若将富贵比贫贱，一在平地一在天。
若将贫贱比车马，他得驱驰我得闲。
别人笑我太疯癫，我笑他人看不穿。
不见五陵豪杰墓[②]，无花无酒锄作田。

【注释】

《桃花庵歌》作者唐寅，是一首自况、自遣兼以警世之作。桃花坞在苏州市城北，唐寅曾在此购置院落，名桃花庵，并自称“桃花庵主”。

①还（huán）：再。

②五陵豪杰墓：代指曾经青史留名的

英雄豪杰的陵墓。五陵，汉代长安城外五个汉代皇帝陵墓，分别是高祖的长陵、惠帝的安陵、景帝的阳陵、武帝的茂陵、昭帝的平陵。

【大意】

桃花坞里有座桃花庵，桃花庵里有个桃花仙，桃花仙人种了很多桃树，他摘下桃花去换酒钱。

酒醒时就在花间静坐，酒醉了就在花下睡觉，半醒半醉中一天又一天，花开花落间一年又一年。

只愿老死桃花美酒间，不愿意在（达官显贵们的）车马前鞠躬行礼，车水马龙是贵族们的喜好，杯酒桃花是贫贱者的幸事。

如果将他人的富贵和我的贫贱对比，一个在天一个在地；如果将我的贫贱和达官显贵的车马相比较，他们得到了想要的纵意驰骋，我却得到了中意的闲情逸致。

别人笑话我很疯癫，我却笑他们看不穿世事，君不见，纵然是辉煌一时的豪杰之士，如今也多墓冢不存，他们的旧坟茔只能被当作田地来耕种，更不必说美酒桃花了。

【赏析】

不同的人，生活在不同的世界中。并非客观世界不同，而是心中所求不同。一首诗中，唐寅为我们描绘了两个截然不同的世界，生活在这两个世界中的人都自得其乐，惬意而满足。

这是一个花的世界，桃树遍地，桃花漫天，这里是桃花庵，桃花坞里的桃花庵，桃花仙人的桃花庵。究竟是先有桃花庵后有桃花，还是因为桃花多而有了桃花庵，无人知晓，就连桃花仙人对此也不关心，他正忙着摘桃花换钱买酒呢！如此大好美景，有花无酒怎么像话呢？

尤其对桃花仙人来说，更是如此。既为仙人，自然与众不同，便如花开花落是一年一般，桃花仙人一醉一醒之间，一天也就过去了。无论清醒还是醉着，花都是缺少不了的元素，也只有在花下，他才能如此满足。唯有如此，他才能找到真正的自己，远离世俗的纷争，烟花柳巷、醉生梦死，他曾经风流不羁；年少得志、遐迩闻名，他才思无双；功名被格、仕途无望，造就了他的放浪形骸。这纷扰的俗世有太多的痛苦和欢乐，若非在这桃花与酒的世界里，又如何能看透那些过眼的云烟。

有人能看透，就有人看不透，看透的人愿意在花和酒之间逍遥，看不透的人更向往骏马奔驰的快活。这又是另一个世界，一个物质的世界，一个金光闪闪的世界。在这个世界里，他们有宝马雕车，能够肆意驰骋，他们宁愿为了这些卑躬屈膝。身体上的愉悦和享受的代价是精神上的紧张，虽然如此，但这也是他们的志趣和选择。

在物质的世界中，人们热衷的是策马奔驰；在桃花的世界里，唐寅更喜欢那份自得的悠闲。其实无所谓看透与看不透，那也不过是别人所说罢了。只要能够自取其乐、自得其乐，又何乐而不为呢？

【拓展】

唐寅曾作《把酒对月歌》，在赞美和向往李白之洒脱的同时，也表达了自己对名利的淡然心态。全诗如下：

李白前时原有月，惟有李白诗能说。
李白如今已仙去，月在青天几圆缺？
今人犹歌李白诗，明月还如李白时。
我学李白对明月，白与明月安能知！
李白能诗复能酒，我今百杯复千首。
我愧虽无李白才，料应月不嫌我丑。
我也不登天子船，我也不上长安眠。
姑苏城外一茅屋，万树梅花月满天。

葬花吟

花谢花飞花满天，红消香断有谁怜？
游丝软系飘春榭[①]，落絮轻沾扑绣帘。
闺中女儿惜春暮，愁绪满怀无释处。
手把花锄出绣帘，忍踏落花来复去？
柳丝榆荚自芳菲，不管桃飘与李飞。
桃李明年能再发，明年闺中知有谁？
三月香巢已垒成，梁间燕子太无情！
明年花发虽可啄，却不道人去梁空巢也倾。
一年三百六十日，风刀霜剑严相逼。
明媚鲜妍能几时？一朝漂泊难寻觅。
花开易见落难寻，阶前闷杀葬花人。
独倚花锄泪暗洒，洒上空枝见血痕。
杜鹃无语正黄昏，荷锄归去掩重门。
青灯照壁人初睡，冷雨敲窗被未温。
怪奴底事倍伤神？半为怜春半恼春。
怜春忽至恼忽去，至又无言去不闻。
昨宵庭外悲歌发，知是花魂与鸟魂。
花魂鸟魂总难留，鸟自无言花自羞。
愿侬胁下生双翼，随花飞到天尽头。
天尽头，何处有香丘[②]？
未若锦囊收艳骨，一抔[③]净土掩风流。
质本洁来还洁去，强于污淖陷渠沟。
尔今死去侬收葬，未卜侬身何日丧？
侬今葬花人笑痴，他年葬侬知是谁？
试看春残花渐落，便是红颜老死时。
一朝春尽红颜老，花落人亡两不知！

【注释】

《葬花吟》通过丰富而奇特的想象，暗淡而凄清的画面，浓烈而忧伤的情调，抒写了黛玉在冷酷现实摧残下的心灵世界，表达了她在生与死、爱与恨的复杂斗争过程中所产生的一种焦虑体验和迷茫情感。此诗是《红楼梦》第二十七回中林黛玉所吟诵的一首诗，清代曹雪芹作。此诗有多个版本，此处取周汝昌校订版本。曹雪芹：名霑，字梦阮，号雪芹，清代著名文学家，著有《红楼梦》。

① 榭（xiè）：建在高土台或水面（或临水）上的建筑。

② 香丘：是根据佛教名词“香山”新造的词，意思是香气缭绕的小山丘，比喻有一小方受佛教庇护、可以安居乐业的土地。

③ 一抔（póu）：一捧。

【大意】

花儿已经凋残，随风漫天飘散。褪尽了鲜红颜色，消失了芳香，有谁对它同情哀怜？柔软的蛛丝儿似断似连，飘荡在春天的树间。漫天飘散的柳絮随风扑来，沾满了绣花的门帘。

闺房中的少女，面对着残春的景色多么惋惜。满怀忧郁惆怅，没有地方寄托愁绪。手拿着锄花的铁锄，挑开门帘走到园里。园里花儿飘了一地，我怎忍心踏着花儿走来走去？

轻佻的柳絮，浅薄的榆钱，只知道显耀自己的芳菲。不顾桃花飘零，也不管李花纷飞。待到来年大地春回，桃树李树又含苞吐蕊。可来年的闺房啊，还能剩下谁？

新春三月燕子噙来百花，垒成巢儿散着花香。梁间的燕子无情，辜负了鲜花！明年百花盛开时节，你还能叼衔花草，可你怎能料到房主人早已死去，旧巢也已倾落，只有房梁空空。

一年三百六十天啊，过的是什么日子！刀一样的寒风，利剑般的严霜，无情地摧残着花枝。明媚的春光，艳丽的花朵，能够支撑几时？一朝被狂风吹去，再也无处寻觅。

花开时节容易看到，一旦飘落难以找寻。站在阶前愁思满怀，愁坏了我这葬花的人。手里紧握着花锄，我默默地抛洒泪珠。泪珠儿洒满了空枝，空枝上浸染着斑斑血痕。

杜鹃泣尽了血泪，默默无语，黄昏

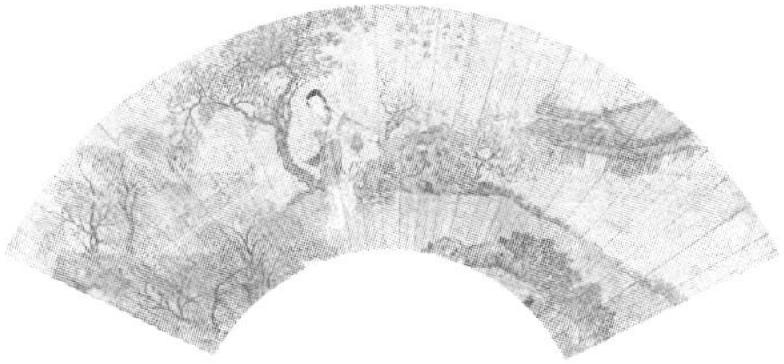

降临，一片惨淡。我扛着花锄归去，关上重重闺门；灯光幽冷照四壁，人们刚刚进入梦境。轻寒的春雨敲打着窗棂，床上被褥冰冷。

人们奇怪是什么事情，使我像今天这样格外伤心？一半是对美好春光的爱惜，一半是恼恨春天的逝去。我高兴春天突然来临，又为它匆匆归去感到抑郁。春天悄然无语地降临人间，又一声不响地离去。

昨晚不知院外什么地方，传来一阵阵悲凉的歌声。不知道是花儿的灵魂，还是那鸟儿的精灵？不管是花儿的灵魂，还是鸟儿的精灵，都一样地难以挽留。问那鸟儿，鸟儿默默无语，问那花儿，花儿低头含羞。

我衷心地希望啊，自己能够生出一双翅膀。尾随那飞去的花儿，飞向那天地的尽头。可纵使飞到天地的尽头，哪里又有埋葬香花的魂丘？

不如用这锦绣香袋，收敛你娇艳尸骨。再堆起一堆净土，埋葬你绝代风流。愿你那高贵的身体，洁净地生来，洁净地死去。不让它沾染上一丝儿污秽，被抛弃在那肮脏的河沟。

花儿啊，你今天死去，我来把你收葬，谁知道我这薄命的人啊，什么时候忽然命丧？我今天把花儿埋葬，人们都笑我痴情。等到我死去的时候，有谁把我掩埋？

不信请看那凋残的春色，花儿正在渐渐飘落。待花儿落尽之时，也就是闺中的少女，衰老死亡的时刻。一旦春天消逝，少女也便白发如丝。花儿凋零人死去，花儿人儿两不知！

【赏析】

为落花缝锦囊，为落花埋香冢；为落花悲泣，为落花赋诗，实在荒唐。能够做出这种前无古人、后无来者的举动的人，定然难以为世人所接受。荒唐的后面是痴情，这种痴情，唯有痴情如黛玉者方能理解，也唯有发生在痴情的黛玉身上方能为世人所理解。

这首诗似乎是对黛玉命运的暗示，有人说“伤心一首葬花词，似谶成真不自知”，这是一首消极颓伤的情绪极其浓重的诗，也是一首感染力很强的诗。这种情绪的渲染是为了在艺术上完全符合林黛玉这个人物所处的环境地位和所形成的思想性格，同时也是作者在某种程度上借小说人物之口来抒发自己的感情，这是黛玉思想的弱点，也是曹雪芹不忍触及的痛。人们同情林黛玉，因其多愁善感，也正是因其多愁善感，其思想感情更显脆弱。

然而，这首诗并非只是一味的哀伤凄恻，还有一种抑塞不平之气蕴含其中。其中有对世态炎凉、人情冷暖的愤懑——“柳丝榆荚自芳菲，不管桃飘与李飞”；有对长期迫害着她的冷酷无情的现实的控诉——“一年三百六十日，风刀霜剑严相逼”；有在幻想自由幸福而不可得时，所表现出来的不愿受辱被污、不甘低头屈服的孤傲不阿——“愿侬胁下生双翼，随花飞到天尽头。天尽头，何处有香丘？未若锦囊收艳骨，一抔净土掩风流。质本洁来还洁去，强于污淖陷渠沟”。这些，才是真正值得我们去体味的思想真谛之所在。若曹公再世，想必也会是这般想法吧。

【拓展】

《葬花吟》葬的是桃花，《红楼梦》七十回中亦有《桃花行》一诗，借描写桃花抒情。全诗如下：

桃花帘外东风软，桃花帘内晨妆懒。
帘外桃花帘内人，人与桃花隔不远。
东风有意揭帘栊，花欲窥人帘不卷。
桃花帘外开仍旧，帘中人比桃花瘦。
花解怜人花也愁，隔帘消息风吹透。
风透湘帘花满庭，庭前春色倍伤情。
闲苔院落门空掩，斜日栏杆人自凭。
凭栏人向东风泣，茜裙偷傍桃花立。
桃花桃叶乱纷纷，花绽新红叶凝碧。
雾裹烟封一万株，烘楼照壁红模糊。
天机烧破鸳鸯锦，春酣欲醒移珊枕。
侍女金盆进水来，香泉影蘸胭脂冷！
胭脂鲜艳何相类，花之颜色人之泪。
若将人泪比桃花，泪自长流花自媚。
泪眼观花泪易干，泪干春尽花憔悴。
憔悴花遮憔悴人，花飞人倦易黄昏。
一声杜宇春归尽，寂寞帘栊空月痕！

睹物感怀

明日歌

明日复明日，明日何其多。
我生待明日，万事成蹉跎[1]。
世人若被明日累，春去秋来老将至。
朝看水东流，暮看日西坠。
百年明日能几何？请君听我明日歌。

【注释】

《明日歌》语言通俗流畅、明白如话，旨在劝勉人们要珍惜时间，勿虚度年华，莫荒废光阴，明代钱福作。钱福，字与谦，自号鹤滩，著有《鹤滩集》。

① 蹉跎（cuō tuó）：虚度光阴。

【大意】

一个明天接着又一个明天，明天是何等的多啊！

可是人的一生如果在等待中度过，那么，他将虚度光阴，一事无成。

世人如果被明日牵绊，年复一年，秋来春去，蓦然回首，老之将至。

早晨看河水向东流去，傍晚看夕阳西下，每天都无所事事。

人生百年，能有几个明日？请大家珍惜光阴，听听我的明日歌吧！

【赏析】

诗人在一首诗中反复七次提到“明日”，就是要告诫人们要珍惜时间，今日之事今日毕，不要拖到明天徒让岁月蹉跎。浅显的句子，流畅的语言，通俗易懂的说理，道出的是亘古不变的道理。

世界上的许多东西都能尽力争取，亡羊仍能补牢，失去复能得到，只有时间，一去就不复返。生命只有一次，时过不会再来。不要将今天的事拖到明天，因为明天还有明天的事，明天之后还会有下一个明天。

【拓展】

明代文嘉亦有《明日歌》传世，据说乃钱福《明日歌》之原本。全诗如下：

明日复明日，明日何其多！
日日待明日，万事成蹉跎。
世人皆被明日累，明日无穷老将至。
晨昏滚滚水东流，今古悠悠日西坠。
百年明日能几何？请君听我明日歌。

朝天子·咏喇叭

喇叭、锁呐[1]，曲儿小腔儿大。
官船来往乱如麻，全仗你抬声价[2]。
军听了军愁，民听了民怕。
那里去辨甚么真共假？

眼见的吹翻了这家，吹伤了那家，

只吹的水尽鹅飞罢[③]！

【注释】

这是一首咏物小令，通过一个小小侧面映射出了整个时代的黑暗，明代王磐作。王磐，字鸿渐，明代散曲作家、画家，因筑楼于城西，自号“西楼”。

①锁呐：今作“唢呐”，管乐器。

②声价：指名誉地位。

③水尽鹅飞罢：水干了，鹅也飞光了。喻民穷财尽，家破人亡。

【大意】

喇叭和唢呐，曲子短促，声音却极为响亮、悠长。

官船来往像一团乱麻，全都靠你来抬高名誉和地位。

军人听了发愁，百姓听了害怕。

如何会去辨别什么真假？

眼看着百姓们元气大伤、倾家荡产，最后民穷财尽，家破人亡。

【赏析】

明武宗时，宦官横行无忌，百姓受其荼毒颇深。作者对此非常不满，这首《朝天子·咏喇叭》，便是借咏喇叭，揭露宦官的罪行的作品。

要说咏物，首先要说的便是像，描述得与原物不像，说得再多也是无用。要描写得像，就要善于观察，抓住所咏之物的特征进行描写。喇叭、唢呐的最突出特征就是“曲儿小腔儿大”，这大与小的对比，又正好能够帮助作者表达其爱憎之情——宦官也像这喇叭和唢呐一样，本事没有几分，架子、派头倒是一样不能落下——不得不说，作者对这一特征的描写是非常成功的。一句话便道出了喇叭和宦官的共同特征，把他们的丑恶本质刻画得入木三分。

说罢特征，再来说用途。喇叭、唢呐是为来往的官船提升名誉地位的，即作“抬声价”之用。若是本来够高，又何需再“抬”，既然需要“抬”，那其本身的品格和地位自然就是卑劣、低下的。作者在不动声色之间就将那些鱼肉百姓的宦官狠狠地讽刺了一把。

虽然卑劣、低下，虽然“曲儿小腔儿大”，虽然需要被“抬”才能有更高的“声价”，但他们祸害起军民来，却是一点儿都不含糊。以至于军民一听到喇叭、唢呐的声音就忧愁、恐惧。再次从侧面写出了宦官荼毒之深，手段之狠辣，竟到了使人闻声而丧胆的地步。

忧愁又如何，害怕又如何？该吹的还是照样在吹，该搜刮的还是如往常一样在搜刮。唯有等到倾家荡产、家破人亡了，这种痛苦才能解脱。

【拓展】

宦官与外戚干政，历来为中国文人所不齿，唐代张祜曾作《集灵台》讽刺杨玉环之三姐虢国夫人的嚣张气焰。全诗如下：

虢国夫人承主恩，平明骑马入宫门。

却嫌脂粉污颜色，淡扫蛾眉朝至尊。

咏煤炭

凿开混沌得乌金，藏蓄阳和意最深。

爝火燃回春浩浩①，洪炉照破夜沉沉。

鼎彝②元赖生成力，铁石犹存死后心。

但愿苍生俱饱暖，不辞辛苦出山林。

【注释】

这是一首咏物诗，作者以煤炭自喻，托物明志，表现其为国为民的抱负，明代于谦作。于谦，字廷益，号节庵，明代诗人、政治家、军事家，有《于忠肃集》传世。

①爝（jué）火：小火炬。浩浩：本意是形容水势大，此处引申为广大。

②鼎彝（yí）：烹饪工具。鼎：炊具。彝：酒器。

【大意】

凿开混沌地层，有乌金般的煤炭。蕴藏无尽之热力，心藏深沉情义。

燃起融融炬火，浩浩犹如是春风。熊熊洪炉之烈焰，照破灰色天空。

制作钟鼎彝器，全赖生成是原力。铁石虽已经死去，仍然保留忠心。

只希望天下人，都是又饱又暖和。不辞辛劳不辞苦，走出荒僻山林。

【赏析】

煤炭的形象，是乌金；煤炭的一生，是长久寂寞的等待和酝酿之后刹那的激情迸发。这说的是煤炭，也是人，如作者一般竭尽心力、为国为民的人。后四句有感而发，抒发诗人的情怀。

托物言志，满篇的漂亮话犹如唱词，入眼处皆是忧国忧民的情怀和鞠躬尽瘁的誓言，不免使人想到那些说一套做一套的伪君子。然而于谦不是，世人皆知，而且人们还赞颂他这首诗所表现出的品格之高尚。同样的话，不同的人讲出来，效果截然不同。

若是称赞汪精卫的“引刀成一快，不负少年头”，相信没几个人不认为那是讽刺；赞颂文天祥的“留取丹心照汗青”，所有人都会真心实意地点头称是，于谦的情况也是如此。

这种区别的关键不在于话是如何说的，人们更注重的是说这些话的人的事是如何做的。一个清廉的首辅，一个高尚的文人，有谁会不相信于谦在写这些文字的时候是捧着流着热血的良心的呢？

【拓展】

于谦曾作《石灰吟》，表达自己高洁的情操。全诗如下：

千锤万凿出深山，烈火焚烧若等闲。

粉骨碎身浑不怕，要留清白在人间。

亦曾作《入京》，表达自己的清廉和对腐败的不满。全诗如下：

绢帕麻菇与线香，本资民用反为殃。

清风两袖朝天去，免得闾阎话短长！

钓台题壁

不是樽[①]前爱惜身，佯狂难免假成真，
曾因酒醉鞭名马，生怕情多累美人。
劫数东南天作孽，鸡鸣风雨海扬尘[②]，
悲歌痛哭终何补，义士纷纷说帝秦[③]。

【注释】

1931年1月左联五作家被捕，一个月后被杀，郁达夫闻之，忧伤、愤怒而作此诗。郁达夫，原名郁文，浙江富阳人，现代文学家、诗人。

① 樽：或作尊。

② 鸡鸣风雨：《诗经》中“风雨如晦，鸡鸣不已”的简写。海扬尘：用麻姑典故，喻世事变化无常。

③ 帝秦：指鲁仲连义不帝秦。

【大意】

一直都嗜酒，从来不爱惜自己的身体，癫狂装得久了，有时假的也成了真的。

从前曾经因为醉酒狠狠地鞭打名马，生怕因为自己的放荡不羁而连累了同志和战友。

东南方有劫难，那是老天作的孽，风雨之中的鸡叫声，让人感觉到世事的变化无常。

悲伤痛哭能有什么用呢？有志之士都在谈论鲁仲连义不帝秦的故事。

【赏析】

过去嗜酒若命，开怀豪饮，现在不会再如此了。并非因为喝酒伤身——他从来就没有考虑过这个问题，只是因为总是借着酒劲假装癫狂，生怕佯狂面世的心态养成了习惯。若是只能癫狂度日，哪还能再忧国忧民呢？

回忆过去喝酒，诗人是多么的风流倜傥，现在，走马章台、诗酒风流的生活已成过去，内心只盼望以国家兴亡为己任。就算是为了不连累这些志同道合的朋友，诗人也决定告别过去放荡不羁的生活了。

日寇犯边东南，生灵涂炭、民不聊生，人人都说这是老天作的孽，然而真的是天灾吗？当权者不积极抗日，使得人民遭受重重的苦难，这根本就是人祸。时局黑暗混乱，就是大海也会扬尘，这混沌的世间的人，也该看清什么利害关系了。

文人多愁，对局势担忧自是不可避免，然而一个人的忧愁终归只是一个人在愁，长歌当哭除了声音之外实在无用，要像鲁仲连一样拿起笔来，才能拯救人民于水深火热之中。

【拓展】

郁达夫曾作《过富春江》，同样表达了忧国之情。全诗如下：

三分天下二分亡，四海何人吊国殇！
偶向西台台畔过，苔痕犹似泪淋浪。

忆秦娥·娄山关

西风烈，长空雁叫霜晨月。霜晨月

[1]，马蹄声碎，喇叭声咽[2]。

雄关漫道真如铁，而今迈步从头越。从头越，苍山如海，残阳如血。

【注释】

本词写于娄山关激战之后，以娄山关之战为题材，以景入情，情中有景，从内到外描写了红军铁血长征中征战娄山关的紧张激烈场景，表现了作者面对失利和困难从容不迫的气度和博大胸怀，毛泽东作。

① 霜晨月：叠句，类似音律上的和声，有连锁作用。

② 喇叭：此处指军号。咽（yè）：呜咽、幽咽，声音因阻塞而低沉。

【大意】

凛冽的西风吹得猛烈，大雁鸣霜，晓月当空。晓月当空，马蹄声嘈杂凌乱，军号声沉郁低回。

莫说群山如铁难逾越，而今让我们重振旗鼓前进。重振旗鼓前进，茫茫青山似海，夕阳光华如血。

【赏析】

凡能用语言描绘出来的一切自然之景，都是人眼中的自然之景和心中之情的交织于笔尖的流露。西风、大雁、晓月、马蹄、军号，看似自然之景，实非自然之景，而是作者眼中之景，是写情之景，表达的是景中之情，是作者之感。

因为天寒冷，才觉西风烈；因为路难行，才觉霜气重；因为心情沉郁，才觉雁鸣凄苦，马蹄声碎，喇叭声咽。这是红军夜行的真实写照。因为天色未亮，凄风冷月，行军困苦，所以灰暗的色调中没有一点亮色。此情此景，如此阴沉抑郁的基调，读之令人心情沉郁，在这一点上，作者的渲染是非常成功的。因而，若是按照一般的套路写来，继续写人之困顿，路之艰难，行军之不易，深化这悲苦的基调，也将会是一首沉郁顿挫的名篇。但作者却并不满足于此，他的性格中没有一悲到底的成分，他的雄心壮志不允许悲伤蔓延开来，或者说他压根就没有把这悲伤当作单纯的悲伤。因而它笔锋一转，一股雄浑的气势横空出世，扑面而来。

在一片凄厉悲壮中，豪气顿生，似乎之前悲伤的景色和激烈的战斗是另一个人的伤感，在这漫漫的关山，艰险的长路上，定下从头做起的决心才是他真正的想法。就算走了弯路，就算面临重重困难，就算前路再多艰险，只要有坚定的决心，从头再来也不会离成功更远。

这首词贯穿的时间线，也是一场战斗的跨度，词从天刚亮的时候开始，战斗在日暮时分结束。红军经过一夜又一天的急行军，早已过了险峻的关口，击败敌人，占领了娄山关，困难和艰险已经成了过去。一天的激战，硝烟遍地，血流成河，娄山关上那一抹将落的夕阳，是战士们鲜血的颜色，西风中飘扬的旗帜，猎猎作响。伫立在娄山关上，看远处连绵起伏的山脉，莽苍深邃，就像大海一般。

【拓展】

娄山关自古以来就是兵家必争之地，历史上的文人墨客以此赋诗颇多，明代吴中蕃曾作《娄山关感事》。全诗如下：

王图霸业久摧残，血迹烧痕尚未寒，
和影带形才两个，杜鹃声里据征鞍。

前人旧事

就义诗

浩气还太虚①，
丹心照千古。
生平未报国，
留作忠魂②补。

【注释】

为正义事业而被敌人残杀时所写的诗文被称为就义诗，此诗为明代杨继盛被严嵩杀害前的诗作。杨继盛，字仲芳，号椒山，

谥号忠愍，因上疏弹劾严嵩而被害。著有《杨忠愍文集》。

① 浩气：正气。还：回归。太虚：太空。

② 忠魂：忠于国家的心灵、精神。

【大意】

把浩然正气归还给苍茫的太空，留下一颗赤诚忠心照耀千秋万代。

一生年华虚度，未及报效国家，就让我留下忠诚的灵魂作为弥补。

【赏析】

就义，是为了正义而付出生命的意思。就义诗，则是作者表达自己不屈于敌人的恶势力，坚持自己的正义理想的誓言。一颗拳拳的报国之心，生前未曾改变，即使死后，也不会改变。就算只剩下了灵魂，也会继续未竟的事业。

作者因揭发奸相严嵩而被处死，诗中表现了忠心报国、至死不变的决心。全诗一气呵成，如吐肝胆，如露心胸，如闻忠诚之灵魂在呼喊，感人肺腑。

【拓展】

杨超和夏明翰都曾在被捕后，牺牲前从容赋诗，后人皆名之《就义诗》。

杨超诗：

满天风雪满天愁，革命何须怕断头？
留得子胥豪气在，三年归报楚王仇！

夏明翰诗：

砍头不要紧，只要主义真。
杀了夏明翰，还有后来人。

长相思·山一程

山一程，水一程，身向榆关那畔[①]行，夜深千帐灯。

风一更，雪一更，聒[②]碎乡心梦不成，故园[③]无此声。

【注释】

这是一首思乡之作，作者是清代纳兰性德。

① 榆关：即今山海关。那畔：即山海关的另一边，指身处关外。

② 聒（guō）：声音嘈杂。

③ 故园：故乡，指北京。

【大意】

一路上跋山涉水，向榆关那边进发。夜深宿营，只见无数座行帐中都亮着灯火。

一更又一更，风雪一阵又一阵，吵得我心乱，在我的故乡，从来没有这聒噪的风雪声。

【赏析】

在一个春天里，纳兰性德离京出关，此时冰雪未消，千山万水，对于生于关内，长于京城的纳兰性德而言，显得过于荒凉，过于寂寞。对亲人和故乡的思念不自觉地便滋生起来，一发而不可收拾。浓浓的乡愁从胸中溢出，顺着指尖洒落纸上，凝成这首《长相思》。

在没有亲人的关外，山和水就像是纳兰性德的亲人，送了他一程又一程。山水殷勤相送，依依惜别，作者却行色匆匆、无暇停留，只因使命在身，总是心中萧索，外表仍是一副豪迈的样子。这次出关的一行人马是那么庞大，夜晚宿营，众多帐篷的灯光在漆黑夜幕的反衬下形成独有的壮观场景。

关外的早春，清寒苍凉，万丈穹庐下安扎的营帐，一眼望去，好似繁星落地，璀璨异常。如此壮丽之景，只需一句“夜深千帐灯”，便可使读者准确地体会，文笔之精巧实在令人忍不住赞叹。

随着深夜的到来，灯火渐稀，最后归于沉寂和黑暗，那一抹扯不断的乡愁再次袭来。就让身在异乡的纳兰性德在夜深人静的时候，尽情地想家吧！却不料，思绪尚未打开，一阵聒噪声便传来，把他的思念冲撞得支离破碎。夜深人静，风雪弥漫，思绪被扰乱，心情不太好。路途遥远，衷肠难诉，辗转反侧，卧不成眠。也罢，就在这异乡的、聒噪的、风雪交加的夜晚，慢慢拾取思乡的碎片吧！

【拓展】

纳兰性德嫌风雪扰乱他的乡愁，刘禹锡却盼着秋风带来些许乡音。唐代刘禹锡曾作《秋风引》，全诗如下：

何处秋风至？萧萧送雁群。
朝来入庭树，孤客最先闻。

蝶恋花·满地霜华浓似雪

满地霜华[1]浓似雪。人语西风，瘦马嘶残月。一曲阳关[2]浑未彻。车声渐共歌声咽。

换尽天涯芳草色。陌上深深，依旧年时辙。自是浮生无可说。人间第一耽[3]离别。

【注释】

这是一曲抒发心中郁闷的离别词，王国维作。王国维，字静安，晚号观堂，近、现代相交时期著名学者、国学大师，著有《人间词话》《观堂集林》。

① 霜华：此指严霜。

② 阳关：指《阳关三叠》曲，为古代送别的曲调。

③ 耽：延迟、延误，引申为难以释怀，使人痛苦。

【大意】

秋霜铺满地面，白色浓得像是化不开的雪。

悲伤的话语容易引来西风，就像瘦马的哀鸣被残月映衬。

一曲《阳关三叠》传来，声音是那么的浑厚，曲子没有结束，声音却已经消于无形。

咿呀的车声仿佛应和着歌声，在痛苦地呜咽。

天涯芳草已尽数由青翠换作了枯黄。

任凭草青草黄，陌头上深深的车辙印，依旧是以前的模样。

漂浮不定的人生没什么可说的。

人世间最痛苦的莫过于离别。

【赏析】

文人都是敏感的，这敏感多数又带来忧郁，纳兰性德如此，王国维也是如此。当忧郁的文人邂逅了不幸，人生在他们眼中就变得虚无。

这是一首写离别的词。古往今来，多数的离别都使人悲伤，有几个人能有高适那样在离别的凄婉情调中高呼“莫愁前路无知己，天下谁人不识君”的豪迈？多数还是“劝君更尽一杯酒，西出阳关无故人”的徒劳无力的挽留，然后留给自己一片“古道西风瘦马”的苍凉，在“借问行人归不归”的疑惑中独自悲伤。

王国维的离别也不想跳脱这份悲伤，因而，甫一开篇便是满眼的荒凉，秋霜、西风、瘦马、残月、未竟的《阳关曲》、咿呀的车声、呜咽的歌声，还有一个孤独的人。作为旁观者来读，都感到一阵阵的凉意，实在难以想象身处其中的那个人心中该是何等的悲凉。

离别的时候总是忍不住想起从前的种种，想到从前，再对比现在。从前的草是青翠的，如今已经枯黄，本来是正常的草木枯荣，在融入了作者的感情之后便笼罩上了一股忧愁的情绪。时间不可阻挡地流逝，不像没人走的路上的车辙印那样长久不变。别离，如期上演。

亲人、情人、友人间的离别确实让人难受，也从来没有停止过出现。这是一次离别，却不是一次普通的离别，是生离死别，父子间的生离死别。还有什么比亲人间永远的别离更让人心痛呢？“人间第一耽别离”，诚不虚也！

【拓展】

诗之别离多在情人之间，但亲人间的别离同样让人心痛。清代黄景仁有《别老母》描写了儿子不得不与年迈老母分别时的心酸。全诗如下：

搴帷拜母河梁去，

白发愁看泪眼枯。

惨惨柴门风雪夜，

此时有子不如无。

满纸荒唐言

满纸荒唐[1]言，一把辛酸泪。

都云作者痴，谁解其中味[2]。

【注释】

这首诗是《红楼梦》中作者以自己的身份写的唯一的一首诗，表达了他难以直言又深怕被世俗所不解的苦闷心情。清代曹雪芹作。

① 荒唐：浮夸不实际。

② 味：意义，旨趣。

【大意】

全书写的都是荒唐的言辞，却都浸透着我辛酸的眼泪！

都说作者太迷恋儿女痴情，却没有

人理解其中的真谛。

【赏析】

不理解的人皆以为《红楼梦》“荒唐”，这荒唐不外乎“炼石补天”“青埂峰”等荒唐故事。不切实际的故事，却被作者一本正经地写到了书中，好像还有板有眼，何其荒唐！

当时的儒生也认为《红楼梦》“荒唐”，他们所谓的荒唐是因为书中描写了当时社会的腐朽、残酷、互相倾轧直至走向灭亡的前景。

作者自己也认为“荒唐”，不理解的人们的看法的荒唐，卫道士般的儒生们的批评的荒唐，封建统治阶级烂到根里却不自知的荒唐。在作者看来，书里没有荒唐，而书外，作者所处的就是一个荒唐的社会。

“出淤泥而不染”“世人皆醉而我独醒”，想要做到是多么不容易，在那个大家都不愿睁开眼的世界，一个把看到的世界写出来的人，辛酸有谁知晓？就算被当作傻子，就算被骂作荒唐，他仍要继续，因为他相信能“解其中味”的人终究会出现，而且会越来越多。

【拓展】

东晋阮籍曾作《咏怀诗》一组，其中第十三首亦为感慨身世之作。全诗如下：

登高临四野，北望青山阿。
松柏翳冈岑，飞鸟鸣相过。
感慨怀辛酸，怨毒常苦多。
李公悲东门，苏子狭三河。
求仁自得仁，岂复叹咨嗟。

自嘲

运交华盖[①]欲何求，未敢翻身已碰头。
破帽遮颜过闹市，漏船载酒泛中流。
横眉冷对千夫指[②]，俯首甘为孺子牛。
躲进小楼成一统[③]，管他冬夏与春秋。

【注释】

这首诗抒发了作者的愤激之情，鲁迅作。鲁迅，名周树人，字豫才，文学家、思想家、革命家。自嘲：这里是作者的一种曲笔的写法。

① 华盖：像花那样盖在头上的云气。

② 千夫指：众多敌人的指责。

③ 成一统：有个一统的小天下。

【大意】

交了倒霉运，还能有什么顺心的需求。躺在床上连身都不敢翻，却还是碰了头。

上街时低低压下破帽遮住脸，唯恐被人看见，招来不测横祸；好像坐在装酒的漏船上，在江心打转，时有没顶之险——逃不脱的晦气啊！

面对敌人的指斥、詈骂、诅咒，我偏偏横眉冷对，我行我素；面对群众，我却宁愿像头老牛，任他牵着跑，我都心甘情愿。

躲进小楼，就成了自己的一方天地，爱写什么，谁管得了，外面的世态炎凉且由它去，雨雪风霜也由它去，全与我不相干！

【赏析】

鲁迅的“自嘲”分为自嘲和自解两部分。不同于过去的“解嘲”，客人向自己提出问题嘲戏自己，鲁迅是提出问题来嘲戏自己，“运交华盖欲何求”？这是鲁迅提出的问题，交了华盖运还要求得什么呢？然后自己做出回答——“未敢翻身已碰头”，躺在床上连身都不敢翻，却还是碰了头。这是华盖运吗？用反语诉说自己的处境，寓激愤于笑谑中，这就是鲁迅的自嘲。

“未敢翻身已碰头”，这是对当时处境的写照，却还算不上解嘲。鲁迅真正解嘲的话是颈联“横眉冷对千夫指，俯首甘为孺子牛”。面对敌人的责难，虽千万人吾往矣；面对群众，愿意一声不吭，鞠躬尽瘁。这是对自己所“求”的解释，是作者精神层面的追求，也是对敌人无情的嘲讽。任你刀枪剑戟，我自岿然不惧，恐怕这是让所有刽子手都感到无奈的局面。一语道出了“民不畏死，奈何以死惧之”的精髓。

关于对这首诗的理解，毛泽东在《在延安文艺座谈会上的讲话》中做了精当的解释：“‘横眉冷对千夫指，俯首甘为孺子牛’，应该成为我们的座右铭。‘千夫’在这里就是说敌人，对于无论什么凶恶的敌人我们决不屈服。‘孺子’在这里就是说无产阶级和人民大众。一切共产党员，一切革命家，一切革命的文艺工作者，都应该学鲁迅的榜样，做无产阶级和人民大众的‘牛’，鞠躬尽瘁，死而后已。”

【拓展】

北宋苏轼于自嘲颇有心得，曾作《初到黄州》以自嘲。全诗如下：

自笑平生为口忙，老来事业转荒唐。
长江绕郭知鱼美，好竹连山觉笋香。
逐客不妨员外置，诗人例作水曹郎。
只惭无补丝毫事，尚费官家压酒囊。

答客诮

无情未必真豪杰，
怜子如何不丈夫。
知否兴风狂啸者[①]，
回眸[②]时看小於菟[③]？

【注释】

这首诗是作者回答别人对他爱孩子的讥讽的作品，同时也表现了他对孩子深厚的感情，鲁迅作。诮：讥讽。

① 兴风狂啸者：指老虎。

② 眸（móu）：瞳仁，泛指眼睛。

③ 於菟（wū tú）：虎的别称。

【大意】

冷酷无情不一定就是真正的豪杰，
疼爱孩子的为什么不能是大丈夫！
你可知道山中那兴风狂啸的猛虎，
尚且频频回眸看它牵挂着的幼虎？

【赏析】

真正的豪杰，如何会连自己的孩子都不怜爱？那些对自己的孩子都冷血无情的人，是真正的豪杰、丈夫吗？在鲁迅的眼中，这些人恐怕还真称不上是豪杰。

真豪杰、大丈夫最重要的是要有远见，有担当。有担当，故而在为事业奋斗的时候也不忘照顾孩子，这是他们的责任，也是他们的希望。但此处的怜爱却并非溺爱，而是要将其培养成才，这是希望和远见。人的生命终究有限，但事业却是无尽的，这一代的奋斗是为了让下一代在奋斗时距离终点更近一点。若不尽心尽力地培养，又如何保证他们能在这条艰难的道路上前进下去呢？

鲁迅“早就希望中国的青年站出来，对于中国的社会文明，都毫无忌惮地加以批评”，这是他对年轻人的期望。从这里，我们看出鲁迅怜的“子”不只是他自己的孩子，而且是整个中国的下一代，他们是中国真正的希望。在一位真正的豪杰的眼中，没有什么比希望更重要了！

【拓展】

唐代杜甫曾作《忆幼子》，表达怜子之情。全诗如下：

骥子春犹隔，莺歌暖正繁。
别离惊节换，聪慧与谁论。
涧水空山道，柴门老树村。
忆渠愁只睡，炙背俯晴轩。

狱中题壁

望门投止思张俭[①]，忍死须臾待杜根[②]。

我自横刀向天笑，去留肝胆两昆仑。

【注释】

这首诗是戊戌变法失败后，谭嗣同在狱中所作，出自《谭嗣同全集》。谭嗣同，字复生，号壮飞，近代维新派政治家、思想家，“戊戌六君子”之一。

① 张俭：东汉时，张俭因弹劾宦官未果而被诬逃亡，一路上的百姓感其高洁提供帮助。

② 杜根：东汉时，杜根曾上书要求邓太后还政于安帝，而被太后赐死，后为人所救。

【大意】

望门投宿想到了东汉时的张俭，希望你们能像东汉时的杜根那样，忍死求生，坚持斗争。

屠刀架在脖子上，也要仰天大笑，逃走或留下的同志们，都是一样的英雄好汉。

【赏析】

这是谭嗣同的绝命诗。戊戌变法失败后，参与变法的骨干，有些走了，有些留了下来。康有为经上海逃往香港，梁启超经天津逃往日本，谭嗣同也是可以走的，但他选择了留下。他说："各国变法，未有不流血而成功者，有之，请自嗣同始。"这是必死的决心，这是以生命为代价的献祭，他希望以此来唤醒和警策国人。

然而，谭嗣同很清楚，要做一件事情，尤其是如变法一般的改天换地的大事，仅靠流血是远远不够的，鲜血是需要的，有生力量也是需要的。因而便有了这首诗的前两句的劝慰。暂时离开的人们，一定要珍惜自己的生命，以图东山再起。忍辱偷生，并非怕死，而是对自己心中的理想和责任的坚守，这种忍辱偷生，本来就是一种伟大。

而谭嗣同自己呢？既然终究需要有人牺牲，那就自赴一死吧！只要变法的火种留下了，又何惧一死？慷慨激扬，仰笑苍天，凛然奔赴刑场！无论离开的或者留下来的，都长存那如莽莽昆仑一样的浩然肝胆之气！

时令节日

己亥杂诗（其五）

浩荡离愁白日斜，吟鞭[①]东指即[②]天涯。

落红不是无情物，化作春泥更护花[③]。

【注释】

这是一首明志诗，出自《己亥杂诗》，清代龚自珍作。龚自珍，清代思想家、文学家，着有《定庵文集》。己亥：己亥年，即1839年，清道光十九年。

① 吟鞭：人的马鞭。

② 即：到。

③ 花：比喻国家。

【大意】

浩浩荡荡的离别愁绪向着日落西斜的远处延伸，离开北京，马鞭向东一挥，感觉就像人在天涯一般。

辞官归乡，有如从枝头上掉下来的落花，但它却不是无情之物，化成了春天的泥土，还能起着培育下一代的作用。

【赏析】

这首诗中诗人表达的离别之情有些复杂。离别是忧伤的，寓居京城多年，故友如云，往事如烟，这一次转身，恐怕烟消云散，不知再聚首要等到何时。而这忧伤当中又有些愉悦，跳出束手束脚的樊笼，来到外面的广阔天地中，可以用一番作为偿还自己年轻时候的理想。

离别的愁绪就和回归的喜悦交织在一起，既有“浩荡离愁”，又有“吟鞭东指”；既有白日西斜，又有广阔天涯。

虽然已年近半百，距离诗人辞世也不过一年多的时间了，但有了发挥余热的机会，诗人仍然愿意最后再为国家做一些贡献，就像零落的花瓣一样。

花瓣虽然已经零落，却并不是无情之物，即使在生命将尽的时候，也要化作春泥，甘愿为生之养之的母体贡献最后一丝余热。虽然已经脱离了官场，但诗人依然关心着国家的命运，不忘报国之志，这一腔至死仍牵挂国家的热情充分表达了诗人的爱国情怀。

【拓展】

龚自珍共创作《己亥杂诗》三百五十首，摘录其中两首如下：

其八：

太行一脉走蝹蜿，莽莽畿西虎气蹲。

送我摇鞭竟东去，此山不语看中原。

其一百二十五：

九州生气恃风雷，万马齐喑究可哀。

我劝天公重抖擞，不拘一格降人才。

采桑子·重阳

人生易老天难老，岁岁重阳，今又重阳，战地黄花①分外香。

一年一度秋风劲②，不似春光，胜似春光，寥廓③江天万里霜。

【注释】

这是一首在上海写的反映作者当时心境的词作，毛泽东作。

① 黄花：指菊花。

② 劲：强劲。

③ 寥廓：指宇宙的广阔，也指广阔高远。

【大意】

人的一生容易衰老而苍天却不老，重阳节年年都会来到。今天又逢重阳，战场上的菊花是那样的芬芳。

刚劲的秋风年年吹送，这景色不如春天的光景那样明媚。却比春天的光景更为壮美，如宇宙般广阔的江面天空泛着白霜。

【赏析】

韶光易逝，人生短促，唯其易逝、短促，更当努力进取，建功立业，莫让年华付水流。寒来暑往，日出日落，春秋代序，光景常新，"新陈代谢是宇宙间普遍的永远不可抗拒的规律"。"人生"与"天"，有穷与无尽，短暂与长久，变化快与变化慢，同中有异，异中有同，既对立又统一。这是立足于对宇宙、人生的情理并茂的认知和深刻理解的高度，揭示人生精义和永恒真理的词作，闪耀着辩证唯物主义的思想光辉，具有极强的审美启示力。

古有重阳登高望远、赏菊吟秋的风气，所谓"黄花宜泛酒，青岳好登高"说的就是重阳节登高。纵观历史，重阳节与菊花的邂逅颇多，每一次邂逅都能摩擦出一段美丽的文字。看不到光明的陶渊明借菊花表明自己的志向——"采菊东篱下，悠然见南山"；不久于人世的李白借菊花慨叹一生的沧桑——"菊花何太苦，遭此两重阳"；生逢乱世的杜甫，借菊花寄托自己对饱经战争忧患的黎民百姓的同情和对和平安宁生活的渴望——"丛菊两开他日泪，孤舟一系故园心"。

但毛泽东笔下的"黄花"却和他们的不同。毛泽东的"黄花"是和人民革命战争的胜利联系在一起的。这"黄花"既非供隐士高人"吟逸韵"的东篱秋丛，亦非令悲客病夫"感衰怀"的庭院盆景，更不是在战火中徒叹奈何的文人的不能实现的企盼。这是经过硝烟炮火的洗礼，依然在秋风寒霜中绽黄吐芳的漫山遍野的野菊花，平凡质朴却生机蓬勃。

劲烈的西风、肃杀的秋气在此时看来并不哀伤，带给人更多的是振奋。天朗气清，江澄水碧；枫叶流丹，秋菊绽黄；满山彩霞，遍野云锦，一望无际，铺向天边。

图书在版编目（CIP）数据

一书通识五千年最美古诗词 / 程晓南编著 .—2 版（修订本）.
—北京：中国法制出版社，2020.5

ISBN 978-7-5216-0895-3

Ⅰ . ①一… Ⅱ . ①程… Ⅲ . ①古典诗歌–诗歌欣赏–中国
Ⅳ . ① I207.2

中国版本图书馆 CIP 数据核字（2020）第 030424 号

责任编辑：胡　艺（ngaihu@gmail. com）　　封面设计：汪要军

一书通识五千年最美古诗词

YI SHU TONGSHI WUQIANNIAN ZUIMEI GUSHICI

编著 / 程晓南

经销 / 新华书店

印刷 / 三河市国英印务有限公司

开本 / 710 毫米 ×1000 毫米　16 开　　印张 / 16.5　字数 / 287 千

版次 / 2020 年 5 月第 2 版　　2020 年 5 月第 1 次印刷

中国法制出版社出版

书号 ISBN 978-7-5216-0895-3　　定价：49.80 元

北京西单横二条 2 号　邮政编码 100031　　传真：010-66031119

网址：http://www.zgfzs.com　　**编辑部电话：010-66034985**

市场营销部电话：010-66033393　　**邮购部电话：010-66033288**

（如有印装质量问题，请与本社编务印务管理部联系调换。电话：010-66032926）